Apollonias F… e

der … rrscher
der M… eugt vernichtende
Flutwellen und trachtet
Apollonia nach dem Leben

Rattrappono

der ungestüme Wellenkobold
entpuppt sich als gewissenloser
Komplize von Okami Dragon

Quannalonga

die abgefeimte Killerqualle
arbeitet für Okami und bedroht
Apollonia und ihre Freunde mit
giftigen Tentakeln

Raviel McMillan

der wahnsinnige Wissenschaftler
hält Apollonias Eltern gefangen
und will mit todbringenden
Stürmen die Weltherrschaft
an sich reißen

Pendo

1. Auflage 2008

Umschlaggestaltung: Hauptmann & Kompanie
Werbeagentur, München-Zürich
Gesetzt aus der Stempel Schneidler
Satz: BuchHaus Robert Gigler, München
Druck und Bindung: GGP Media GmbH, Pößneck
Printed in Germany
ISBN 978-3-86612-180-5

www.pendo.de · www.pendo.ch

Charlotte Wilde

Apollonia Cox

Im Auge des Taifuns

Pendo München und Zürich

APOLLONIA COX ERWACHTE von einem dumpfen Geräusch. Schlaftrunken rieb sie sich die Augen. Da, noch einmal. Kein Zweifel, da pochte jemand unten an die Tür des alten Leuchtturms. Ganz deutlich hörte sie jetzt ein beharrliches Klopfen, auch wenn der Herbststurm heftig an den Fensterläden rüttelte und die Brandung des aufgewühlten Meers tosend an die Steilküste klatschte.

Sie setzte sich im Bett auf und lauschte. Das Klopfen wurde lauter. Und immer bedrohlicher. Jemand schien wild entschlossen, notfalls die ganze Tür zu zertrümmern. Um Himmels willen, wer mochte das sein?

Apollonias Hand tastete nach der Nachttischlampe. Eine Sekunde später erhellte ein schwacher Lichtschein das Zimmer. Es war ein rundes Zimmer, kreisrund wie der Mond, der in dicke Wolken gehüllt draußen am Himmel hing. Klar, in Leuchttürmen gibt es keine eckigen Zimmer.

Der Wecker zeigte fünf vor zwölf. Atemlos horchte sie. Das Klopfen war verstummt. Stattdessen hörte sie nun laute, aufgebrachte Männerstimmen und die hohe, ängstliche Stimme ihrer Großmutter. Schlagartig war sie hellwach. Das konnte nur eines bedeuten: Die wollten sie holen. Notfalls mit Gewalt. Die Leute vom Amt.

Seit einer Woche trug sie den zerknüllten Brief in der Hosentasche mit sich herum. Einen unpersönlichen Formbrief, mit Stempel und Siegel.

»Hiermit entziehen wir auf höchstrichterlichen Beschluss Mrs. Madeleine Cox das Sorgerecht für ihre Enkelin Apollonia. Nach eingehender Überprüfung des Falles und in Anbetracht der vernachlässigten Schulpflicht ...«

Immer wieder hatte sie den Brief gelesen. Erst erschrocken. Dann wütend. Wer auch immer das geschrieben hatte – dieser Jemand hatte so viel Grips wie ein Toastbrot.

Was sollte sie denn in der Schule, wenn Grandma krank war und sie brauchte? Wer sollte einkaufen, kochen, die durchgebrannten Glühbirnen oben auf dem Leuchtturm auswechseln, wenn nicht sie?

Apollonia liebte das Leben im Leuchtturm wie nichts anderes auf der Welt. Hier war sie geboren. Hier war sie mit dem Schrei der Möwen und dem Heulen des Windes aufgewachsen. Sie kannte jede Farbschattierung des Meeres, von türkisgrün bis irisblau. Sie kannte jedes Kreuzfahrtschiff, das vorbeikam, jeden Tanker und jeden Krabbenkutter.

Und sie kannte das Zwischenreich jener geheimnisvollen Wesen, die das Meer bevölkerten.

An einem trüben Spätsommertag, als sie Lakritz kauend auf den moosigen Klippen saß, hatte sie die seltsame Truppe zum ersten Mal gesehen. Erst waren es nur durchsichtige Schemen gewesen, vage Umrisse. Doch je genauer sie hinsah, desto realer wurden diese Meeresgeschöpfe.

Das war viele Jahre her. Allmählich war sie vertraut mit ihnen geworden. In einer der langen Nächte oben auf dem Ausguck hatte sie schließlich zum ersten Mal mit ihnen gesprochen.

Am liebsten mochte sie Shasha, die Windsbraut. Shasha fegte mit Schwung die saubere Wäsche von der Leine, zerzauste der Lehrerin die wohlfrisierten Haare und zerrte frech am Mantel des Hausmeisters. Sogar dem ewig schlecht gelaunten Schuldirektor riss sie den Hut vom Kopf und kicherte, wenn er ihm fluchend nachrannte.

Shasha hatte vor nichts und niemandem Respekt. Das gefiel Apollonia.

Auch Rattrappono, der Wellenkobold, hatte sie mehr als einmal zum Lachen gebracht. Mit Vorliebe spritzte er die Touristen auf der Fähre nass und machte unvorsichtigen Strandwanderern Beine, wenn sie sich zu weit ins Wasser vorgewagt hatten. Aber wenn er wollte, konnte er auch haushohe Wellen auftürmen, die mit lautstarkem Gedonner auf die Küste zurollten.

Und dann waren da noch Joe McDaggerloe, der Regenschrat, und Peach Pitchou, die Nixe mit den längsten Wimpern der nördlichen Hemisphäre – allesamt höchst eigenartige und unterhaltsame Geschöpfe, mit denen Apollonia im Laufe der Zeit Freundschaft geschlossen hatte.

Ein grelles Quietschen ließ sie zusammenfahren. Sie kannte das Geräusch. Die altersschwache Sicherheitstür zwei Stockwerke tiefer wurde gerade aufgestoßen. So weit waren die Männer also schon vorgedrungen! Jetzt hörte sie heftiges Gepolter auf der Holztreppe.

Mit einem Satz sprang Apollonia aus dem Bett. Sie hatte keine Zeit mehr zu verlieren.

Dummerweise war sie so unvorsichtig gewesen, in der Schule von Shasha, Rattrappono und den anderen zu erzählen. So hatte der ganze Schlamassel angefangen. Die anderen Kinder hatten sie ausgelacht, alle, bis auf Greg, ein stiller, blasser Junge, der ihr scheu zugelächelt hatte.

Greg war sowieso etwas Besonderes. Er führte sich nicht so kindisch auf wie die anderen, und er war der einzige in der Schule, mit dem Apollonia überhaupt manchmal redete oder simste. Als sie von den Wettergeistern erzählte, hatte er ihr mit großen Augen zugehört, aufmerksam, ohne ein Wort.

Die Lehrerin aber hatte sie mit einem ziemlich merkwürdigen Gesichtsausdruck angesehen. Dann hatte sie Apollonia nach Schulschluss ins Lehrerzimmer beordert und zusammen mit dem Direktor einem peinlichen Verhör unterzogen.

Wer sich um sie kümmere. Wo eigentlich ihre Eltern seien. Ob sie schon länger solche »Wahnvorstellungen« habe?

Von da an hatte Apollonia es vorgezogen, der Schule im drei Meilen entfernten Norrington nur noch gelegentliche Besuche abzustatten. Und soweit sie es beurteilen konnte, hatte sie auch niemand ernsthaft vermisst.

Die Worte des Briefes dröhnten in ihren Ohren: »*... halten wir es für dringend erforderlich, die Unterbringung in einem staatlichen Heim oder in einer geeigneten Pflegefamilie schnellstmöglich durchzusetzen. Spätestens drei Tage nach dieser Aufforderung hat sich das Kind zusammen mit Ihnen, Mrs. Cox, im Büro des Schuldirektors einzufinden, andernfalls...* «

Jetzt war »andernfalls«. Und wer auch immer diese brutalen Typen auf der Treppe waren, sie scheuten vor nichts zurück, um sie zu holen, kamen sogar mitten in der Nacht! Weil sie natürlich genau wussten, dass sie am helllichten Tag keine Chance hatten. Dann, wenn Apollonia sicher in einem ihrer Geheimverstecke saß.

Zweimal waren sie schon da gewesen, die charmanten Herren vom Amt. Hatten ihre Großmutter mit tausend Fragen bedrängt und alles abgesucht. Die ganze Bude hatten sie auf den Kopf gestellt. Ohne Erfolg, versteht sich. Doch diesmal waren sie offenbar entschlossen, Nägel mit Köpfen zu machen.

In Windeseile schlüpfte Apollonia in ihre Jeans und streifte sich einen dicken blauen Seemannspullover über. Ihr Herz schlug so schnell und so laut, als ob eine ganze Trommelcombo in ihrem Brustkorb säße.

Sie sah kurz in den halbblinden ovalen Spiegel an der Wand. Er warf ein bleiches Gesicht zurück, mit angstvoll aufgerissenen Augen. Apollonia war nicht das, was man landläufig hübsch nannte. Sie hatte eine etwas platte Nase, schräg geschnittene grüne Augen und eine kastanienrote Mähne, die in wilden Wellen ihr Gesicht umrahmte.

Ihre Eltern hatten immer gesagt: »Apollonia ist eine aparte Erscheinung.«

Seufzend wandte sie sich vom Spiegel ab. Ihre Eltern ... Wenn doch bloß ihre Eltern noch da wären! Dann wäre sie jetzt nicht in solcher Gefahr! Doch eines Tages waren sie verschwunden, einfach so, ohne Vorwarnung, ohne Abschiedsbrief. Das war jetzt sechs Monate her.

Jeden Tag hatte Apollonia seither auf dem Ausguck gesessen und darauf gewartet, dass sie zurückkamen. Doch sie waren nicht zurückgekommen. Es gab kein Lebenszeichen von ihnen, keinen Brief, keine SMS, keine E-Mail. Sie waren wie vom Erdboden verschluckt.

Das Gepolter auf der Treppe kam näher. Schwere Männerschritte, die hastig die knarrenden Holzstufen hochstürmten. Mit ein paar lautlosen Sprüngen war Apollonia an der Zimmertür und drehte den Schlüssel zweimal im Schloss herum.

So. Nun hatte sie wenigstens einen hauchdünnen Vorsprung. Der musste reichen. Schnell jetzt! Die Wetterjacke, der Schal, die Gummistiefel!

Apollonia war bestens ausgestattet für eine stürmische Nacht. Sie zog sich sowieso immer wie ein Junge an, wenn sie nicht gerade ihre Schuluniform mit dem Faltenrock tragen musste. Dann stromerte sie in Jeans und Gummistiefeln an der Küste entlang, ein altes Basecap tief ins Gesicht gezogen.

Die Schritte kamen jetzt direkt vor ihrem Zimmer zum Stillstand, mehrmals wurde die Klinke heruntergedrückt, Fäuste hämmerten an die Tür.

»Mach auf, du freche Göre!«, schrie eine Männerstimme. »Wenn du nicht sofort kommst, dann holen wir dich!«

Voller Panik sah Apollonia sich im Zimmer um. Was mitnehmen? Das abgegriffene Plüschschaf mit der blauen Seemannsmütze vielleicht, das neben dem Kopfkissen lag?

»Ciao, kleines Schaf«, flüsterte sie. »Pass gut auf Grandma auf.« Aber wie sollte sie sich bloß von ihrer Großmutter verabschieden?

Rasch kritzelte sie eine Botschaft auf einen Zettel und legte ihn aufs Bett. ›Mach dir keine Sorgen‹, stand darauf. Einfach nur: ›Mach dir keine Sorgen‹. Sonst nichts.

Dann stopfte sie sich ihr Handy, den iPod, eine Tüte Lakritz und eine alte Schweizer Armeelampe in die geräumigen Jackentaschen. Die Lampe hatte einst ihrem Großvater gehört, und ihre Großmutter hatte sie ihr irgendwann geschenkt. Damit war ihre Ausrüstung komplett.

»Das Kind! So lassen Sie mir doch um Himmels willen das Kind!«, hörte Apollonia ihre Großmutter wimmern, »Sie dürfen sie nicht einfach mitnehmen! Bitte, die Herren, haben Sie Erbarmen. Das Mädchen ist alles, was mir geblieben ist!«

Der Wecker zeigte Punkt Mitternacht. Vier Nullen. »Alles auf null«, flüsterte Apollonia. »Eine neue Zeitrechnung beginnt.«

Sie öffnete das Fenster. Regennasser Nachtwind stob ins Zimmer, blähte die Gardine zu einem weißen Segel, strich ungestüm über die Bettdecke und wirbelte den Zettel auf, der darauf gelegen hatte.

»Aufmachen! Sofort!« »Wird's bald?« »Wir treten jetzt die Tür ein!«, schrien die Männerstimmen durcheinander.

Wie in Trance sah Apollonia dem Zettel zu, wie er umherflatterte und schließlich neben einem silbernen Schmuckstück auf dem Nachttisch landete. Das Medaillon!, durchzuckte es sie. Ich muss das Medaillon mitnehmen!

Es war das einzige Erinnerungsstück, das sie von ihren Eltern besaß. Ein silbernes Oval, das man aufklappen konnte. In der einen Hälfte klebte ein Foto, das ein lächelndes Hochzeitspaar zeigte. In die andere Hälfte war eine winzige Zeichnung geklemmt, die wie ein Durcheinander aus wirren Linien aussah. Ihre Mutter hatte ihr das Medaillon vor vielen Jahren geschenkt und ihr eingeschärft, es immer bei sich zu tragen.

Eilig steckte sie es in die Hosentasche. Dann stieg sie auf das Fensterbrett. Die Zimmertür knackte und ächzte bereits unter den Tritten der Männer. Apollonia knöpfte die Wetterjacke zu. Sie band sich den Schal fest um den Hals. Sie holte tief Luft.

Der Leuchtturm war hoch. Sehr hoch. Ihr Zimmer lag im fünften Stockwerk. Apollonia war alt genug, um zu wissen, dass ein Sprung aus dieser Höhe lebensgefährlich war.

Aber sie war auch alt genug um zu wissen, dass alles besser war, als in diesem Zimmer zu bleiben. Zu warten, bis die Tür unter den Fußtritten der Männer vollends zersplitterte. Zu warten, bis man sie wegbrachte, weg von ihrer Grandma, weg vom Leuchtturm, weg von ihren Freunden.

Apollonia sprang.

Der Wind riss ihr den Schrei von den Lippen, Regentropfen sprühten ihr ins Gesicht, eine Bö erfasste sie. Sie hatte die Augen fest geschlossen, als sie sich vom Fenstersims abgestoßen hatte. Ihre Arme aber waren weit geöffnet, so wie die Möwen ihre Flügel spreizten, wenn sie an ihrem Fenster vorbeigesegelt kamen. Stundenlang, tagelang hatte Apollonia ihnen zugesehen. Wie sie über dem Leuchtturm kreisten, durch die Luft surften und vor Vergnügen kreischten.

Ganze Wasserkaskaden überschütteten sie jetzt, und ihr Schal knatterte im Wind wie eine Flagge am Mast. Aber sie fiel nicht. Sie flog! Ja, sie flog! Sie sauste durch die Luft wie ein Spielzeugdrachen! Oder täuschte sie sich?

Vorsichtig öffnete sie die Augen. Tatsächlich, sie war nicht wie ein Stein in das Dünengras geplumpst, sie raste einfach darüber hinweg! Über den Garten mit seinen dunklen, geduckten Büschen, über den windschiefen, weißgestrichenen Holzzaun, über die Steilküste dem offenen Meer zu. Deutlich konnte sie die Schaumkronen auf den Wellen sehen, und an den Felsen die hoch aufspritzende Gischt, die im zuckenden Licht eines Blitzes aufleuchtete.

Und wenn ihr auch ein eiskalter, nasser Wind um die Ohren pfiff, so war sie doch mit einem Mal erfüllt von einem nie gekannten Glücksgefühl. »Jaaa!«, schrie sie aus Leibeskräften in den Sturm hinaus, »jaaaaa!«

Sie konnte fliegen!

Die Erleichterung und das herrliche Gefühl unermesslicher Freiheit waren nicht das Einzige, was sie glückhaft durchströmte und jede einzelne Zelle ihres Körpers vibrieren ließ. Da war noch etwas anderes: Sie war nicht allein!

Rattrappono winkte ihr vom Meer aus zu, Joe McDaggerloe kobolzte etwas entfernt durch die Luft, während er seine Regenfontänen umherspritzen ließ. Und direkt neben ihr erschien jetzt ein durchsichtiger Umriss, der immer mehr Farbe und Gestalt annahm.

»Wahnsinn!«, rief sie. »Ihr seid ja da!«

»Was denkst denn du?« Shashas Haar flatterte in alle Himmelsrichtungen, ihr blassrosa Gesicht leuchtete. »Wir sind Freunde, schon vergessen?«

Apollonia verlor fast das Gleichgewicht, so überrascht war sie, Shasha plötzlich auftauchen zu sehen. Sie musste eine Weile hektisch mit den Armen rudern und drehte sich zweimal um sich selbst, bis sie wieder einigermaßen die Balance hielt.

Shasha, na klar! Die Windsbraut hatte sie vor dem sicheren Tod gerettet!

»Oh je«, seufzte Shasha, »für den ersten Preis im Schönfliegen reicht das noch nicht. Du trudelst rum wie ein angestochener Luftballon! Sieht ganz so aus, als bräuchtest du ein paar anständige Flugstunden. Na, das wird schon. Jetzt müssen wir erst mal Höhe gewinnen!«

Sie fasste Apollonia fest an den Schultern, und schon rasten sie steil nach oben, direkt auf die Wolken zu. Apollonias Magen fuhr Achterbahn, aber sie presste tapfer die Lippen zusammen. Eine Magenentleerung im vollen Flug konnte jetzt wirklich keiner gebrauchen.

»Steht dir gut, die grüne Gesichtsfarbe«, kicherte Shasha.

»Müs-müssen wir d-denn so hoch fliegen?«, jammerte Apollonia, die mit aller Kraft gegen ihre Übelkeit ankämpfte.

Shasha brach in Lachen aus. »Wenn dir lieber ist, dass dich alle als Superwoman am Himmel rumturnen sehen, können wir auch tiefer fliegen. Aber ich habe das deutliche Gefühl, dass du momentan lieber unsichtbar bleiben möchtest!«

Statt einer Antwort nickte Apollonia. Sie versuchte, nicht nach unten zu sehen. Allmählich beruhigte sich ihr Magen.

»Punktlandung!«, rief Shasha und ließ Apollonia los. Verdutzt fand sie sich auf einer Wolke wieder, die so weich war wie ein gigantischer Wattebausch.

Das gibt es doch nicht, dachte Apollonia. Wolken bestehen aus winzigen Wassertröpfchen, die sich zusammenballen - so viel jedenfalls war bei ihr aus dem Schulunterricht hängen geblieben. Auf so ein Teil kann man sich doch nicht draufsetzen wie auf ein Sofa!

Und doch saßen sie beide unzweifelhaft auf diesem XXL-Wattebausch und ließen die Beine baumeln. Zu ihren Füßen tanzten Milliarden Regentropfen, über ihnen hing der bleiche Mond am polarklaren, unendlichen Sternenhimmel.

»Das ist doch ein Traum, oder?«, fragte Apollonia. »Das gibt's doch nicht in echt?«

»In e-echt?«, ahmte Shasha sie entrüstet nach. »Sag mal, bist du noch ganz frisch? Ich mache hier die Welle für dich, und du stellst alberne Fragen. Du liebe Güte, Polly...!«

»Äh, nenn mich bitte nicht Polly«, sagte Apollonia. »Ich hasse diese bescheuerte Abkürzung. Die Kinder in der Schule nennen mich so. Polly-Molly, Polly-Dolly. Einfach ätzend.«

»Wie Sie wünschen, Prinzessin«, erwiderte Shasha spitz. »Sonst noch was? Hast du eigentlich einen Plan? Oder willst du hier auf deine Rente warten?«

»Ich glaube, es ist höchste Zeit, dass ich meine Eltern suche«, murmelte Apollonia düster. »Das eben wäre sonst garantiert nicht passiert. Seit sie weg sind, ist alles anders geworden.«

Shasha schnaubte nervös. Sofort erfasste Apollonia ein Windstoß, sodass sie das Gleichgewicht verlor. Instinktiv versuchte sie, sich an der Wolke festzuhalten. Aber das war so sinnvoll wie einen Pudding an die Wand zu nageln. Sie kippte zur Seite und sah sich schon in hohem Bogen abstürzen, als sie den festen Griff von Shasha spürte.

»Puhh, das war knapp«, sagte Apollonia atemlos.

»Das nächste Mal pass ich besser auf«, hauchte Shasha. »Aber jetzt sag mir erst mal: Wieso benutzt du neuerdings das Fenster statt der Tür? Und wer sind die da?«

Sie zeigte über den Wolkenrand nach unten, zur Küste. Neben dem Leuchtturm waren die Lichtkegel starker Lampen zu erkennen, und ein hell erleuchtetes Boot schaukelte auf dem aufgewühlten Meer davor. Apollonia konnte undeutlich die dunklen Schatten von ein paar Männern ausmachen, die darin saßen.

»Die wollten mich holen«, erwiderte Apollonia. »Ich soll in ein Heim oder in so eine komische Pflegefamilie gesteckt werden, weil die Lehrer mich für komplett durchgeknallt halten. Meine arme Grandma, es wird ihr das Herz brechen. Erst sind meine Eltern verschwunden, und nun bin ich auch noch weg.« Sie schniefte.

Shasha fuhr sich mit allen sieben Armen durch ihr lichtblaues, wehendes Haar. »Jetzt noch mal langsam und von vorn. Die wollten dich entführen?«

Apollonia hob die Hände, um das Gleichgewicht zu halten. Wenn Shasha so erregt sprach, wirbelte sie jedes Mal einen kleinen Sturm auf.

»Ja, sie finden, dass ich nicht mehr ohne Eltern bei meiner Grandma wohnen darf. Weil ich nicht jeden Tag zur Schule gehe. Und weil ich ...« sie hielt kurz inne und druckste dann heraus: »... weil ich von euch erzählt habe.«

Shashas Augen wurden groß wie Suppenteller. »Du hast – was?«

»Reg dich nicht auf«, versuchte Apollonia sie zu beschwichtigen, aber ihre Stimme klang schuldbewusst. »Ich weiß, dass ich das nicht durfte. Aber die haben mir sowieso nicht geglaubt. Die dachten, ich bin reif für die Anstalt oder so was.«

»Menschen«, seufzte Shasha. »Schwatzhaft und leider absolut unzuverlässig. Alle haben mich gewarnt, aber ich dachte ...«

»Können wir das nicht ein andermal besprechen?«, flehte Apollonia, die furchtbar zu zittern begann. Die Kälte der Nacht durchschnitt ihren Körper wie mit eisigen Messern. »Mir ist kalt, ich bin total nass, und ich würde gern irgendwo übernachten, wo keine fremden Männer mich aufstöbern können. Irgendeine Idee?«

Shasha streckte ihre sieben Arme in die Luft, schwebte unruhig eine Weile über Apollonias Kopf herum und setzte sich dann wieder neben sie. »Doch, mir fällt da was ein. Und du bist sicher, dass du nicht zum Leuchtturm zurückwillst?«

Heftig schüttelte Apollonia den Kopf. »Die werden wiederkommen. Die werden keine Ruhe geben, bis sie mich in irgendeinen blöden Kinderknast verfrachtet haben.«

Shashas neunundvierzig Finger spielten mit dem langen, schleierartigen Gewand, das sie über ihrer Fetzenjeans trug.

Wie eine Schleppe hing es von der Wolke herab und wurde hin und wieder vom regenfeuchten Wind hochgewirbelt.

»Okay, okay, ich habe verstanden«, sagte sie. »Bist du bereit zum Start?«

Apollonia nickte.

»Bitte anschnallen und die Tische hochklappen«, kicherte Shasha.

Im nächsten Moment wurde Apollonia auch schon emporgehoben, und los ging's, in einem großen, eleganten Bogen an der Steilküste entlang.

»Wohin bringst du mich?«, rief Apollonia, während sie spürte, dass sich einer ihrer Gummistiefel löste und abwärts sauste. Aber was machte das schon, wenn man fliegen konnte?

Shasha bog ab Richtung Meer. »In die Nebelbucht«, schrie sie, »da bist du erst mal sicher!«

In die Nebelbucht? Welche Nebelbucht? Apollonia wunderte sich schon über gar nichts mehr. Auch ihre Angst war plötzlich verflogen. Vielleicht war diese Flucht ja das Beste, was ihr passieren konnte. Vielleicht würde sie sogar ihre Eltern finden. Sie hatte schon viel zu lange gewartet, dass etwas geschah. Abwarten und Teetrinken hatte sich als eine ziemlich untaugliche Taktik erwiesen, das musste sie sich eingestehen.

Sie breitete die Arme aus und genoss Shashas gleichmäßigen Wind, der sie trug wie ein fliegendes Federbett – solange sie die Balance hielt.

Dann drehte sie den Kopf und sah zurück. Der Leuchtturm war nur noch ein winziger Lichtpunkt in der Schwärze der Nacht. Ein Lichtpunkt, der immer kleiner wurde, bis er ganz verschwand.

Ach, Grandma, dachte sie. Sei nicht traurig. Halte durch, ich komme wieder, ganz bestimmt. Waren das Tränen auf ihren Wangen oder Regentropfen? Egal. Sie musste jetzt nach vorn blicken.

»Alles klar?«, raunte Shasha neben ihr.

»Hmmm«, machte Apollonia. Sprechen konnte sie nicht, sie hätte bestimmt auf der Stelle losgeschluchzt.

»Da vorn ist es«, sagte Shasha unvermittelt und schlang ein paar ihrer sieben Arme um Apollonia.

Im Sturzflug ging es fast senkrecht nach unten. Dichter, weicher Nebel umfing sie plötzlich. Man konnte kaum einen halben Meter weit sehen. Alles ringsum versank in einem undurchdringlichen Dunst.

Dann wurden undeutlich zerklüftete Felsen sichtbar, die sich aus dem Nebel herausschälten. Ihre gezackten Spitzen ragten gefährlich aus dem Meer. Dead Men's Sand! durchfuhr es Apollonia. Das muss die Insel der Toten sein!

Ein Schauer überlief sie. Niemand, der auch nur halbwegs bei Verstand war, wagte sich hierher. Die Insel galt als verrufen. Lebensgefährlich, besser gesagt. Zu viele Schiffe waren hier schon gekentert oder an den Klippen zerschellt.

Ihre Großmutter hatte oft von den unheimlichen Dingen erzählt, die sich auf Dead Men's Sand zutrugen. Von Piraten, die falsche Navigationslichter setzten und Schiffe ins Verderben lockten, um später das Strandgut aufzusammeln. Von Schmugglern, die in den Höhlen hausten. Von Fischern, die spurlos verschwanden. Und von Geistern, die allnächtlich ihr Unwesen trieben.

»Hier kannst du die Nacht verbringen«, erklärte Shasha. »Morgen früh komme ich wieder, und dann überlegen wir, wie es weitergeht.«

Apollonia war starr vor Schreck. »Du lässt mich hier allein?«

Dead Men's Sand, das bedeutete Tod und Verderben. Wenn erst mal Piraten oder Schmuggler hier auftauchten, war sie verloren. Sie würde elend zugrunde gehen auf dieser Verbrecherinsel, verlassen von ihren Freunden, schutzlos und mutterseelenallein.

Raviel McMillan rieb sich die Hände. »Alles läuft nach Plan. Nach meinem Plan!«, murmelte er zufrieden.

Er saß an einem gigantischen Pult, auf dem unzählige Knöpfe und Messanzeigen rot und gelb aufblinkten. Hebel und Regler übersäten die Schaltfläche, die die gesamte Längswand einer düsteren, fensterlosen Halle ausfüllte. Auf grünlich leuchtenden Displays waren Landkarten und Diagramme sichtbar. Ein ganzes Band von Monitoren zeigte grau flackernde Bilder von Überwachungskameras.

Dies war seine Kommandozentrale. Hier entstanden seine mörderischen Pläne. Von hier aus steuerte er sein Imperium.

»Apollonia Cox«, grinste Raviel McMillan. »Wenn die kleine Kröte erst mal in meiner Gewalt ist, wird alles laufen wie geschmiert.«

Er betrachtete wohlgefällig sein Spiegelbild, das von einem Monitor direkt vor ihm zurückgeworfen wurde. Eng umschloss sein schwarzer Anzug den drahtigen Körper. Das pechschwarze, kurz geschnittene Haar hatte er zu Stacheln aufgegelt, seine Augen verbarg er selbst hier im Halbdunkel hinter einer Sonnenbrille.

Man sah seiner wächsernen Gesichtsfarbe an, dass er jahrelang keinen Sonnenstrahl abbekommen hatte. Er selbst bezeichnete sich manchmal scherzhaft als Kellerassel. Tag und Nacht war er nie woanders anzutreffen als in seiner Kommandozentrale oder in dem unterirdischen Labyrinth aus Laboratorien, Technikräumen und Versuchsanlagen.

Seine Festung, die er auf den Ruinen einer alten Burg erbaut hatte, lag in einem einsamen Winkel an der Küste Schottlands.

Das Areal war weiträumig abgesperrt, Sicherheitsleute mit scharf abgerichteten Hunden bewachten das Anwesen rund um die Uhr.

»Schach – und matt«, lachte er triumphierend. »Wenn diese störrischen Wissenschaftler erst mal checken, dass ich ihre Tochter habe, werden sie zahm wie dressierte Pudel sein. Und dann kann ich die größte Sintflut aller Zeiten erzeugen!«

Er aktivierte einen der Monitore und beobachtete eine Weile einen Mann und eine Frau, die zusammengesunken auf einer Pritsche hockten und trübe vor sich hinstarrten. Die Überwachungskamera, die ihm das Bild zeigte, hing viele Meter unter der Erde in einem Verlies, das er in den Felsen gesprengt hatte.

Sechs Monate lang schon hielt er Apollonias Eltern fest. Doch seine Zermürbungstaktik ging nicht auf. Standhaft weigerten sich die Wetterforscher, mit ihm zusammenzuarbeiten, dabei brauchte er sie dringend.

»Es geht doch nichts über Elternliebe«, grinste er. »Schon morgen früh werden sie alles tun, was ich ihnen sage. Na, Raviel, wie hast du das gemacht? Gut hast du das gemacht! Kompliment, alter Junge. Du hast es echt drauf!«

Er schoss auf seinem Drehstuhl hin und her wie ein Gummiball, und sich mit den Füßen vom Boden abstoßend wiederholte er immer wieder: »Guuut gemacht! Kommmpliment, alter Junge!«

»Äh, Sir?«

Raviel McMillan verstummte. »Können Sie nicht klopfen?«, schnarrte er ärgerlich.

»Ich habe geklopft, aber Sie haben es offenbar nicht gehört«, erwiderte Carina Cottonmill ruhig.

Es war nicht das erste Mal, dass sie ihren Chef bei Selbstgesprächen überraschte. Die Haushälterin nahm es gleichmütig hin. Im Laufe der Zeit hatte sie sich daran gewöhnt, dass er sich am liebsten mit sich selbst unterhielt, auch wenn diese Marotte immer deutlicher zutage trat und zuweilen beängstigende Züge annahm.

»Und? Was gibt es?«, knurrte Raviel McMillan.

»Die Gefangenen befinden sich in einem äußerst schlechten Zustand«, erwiderte Carina Cottonmill mit gesenktem Kopf. »Die Kälte und das schlechte Essen haben sie ausgezehrt. Seit ein paar Tagen haben sie Fieber. Ich wollte fragen, ob ich ihnen vielleicht eine heiße Suppe bringen soll, damit sie wieder zu Kräften kommen.«

Seit vielen Jahren diente sie Raviel McMillan verschwiegen und unauffällig. Ihre spindeldürre Gestalt war in ein langes, schwarzes Gewand gekleidet, das ergraute Haar war streng zurückgekämmt und ließ ihr schmales, farbloses Gesicht mit den bleistiftdünnen Lippen noch spitzer wirken.

»Die Gefangenen haben sich das alles selbst zuzuschreiben«, herrschte Raviel McMillan sie an. »Sie könnten längst auf Seidenlaken schlafen und von morgens bis abends Kaviar fressen. Mitleid ist völlig unangebracht. Es bleibt dabei: Wasser und Brot. Die gute, alte Gefängniskost.«

»Wie Sie wünschen, Sir«, sagte die Haushälterin leise.

»Und noch etwas: Richten Sie ein Zimmer her. Wir bekommen einen weiteren Gast, ein Mädchen. Besorgen Sie den üblichen Elektronikschnickschnack, mit dem sich diese Bälger die Zeit vertreiben. Spielkonsolen und das ganze Zeug.«

Carina Cottonmill richtete einen erstaunten Blick auf ihren Chef. »Ein Mädchen?«, wiederholte sie. »Ein Kind?«

»Ich bezahle Sie nicht dafür, dass Sie blöde Fragen stellen«, raunzte Raviel McMillan. »Und jetzt lassen Sie mich allein, ich bin beschäftigt.«

Wie ein geprügelter Hund zog sich die Haushälterin zurück.

»Ich werde sie auswechseln müssen«, murmelte Raviel McMillan vor sich hin. »Es ist doch immer dasselbe: Wenn es drauf ankommt, zeigen die Weiber Gefühle. Gefühle! Wenn ich das schon höre!«

Er hatte sich bereits wieder seinem Kommandopult zugewandt und stellte den Ton eines Monitors lauter, auf dem rund um die Uhr Wetterberichte liefen.

»Sehr schön«, stellte er fest. »Heftige Wolkenbrüche an der Südküste Englands. Allerliebst. Zieht euch warm an, Leute, das ist erst der Anfang.«

Der Nebel wurde immer dichter. Wie Watte umgab er Shasha und Apollonia, die sich langsam einen Weg durch das undurchdringliche Nichts bahnten.

»Lass mich nicht allein, Shasha«, flehte Apollonia, während sie zu Tode erschrocken die gezackten Felsen von Dead Men's Sand betrachtete. »Bitte!«

Der Wind heulte bedrohlich über die Nebelinsel hinweg. Im fahlen Mondschein, der nur schwach durch den Dunst drang, wirkte die Insel so unheimlich wie ein verlassener Friedhof.

»Wart's ab, es wird dir gefallen«, versicherte Shasha.

Apollonia schüttelte ängstlich den Kopf. »Bist du verrückt?«

Hier die Nacht zu verbringen war nun wirklich das Schlimmste, was man ihr antun konnte.

»Hey, was soll das? Habe ich dir nicht tausendmal gesagt, du sollst nicht einfach so ...«, schimpfte plötzlich eine schnarrende Männerstimme los.

»Schon gut, Foggy Fog, das nächste Mal schreibe ich dir vorher eine Ansichtskarte«, schnitt Shasha der unfreundlichen Stimme das Wort ab. »Ist ein Notfall.«

Angestrengt starrte Apollonia in die Nebelschwaden. Mit wem hatte Shasha gesprochen? Sie sah nur eine grauweiße Wand. Dann tauchte plötzlich eine seltsame Gestalt vor ihr auf, die durch den Nebel segelte. Ein winziges altes Männchen mit einem weißen Bart, der so lang war, dass er ihn sich zweimal um den Bauch hätte wickeln können. Sein verwittertes Gesicht sah aus wie eine runzlige Walnussschale, die von Weihnachten übriggeblieben war.

Apollonia wich unwillkürlich zurück. Was war denn das für ein Kerl? Zwischen die Lippen hatte er eine Pfeife geklemmt, aus der es unaufhörlich rauchte und qualmte. Er hatte einen grau glänzenden Südwester tief in die Stirn gezogen und hielt eine silberne Taschenlampe in der Hand, mit der er die ungebetenen Gäste anleuchtete.

»Hammerhai und Walfischdreck! Shasha, das ist ein Menschenkind! Bist du komplett wahnsinnig geworden?«, polterte er los, als er Apollonia sah.

»Hallo? Das ist ein Notfall«, antwortete Shasha, während sie Apollonia vorsichtig auf einer Nebelbank absetzte. »Kann sie die Nacht über hier bleiben? Morgen früh hole ich sie wieder ab, ganz bestimmt.«

Skeptisch musterte das Männchen Apollonia von oben bis unten und paffte dabei unaufhörlich Nebelqualm aus seiner Pfeife. Dann strich er sich den grauweißen Mantel glatt, an dem Muscheln und Algen klebten.

»Na gut«, grummelte er. »Aber nur bis morgen früh. Ich habe zu tun, ihr Rotznasen. Der Herbst ist Hochsaison für mich. Bis Sonnenaufgang muss ich die ganze Küste eingenebelt haben. Das ist kein Kinderspiel.«

»Bingo«, flüsterte Shasha Apollonia zu. »Du wirst sehen, es ist warm und gemütlich bei Foggy. Der tut nur so wie der Poltergeist vom Dienst. Im Grunde ist er ganz in Ordnung. Komm.«

Sie nahm Apollonia an die Hand und folgte Foggy Fog, der mit der schwerfälligen Gewandtheit eines Albatross auf die Felsen zusteuerte.

Nur widerstrebend ließ Apollonia sich von ihr mitziehen. Auf keinen Fall würde sie hierbleiben. Andererseits – so schlimm sah dieser Foggy Fog auch wieder nicht aus. Er war zwar etwas grantelig, doch wie ein Schmuggler oder wie ein blutrünstiger Pirat wirkte er nicht gerade.

Sie trieben eine Weile langsam durch das endlose Nebelweiß über die Felsen dahin, bis sich plötzlich eine Öffnung in den Klippen vor ihnen auftat. Behutsam schwebte Shasha hinein, Apollonia im Schlepptau.

Sie gelangten in eine niedrige Höhle. Neugierig sah Apollonia sich um. Im Licht von Foggys Taschenlampe fingen die Wände an zu schimmern und zu blinken. Sie waren über und über mit blitzblank polierten Gegenständen aus Gold und Silber bedeckt. Kannen und Teller, Ketten und Diademe, sogar Messer und Gabeln hingen in der feucht glänzenden Felsengrotte. Generationen von Strandpiraten mussten diese Schätze zusammengetragen haben.

»Immer nur rein in die gute Stube«, murmelte Foggy Fog und nahm die Pfeife aus dem Mund. »Aber gefälligst Schuhe und Strümpfe ausziehen, du Leichtmatrose. Da bin ich nämlich pingelig.«

Apollonia erstarrte. Alles, nur das nicht. Den einen Gummistiefel, den sie noch hatte, würde sie ausziehen, aber nicht die gestrickten, blauroten Ringelsocken. Auf keinen Fall. Wortlos streifte sie den Stiefel ab und ließ sich in das daunenweiche Nebelbett fallen, auf das Shasha zeigte.

»Los doch, auch die Strümpfe«, flüsterte Shasha. »Du solltest den alten Foggy nicht verärgern.«

»Das – das g-geht nicht«, stammelte Apollonia, deren Wangen sich glühend rot färbten.

Verwundert sah Shasha sie an. »Wieso – sind die Socken festgewachsen? Oder hast du etwa schmutzige Füße?«

Trotzig schwieg Apollonia. Sicher, Shasha hatte sieben Arme und sieben Finger an jeder Hand. Doch die war ein Luftgeist, und sie, Apollonia, war ein Mensch, und da war es äußerst unangenehm, dass ...

»Runter mit den Socken«, befahl Foggy Fog unwirsch. Er kaute missbilligend auf seiner Pfeife herum. »Sonst wirst du geteert und gefedert!«

Apollonia war den Tränen nah. In der Schule hatte sie sich beim Sportunterricht immer als Letzte umgezogen, und vor den Schwimmstunden hatte sie sich regelmäßig gedrückt, angeblich, weil ihre Haut das Chlorwasser nicht vertrug. Denn ihre Füße, tja, ihre Füße waren eben anders als die Füße anderer Menschen.

Nichts fürchtete sie mehr, als dass es jemand entdecken könnte. Außer ihren Eltern und ihrer Großmutter hatte noch keine einzige Menschenseele ihre Füße gesehen.

»Tut gar nicht weh«, raunte Shasha und zog ohne Vorwarnung mit einer ruckartigen Bewegung die Socken weg. Dann sagte sie eine Weile nichts. Auch Foggy Fog verstummte. Gebannt starrten die beiden auf Apollonias Füße.

»Ich weiß, sie sind oberscheußlich«, jammerte Apollonia. »Dürfte ich bitte, bitte meine Strümpfe wieder anziehen?«

Shasha und Foggy Fog wechselten einen kurzen Blick.

»Pass mal auf, Prinzessin«, begann Shasha zögernd, doch Foggy Fog fiel ihr ungeduldig ins Wort.

»Hagel, Sturm und Wolkenbruch noch mal, sechs Zehen an jedem Fuß!«, donnerte er los. »Warum hast du das nicht gleich gesagt? Das ist natürlich etwas anderes!«

Er verbeugte sich tief und deutete einen Kratzfuß an, der jedem Diener ihrer Majestät der Königin Ehre gemacht hätte.

Nun verstand Apollonia gar nichts mehr. Verdutzt sah sie

Shasha an, die ebenfalls eine respektvolle Miene aufgesetzt hatte. Was hatten die beiden bloß?

»Wa-wahnsinn. Du bist, äh, eine – eine Enya«, sagte Shasha stockend und fuhr sich mit allen sieben Händen durch die Haare.

»Kann mir mal bitte jemand erklären, was los ist?«, fragte Apollonia. »Eine Enya, was ist das?«

Sie hatte die zwei überzähligen Zehen immer für eine Missbildung gehalten, für eine fürchterlich gemeine Laune der Natur. Umso verblüffter war sie nun über die seltsame Reaktion der beiden Wettergeister.

Shasha hatte sich inzwischen etwas gefangen. »Es gab eine Zeit«, begann sie mit leiser Stimme zu erzählen, »als Menschen und Geister noch nicht getrennt existierten. Es gab nur Wesen, die halb Mensch und halb Geist waren.«

Apollonia sah sie gebannt an, während Foggy Fog mit nachdenklicher Miene vor ihr verharrte. Die silberne Taschenlampe hielt er unverwandt auf Apollonias Füße gerichtet.

»Es gab Riesen und Zwerge«, fuhr Shasha fort, »es gab Elfen aus Fleisch und Blut, die ganz normal über die Erde spazierten, Kobolde, die sich Häuser bauten und nicht anders lebten als deine Großmutter. Und es gab Enyas, eine ganz besondere Spezies, die hoch verehrt wurde. Enyas hatten magische Kräfte. Und alle hatten sie – nun ja, sechs Zehen.«

»Eine Enya, ich fasse es nicht«, wiederholte Foggy Fog kopfschüttelnd, während er so heftig an seiner Pfeife sog, dass der Nebel sogar aus seinen Ohren herausquoll. »Welch Glanz in meiner Höhle! Ich werde Peach Pitchou an Deck holen, damit sie meinem hohen Gast behilflich ist. Ohne Zofe geht hier garnix mehr.«

So schnell, wie man eine Lampe ausknipst, verschwand er von einem Moment auf den anderen.

Auf der Stelle war es stockdunkel. Schnell kramte Apollonia

ihre alte Armeelampe aus der Jackentasche und knipste sie an. Dann hängte sie die Lampe an einen Haken an der Wand.

Sie rieb sich die Augen. Konnte das alles wahr sein? Noch vor wenigen Stunden hatte sie zu Hause in ihrem Bett gelegen, und nun saß sie in der Schatzhöhle eines Nebelgeists und erfuhr Dinge, die komplett ihren Verstand überstiegen.

»Du bist auserwählt«, erklärte Shasha ernst. »Es gibt so gut wie keine Enyas mehr. Nur entweder Menschen oder Geister, verstehst du? Du bist das Bindeglied zwischen der magischen Welt und dem, was die Menschen die reale Welt nennen.«

Sie begann, unruhig hin und her zu schweben, soweit die Enge der kleinen Höhle es erlaubte. »Du kannst Großes erreichen!«

Ich will aber gar nichts Großes erreichen, dachte Apollonia. Ich will auch keine Enya sein, oder wie das heißt. Ich will nur meine Eltern finden und glücklich und zufrieden mit ihnen leben.

Aufgeregt wirbelte Shasha in der niedrigen Höhle umher, sodass Apollonia von kleinen Windstößen erfasst wurde und der Nebel immer wieder auseinander stob.

Shasha schlug sich vor den Kopf. »Ich hätte es wissen müssen!«, rief sie aus. »Was bin ich doch für eine dämliche Windsbraut! Du konntest uns sehen, und außerdem war es ganz leicht, mit dir zu fliegen. Spätestens das hätte mich stutzig machen müssen!«

Sie streifte Apollonia mit einem fast zärtlichen Blick. »Eine Enya…«, sagte sie noch einmal. »Du glaubst gar nicht, wie glücklich ich bin.«

Apollonia betrachtete sie mit wachsender Ratlosigkeit. Das war alles ein bisschen zu viel für sie.

»Hör mal, Shasha, ich möchte nicht, dass sich irgendwas zwischen uns ändert. Und ich will schon gar nicht, dass du mich behandelst wie ein rohes Ei. Ich bin noch immer die gute alte Apollonia, keine Prinzessin auf der Erbse. Und dabei bleibt es auch.«

Statt einer Antwort lächelte Shasha nur, als wollte sie sagen: Träum weiter, Schätzchen, ich weiß, was ich weiß.

»So, da wären wir«, durchbrach Foggy Fog das Schweigen. Er war so plötzlich aufgetaucht, wie er vorher verschwunden war.

An seiner Seite glitt Peach Pitchou in die Höhle, die Nixe mit den längsten Wimpern der nördlichen Hemisphäre. Anmutig wedelte sie mit ihrem Fischschwanz, dessen Schuppen silbriggrün schimmerten. Die zarten, muschelweißen Arme hatte sie vor ihrem metallisch glänzenden Brustpanzer verschränkt. Über dem Bauchnabel trug sie ein Delfin-Tattoo, um den fein geschwungenen Mund spielte ein Lächeln.

»Hi Peach, willkommen im Klub der Gestrandeten«, sagte Apollonia mit einem letzten Rest Galgenhumor. »Ich hoffe, Foggy Fog hat dich nicht extra geweckt.«

»Es ist mir eine Ehre und eine Pflicht, einer Enya zur Verfügung zu stehen«, zwitscherte Peach mit ihrem hellen, süßen Stimmchen, das Apollonia schon immer gemocht hatte. Ihre türkisfarbenen Augen leuchteten. Sie schüttelte ihr langes, silbernes Haar, in dem bunte Perlen und glänzende Fischchen aufblitzten.

»Hast du irgendeinen Wunsch?«

»Ich möchte mich eigentlich nur ausruhen«, stöhnte Apollonia und unterdrückte ein Gähnen. »Ehrlich gesagt bin ich kurz vorm Systemabsturz. Dürfte ich jetzt vielleicht ein kleines bisschen schlafen?«

»Natürlich«, erwiderte Shasha. »Mach es dir bequem. Bei Tagesanbruch werde ich wieder da sein. Ich schätze mal, ich werde da draußen gebraucht. Ohne mich ist Flaute angesagt. Bis morgen!«

Mit diesen Worten sauste sie aus der Höhle. Ganz offensichtlich war sie erleichtert, die dunkle Enge hinter sich zu lassen. Ihr Revier waren die endlosen Weite der Lüfte, in kleinen Räumen dagegen fühlte sie sich sichtlich unwohl.

Apollonia pellte sich aus ihrer nassen Jacke und legte den Schal ab. »Dann gute Nacht, Peach, und gute Nacht, Foggy«, murmelte sie schon halb im Schlaf. Die Müdigkeit haute sie buchstäblich um.

»Ich halte draußen Wache und blase jedem, der sich nähert, das Licht aus«, grummelte Foggy Fog. »Wen ich erst mal richtig in die Mangel nehme, der muss die nächsten drei Wochen durch einen Schlauch ernährt werden!«

Dann verschwand er auf seine geisterhaft rasche Art, nicht ohne einen neuerlichen Schwall Nebel zu hinterlassen.

Apollonia sah ihm erstaunt nach. Das war kein netter alter Mann, das war ein Haudegen, wie er im Buche stand.

»Foggy übertreibt gern ein bisschen«, wisperte Peach Pitchou. Sie nahm das silbern gewirkte Tuch ab, das sie um ihre Schultern geschlungen hatte, und breitete es über Apollonia aus.

Sofort durchströmte eine wohlige Wärme Apollonias Glieder, alle Erschöpfung fiel von ihr ab. Eine spinnwebfeine Musik erfüllte die Luft, wie ein Konzert von tausend kleinen Harfen und Glöckchen.

»Ich muss ... meine ... Eltern finden«, murmelte Apollonia, dann fiel sie in einen tiefen, traumlosen Schlaf.

Mr. Harold F. Scott lag noch warm und wohlig in den Federn, als ein ohrenbetäubendes Knattern ihn weckte. Das ganze Haus schien zu beben. Sogar das schwere Bett aus Kirschholz vibrierte.

»Hilfe!«, rief er zu Tode erschrocken.

Seine Frau stand schlotternd am offenen Fenster und spähte in die Nacht hinaus. Der Wind zerrte an ihrem Nachthemd.

»Hubschrauber!«, kreischte sie. »Das sind Hubschrauber! Um alles in der Welt – ist ein Krieg ausgebrochen?« Zitternd vor Angst und Kälte zog sie das Nachthemd über der Brust zusammen. »So tu doch was. Harold!«

Der Lärm draußen steigerte sich immer mehr. Das Knattern war unerträglich, es ging durch Mark und Bein. Suchscheinwerfer streiften das Haus. Eine quäkende Stimme schrie etwas Unverständliches durch ein Megaphon. Irgendwo heulte die Sirene eines Polizeiautos.

So ähnlich hatte sich Harold F. Scott immer den Weltuntergang vorgestellt. Am liebsten hätte er die Bettdecke über den Kopf gezogen wie ein kleiner Junge. Mut war nicht gerade seine hervorstechendste Eigenschaft. Doch einen Feigling wollte er sich auch wieder nicht nennen lassen, schon gar nicht von seiner Frau.

Zögernd schlug er die Bettdecke zurück. Es war halb sechs Uhr morgens. Viel zu früh für einen Mann, der seine Gewohnheiten liebte und nie vor halb sieben aufstand. Als Schuldirektor hatte er einen ernsthaften Beruf auszuüben und brauchte seinen Schlaf. Wer auch immer da draußen herumknattern mochte, diese Ruhestörung war nicht nur beängstigend, sie war letztlich eine bodenlose Frechheit, fand er.

Nun klingelte auch noch das Telefon. Mit fliegenden Fingern suchte er nach seiner Brille und setzte sie auf. Dann tastete er nach dem Telefon auf dem Nachttisch.

Er räusperte sich, nahm Haltung an und krächzte in den Hörer: »Scott am Apparat. Harold Fletcher Scott.«

Seine Frau huschte zu ihm und blieb in höchster Alarmbereitschaft vor ihm stehen. »Wer? Wer ist es denn?«, flüsterte sie.

Schwer atmend musterte sie ihren Mann, in der Hoffnung, aus seinem Mienenspiel irgendetwas herauszulesen. Doch sein rundliches Gesicht mit den schütteren grauen Haarsträhnen, die wild vom Kopf abstanden, war wie versteinert.

»Was ist passiert?«, versuchte sie es aufs Neue.

Mrs. Gwendolyn Scott war eine gesetzte Dame in den Fünfzigern, doch jetzt war sie hibbelig wie ein Teenager. Sie liebte Krimis. Und sie hatte mit einem Mal das angenehme Gefühl, sich mitten in einer ziemlich spannenden Geschichte zu befinden. Endlich war mal was los in Norrington, diesem kleinen Kaff, wo sich Fuchs und Hase ›Gute Nacht‹ sagten! Und sie mittendrin!

Doch ihr Mann wedelte nur mit der freien Hand, als ob er eine aufdringliche Motte verscheuchen wollte. Völlig unbewegt hörte er zu. Dann legte er den Hörer auf den Nachttisch zurück. Er fuhr sich mit der Hand über die kreidebleiche Stirn, auf der ein paar Schweißtröpfchen glänzten.

»Apollonia Cox ist verschwunden«, sagte er mit tonloser Stimme. »Das Mädchen vom Leuchtturm. Heute Nacht. Sie haben eine Sonderkommission eingesetzt.«

Mrs. Gwendolyn Scott runzelte die Stirn. »Diese kleine Streunerin?« Ihre Stimme wurde schrill. »Und dafür reißen sie unbescholtene Leute aus dem Schlaf? Dafür das ganze Theater mit den Hubschraubern? Wer weiß, wo die sich rumtreibt. Ich finde … «

»Du findest gar nichts«, unterbrach ihr Mann sie zornig. »Sie war – sie ist immerhin meine Schülerin. Nicht meine Lieblingsschülerin, zugegeben. Doch dies ist eine böse Sache. Sei so gut und setze Teewasser auf. Ich muss sofort zur Schule. Die Polizei ist schon dort und organisiert Suchtrupps.«

»Aber … «, wollte seine Frau einwenden, doch Harold F. Scott war bereits auf dem Weg ins Badezimmer.

Zwanzig Minuten später erreichte er atemlos und völlig

durchnässt die Schule. Sein Schirm hatte sich sofort in alle Einzelteile zerlegt, nachdem er das Haus verlassen hatte. Der Sturm wütete immer noch mit unverminderter Kraft. Regen peitschte durch die menschenleeren Straßen, die Weiden im Schulgarten bogen sich im Wind. Ganze Sturzbäche flossen über das Kopfsteinpflaster.

Alle Fenster im Erdgeschoss der Schule waren hell erleuchtet. Keuchend rannte Harold F. Scott die Eingangstreppe hoch.

Der Hausmeister empfing ihn mit entschuldigender Miene. »Tut mir leid, Sir, aber sie haben mich gezwungen, die Tür zu öffnen. Überall haben sie sich breit gemacht. Sogar in Ihrem Büro!«

»Schon gut, Finnigan«, sagte Harold F. Scott und schob sich an dem Pedell vorbei. Er erkannte seine Schule kaum wieder. Polizisten rannten über die Flure, Handys und Walkie-Talkies ans Ohr gepresst. Männer in Gummizeug beugten sich in den Klassenräumen über Landkarten und debattierten lautstark. Im Laufschritt machte sich der Direktor auf den Weg zu seinem Büro. In sein Allerheiligstes. Niemand außer Harold F. Scott hatte dort Zutritt ohne seine ausdrückliche Erlaubnis.

Die Tür zum Büro stand sperrangelweit offen. Er trat ein und blieb gleich darauf wie angewurzelt stehen. Auch hier war alles voller Polizeibeamter. Der ockerfarben gestrichene Raum mit den abgewetzten Chippendalemöbeln und dem verkümmerten Gummibaum war völlig überfüllt. Es roch nach Tee, Zigarettenrauch und nassen Klamotten. Wie in einer Kneipe, dachte er empört. Was sind denn das für Manieren?

Am schlimmsten aber: An seinem Schreibtisch, direkt unter dem goldgerahmten Foto ihrer Majestät der Königin, saß ein dunkelhaariger, untersetzter Herr im Trenchcoat. Er hatte eine brennende Zigarette auf einer Untertasse abgelegt und trank Tee aus einer Thermoskanne. Gleichzeitig hackte er konzentriert auf einen Laptop ein.

»Gestatten, ich bin der Direktor dieser Schule«, stellte Harold F. Scott sich vor.

Er trat an den Schreibtisch. Am liebsten hätte er gesagt: Das ist übrigens mein Schreibtisch, Sie Flegel. Meiner! Stattdessen fügte er hinzu: »Und, äh, Entschuldigung, Rauchen ist hier leider nicht erlaubt.«

Der Mann im Trenchcoat sah auf und starrte ihn an wie einen Außerirdischen. »Sonst noch Probleme, der Herr?«, polterte er los. »Ihre Schülerin schwebt in Lebensgefahr, und Sie machen sich Sorgen um Ihre verdammte Gesundheit?«

Verlegen betrachtete Harold F. Scott seine aufgeweichten Schuhspitzen. »Ich wollte ja nur ... « begann er, dann wusste er nicht mehr weiter.

»Oberkommissar Zacharias Shackleton von Scotland Yard. Man hat mich aus London hierher geschickt, als Leiter der Mordkommission«, bellte der Mann im Trenchcoat und griff zu seiner Zigarette.

Er nahm einen tiefen Zug und blies dem Direktor eine Ladung Rauch mitten ins Gesicht. Dem rutschte das Herz in die Hose. Mordkommission? Er wankte leicht.

»Ist es richtig, dass ... «, der Kommissar wühlte in den Papieren, die den Schreibtisch bedeckten. Den stets penibel aufgeräumten und staubfreien Schreibtisch eines untadeligen Beamten ihrer Majestät der Königin.

»... ah, da haben wir's – dass Apollonia Marina Elisabeth Cox in letzter Zeit nur unregelmäßig Ihre Schule besuchte?«

»Das ist richtig«, erwiderte der Direktor zerknirscht.

»Nein, das ist *nicht* richtig!«, brüllte der Kommissar unvermittelt los. »Haben Sie denn gar nichts dagegen unternommen? Haben Sie das Kind zu Hause aufgesucht? Haben Sie mit den Angehörigen gesprochen?«

Ein Hubschrauber ratterte über das Schulhaus hinweg. Es klang wie eine Maschinengewehrsalve. Harold F. Scott zuckte zusammen. Ein Rinnsal aus Schweiß kroch unter seinem Tweedjackett und dem schweren Wettermantel seinen Rücken entlang. Er schnappte nach Luft. Die Polizeibeamten ringsum schwiegen betreten.

»Sie haben Ihre Aufsichtspflicht verletzt!«, brüllte der Kommissar völlig unbeeindruckt von dem Lärm. Wütend drückte er die Zigarette aus. »Zwei Hubschrauber, drei Rettungsboote und hundert Mann sind da draußen unterwegs, um diese Apollonia Cox zu finden! Wenn ich mich nicht täusche, ist das auch Ihre Schuld!«

Wie von einem Faustschlag getroffen sank der Schuldirektor auf den nächstbesten freien Stuhl. Auch wenn sich alles in ihm dagegen auflehnte – der Mann hatte ja Recht. Er hatte Apollonia als hoffnungslosen Fall abgetan mit ihren Schwänzereien und Hirngespinsten. Und das war ein schwerer Fehler gewesen, wie sich jetzt herausstellte.

Ein Polizist stürmte in das Büro. »Zac! Sie haben einen Gummistiefel gefunden! Rot, Größe siebenunddreißig. Etwa fünfzig Meilen vom Leuchtturm entfernt!«

Düster sah der Kommissar ihn an. »Fünfzig Meilen. Das hat sie unmöglich allein zu Fuß geschafft. Schon gar nicht bei dem Wetter. Das bedeutet ... «

» ... dass sie entführt wurde. Oder dass jemand ihre Leiche ... « Der Polizist beendete den Satz nicht. Er war noch ein recht junger Mann. Sein karottenrotes Haar loderte wie Feuer, die Sommersprossen auf seiner Nase schienen zu zittern.

Harold F. Scott schlug die Hände vors Gesicht. »Um Gottes willen«, ächzte er.

»Was ist mit der Großmutter, Will?«, fragte der Kommissar seinen Assistenten ungerührt.

»Hat den Gummistiefel identifiziert, steht aber noch unter Schock«, war die knappe Antwort.

»Und weiter?«

»Zwei Beamte sind bei ihr. Einer mit Psychoausbildung, einer für die Spurensicherung. Sie hat vom Dorfarzt eine Beruhigungsspritze bekommen. Sieht nicht gut aus. Die Gute hat offenbar ein schwaches Herz.«

»Soso.« Zacharias Shackleton tippte auf seinem Laptop herum. »Vor einem halben Jahr sind die Eltern dieser Apollonia verschwunden. Was wissen Sie darüber, Mr., äh ...?«

»... Scottt, Harold F. Scott. Nun, nichts weiter«, erwiderte der Schuldirektor. »Die Polizei hat eine Weile nach ihnen gefahndet, doch ohne Ergebnisse, wie man hört.«

Der Kommissar wurde dunkelrot vor Wut. »Suizidgefahr, psychische Labilität, Traumata, Neurosen!«, brüllte er. »Und das sind nur einige der Folgen, die so was nach sich zieht. Als Pädagoge sollten Sie das eigentlich wissen!«

»Ich – ich hatte schon etwas in die Wege geleitet«, krächzte Harold F. Scott mit dünner Stimme. »Es ist ja nicht so, dass ich nichts unternommen hätte. Die Großmutter war völlig überfordert mit dem Mädchen. Deshalb habe ich das zuständige Jugendamt angeschrieben, und die, nun ja, die wollten sie in einem Heim unterbringen.«

Der Kommissar hatte seinen Worten mit immer größerem Unwillen zugehört. »Ach so«, sagte er gefährlich leise. »So macht man das hier. Ab ins Heim, und dann ist alles wieder in Butter?«

Er stand auf und schnippte etwas Asche vom Ärmel seines Trenchcoats. Dann umrundete er den Schreibtisch und baute sich direkt vor Harold F. Scott auf, der immer kleiner auf seinem Stuhl wurde.

Furchtsam sah der Direktor zum Kommissar auf. Zacharias Shackleton war eine imposante Erscheinung. Seine fleischige Boxernase saß etwas schief im Gesicht, kleine, listige Fuchsaugen blitzten unter dem dunklen, lockigen Haarschopf. Wie eine Respektsperson sah er nicht gerade aus. Trotzdem fühlte sich Harold F. Scott wie ein Schüler, der gerade vom strengsten Lehrer des British Empire in die Mangel genommen wurde.

»Wissen Sie was?«, sagte der Kommissar. »Ich verachte Leute wie Sie.« Er spuckte die Worte förmlich aus. »Ich kenne die Akte. Sie haben direkt vor ihrer eigenen Nase eine Schülerin gehabt, die dringend Hilfe brauchte. Ihre Eltern sind seit einem halben Jahr verschwunden! Die Großmutter, die die Vermisstenanzeige bei der Polizei aufgegeben hat, ist offenbar total hinfällig. Und was haben Sie gemacht? Sie haben das Problem einfach weitergereicht.« Er wurde immer lauter. »Ist es das, was Sie unter Verantwortung verstehen?«

Harold F. Scott hätte sich am liebsten in eine Ecke gesetzt und geheult. Ja, er hatte tatenlos zugesehen. Von weitem. Hatte es geschehen lassen, dass die Kinder Apollonia hänselten. Hatte hingenommen, dass sie immer mehr zur Außenseiterin wurde. Und war letztlich sogar froh gewesen, wenn dieser kleine Störenfried nicht zum Unterricht erschien.

»Ich warte auf eine Antwort!«, brüllte der Kommissar.

Der Schuldirektor hob den Kopf. Unsicher sah er in die Augen seines Gegenübers. In die schlauen Fuchsaugen eines Mannes, dem man keine windelweichen Ausreden auftischen konnte. Er straffte sich.

»Ja, ich habe versagt«, sagte er leise. »Komplett versagt. Doch ich werde es wieder gutmachen. Ich stehe Ihnen ab sofort rund um die Uhr zur Verfügung. Wo soll ich anfangen?«

Damit hatte der Kommissar offenbar nicht gerechnet. Er hob eine Augenbraue und pfiff anerkennend durch die Zähne. Dann kehrte er zum Schreibtisch zurück, setzte sich und drückte ein paar Tasten auf seinem Laptop.

»Im Planquadrat 3F brauchen wir noch Leute. Das ist in der Nähe von Harrington Castle. Ein Kollege wird Sie hinbringen.«

Er machte einem der Polizeibeamten ein Zeichen. Der bedeutete dem Direktor wortlos, ihm zu folgen.

Zacharias Shackleton nahm einen Schluck Tee und langte in die Kekstüte neben sich. »Scheußliches Wetter«, sagte er und steckte sich einen Keks in den Mund. »Sie sollten sich feste Stiefel anziehen. Regnet es immer soviel in dieser Gegend?«

»Es ist der regenreichste Herbst seit Menschengedenken«, erwiderte Harold F. Scott.

Er war zutiefst erleichtert, dass er das niederschmetternde Verhör hinter sich hatte. Und für einen Engländer gab es ohnehin kein willkommeneres Gesprächsthema als das Wetter. »Noch nie ist soviel Wasser hier runtergegangen. Tja, der Klimawandel, schätze ich.«

»Wie auch immer, ohne Stiefel werden Sie nicht weit kommen«, brummte der Kommissar. »Und bringen Sie mir dieses Mädchen. Sonst sieht es zappenduster aus für Sie. Das ist Ihnen ja wohl hoffentlich klar.«

»Ich gebe mein Bestes«, erwiderte Harold F. Scott heiser. »Ganz bestimmt. Danke. Vielen Dank.«

Mit Knien wie aus Gummi verließ der Schuldirektor sein Büro. Er war nicht sicher, ob er es jemals wieder von innen sehen würde. Aber das zählte jetzt nicht mehr. Nun ging es nur noch um eines: Apollonia Cox zu finden. Im Hinausgehen wischte er sich verstohlen eine Träne aus dem Augenwinkel.

Wie spät oder wie früh mochte es sein? Mit einem herzhaften Gähnen sah Apollonia auf ihre Armbanduhr. Sie war stehen geblieben, um Punkt Mitternacht. Vielleicht hatte um Mitternacht wirklich eine neue Zeitrechnung begonnen? Ein neues Leben ganz bestimmt.

Sie stützte sich auf die Ellenbogen – gar nicht so einfach auf diesem weichen Nebelbett – und betrachtete die seltsame Höhle, in die sie geraten war.

Kaum zu glauben, was für Schätze Foggy Fog hier angehäuft hatte. Welche Dramen mochten sich wohl abgespielt haben, bevor sie hierher gelangt waren? Sie glaubte die Schreie der Ertrinkenden zu hören, das Bersten der Planken, die letzten Stoßgebete, bevor stolze Handelsschiffe und aufgetakelte Fregatten untergegangen waren. Mit Mann und Maus. Alles, was von ihnen übrig geblieben war, war das Gold und Silber an den Wänden.

Auf einmal hatte sie Hunger. Riesenhunger. In ihrer Jackentasche fand sie die Tüte Lakritz und steckte sich gleich drei Stücke auf einmal in den Mund. Kauend erhob sie sich und steckte die Nase aus der Höhle.

Es war noch halbdunkel. Der Nebel jedoch hatte sich etwas gelichtet und gab den Blick auf die wild gezackten Felsen der Insel frei.

Wo Shasha nur blieb? Auch von Foggy Fog war nichts zu sehen. Sie fröstelte. Ihre nackten Füße waren eiskalt. Nachdenklich betrachtete sie ihre zwölf Zehen. Hatte sie geträumt, oder war sie wirklich etwas Besonderes? Eine – Enya?

Sie hatte eine Gänsehaut vor Kälte, als sie in das Innere der Höhle zurückkehrte. Dort war es angenehm warm, obwohl man weder ein Feuer noch einen Ofen sah. Komisch. Wie machte Foggy Fog das nur? Am meisten aber wunderte sie, dass sie überhaupt keine Angst hatte. Dabei war sie doch mutterseelenallein auf Dead Men's Sand, auf der Insel der Toten! Gruseliger ging's wirklich nicht.

Sie sank wieder auf das Nebelbett und setzte sich die Kopfhörer des iPod auf die Ohren. Das machte sie immer, wenn sie sich einsam fühlte. Eine rhythmische Musik erklang, ein Rap, ihre Lieblingsmusik. Kein schlechter Soundtrack für diese abgefahrene Nebelhöhle. Eine Weile wippte sie im Rhythmus mit, dann holte sie das silberne Medaillon hervor.

Wie glücklich ihre Eltern auf dem Foto aussahen. Wie heiter und sorglos. Wo waren sie bloß? Ob sie ahnten, dass ihre Tochter in Gefahr war?

Apollonia schluckte. Was konnte sie schon tun? Sie war noch nicht mal erwachsen, sie war ganz allein, und sie hatte keine Ahnung, wo sie ihre Eltern suchen sollte. Ob die Wettergeister ihr helfen könnten?

Plötzlich fegte ein Windstoß in die Höhle und Shasha wirbelte herein. »Gut geschlafen? Hey, du machst ja ein Gesicht wie sieben Tage Regenwetter!«

Apollonias Miene hellte sich auf. Sie nahm die Kopfhörer ab. »Endlich, Shasha, bin ich froh, dass du da bist. Ich dachte schon, Ihr lasst mich hier verschimmeln!«

»Soweit kommt es noch!« Shasha setzte sich zu Apollonia auf das Nebelbett und betrachtete neugierig das Medaillon. »Deine Eltern?«

»Ja. Ich war bei der Hochzeit dabei, es war wunderschön.«

Shasha runzelte die Stirn. »Du warst bei der Hochzeit dabei?«

»Er ist nicht mein richtiger Vater«, erklärte Apollonia. »Meine Mutter hat ihn kennengelernt, als ich vier Jahre alt war. Aber für mich sind es meine Eltern. Die besten Eltern der Welt.«

»Du vermisst sie sehr, oder?«

»Hmm.« In Apollonias Gesicht zuckte es.

»Und was ist das da?«, wollte Shasha wissen und zeigte auf die kleine Zeichnung neben dem Foto.

»Keine Ahnung«, antwortete Apollonia. Sie wischte sich schnell über die Augen. »Seit ich denken kann, ist sie da drin. Was meinst du, was ist das?«

Shasha starrte angestrengt auf das winzig kleine Liniengeflecht. »Schwer zu sagen. Sieht aus wie ein Labyrinth. Oder wie der Albtraum eines Wahnsinnigen.« Sie blinzelte und versuchte, die winzig kleine Inschrift zu lesen, die an den Rand der Zeichnung gekritzelt war. »Kannst du das entziffern?«

»Ist was mit G«, sagte Apollonia. »Hab's vergessen. Warte mal«, sie hielt das Medaillon ins schwache Morgenlicht, das in die Höhle fiel. »Da steht – Grannus Belenus.«

Kaum hatte sie das Wort ausgesprochen, als ein Blitz die Höhle erhellte. Dröhnende Orgelklänge hallten von den flackernden Wänden wider, ein pfeifender Wind bauschte Shashas Gewand auf, und ein paar kleine Gesteinsbrocken lösten sich von der Decke. Dann war der Spuk wieder vorbei.

»Was war denn das?«, fragte Apollonia eingeschüchtert.

»Das muss ein magisches Wort gewesen sein«, erwiderte Shasha, die sich ein paar Steinchen aus den Haaren klaubte. »Dein magisches Wort. Irre. Du hast große Kräfte in dir! Woher kommt diese Zeichnung?«

»Weiß nicht. Sie war immer in dem Medaillon drin. Und das habe ich von meiner Mutter.«

»Soso.« Shasha zog die Nase kraus. »Hm. Weißt du eigentlich, wer dein wirklicher Vater ist?«

Apollonia klappte das Medaillon zu und steckte es in die Hosentasche, dann betrachtete sie eingehend die Decke der Höhle. »Meine Mutter hat nie von ihm gesprochen. Ist auch besser so. Aufgetaucht ist er nie, also, was soll's?«

Ihr verschlossener Gesichtsausdruck zeigte, dass sie die Sache nicht vertiefen wollte. Offenbar war es ihr äußerst unangenehm, vielleicht war da auch eine Wunde, die sich nie richtig geschlossen hatte.

Sofort wechselte Shasha das Thema. »Oh, ich wollte dir nicht zu nahe treten. Sag mal, was haben deine Eltern eigentlich gemacht, bevor sie verschwunden sind?«

»Deine Branche sozusagen«, erwiderte Apollonia. »Wetterbeobachtung. Sie arbeiteten in der meteorologischen Station in

Wishham, ein paar Kilometer westlich vom Leuchtturm. Die Station liegt direkt am Meer. Ein megalangweiliger Job, glaube ich. Niederschläge messen, Temperaturen aufzeichnen und so. Oft mussten sie verreisen, zu Kongressen. Dort haben sie die Ergebnisse präsentiert.«

»Aha.« Shasha sah nicht gerade begeistert aus. Sie erhob sich und streifte nervös an den Wänden der Höhle entlang. Ihr Gesichtsausdruck war mit einem Mal finster.

»Ist was nicht in Ordnung?«, fragte Apollonia. »Habe ich was Falsches gesagt?«

Shasha schwieg eine Weile, dann setzte sie sich wieder zu Apollonia. »Es ist nur ... wir mögen diese Wissenschaftler nicht besonders. Sie pfuschen uns nämlich neuerdings ziemlich ins Handwerk.«

»Wie bitte?« Apollonia war vollkommen platt. »Die beobachten doch nur. Das Wettermachen ist schließlich euer Ding. Ich meine, wer ist denn zuständig für den ganzen Krawall da draußen? Für den Sturm, den Regen, die Wellen, den Wind? Das bist du, das ist Joe McDaggerloe, das ist –«

»Ist dir denn gar nicht aufgefallen, dass seit einem halben Jahr lauter kleine Flugzeuge an der Küste unterwegs sind?«, unterbrach Shasha sie ungeduldig. »Und dass es immer mehr werden?«

Apollonia dachte nach. Doch, in den vergangenen Monaten hatte sie häufiger Flugzeuge beobachtet, die in rasanten Kurven umherflogen und ein paar Mal dem Leuchtturm gefährlich nah gekommen waren. Sie hatte sie für Sportflugzeuge gehalten. In der Nähe von Norrington gab es eine Flugschule, und es galt bei der High Society der Gegend neuerdings als exklusive Freizeitbeschäftigung, den Pilotenschein zu machen.

»Das sind die Sportflieger«, sagte sie. »Stimmt, es werden immer mehr. Den Oberen Zehntausend ist das Golfspielen wohl zu langweilig geworden. Haben Sie euch etwa gestört?«

»Gestört?« Shashas Haare flogen wild umher, so heftig schwang sie sich auf. Sie stieß fast an die Wände, während sie rief: »Die bringen alles durcheinander! Warum regnet es denn seit Monaten fast ohne Unterbrechung? Ich habe mehr als einmal gesehen, dass sie so ein komisches gelbes Zeugs in die Wolken sprühen, und simsalabim – regnet es!«

»Quatsch«, widersprach Apollonia. »So was gibt es gar nicht. Ich meine, ich habe schon von Wettermachern gehört, die irgendwo in Afrika auf die Buschtrommel hauen, damit es zu regnen anfängt. Reiner Hokuspokus, wenn du mich fragst. Und ein Regenspray? Im Ernst, das klingt genauso daneben.«

»So? Tut es das?« Shasha schien schwer beleidigt zu sein. »Ich habe also keinen blassen Schimmer, ja? Ich habe Gespenster gesehen, richtig? Und bilde mir diese Dinge bloß ein, obwohl ich sie aus nächster Nähe beobachtet habe?«

Wutschnaubend glitt sie aus der Höhle und kam erst ein paar Minuten später wieder herein. Sie hatte sich etwas beruhigt, beleidigt war sie aber immer noch. Mit vorwurfsvollem Gesicht ließ sie sich in einer entfernten Ecke nieder und tat so, als ob sie sich brennend für einen reich gravierten silbernen Teller interessierte, der direkt über ihr hing.

»Tut mir leid«, lenkte Apollonia ein, die ihre Freundin nicht verärgern wollte. »Vielleicht hast du ja Recht. Ich kann es mir eben nicht so richtig vorstellen. Und noch weniger passt in mein Hirn, dass meine Eltern etwas damit zu tun haben sollen.«

Eine Weile sahen sie sich stumm an. Apollonia spürte eine Kälte in sich hochkriechen. Eine andere als die draußen – eine innere Kälte. Irgendetwas an der Geschichte mit dem Wetter war oberfaul, das spürte sie.

Sie zog Peach Pitchous Schal bis zum Kinn hoch. Sofort war ihr wärmer, doch das Gefühl einer inneren Gänsehaut blieb.

»Du bist eine Enya. Du solltest wissen, was gespielt wird«,

flüsterte Shasha. »Möglich, dass deine Eltern wirklich nichts damit zu tun haben. Aber … «

»Haben sie nicht!«, beteuerte Apollonia. Auch wenn sie sich eingestehen musste, dass sie viel zu wenig über die Arbeit ihrer Eltern wusste, um so etwas zu behaupten.

Mit einem leisen Plopp erschien in diesem Augenblick Foggy Fog in der Höhle. Sein Südwester triefte vor Wasser, das in Bächen auf den Boden rann und sofort kleine Pfützen bildete. Die Pfeife hing erkaltet zwischen seinen Zähnen.

»Soso, ihr seid also immer noch da. Na gut, ihr Landratten,«, brummelte er knarzig wie immer.

»Also hör mal, Apollonia ist noch ziemlich schwach«, verteidigte sich Shasha.

Der Nebelgeist nahm seine Pfeife aus dem Mund. »Soll das hier 'ne Sprechstunde werden, oder was? Aber wenn die Enya schon mal da ist, kann sie sich auf ein Frühstück gefasst machen, das sich gewaschen hat! Da glüht die Kombüse!«

»Guten Morgen, wünsche wohl geruht zu haben!«, hörte man eine zarte Stimme am Eingang der Höhle. »Und guten Appetit!«

Es war Peach Pitchou, die sich mit ihren anmutigen Bewegungen hereinschlängelte. Auf ihren Händen balancierte sie ein silbernes Tablett. Eine Kanne Tee und eine Tasse standen darauf, daneben ein Teller mit zwei Scheiben Toast und einer Kugel Butter sowie ein Schälchen mit Orangenmarmelade.

Apollonia war völlig perplex. Ihr lief das Wasser im Mund zusammen. Woher hatte die Nixe nur diese Köstlichkeiten?

»Beliebt der Enya Zucker, Milch oder Zitrone?«, fragte Peach Pitchou.

Sie zeigte auf eine Zuckerdose, ein Milchkännchen und eine kleinen Karaffe mit Zitronensaft, die das Frühstück vervollständigten.

»Äh, alles, wenn's geht«, antwortete Apollonia und griff

hungrig nach dem Toast, den sie ohne alles in nullkommanix verspeiste.

»Dachte ich mir's doch, dass Heringgelee mit Seeigelkrokant nicht das Richtige gewesen wäre«, sagte Foggy zufrieden. Sein verwittertes, faltiges Gesicht strahlte.

Peach Pitchou gab Zucker, Milch und Zitrone in die Tasse, schüttete vorsichtig Tee hinzu und rührte mit einem winzigen silbernen Löffel um, dessen Griff die Form eines Delfins hatte.

»Wie lieb! Danke!«, sagte Apollonia und nahm die Tasse in Empfang.

Sie trank einen großen Schluck. Herrlich. Noch nie hatte eine Tasse Tee ihr so gut geschmeckt – nicht einmal der nordindische Darjeeling First Flush, den ihre Grandma sich immer extra aus London schicken ließ.

Grandma! Wie hatte sie in der Aufregung nur ihre Großmutter vergessen können?

Hastig holte sie ihr Handy aus der Tasche. »Ich muss Grandma anrufen«, erklärte sie. »Nur mal schnell Hallo sagen, Sie kommt bestimmt um vor Sorge!«

»Mach das«, ermunterte Shasha sie. »Und nach dem Frühstück sehen wir uns die Wetterfritzen an, ja?« Sie warf Foggy Fog und Peach Pitchou einen bedeutungsvollen Blick zu.

Apollonia wählte die Nummer des Leuchtturms im Nummernverzeichnis aus und drückte auf den kleinen grünen Hörer.

»Ja bitte? Wer ist da?«, schnarrte es am anderen Ende.

Schnell drückte sie das Gespräch weg. »Das war eine Männerstimme«, sagte sie enttäuscht. »Ach du Elend! Diese Typen sind immer noch da! So ein Mist! Was mache ich denn jetzt?«

»Du probierst es einfach später noch mal. Ewig können die ja schließlich nicht im Leuchtturm rumhängen«, beruhigte Shasha sie.

Missmutig legte Apollonia das Handy auf das Nebelbett. Sie bestrich den zweiten Toast mit Butter und Marmelade. Er schmeckte längst nicht so gut wie der erste. Wie schrecklich, dass diese Typen ihre Grandma belagerten. Warum ließen sie die alte Frau nicht einfach in Ruhe? Oder war das etwa die Polizei gewesen?

Erst jetzt wurde ihr bewusst, dass vielleicht noch ein paar mehr Leute sie vermissten. Naja, nicht wirklich vermissten. Wer vermisste schon Apollonia Cox, das Mädchen, mit dem keiner was zu tun haben wollte? Die Spinnerin mit den »Wahnvorstellungen«? In der Schule hatte sie sich sowieso seit Tagen nicht mehr blicken lassen. Aber irgendwann würde sogar den Lehrern auffallen, dass sie sich in Luft aufgelöst hatte.

Möglich, dass es auch Greg auffiel. Bestimmt fiel es ihm auf. Er war schließlich der Einzige, der sie überhaupt je beachtet hatte. Und der Einzige, den sie mochte. Vielleicht vermisste er sie ja sogar ein bisschen.

»Du siehst traurig aus«, wisperte Peach Pitchou, die gerade eine weitere Tasse Tee vorbereitete. »Kann ich dir irgendwie helfen?«

»Wenn ich das wüsste«, seufzte Apollonia.

Sie wollte nur noch nach Hause, zu Grandma. Ihre Großmutter war schwer herzkrank, jede Aufregung konnte für sie Lebensgefahr bedeuten.

»Ich möchte die Enya auf keinen Fall beunruhigen«, sagte Peach Pitchou. »Aber es geschehen seltsame Dinge in unserem Reich. Viele Wettergeister sind letzte Nacht aus der Gegend verschwunden. Man munkelt etwas von Aufruhr in der Tiefsee.«

Shasha sah sie beklommen an. »Ich werde das Gefühl nicht los, dass sich irgendein Unheil anbahnt. Ich weiß nicht warum, aber ich bin ganz sicher: Apollonia ist in großer Gefahr!«

»Du liebe Güte, wer die englische Küche überlebt, muss weder Tod noch Teufel fürchten«, knurrte Zacharias Shackleton und schob seinen Teller von sich.

Er hatte das angebrannte Rührei und die verkohlten Würstchen kaum angerührt. Auch hier im Gasthaus trug er seinen Trenchcoat. Vermutlich schlief er sogar in dem Mantel, so verdrückt und verknittert, wie der aussah.

Das Gasthaus »The Swan« war ein typischer englischer Pub, mit dunkel getäfelten Wänden, an denen Schiffsbilder hingen, und mit genoppten Lederbänken, die am Boden festgeschraubt waren. Jetzt, um halb elf, war das Lokal gähnend leer. Niemand setzte bei dem Wetter freiwillig einen Fuß vor die Tür. Der Wind hatte sich gelegt, aber es regnete noch immer in Strömen. Unaufhörlich rann das Regenwasser an den Fensterscheiben herunter.

»Irgendwas Neues, Will?«, fragte er seinen Assistenten, der sich gerade zu ihm setzte.

»Das kann man wohl sagen«, erwiderte William O'Hara. Er legte die triefende Dienstmütze ab und fuhr sich mit beiden Händen durch das rote Haar. Seine Uniform war völlig durchnässt. »Stell dir vor: Es gibt doch so etwas wie einen Abschiedsbrief! Der Kollege von der Spurensicherung hat das Zimmer von dieser Apollonia noch mal durchkämmt und unter dem Bett einen Zettel gefunden. Hier.«

Er reichte seinem Chef ein Stück Papier.

»Mach dir keine Sorgen«, las der Kommissar laut vor. »Verdammt, das bedeutet soviel wie alles oder nichts. Sonst noch was? Habt ihr schon die Schulkinder befragt?«

William O'Hara betrachtete interessiert den fast vollen Teller, der direkt vor ihm stand. Man sah ihm an, dass er vor Hunger fast umkam.

»Ja, haben wir. Aber ohne Ergebnis. Die sind total verstockt, die kleinen Biester. Keiner will was gehört oder gesehen haben. ›Polly-Molly war immer schon irgendwie komisch‹, sagen sie. Oder: ›Die ist bestimmt bei ihren Wettergeistern‹. Mehr war aus ihnen nicht rauszukriegen.«

»Soso. Bei ihren Wettergeistern. Na, toll.« Verdrießlich sah Zacharias Shackleton nach draußen in den Regen. Alles war grau in grau gehüllt.

»Es gibt immer irgendwas«, presste er zwischen den Zähnen hervor. »Man muss nur richtig nachbohren. Habt ihr wenigstens ein einziges Kind, das nicht schlecht über das Mädchen spricht?«

O'Hara überlegte. »Hm. Nun ja, da war ein Mitschüler ...«

»Weiter!«, unterbrach ihn der Kommissar. »Name? Adresse?«

»George oder Graham oder, nein, ich hab's, Greg hieß er, glaube ich. Greg Gregorian.«

Zacharias Shackleton hieb mit der flachen Hand auf den Tisch, sodass die Teetasse vor ihm zu klirren begann. »Glaube ich«, äffte er den Beamten nach. »Geht's noch? Her mit dem Jungen! Und zwar sofort!«

Mit dem Ausdruck größten Bedauerns erhob sich O'Hara und warf einen letzten begehrlichen Blick auf den Teller. Das Rührei darauf dampfte noch ein bisschen. Dann machte er sich auf den Weg zur Schule.

Kopfschüttelnd sah der Kommissar ihm nach. Er nahm einen Schluck Tee. Immer wieder drehte er Apollonias Zettel in den Händen.

»Mach dir keine Sorgen«, murmelte er halblaut vor sich hin.

Die Schrift wirkte erstaunlich sauber und klar, auch wenn

man merkte, dass der Satz in höchster Eile geschrieben worden war. Hatten die Entführer ihn diktiert? Oder war es der Abschiedsbrief einer Selbstmörderin?

So kam er nicht weiter. Er holte ein Foto aus seiner Geldbörse, ein Klassenfoto, das vor etwa einem Jahr aufgenommen worden war. Er hatte es im Büro des Schuldirektors gefunden und einfach mitgehen lassen. Er erkannte Apollonia an ihrer kastanienroten Mähne, die ihm schon auf dem Fahndungsfoto aufgefallen war. Sie stand ganz links außen, etwas abseits, ohne zu lächeln wie die anderen. Mit einem unbeteiligten Gesichtsausdruck sah sie am Fotografen vorbei.

Der Kommissar bestellte bei der Wirtin einen Whiskey. Apollonia ähnelte seiner Nichte, die weit weg auf dem Festland lebte und ungefähr im selben Alter war. Er versuchte, sich in solch ein Mädchen hineinzuversetzen.

Warum hatte sie von Wettergeistern erzählt? Hatte sich Apollonia in eine Traumwelt geflüchtet? Es wäre nicht das erste Mal, dass ein Kind sich Freunde zusammenfantasierte, wenn es in der Wirklichkeit keine hatte.

»Wohl bekomm's, Herr Oberkommissar.« Die Wirtin servierte den Whiskey. »Weiß man schon mehr?«, fragte sie neugierig.

Zacharias Shackleton beachtete sie gar nicht. Versunken saß er da und zündete sich eine Zigarette an.

»Entschuldigung«, sagte die Wirtin, »aber rauchen ...«

»Sehen Sie irgendeinen Gast, den das stört?«, fuhr er sie an. »Also, Ihre Nerven möchte ich haben! Wie steht's mit Ihnen? Haben Sie Apollonia Cox gekannt?« Er nahm einen kräftigen Schluck vom Whiskey

»Ihre Eltern kamen manchmal her«, antwortete die Wirtin und nestelte an ihrer Schürze herum. »Seltsame Leute. Sie sahen ein bisschen alternativ aus. Redeten nicht viel, aber zahlten immer alles ordnungsgemäß. Wissenschaftler eben. Aber auch Apollonias Großmutter ist ja etwas, nun, verdreht. Die waren immer schon Eigenbrötler, die Leute vom Leuchtturm.« Erwartungsvoll stand sie da.

»Und was erzählt man sich hier so über das Verschwinden der Eltern? Kam Ihnen das nicht verdächtig vor?«

»Das geht mich nichts an.« Die Wirtin wirkte mit einem Mal fast feindselig. »Jeder hat hier seine eigenen Probleme.«

»Ist das alles?«, brummte der Kommissar.

In diesem Moment kam William O'Hara zurück, gefolgt von einem blassen Jungen, der ziemlich verstört aussah.

»Das ist Greg«, sagte der Beamte.

»Soso, das ist Greg«, wiederholte der Kommissar und betrachtete den Jungen mit einem durchdringenden Blick. »Setz dich. Wir müssen reden.«

»Ich – ich weiß aber nichts«, sagte Greg.

Er zitterte in seiner viel zu dünnen, durchweichten Jacke. Ein paar nasse blonde Haarsträhnen hingen ihm in die Stirn.

»Sie können gehen«, sagte der Kommissar barsch zu der Wirtin, die begierig auf Neuigkeiten am Tisch stehengeblieben war. »Sie behindern sonst wichtige Ermittlungen!«

Enttäuscht verdrückte sie sich hinter den Tresen.

»Und du, Will, du verziehst dich an den Nebentisch. Greg und ich müssen mal ein Gespräch unter Männern führen.« Sofort stand William O'Hara auf und setzte sich in eine entfernte Ecke.

»Du magst diese Apollonia, was?«, fragte Zacharias Shackleton leise und versuchte, seiner Stimme einen freundlichen Klang zu geben. »Das bleibt natürlich unter uns«, fügte er hinzu und zwinkerte verschwörerisch.

»Ein bisschen. Schon«, erwiderte Greg. Er war ein hochaufgeschossener, schlaksiger Junge, der ziemlich schüchtern wirkte.

Bestimmt auch nicht gerade der Liebling der Klasse, dachte

Zacharias Shackleton. Da kannte er sich aus. Es waren immer die mit der großen Klappe und die Sportskanonen, die in der Schule beliebt waren. Er selbst war weder das eine noch das andere gewesen und hatte sich daher auch nie besonderer Beliebtheit erfreut. So wenig wie offensichtlich dieser Greg.

»Stell dir vor, du müsstest fliehen«, sagte der Kommissar. »Wohin würdest du gehen?«

Greg hob die Schultern. »Keine Ahnung.«

»Und Apollonia? Hatte sie irgendjemanden außer ihrer Großmutter? Hat sie von irgendwem erzählt?«

»Wir haben eigentlich nie viel miteinander geredet«, druckste Greg herum. »Naja, nur manchmal ... aber das bleibt wirklich unter uns?«

Der Kommissar nickte. »Großes Scotland-Yard-Ehrenwort.«

»Wir haben – wir haben uns manchmal SMS geschickt«, flüsterte Greg und wurde über und über rot. »Nichts Besonderes. Nur: ›Schule ist total öde‹, oder sowas. Mehr nicht.«

Zacharias Shackleton riss die Augen auf. »Sie hat ein Handy?«, rief er.

»Wir haben alle ein Handy«, erwiderte Greg unsicher. »Wieso?«

»Sapperlot und Zwirn noch mal! Du rufst sie jetzt auf der Stelle an!«

»Das wird nix nützen. Ich habe ihr schon was gesimst, aber sie hat nicht geantwortet«, widersprach Greg.

»Anrufen!«, brüllte der Kommissar.

Zögernd holte Greg sein Handy heraus. Er drückte die Wahlwiederholung. Aha, dachte der Kommissar. Er hat es also schon mal probiert, der kleine Schlaumeier. Gespannt warteten sie.

»Nichts«, sagte Greg. Er legte das Handy auf den Tisch. »Sie geht nicht ran.«

Der Kommissar starrte das Handy eine Weile an, als könnte er es mit purer Willenskraft zum Klingeln bringen. Doch es blieb stumm wie ein Fisch. Dann rief er: »Du schickst ihr jetzt sofort eine SMS! Dass sie dich anrufen soll. Wenn sie noch lebt ...«, er machte eine Pause und sah, dass Gregs Gesichtsfarbe von dunkelrot nach kreideweiß wechselte, »dann können wir sie orten, sobald sie dich anruft!«

Ganz wohl schien Greg sich dabei nicht zu fühlen, doch er nickte.

»Worauf wartest du?«, sagte der Kommissar. »Jetzt! Sofort!«

Gehorsam griff Greg zum Handy und begann, auf die Tastatur einzutippen. Dann zeigte er dem Kommissar das Display. »Richtig so?«

»C U soon?«, stand darauf. Das sollte wohl soviel heißen wie: Sehen wir uns bald?

»Und ab dafür«, brummte Zacharias Shackleton.

Greg drückte auf »senden«, dann warteten beide wieder gespannt.

»Vielleicht hat sie ihr Handy gar nicht mitgenommen«, gab Greg zu bedenken.

»Will, sag den Beamten im Leuchtturm, sie sollen nach Apollonias Handy suchen«, befahl Zacharias Shackleton. »Und du«, er fixierte Greg mit einem ernsten Blick, »du bleibst ab jetzt immer in meiner Nähe. Wenn sie anruft, dann musst du unbedingt so lange wie möglich mit ihr sprechen, damit wir sie orten können. Mindestens drei, vier Minuten!«

»Aber«, wollte Greg protestieren, doch der Kommissar schnitt ihm das Wort ab. »Es geht um Leben und Tod«, rief er aus. »Da wird dir doch wohl was einfallen, oder?«

»Ich werde mir Mühe geben«, versprach Greg. Er biss sich auf die Lippen.

»Sonst noch was?«, fragte Zacharias Shackleton. Er hatte das sichere Gefühl, dass dieser Greg mehr wusste, als er zugab.

»Naja, die Wettergeister. Klar, so was gibt's nicht. Das weiß jedes Kind. Trotzdem ...«

»Trotzdem – was?«

Greg rutschte auf seinem Platz herum. »Es hörte sich so echt an, wie sie es erzählte. Absolut echt«, flüsterte er. »Man kann nie wissen. In dieser Gegend passieren merkwürdige Dinge. Vor allem am Leuchtturm ...«

Der Kommissar wechselte einen kurzen Blick mit O'Hara, der gute Ohren hatte und feixend mit den Augen rollte.

»Wird schon was dran sein«, brummte er. »Weißt du was? Sag deinen Eltern Bescheid, dass du ab jetzt ein Mitglied der Sonderkommission bist und so schnell nicht wieder nach Hause kommst.«

»Ehrlich? Ein Mitglied der Sonderkommission?« Gregs Augen leuchteten auf. »Ja, Sir. Natürlich, Sir. Ich sag's meiner Mutter.«

Er schien um mindestens drei Zentimeter gewachsen zu sein, so stolz war er. Als er das Gespräch mit seiner Mutter beendet hatte, hielt er sein Handy noch eine Weile in der Hand und betrachtete es nachdenklich.

»Ich glaube, sie hat GPS«, sagte er.

»Sie hat – was?«, fragte der Kommissar verdutzt.

»Global Positioning System. Ortung über Satellit«, erklärte O'Hara grinsend. Er genoss es offenbar, dass er zur Abwechslung mal mehr wusste als sein Chef.

Diese Eröffnung schlug ein wie ein Blitz. Nun ging alles ganz schnell. Fasziniert verfolgte Greg das hektische Durcheinander, das er mit einem einzigen Satz erzeugt hatte. Telefonate wurden geführt, Techniker herbestellt, ein Hubschrauber und ein Rettungsboot organisiert. Weitere Beamte kamen in den Pub gelaufen und brachten Landkarten. Alle schrien aufgeregt durcheinander.

Etwa eine Stunde später bohrte Zacharias Shackleton triumphierend ein rotes Fähnchen in einen kleinen, unregelmäßigen Fleck, der auf der Karte eingezeichnet war. Mitten im Meer. In blauen Buchstaben stand daneben »Dead Men's Sand«.

Greg wurde bleich. »Das – das ist d-die Insel der Toten«, stammelte er.

Der Kommissar lächelte gönnerhaft. »Nichts für kleine Jungs. Willst du mitkommen?«

In großer Gefahr. Sie war in großer Gefahr. Immer wieder rollte der Satz in Apollonias Kopf hin und her wie eine Kugel in einem Geduldsspiel. Was sollte das heißen? Bis jetzt hatte sie gedacht, dass es nur das Kinderheim oder eine Pflegefamilie war, was ihr drohte. War da noch mehr?

Shasha flog währenddessen aufgeregt über ihren Köpfen herum und fegte dabei fast das Geschirr vom Tablett.

»Und wenn es da einen Zusammenhang gibt?«, fragte sie aufgeregt. »Die Flugzeuge, das rätselhafte Verschwinden deiner Eltern? Das kann doch kein Zufall sein!«

Stirnrunzelnd hörte Apollonia ihr zu, während sie stumm zu rechnen begann. Seit wann waren ihre Eltern eigentlich weg? Und seit wann kurvten die vielen Flugzeuge durch die Gegend? Beides war etwa ein halbes Jahr her. Ihr Herz krampfte sich zusammen. Sie trank die zweite Tasse Tee auf einen Zug aus.

»Ich glaube, es wird Zeit, etwas zu tun«, sagte sie entschlossen. »Wir können nicht warten, bis irgendwas Schlimmes passiert. So schön es auch bei euch ist, jetzt müssen wir handeln. Das Frühstück war köstlich. Danke Foggy, danke Peach.«

»Ich erwarte die Enya jederzeit in meiner bescheidenen Höhle zurück«, sagte Foggy Fog und verneigte sich. »Wenn du willst, gleich heute Abend. Auch an einem zünftigen Dinner wird es nicht fehlen. Eine große Portion Algenbrei vielleicht? Oder panierte Fischaugen?«

Er zündete seine Pfeife an und grinste.

»Schon gut«, lächelte Apollonia. »Ich bin wirklich keine Prinzessin. Fish und Chips sind okay. Hauptsache, es sind keine Fischaugen – obwohl das bei euch sicher eine Delikatesse ist.«

Sie suchte ihre Socken zusammen und streifte sie über. Es war ein wunderbares Gefühl, dass sie sich ihrer Füße nicht mehr schämen musste – als ob eine tonnenschwere Last von ihren Schultern gefallen wäre. Von nun an würde sie stolz auf ihre zwölf Zehen sein.

Eilig zog sie die Jacke an, die trotz des Nebels völlig trocken war. Als Letztes band sie sich den Schal um. Den einen Stiefel ließ sie in der Höhle, der störte nur beim Fliegen. Mit gemischten Gefühlen trat sie nach draußen. Es war mittlerweile etwas heller geworden.

Shasha setzte sich ein himmelblaues Basecap auf ihre blauen Haare, dann starteten sie und schwebten schon wenige Sekunden später über den Nebel hinweg.

Während Apollonia die Arme ausbreitete, merkte sie, dass sie einen ziemlichen Muskelkater hatte. Kein Wunder, im Fliegen hatte sie schließlich keine Übung. Sie verzog das Gesicht.

»Was hast du?«, rief Shasha ihr zu.

»Och, nichts.«, antwortete Apollonia.

Nie hätte sie zugegeben, dass es in ihren Armen zog und ziepte. Es gab Wichtigeres. Und was war ein bisschen Muskelkater schon gegen das berauschende Gefühl, sich in die Lüfte zu erheben? Gab es etwas Herrlicheres, als die Gesetze der Schwerkraft hinter sich zu lassen?

Sie genoss den Wind um die Nase, tief atmete sie den salzigen Geruch des Meeres ein. Wie leicht sie sich anfühlte, wie schwerelos. Hier oben war sie unerreichbar für unzufriedene Lehrer und bösartige Männer, die sie fangen wollten.

Als sie auf die Küste zuflogen, erkannte sie von weitem den Leuchtturm. Ihren Leuchtturm. Ihr Zuhause. Das Hochgefühl, das sie gerade noch empfunden hatte, bröselte in sich zusammen.

Wie gern wäre sie einfach dorthin zurückgeflogen, hätte sich in ihr Bett gelegt und später Grandma geweckt, wie jeden Morgen. Dann hätten sie eine Tasse Tee getrunken, und Grandma hätte ihr die alten Legenden erzählt, die Apollonia so mochte. Von Schurken und Helden, von Piraten und Seeungeheuern.

Doch es ging nicht. Warum war das Leben manchmal so schrecklich kompliziert?

Der Regen setzte wieder ein, und sie band den Schal fester um den Hals. Angestrengt spähte sie zum Leuchtturm hinüber. Vielleicht war Grandma ja schon aufgestanden und machte ihren morgendlichen Gang in den Garten. Dann konnte sie ihr wenigstens zuwinken.

Doch als sie dem Leuchtturm näher kamen, machte Apollonia zwei Polizeiautos aus, die neben der Gartenpforte parkten. Also wurde sie schon gesucht. Ein winziger Stich ging durch ihr Herz. Das schlechte Gewissen plagte sie. Wenn sie doch Grandma sagen könnte, dass sie noch lebte ...

Ein Polizist ging neben dem Leuchtturm auf und ab und telefonierte.

»Kann der mich eigentlich sehen?«, fragte Apollonia.

»Wohl kaum«, erwiderte Shasha. »Jetzt, wo du deine Kräfte entdeckt hast, wirst du nach und nach unsichtbar werden, so wie wir alle. Wir geben uns für die Menschen nur zu erkennen, wenn wir sie mal so richtig erschrecken wollen. Vermutlich bist du jetzt für Menschenaugen so was wie eine bunte Wolke.«

Eine bunte Wolke. Aha. Apollonia betrachtete ihre Arme, die so aussahen wie immer. Der Gedanke, unsichtbar zu werden, war faszinierend, aber auch ein klein wenig unheimlich.

»Zieh den Kopf ein!«, schrie Shasha plötzlich und umklammerte Apollonia mit aller Kraft. »Da sind sie!«

Es war ein ganzes Geschwader. Lauter schwarze kleine Flugzeuge, die in Achterformation angerast kamen. Deutlich konnte Apollonia die winzigen Kanzeln erkennen, in denen schwarz vermummte Piloten mit dunklen Brillen saßen. Die Motoren dröhnten wie ein angriffslustiger Bienenschwarm.

Mit atemberaubender Geschwindigkeit schwirrten die Flugzeuge direkt über Shasha und Apollonia hinweg, die sich im letzten Moment weggeduckt hatten. Was auch immer das zu bedeuten hatte – Sportflieger waren das nicht.

»Glaubst du es jetzt?«, rief Shasha.

Apollonia wandte sich um. Tatsächlich, aus dem Bauch der Flugzeuge quollen giftiggelbe Dämpfe, die sich mit den Wolken vermischten. Sofort steigerte sich der Regen zu einem infernalischen Wolkenbruch.

»So ein Irrsinn! Wenn das so weitergeht, wächst hier bald kein Gras mehr«, rief Shasha, als die Flugzeuge außer Sichtweite waren. »Schon jetzt ist die ganze Küste ein einziges Schlammloch!«

»Kann man denn gar nichts dagegen unternehmen?«, fragte Apollonia.

»Wir *müssen* sogar etwas dagegen unternehmen.«, antwortete Shasha. »Komm, wir suchen Joe McDaggerloe. Dem gehen diese blöden Flieger auch schon auf den Zeiger. Vielleicht hat er einen Plan.«

Sie flogen durch den peitschenden Regen die Küste entlang, ihre Augen unverwandt nach unten gerichtet. Die Wassermassen schienen unerschöpflich zu sein. In nassen Strähnen klebte das Haar an Apollonias Wangen, ihr Schal triefte. Immer wieder sahen sie tief unter sich Grüppchen von Männern in Gummizeug, die mit Hunden durch das Gelände liefen.

Irre, dachte Apollonia, sind die etwa alle meinetwegen bei dem Sauwetter unterwegs?

In einer kleinen, unzugänglichen Bucht entdeckten sie schließlich Joe McDaggerloe und Rattrappono. Mit beiden Armen wühlte der Wellenkobold das Meer auf und warf riesige Wellen in Richtung Küste, die sich dröhnend an den Uferfelsen brachen. Joe hockte weiter oben auf einer Klippe und verspeiste gerade ein paar Krabben, als Apollonia und Shasha neben ihm landeten.

Schaudernd hörte Apollonia das Knacken der Krabbenpanzer. Der Regenschrat besaß nicht gerade das, was man als untadelige Tischmanieren bezeichnen würde. Rings um ihn lagen Krabbenteile und Fischgräten verstreut, in seinem Gesicht hingen Essensreste. Sogar auf seinem kahlen Kopf klebte ein Krebsbein.

Noch nie hatte Apollonia Joe McDaggerloe von so Nahem gesehen. Er war groß, eine Hüne, selbst im Sitzen. Sein Kreuz war breit wie das eines Bodybuilders, und der Hals verschwand in einem Stiernacken, der einem Preisboxer alle Ehre gemacht hätte. Ein grauer Mantel aus Wassertröpfchen umhüllte ihn, seine Ohrläppchen hatten die Form großer Wassertropfen und hingen ihm bis auf die Schultern.

Wären nicht die Wasserschläuche gewesen, die an Stelle von Armen unter seinem Mantel hervorkamen, hätte man ihn für einen Ringer oder für einen Leibwächter halten können.

»Herrliches Wetter«, murmelte er kauend und sah zum Himmel. »Leider nicht von mir. So einen hammermäßigen Wolkenbruch krieg selbst ich nicht hin.«

Seine froschartigen Augen waren hinter einer kobaltblauen Taucherbrille verborgen, am Hinterkopf ragte ein einziger blonder Zopf aus der glatten Haut. Aus den durchsichtigen Schläuchen spritzte pausenlos Regenwasser.

»Hi Joe, alter Wasserspeier«, begrüßte Shasha ihn. »Tut mir leid, dass wir dich beim Frühstück stören.«

»Ach was, stören – die da stören mich.« Joe McDaggerloe machte eine Kopfbewegung in die Richtung, in der die Flugzeuge verschwunden waren. »So eine elende Mistbande aber auch. Du siehst ja, was los ist. Künstlicher Regen, ha!« Er spuckte in hohem Bogen ein Stück Krabbenpanzer aus. »Die gehören allesamt umgenietet und im Schlamm versenkt, aber volle Kante!«

»Stimmt«, schrie Rattrappono. Ärgerlich ließ er das Meerwasser aufschäumen, haushoch spritzte die Gischt über die Klippen. Sein dunkelblauer Umhang und der bläuliche, eng anliegende Metallpanzer waren übersät mit Schaumbläschen. Sein Helm glänzte nass, grünes Algenhaar sah darunter hervor.

»Rattrappono, reiß dich doch mal zusammen, du Grobian!«, rief Shasha dem Wellenkobold zu, als sie sah, wie Apollonia sich die Arme vors Gesicht hielt, um sich vor dem Salzwasser zu schützen. »Wir haben einen Gast!«

»Oh, äh, tut mir leid«, entschuldigte er sich winkend. »Ich hatte Apollonia gar nicht gesehen. Morgen, die Damen!«

Er strich eilends mit beiden Händen über das Meer und glättete rasch die Wellen. Nun plätscherte das Wasser nur noch sanft über die Kiesel der Bucht. Dann setzte er sich zu ihnen.

»Danke«, sagte Apollonia und wischte sich das Salzwasser aus dem Gesicht. Ihre Augen brannten, doch sie biss tapfer die Zähne zusammen. »Sagt mal, seit wann sind die Flugzeuge eigentlich unterwegs?«

Joe McDaggerloe hob die Schultern. »Keine Ahnung, verdammt, ich hab's nicht so mit dem Kalender. Aber die Armleuchter rauschen hier schon mindestens ein halbes Jahr durchs Gelände. Was 'ne kranke Truppe.«

»Habt ihr rausgefunden, woher sie kommen?«, fragte Apollonia weiter. »Wo starten sie?«

»Wishham«, erwiderte Rattrappono. »Da gibt es doch einen Flugplatz. Ich hab schon überlegt, ob ich einfach ’ne Welle drüberlaufen lasse. Schwapp und weg. Aber ich glaube nicht, dass wir sie damit kleinkriegen. Die tanken dort nur auf. Die Dinger kommen alle vom Norden, und es muss Hunderte geben.«

Wishham? Apollonia zuckte zusammen. »Dort liegt die Wetterstation, in der meine Eltern gearbeitet haben!«

»Ach ja?« Rattrappono betrachtete sie misstrauisch. »Haben die etwa mit den Flugzeugen zu tun?«

»Blödsinn!« Schnell schob Apollonia den Verdacht beiseite, der ihre Brust einschnürte. Nein, ihre Eltern hatten auf keinen Fall damit zu tun. Das sah ihnen überhaupt nicht ähnlich. Im Gegenteil: Sie waren eher in der Ökoliga und taten alles dafür, damit die Natur nicht zerstört wurde. Aber wie passte das alles zusammen?

»Tja, Mädels, war nett, mit euch zu plaudern«, sagte Joe McDaggerloe und erhob sich. »Ich muss zum großen Boss. Zu Okami Dragon. Er hat eine Konferenz der Wettergeister einberufen. Rattrappono kommt auch mit.«

Shasha vollführte einen nervösen Salto. »Eine Konferenz? Wo denn?«

»Na, im Tiefseepalast, wo sonst? Ist ’n weiter Weg. Also, wenn ihr uns dann mal entschuldigen würdet.«

Er streckte sich ächzend und versprühte ein paar Wasserkaskaden. An der Stelle, wo er gesessen hatte, hatte sich eine große Pfütze gebildet.

»Moment mal«, rief Shasha. »Wieso weiß ich nichts davon?«

Joe McDaggerloe zuckte die Achseln und verströmte dabei einige Regenfontänen. »Keine Ahnung. War eine SOS-Message.«

»Ist Foggy Fog dabei?«, wollte Shasha wissen.

»Nö, der alte Knacker ist für Okami uninteressant, außerdem wird er hier gebraucht. Ein Herbst ohne Nebel ist wie ein Fisch ohne Gräten. Aber vielleicht«, er ließ ein krächzendes Lachen hören, »vielleicht stehst du nicht auf der Liste, weil der Herr der Meere keine Mädels dabeihaben will?«

Shasha war empört. Sie hüpfte auf und nieder, während sie rief: »Also wirklich, so geht das nicht! Wir kommen mit!«

»Wir?«, echote Rattrappono missbilligend. »Das heißt, du willst – Apollonia mitnehmen? Sie ist ein Menschenkind, ein Fremdling. Okami Dragon wird ihr das zarte Hälschen umdrehen!«

»Och, ich kann auch bei Foggy auf euch warten«, sagte Apollonia schnell. »Düst ruhig ohne mich los.«

»Kommt überhaupt nicht in Frage«, protestierte Shasha. »Apollonia wird nicht weggekickt.«

Joe McDaggerloe pulte sich einen Krabbenrest aus seinem grün bemoosten Gebiss. »Tja, aber auf deine Verantwortung. Ich meine, Okami Dragon wird schon stinksauer sein, dich zu sehen. Aber ein Menschenkind, ich weiß nicht, so was verspeist er normalerweise zum Frühstück!«

Mit einem neuerlichen Salto landete Shasha neben ihm. »Pass auf, was du sagst«, fuhr sie ihn an.

»Wieso? Hat sie 'ne Bombe in der Hosentasche oder was?«

Shasha hob unwillig die Brauen. »Sie ist eine – Enya.«

»Was?« Entgeistert starrte Joe McDaggerloe Apollonia an. Er zerfloss fast vor Aufregung, und für einen Moment sah es so aus, als würde er sich völlig in Wassertropfen auflösen.

»Eine Enya?«, wiederholte Rattrappono und ruderte derart heftig mit den Armen, dass eine Flutwelle die Bucht überrollte. Apollonia sprang auf, doch sie bekam trotzdem nasse Füße, solche Wassermassen stürzten auf sie zu. Seufzend zog sie die Socken aus und warf sie in die Brandung. Lieber barfuß laufen, als in klammen Socken durch die Gegend gondeln, dachte sie.

Sie bemerkte, dass Joe McDaggerloe und Rattrappono fasziniert auf ihre Füße starrten. Kaum zu glauben, was sechs Zehen an jedem Fuß ausmachten.

»Was heißt das eigentlich genau – Enya?«, fragte sie. »Ich meine, ich weiß ja schon, das ist was mit Magie und so. Aber irgendwie habe ich es noch nicht so richtig verstanden.«

»Nun«, Shasha strich sich durch das blaue Haar, das sich wie ein Woge über ihrer Stirn türmte. »Enya, das ist keltisch, soweit ich weiß. Es bedeutet ›Wasser des Lebens‹.« Sie sah Apollonia fest in die Augen. »Du bist eine von uns.«

Nichts hätte Apollonia in diesem Moment glücklicher machen können. Endlich weiß ich, wo ich hingehöre, dachte sie. Immer hatte sie sich als Sonderling gefühlt, als eine Außenseiterin, die nicht dazugehörte. Doch nun war alles anders.

»Wasser des Lebens«, murmelte sie vor sich hin.

Eine ungeheure Freude erfüllte sie. Und Stolz. Sie hatte nicht nur Freunde gefunden – sie hatte ihren Platz gefunden, das spürte sie ganz deutlich.

»Worauf warten wir?«, rief Shasha. »Los jetzt! Sonst kommen wir noch zu spät!«

Joe schüttelte sich, dass das Wasser nur so um ihn herum flog. Ohne ein Wort erhob er sich in die Luft. Sein Wassermantel formte einen Schweif aus Millionen von Tröpfchen, als er das Meer ansteuerte. Rattrappono rückte seinen Helm gerade, winkte und verschwand in den Fluten.

»Der Tiefseepalast?«, fragte Apollonia. »Wo ist denn das?«

»Immer den Golfstrom entlang, quer durch den Atlantik in die Sargassosee und dann hinter den Bermudainseln. In der Karibik, um genau zu sein«, erwiderte Shasha.

Das klang weit, weit weg. Apollonia suchte in Windeseile nach ihrem Handy. Schnell noch mal Grandma anrufen, war ihr einziger Gedanke. Und vielleicht auch Greg eine SMS schicken. Warum eigentlich nicht? Wer konnte schon wissen, wann sie wieder Gelegenheit dazu hatte?

Doch das Handy war nicht in der Jacke. Auch nicht in der Hosentasche. So was Dummes aber auch! Offensichtlich hatte sie es in der Höhle vergessen.

Shasha zog sie ungeduldig mit sich. »Schnell doch! Jetzt zeig, was du kannst!«

»Wie lange werden wir denn unterwegs sein?«, wollte Apollonia kleinlaut wissen. »Es ist nämlich so, dass meine Arme ehrlich gesagt ...«

Doch Shasha hörte gar nicht hin. »Festhalten!«, schrie sie, dann hoben sie mit einem Ruck vom Felsen ab und sausten hinter Joe McDaggerloe her, von dem nur noch in der Ferne ein Wasserschweif zu sehen war. Rattrappono war längst abgetaucht, eine große Woge weit draußen im Meer verriet, wo er sich befand.

»Du schaffst das schon!«, sagte Shasha. »Und das letzte Stück nehmen wir die Delfine!«

»O-okay«, murmelte Apollonia. Bermudainseln? Okami Dragon? Delfine? In ihrem Kopf fuhren die Gedanken Karussell. Aber ein Zurück gab es sowieso nicht mehr. Und wenn es das letzte Abenteuer ihres jungen Lebens war – auch gut. Dann hatte sie wenigstens nichts unversucht gelassen, um ihre Eltern zu finden.

Zacharias Shackleton stürzte den letzten Schluck Whiskey hinunter, dann stiegen sie in ein Polizeiauto. Mit Blaulicht rasten sie zum Hafen, wo schon ein Rettungsboot auf sie wartete. Im strömenden Regen sprangen der Kommissar, O'Hara, Greg und ein Sanitäter auf das Boot. Sie legten noch die Schwimmwesten an, als der Kapitän auch schon den Motor aufheulen ließ und mit vollem Tempo aufs offene Meer hinaussteuerte.

Der Seegang war nicht besonders hoch, doch das Boot schaukelte und hüpfte, weil es die Wellen quer nahm und über die Wellenkämme sprang wie ein betrunkener Hürdenläufer.

William O'Hara hing schon nach fünf Minuten über der Reling und erbrach sich geräuschvoll, dann wankte er in die Kajüte. Der Sanitäter zog es ohnehin vor, sich nicht völlig vom Regen durchweichen zu lassen und hockte ebenfalls in der Kajüte neben dem Kapitän.

Nur Zacharias Shackleton und Greg klammerten sich draußen an den Sitzen fest und blickten hinaus in den Regen. Es schien völlig unmöglich, in dieser ewigen Wasserwüste irgendjemanden zu finden. Und doch hatte der Kapitän auf einen Meter genau die Position, an der Apollonia laut GPS sein musste.

»Kann sie eigentlich schwimmen?«, fragte der Kommissar.

»Wer – Apollonia?« Greg zog die Augenbrauen hoch. »Ich glaube nicht. Beim Schwimmunterricht war sie jedenfalls nie, wegen einer Chlorallergie, glaube ich. Und an der Steilküste kann man nicht ins Wasser gehen. Zu gefährlich.«

Das war keine gute Nachricht. Der Kommissar holte ein Fernglas aus der Manteltasche und suchte den Horizont ab. Nichts war zu sehen. Gar nichts. Er sah auf die Uhr. Mittag schon. Die Zeit lief ihm davon.

Plötzlich gerieten sie in dichten Nebel. Das Meer war mittlerweile spiegelglatt. Auch der Regen hatte aufgehört. Kein Laut war zu hören, es war geradezu unheimlich still. Nur ein weit entfernter Möwenschrei dann und wann.

»Geht das nicht schneller?«, blaffte der Kommissar in Richtung Kajüte. Er stand vorn am Bug und versuchte, mit seinen Augen den Nebel zu durchdringen. Ihm war kalt, und seine Ungeduld machte ihn noch unleidlicher.

Wo um alles in der Welt lag hier eine Insel? Dick wie Milchsuppe war der Nebel, durch den sie langsam glitten. Viel zu langsam nach dem Geschmack des Kommissars.

William O'Hara wankte zu ihnen. »Der Käpt'n musste die Geschwindigkeit drosseln. Ist ein verflixt schwieriges Gebiet hier. Das Bermuda-Dreieck der Gegend. Regelmäßig gehen hier Schiffe unter. Untiefen, unterirdische Felsen, das volle Programm. Da hilft auch die ganze Technik nichts.«

»Und Geister gibt es«, sagte Greg kaum hörbar. Niemand achtete auf ihn.

Ein ohrenbetäubend lautes, schürfendes Geräusch am Boden des Bootes ließ sie zusammenfahren.

»Wir laufen auf Grund!«, schrie O'Hara.

Zwar trugen sie alle Schwimmwesten, doch die Aussicht, Bekanntschaft mit dem eiskalten Wasser zu machen, war nicht gerade verlockend.

»Verdammt, wo sind wir?«, brüllte der Kommissar.

Das Boot war zum Stillstand gekommen. Nun erschien der Kapitän. Er war ein alter, erfahrener Seemann, dem man ansah, dass er sich höchst unbehaglich fühlte.

»Tut mir leid, Sir, das war's«, sagte er. »Wir sitzen fest. Aber wenn die Karte stimmt, sind wir gerade auf Dead Men's Sand gelandet. Ich werde den Seenotrettungsdienst anfunken. Hier kommen wir nur noch per Hubschrauber weg.«

Er knöpfte sich die dunkelblaue Jacke fester zu. »Ist ein unheimlicher Ort, Sir. Die Seeleute fürchten die Insel wie die Pest. Aber Sie können sich ja mal ein bisschen umsehen. Nach den Berechnungen muss das Mädchen hier ganz in der Nähe sein...«

»Umsehen?« Zacharias Shackleton betrachtete skeptisch die gezackten Felsen, die neben dem Boot aus dem Wasser ragten. Der Nebel wurde immer dichter. Etwas entfernt waren schemenhaft Klippen zu erkennen.

»Da«, sagte Greg und zeigte auf die Klippen. »Eine Höhle! Ich sehe sie ganz deutlich!«

Fluchend kletterte der Kommissar aus dem Boot, das etwas Schlagseite bekommen hatte. Er rutschte sofort an den nassen Felsen ab und wäre fast ins Wasser gefallen, wenn er sich nicht im letzten Moment am Bootsrand festgehalten hätte. Doch einer wie Zacharias Shackleton gab nicht so leicht klein bei. Mühsam richtete er sich auf und begann, auf den gefährlich glitschigen Felsen Richtung Klippen zu balancieren.

Schritt für Schritt kämpfte er sich auf die Insel zu. Als er kurz vor der Höhle angelangt war, hörte er Greg neben sich keuchen, der ihm unbemerkt gefolgt war.

»Mut hast du, Junge«, sagte er anerkennend. »Vielleicht ist es ja eine Geisterhöhle und wir werden gleich von einem Skelett angefallen, was?« Er lachte grimmig.

Greg lachte nicht. Ernst fragte er: »Meinen Sie, dass sie noch lebt?«

Der Kommissar blieb ihm die Antwort schuldig. Es war jetzt etwa zwei Uhr mittags. Seit vierzehn Stunden war Apollonia verschwunden. Wenn sie entführt worden war, dann wurde die Chance, sie lebend zu finden, immer geringer. Meist meldeten sich die Entführer spätestens acht Stunden nach der Tat. Dauerte es länger, bestand kaum noch Hoffnung.

Weiß der Teufel, was hinter dem Fall steckt, dachte er. Die Eltern werden seit sechs Monaten vermisst, und nun ist auch die Tochter weg. Vielleicht ist das Ganze einfach eine Familientragödie? Mehr kriechend als kletternd erreichten sie die dunkle Öffnung im Felsen. Ein klammes Gefühl ergriff den Kommissar. Was auch immer sie hier finden mochten, es war sicherlich nicht geeignet für einen Jungen, der sich etwas aus Apollonia Cox machte. Was für ein unverzeihlicher Fehler, den armen Greg mitzunehmen! Nun ging es nur noch darum, ihm Schlimmeres zu ersparen.

»Bleib hier und warte auf mich«, ordnete er an. »Das ist ein Befehl!«

Atemlos sah Greg zu, wie der Kommissar in die Höhle kletterte. War da gerade ein grauer Schatten gewesen? Ein kleiner grauer Schatten, wie von einem seltsamen kleinen Mann? Greg schloss die Augen und öffnete sie wieder. Nein, da waren nur die Klippen und der Nebel.

Zacharias Shackleton hatte sich unterdessen ein paar Schritte in die Höhle hineingewagt. Soweit er es sehen konnte, war sie leer. Doch er witterte förmlich die Spur von Apollonia. Es war mehr Instinkt als Gewissheit. Der Instinkt eines alten Hasen, der in seinem Polizistenleben mehr als einmal lieber seiner Intuition getraut hatte als den Fakten.

Witternd sog er die Luft ein. Roch es nicht ein ganz klein wenig nach Tee? Und nach Toast? Nein, das musste eine Halluzination sein. Vermutlich spielten ihm der Hunger und die Kälte einen Streich. Wo um Himmels willen sollten auf dieser gottverlassenen Insel ausgerechnet Tee und Toast herkommen? Trotzdem ...

Er tastete sich durch das Halbdunkel. Nichts. Nur feuchte, modrige Wände. Der Boden war bedeckt mit Sand und verwittertem Unrat, vermutlich Überreste von Schmugglern, die hier gehaust hatten. Auch die altmodische Armeelampe an der Wand sah ganz danach aus.

»Verd....!« rief er aus, als er über etwas stolperte. Er bückte sich und ertastete einen Gummistiefel. Einen roten Gummistiefel. Er nahm ein Papiertaschentuch aus seiner Manteltasche, um keine Fingerabdrücke zu verwischen, und hob den Stiefel auf.

Als er die Sohle gegen das matt einfallende Licht hielt, sah er, dass es Größe siebenunddreißig war. Nun entdeckte er auch das Handy, das auf dem Boden lag und blinkte.

Mit bebenden Händen hob er es auf. »Zehn Anrufe in Abwesenheit«, stand auf dem Display. Der gute Greg. Er musste die Wahlwiederholung zum Glühen gebracht haben, seit er von Apollonias Verschwinden erfahren hatte.

Der Kommissar legte das Handy zurück auf den Boden. Obwohl es unwahrscheinlich schien, dass Apollonia jemals hierher zurückkehrte, so gab es doch zumindest eine winzige Chance. Später würde er einen Suchtrupp herschicken, um die Höhle zu bewachen, nahm er sich vor.

Plötzlich wurde ihm unheimlich zumute. Was hatte der Käpt'n gesagt? Dead Men's Sand sei ein verrufener Ort? Ein Grausen erfasste ihn, eine eigenartige Ahnung von Mächten, an die er nicht glaubte, die er aber dennoch bis in die Zehenspitzen spürte. Hastig packte er den Gummistiefel, und mit ein paar Sätzen war er wieder draußen vor der Höhle.

Obwohl Zacharias Shackleton ein hartgesottener Kerl war, den nichts so leicht aus der Fassung brachte, stand ihm das Entsetzen ins Gesicht geschrieben. Doch Greg brauchte ihn gar nicht anzusehen, um zu wissen, was los war. Er starrte nur auf den roten Gummistiefel, den der Kommissar in der Hand hielt.

»Apollonia...«, schniefte er. »Sagen Sie mir ehrlich: Ist sie da drin in der Höhle? Ist sie – tot?«

»Nein, nein«. Beruhigend legte der Kommissar einen Arm um den schluchzenden Jungen. »Sie ist weg. Aber wir geben die Hoffnung nicht auf. Ich schicke einen Suchtrupp auf diese verdammte Insel. Und wenn wir sie nicht finden, machen wir auf dem Festland weiter. Alles wird gut. Ein Mädchen wie Apollonia löst sich nicht einfach in Luft auf!«

Greg sagte nichts. Solche leeren Versprechungen konnten ihn nicht trösten. Der einzige Trost waren die Worte, die Apollonia damals in der Schule gesagt hatte, als alle sie ausgelacht hatten: »Ich habe wunderbare Freunde. Sie sind immer für mich da.« Da hatte sie von den Wettergeistern gesprochen. Greg hätte etwas darum gegeben, wenn Apollonia auch ihn damit gemeint hätte.

»Ich bin immer für dich da«, flüsterte er unhörbar, als er mit Zacharias Shackleton zum Boot zurückkletterte.

Er sah nicht den kleinen alten Mann, der auf den Klippen stand, eine Pfeife zwischen den Zähnen, und ihnen schmunzelnd nachsah. Er hörte nur das gedämpfte Flappen des Hubschraubers, der sich langsam näherte.

Apollonia wusste längst nicht mehr, wie lange sie unterwegs waren. Seit Stunden, so schien es ihr, hatte sie kein Land mehr gesehen. Nur Meer und nochmals Meer. Sonne wechselte sich mit Regen ab, Wolken zogen über den Himmel, dann wieder segelten sie unter unwirklich dunklem Blau dahin.

Vergeblich hatte sie Shasha um eine kurze Rast gebeten, nur ein paar Minuten zum Verschnaufen auf einer der Wolken, die so einladend über ihnen schwebten. Doch Shasha hatte Apollonia nur umso fester gepackt und war mit ihr weitergerast.

Es wurde wärmer. Längst hatte sie sich aus dem nassen Schal gewickelt und ihn um den Bauch geschlungen. Auch die dicke Jacke wurde ihr allmählich zu heiß. Der Regenschweif von Joe McDaggerloe, den sie anfangs verwünscht hatte, war jetzt eine willkommene Erfrischung. Er flog etwa zwanzig Meter vor ihnen.

»Wo sind wir?«, rief sie, als Shasha unvermittelt einen Haken abwärts zur Wasserfläche schlug, auf der sich tausend kleine Wellen kräuselten.

»Mitten zwischen Afrika und Amerika«, antwortete die Windsbraut, als sei es das Normalste auf der Welt, mal eben schnell um die Welt zu fliegen. »Gleich kommen die Delfine. Alles okay soweit?«

»Es wird immer besser!«, rief Apollonia.

Und in der Tat: Je länger sie flog, desto mehr hatte sie das Gefühl, als ob sie sich schon immer auf diese Weise fortbewegt hätte. Es war wie Fahrrad fahren. Wenn man es erst einmal konnte, dachte man gar nicht mehr darüber nach. Die Bewegungen kamen wie von selbst, es war kinderleicht.

In der Ferne sah sie ein Kreuzfahrtschiff, winzig wie ein Spielzeugboot. Wie himmlisch es war, so durch die Luft zu sausen. Ihr Muskelkater war längst vergessen. Wieder spürte sie das Hochgefühl grenzenloser Freiheit, wie bei ihrem ersten Flug.

»Und wer ist dieser Okami Dragon?«, wollte Apollonia wissen.

Shasha räusperte sich. Ihr langes Gewand verhedderte sich in einem ihrer Arme, und sie musste energisch gegensteuern, um nicht vollends ins Trudeln zu geraten. Täuschte sich Apollonia, oder war ihre unerschrockene Freundin plötzlich nervös?

»Also sag schon – wer ist es?«, hakte sie nach.

»Der Herrscher der Meere«, erwiderte Shasha. »Leider total unberechenbar. Mal gibt er den guten König, mal den Bösewicht. Ehrlich gesagt ist mit ihm nicht zu spaßen. Wenn er schlecht aufgelegt ist, zettelt er fürchterliche Stürme an. Sogar vor Tsunamis schreckt er nicht zurück. Du weißt schon, diese Monsterwellen, die alles vernichten.«

Na, das kann ja heiter werden, dachte Apollonia. Ob es wirklich eine gute Idee gewesen war, mitzukommen? Wehmütig dachte sie an die gemütliche Höhle von Foggy Fog. Wie herrlich wäre es, sich jetzt einfach auf dem Nebelbett auszustrecken, eine Tasse Tee zu trinken und...

Nein, ermahnte sie sich. Du hast eine Aufgabe. Die Wettergeister sind deine letzte Chance.

»Ihhh!« Unwillkürlich schrie Apollonia auf, als sie die Wellen berührten, die eigentümlich weiß waren und leicht nach Schwefel rochen.

»Wasserscheu, was?«, kicherte Shasha. »Jetzt pass gut auf. Siehst du die Delfine?«

Apollonia kniff die Augen zusammen. Das ungewohnt helle Sonnenlicht blendete sie. Seit Wochen hatte sie nichts als Regen und Nebel gesehen. Doch dann entdeckte sie eine graue Flosse in den Wellen. Kurz darauf eine zweite. Und plötzlich war es ein ganzer Schwarm Delfine, der aus dem Meer auftauchte. Mit runden, fließenden Bewegungen glitten die Tiere aus dem Wasser und verschwanden wieder darin.

»Greif dir eine Flosse!«, schrie Shasha aufgeregt. Das Basecap flog ihr vom Kopf und landete auf den Wellen. Sie achtete gar nicht darauf, sondern hatte nur Augen für die Delfine.

»Eine Flosse? Aber dann ziehen sie mich ins Wasser!«, protestierte Apollonia.

»Ja und? Was meinst denn du, wo der Tiefseepalast liegt? Am Strand? Unter Palmen?«, lachte Shasha.

Ich kann nicht schwimmen, durchfuhr es Apollonia siedend heiß. Zum ersten Mal bedauerte sie es, dass sie sich immer vor den Schwimmstunden gedrückt hatte. Sie konnte weder kraulen noch tauchen, und auch die Geheimnisse des Brust- und Rückenschwimmens waren ihr verborgen geblieben. Im Wasser war sie so hilflos wie ein Fisch auf dem Trockenen.

»Oh, nein, ich werde ertrinken!«, rief sie zu Tode erschrocken.

»Wenn du ein Mensch wärst«, rief Shasha, die bereits eine Flosse erwischt hatte und sich geschickt auf den Delfin schwang wie auf ein Pony. Mit den fünf freien Händen schleifte sie Apollonia hinter sich her. »Aber du bist eine Enya. Das Wasser des Lebens ...«

»Wenn's doch so wäre«, murmelte Apollonia angstvoll.

Sie nahm allen Mut zusammen und versuchte, eine der Flossen zu ergreifen, die vor ihr aus den Fluten herausragten. Mit dem letzten bisschen Kraft, das sie hatte, klammerte sie sich an das nasse Ding, das zugleich ein kleines bisschen rau war.

»Und jetzt – hopp und drauf!«, kommandierte Shasha.

Apollonia presste ihre Beine fest um den grauglänzenden Leib. Der Delfin stieß ein heiseres Zwitschern aus, das sie bisher nur aus dem Fernsehen kannte. Sie hatte noch nie Delfine in der Natur gesehen, geschweige denn, dass sie jemals versuchte hätte, auf einem zu reiten.

Überraschenderweise war es gar nicht schwer. Das Tier schien nur darauf gewartet zu haben, eine Reiterin zu befördern. Doch als es untertauchte, geriet Apollonia in höchste Panik. Sie schluckte Wasser, hustete und spuckte, was das Zeug hielt. War das das Ende?

Der Delfin tauchte wieder auf, und Apollonia schnappte nach Luft.

»Shasha!«, schrie sie verzweifelt. »Sha-« Doch gleich ging es zurück in die Fluten.

Aber was war das? Wieder wurden die Naturgesetze außer Kraft gesetzt. Jedenfalls die, die sie kannte. Sobald die Wellen erneut über ihrem Kopf zusammengeschlagen waren und sie im Meer versank, konnte sie plötzlich atmen. Atmen? Oder waren ihr plötzlich Kiemen gewachsen?

Ein letztes Mal tauchte der Delfin auf, dann ging es weit, weit unter die Meeresoberfläche. Und das in einem so atemberaubenden Tempo, dass Apollonia ihre Furcht völlig vergaß. Eine Zauberwelt umgab sie. Schwärme bunter kleiner Fische kamen ihr entgegen und stoben davon. Gepunktete, gestreifte, gefleckte und schillernde Fische, von zitronengelb bis dunkelorange.

Ein rosa Korallenriff wurde sichtbar, auf dem Seeanemonen in allen Farben leuchteten. Sie sah sich um – Shasha war daran zu erkennen, dass sie unter Wasser alles aufschäumte mit ihren

Windböen. Eine Wolke kleiner Luftbläschen umgab sie, während ihr Delfin mitten in ein Riff hineinsteuerte.

Langfingrige bläuliche Tangpflanzen strichen durch Apollonias Gesicht, ein riesiger Rochen segelte über sie hinweg und warf seinen Schatten auf sie. Mit weit geöffneten Augen betrachtete sie die wundersame Welt, in die sie geraten war.

Von Joe McDaggerloe keine Spur. Wasser war sein Element, und offenbar war er deshalb wesentlich schneller als sie. Auch Rattrappono war nirgends zu sehen. Nur Shasha wirbelte irgendwo da vorn durch das Meer.

Ein Tintenfisch schaute Apollonia aus rotglühenden Augen an, eine Muräne belauerte sie aus einem Felsspalt heraus. Ganz fest klammerte sie sich an die Flosse des Delfins, der zielstrebig und ohne langsamer zu werden am steil abfallenden Meeresboden entlang schwamm.

Apollonia wunderte sich. Soweit sie wusste, waren Delfine Säugetiere und mussten zum Luftholen immer wieder hoch an die Meeresoberfläche. Doch dies hier waren offenbar ganz besondere Exemplare, die sich als schwimmende Lasttiere eigneten und selbst in dieser Tiefe zu Hause waren.

Es wurde immer dunkler. Sie mussten mittlerweile weit unter dem Meeresspiegel sein, und noch immer ging es stetig abwärts. Erste Leuchtfische tauchten auf, die ihnen behände auswichen, fluoreszierende Quallen segelten durch das nachtschwarze Wasser. Wohin wurde sie gebracht?

Sie zwinkerte, um besser sehen zu können, doch es nützte nichts: Jetzt war sie vollkommen in Dunkel gehüllt. Wehmütig dachte sie an ihre Armeelampe. Zu dumm aber auch, dass sie sie in der Höhle zurückgelassen hatte, zusammen mit dem Handy. Nur der iPod war ihr geblieben. Ob der überhaupt wasserfest war?

Man sah kaum die Hand vor Augen. Seltsame Leuchtwesen, die wie winzige Lampions aussahen, gondelten dann und wann wie zu groß geratene Glühwürmchen an ihr vorbei. Sie erhellten finstere Krater, aus denen eigenartige rötliche Wolken strömten.

Immer mehr dieser Vulkane ragten aus dem Meeresgrund. Mannshohe Röhrenwürmer besiedelten sie, dazu Seefedern, deren fein verästelte Glieder sich unregelmäßig im Wasser hin und her bewegten.

Apollonia war so unheimlich zumute, dass sie am liebsten den Delfin losgelassen hätte, um an die Luft und in die Helligkeit zurückzukehren. Wie sehnte sie sich nach der Sonne!

Genau in diesem Moment des Zweifels spürte sie Shashas vertrauten Griff. Mit einem Ruck riss die Windsbraut sie von ihrem Delfin und zog sie weiter in die Tiefe.

In rasendem Tempo ging es nun durch einen endlosen, engen Tunnel. Immer wieder stieß sich Apollonia an den harten Wänden. Wenn sie hier lebend rauskam, würde sie mit blauen Flecken übersät sein.

Der Druck in ihren Ohren wurde allmählich unerträglich. Es fühlte sich an, als hätte ihr jemand das Gehirn verkorkt.

»Autsch! Shasha, bitte, pass doch auf! Ich bin doch kein Steak, das weichgeklopft werden muss!«

Wieder war sie unsanft an die Tunnelwand geraten. Shasha antwortete nicht, nur ihr Griff wurde noch fester. Apollonia zog den Kopf ein und betete, dass es endlich vorbei sein würde. Sie spürte jetzt einen starken Sog, wie von einem riesigen Staubsauger. Vielleicht wurden sie gerade von einem Seeungeheuer eingeatmet und merkten es gar nicht?

Als sie schon alle Hoffnung aufgegeben hatte, jemals dem Tunnel zu entrinnen, wurde es mit einem Mal heller. Sie schossen aus dem Tunnel heraus und wurden in ein Beet aus Seeanemonen geschleudert.

Mit schmerzenden Gliedern richtete Apollonia sich auf. Verblüfft betrachtete sie einen unwirklich hellen Unterwasserpark.

In seiner Mitte erhob sich ein Palast, umgeben von Alleen baumhoher Korallen und Rabatten aus bunten Weichschwämmen.

Nach der Schwärze der Tiefsee war das alles ein doppelt magischer Anblick. Unzählige Seepferdchen tummelten sich in dem Park, geführt von rosa Nixen. Riesige Krabben stolzierten umher, bunte Kiesel schmückten Skulpturen, die Fische in allen Formen darstellten. Aber woher kam das Licht?

Sie sah hoch. Schwärme von Leuchtfischen kreisten über ihr und erhellten den Garten und das Schloss. Apollonia kam aus dem Staunen gar nicht mehr heraus. Wer hatte dieses Wunderwerk erschaffen? Wie konnte es so tief unter dem Meer solch einen Garten und solch ein unfassbar großes Schloss geben?

Der Palast war gigantisch. Hunderte Türme und Zinnen ragten im türkisfarbenen Wasser auf, die hohe, dunkle Fassade war über und über bedeckt mit Muscheln und Seesternen, die bizarre Muster formten. Vergoldete Schildkrötenpanzer schmückten die Simse.

Noch nie hatte Apollonia eine solche Pracht gesehen. Selbst der Buckingham-Palast in London, wo sie einmal mit ihren Eltern gewesen war, wirkte im Vergleich mit diesem Schloss wie eine armselige Hütte. Kein Zweifel, wer hier residierte, musste der mächtigste Herrscher der Welt sein.

Shasha machte ihr ein Zeichen und führte sie durch die Alleen geradewegs zum Portal des Palastes, vor dem zwei Haie Wache hielten. Drohend schwammen sie auf die beiden Besucherinnen zu und versperrten ihnen den Weg.

Apollonia wurde flau im Magen. Sie wusste, dass sie das perfekte Mittagessen für diese blutrünstigen Wächter war – ein saftiges Wesen aus Fleisch und Blut, kein luftiger Geist.

»Kayashi Moloi Kayom«, sagte Shasha mit fester Stimme.

Die Haie öffneten ihre Mäuler, und Apollonia blickte entsetzt auf die langen Reihen scharfkantiger Zähne, die wie spitze Messer aufblitzten.

»Kayashi Moloi Kayom«, wiederholte die Windsbraut.

»Netter Versuch«, gurgelte eine glucksende Stimme neben ihnen.

Shasha und Apollonia fuhren herum. Eine riesige Qualle mit einem schleimig wabernden Gesicht schwamm auf sie zu. Sie zog meterlange Fäden mit winzigen spitzen Haken hinter sich her.

»Das war das Passwort vom letzten Jahr«, sagte die Qualle verächtlich. »Dachtest du im Ernst, dass du damit durchkommst? Und wieso wagst du es, einen – Menschen hierher zu bringen? Du weißt doch, was wir mit Menschen machen ...«

Einer der Haie fletschte die Zähne und stupste Apollonia in den Bauch. Zutiefst erschrocken ruderte sie rückwärts. Auch der andere Hai näherte sich interessiert. Solch einen Leckerbissen ließen sie sich nur ungern entgehen, das sah man ihnen deutlich an. Ein ganzer Schwarm Haie näherte sich nun. Mit geöffneten Mäulern umzingelten sie Shasha und Apollonia.

»Nicht viel dran, aber zart und lecker«, sagte die Qualle und ließ ein widerlich gurgelndes Lachen hören. Es klang, als ob jemand das Wasser aus einer Badewanne herausließ. »Als Vorspeise keine schlechte Wahl.«

Sie waberte auf Apollonia zu.

»Vorsicht, die Haken an den Tentakeln sind vergiftet«, zischte Shasha. »Das ist eine Killerqualle – Quannolonga, die mieseste Kreatur unter dem Meeresspiegel. Einmal berühren, und du kannst dein Testament machen.«

Der Hai, der Apollonia angestupst hatte, wurde zudringlicher und schnappte nach ihrem Arm. Apollonia wollte schreien, doch ihre Stimme versagte. Nur ein armseliges Krächzen kam aus ihrer Kehle. Verzweifelt riss sie den Arm hoch.

»Dummes Biest!« Mit allen sieben Fäusten hieb Shasha dem vorwitzigen Hai auf die Schnauze. »Mal sehen, wer hier gleich wen verspeist!«, schrie sie wütend. »Haifischflossensuppe mögen die Menschen am liebsten, habe ich gehört. Und Quallenmarmelade essen sie jeden Morgen zum Frühstück! Wer das Mädchen auch nur einmal noch berührt, ist tot. Sie ist – eine Enya!«

Die Qualle stieß einen gurgelnden Schrei aus, und mit einer einzigen Bewegung wichen die Haie zurück.

»Na also, geht doch«, sagte Shasha triumphierend.

»Eine Enya?« Die Farbe der Qualle wechselte von lila nach tiefviolett. Sie war so erregt, dass ihr schleimiges Gesicht lauter Blasen bekam. »Was will sie? Was hat sie vor? Weiß Okami Dragon davon?«

»Noch nicht«, erwiderte Shasha hoheitsvoll, sichtlich zufrieden, dass ihr die Überraschung gelungen war. »Aber wenn er auch nur einen Funken Grips in seiner weichen Krakenbirne hat, dann wird er sie mit allen gebührenden Ehren empfangen.«

»Aber ja, aber nein, aber sicher«, murmelte die Qualle völlig durcheinander. Sie war inzwischen rosa geworden.

Shasha boxte sie scherzhaft. »Nicht vergessen, Pfannkuchengesicht, ich hab was gut bei dir«, sagte sie. »Und jetzt lass uns endlich rein.«

Die Qualle stülpte sich fast von innen nach außen beim Versuch, sich so tief wie möglich zu verbeugen. »Nichts für ungut. Tretet ein«, gluckerte sie.

»Na, denn – frohe Verrichtung noch«, sagte Shasha und zog Apollonia mit sich durch das Portal.

Eine riesige Halle umfing sie. Hoch wölbte sich über ihren Köpfen eine gläserne Kuppel, durch die das Licht von außen hereinfiel. Die Wände und der Boden bestanden aus Perlmutt, das irisierend schimmerte. Faustgroße Perlen waren in die silbernen Säulen eingelassen, die bis zur Kuppel hinaufreichten. Sofort glitten drei Nixen auf sie zu.

»Wollt ihr ablegen?«, fragten sie mit hellen Stimmen. »Möchtet ihr eine Erfrischung? Einen Tintenfischwein oder einen Austerncocktail vielleicht? Auch die Krabbenkekse sind vorzüglich!«

»Äh, eher nicht, aber danke«, lehnte Apollonia höflich ab.

»Später vielleicht«, erwiderte Shasha. »Hat die Konferenz schon begonnen?«

»Seine Majestät der hochverehrte große Okami Dragon wird jeden Moment erwartet. Wenn wir euch den Weg zeigen dürften ...«

Die Nixen geleiteten sie durch endlose gläserne Gänge in eine große Arena. Auf den ansteigenden Stufen saßen die bizarrsten Geschöpfe, die Apollonia je gesehen hatte. Sie war durch Shasha und die anderen Wettergeister ja schon einiges gewohnt, doch jetzt verschlug es ihr die Sprache.

Kobolde, Trolle und andere Meergeister in jeder erdenklichen Form und Gestalt wuselten durcheinander. Zwerge mit Fischflossen, gallertartige Einzeller mit Menschengesichtern, sechsbeinige Riesen, bis an die Zähne mit Dreizack und Silberschwert bewaffnet, haarige Schrate und durchsichtige Wassernymphen.

»Voll abgefahren, was?«, flüsterte Shasha.

»Krass«, flüsterte Apollonia zurück. »Wo sind wir? Im Zoo der Mutanten?«

»Pst. Nicht so laut. Manche sind taub wie Miesmuscheln, aber einige haben ein exzellentes Gehör«, sagte Shasha. »Wir setzen uns am besten ganz nach oben, in die letzte Reihe. Dann haben wir alles im Blick und fallen nicht so auf.«

Sie drückten sich an der Wand entlang aufwärts und nahmen auf der obersten Stufe Platz. Aufgeregt betrachtete Apollonia den riesigen Saal. Jetzt erst sah sie, dass es hier wie im Ersatzteillager einer Werft aussah. Die ganze Arena war mit riesigen Schiffsschrauben, Ankern und allen möglichen Deckaufbauten verziert. Masten ragten in den Raum, Metallteile mit Schweißnähten verkleideten die Wände.

Die jahrhundertelange Ausbeute gesunkener Schiffe war hier verbaut worden, die Trümmer und Überbleibsel jeglicher seetauglichen Gefährte, die jemals den Ozean gekreuzt hatten.

Ganz in ihrer Nähe hing eine hölzerne Planke, auf der der Name »Batavia« eingebrannt war, daneben waren zerschlissene Segel und Takelagen befestigt. Unzählige Schiffswracks mussten für diese schaurige Dekoration geplündert worden sein, stumme Zeugen des gefährlichen Handwerks der Seefahrt, das schon unendlich viele Matrosen das Leben gekostet hatte.

Jetzt erst ging Apollonia auf, dass Okami Dragon vermutlich viele der Schiffsunglücke selbst herbeigeführt hatte, aus Mordlust, aber auch aus Gier. Ihr fielen die Legenden ein, nach denen in bestimmten Zonen des Ozeans immer wieder auf rätselhafte Weise Schiffe verschwanden, obwohl es dort keine Stürme gegeben hatte.

Und mit einem Mal durchzuckte sie ein Gedanke, der sie nicht mehr losließ. Hatte Shasha nicht gesagt, dass sie zu den Bermudainseln reisen würden? War hier etwa das berüchtigte Bermudadreieck, der Schrecken der Seefahrer, das nasse Grab von Handelsschiffen, Tankern und Fregatten?

Alles sprach dafür, und niemand anders als Okami Dragon war es, der die unglücklichen Kapitäne samt ihren Mannschaften ins Verderben riss.

»Shasha«, flüsterte sie, »sind wir hier im Bermudadreieck?«

Die Windsbraut atmete schwer. »Ja, Apollonia, dies ist der finsterste Ort der Meere. Wer sich mit seinem Schiff hierher traut, ist so gut wie tot. Hast du gesehen, wie weiß die Wellen waren? Und dass sie nach Schwefel rochen?«

Apollonia nickte.

»Das ist das Zeichen. Erst spielen die Kompasse verrückt, dann stürzen sich die Matrosen in die Fluten, wahnsinnig geworden durch den Anblick der Meergeister, und dann holt sich Okami Dragon das ganze Schiff.«

Erschauernd sah Apollonia der grausigen Wahrheit ins Auge: Sie befanden sich im Zentrum einer alles vernichtenden Kraft. Doch Okami Dragon ließ auf sich warten. Gespannt suchte sie die Wände ab, ob irgendwo ein Tor verborgen war, aus dem der Herrscher der Meere kommen würde.

Alles lag im Halbdunkel, nur unten in der Mitte sorgte eine Girlande aus Leuchtfischen für gleißende Helligkeit. Ein Thron aus vergoldeten Muscheln und messingfarbenen Navigationsinstrumenten stand mitten in der Arena. Er war leer.

»Wo ist denn der große Meister?«, fragte Apollonia.

»Der überschwemmt vermutlich noch schnell irgendeine Küste«, raunte Shasha. »Er kriegt gute Laune, wenn er richtig wüten kann. Tja, sein zweiter Name ist Zerstörung. Aber sieh doch, da unten sind Joe McDaggerloe und Rattrappono!«

Sie winkte den beiden zu, doch die taten so, als hätten sie nichts gesehen. Offenbar wäre es ihnen peinlich gewesen, in diesem erlauchten Kreis mit Shasha und Apollonia in Verbindung gebracht zu werden.

Hier herrschten andere Gesetze, das war nur zu deutlich. Eine Atmosphäre von Kampf und Gewalt war spürbar. Alle trugen Waffen, selbst Joe McDaggerloe und Rattrappono schwenkten Harpunen.

Bisher hatte Apollonia die Wettergeister eher als liebenswerte Geschöpfe betrachtet. Doch nun ahnte sie, dass sie bei Weitem nicht so harmlos waren, wie sie immer gedacht hatte.

»Ignoranten«, fauchte Shasha. »Aber denen werden wir ....«

Ein Dröhnen ließ sie verstummen. Es kam von der Decke. Alle sahen nach oben. Auch dieser Raum hatte eine Kuppel, die sich gerade mit einem solch ohrenbetäubend mahlendem Lärm öffnete, als ob Felsen zersägt würden. Alle begannen zu schreien und zu klatschen. Eine schaurige Musik erklang.

Unter dem Jubel der Meergeister schwebte ein unförmiges Wesen langsam von der Decke. Es war ein so furchterregendes Ungeheuer, dass es Apollonia unwillkürlich fröstelte. So sah das pure Grauen aus. Das Wesen war halb Krake, halb Mensch. Der viel zu große Kopf saß auf einem ungeschlachten Körper. Acht Arme, dick wie Autoreifen, schlängelten sich träge durch das Wasser.

»O-ka-mi! O-ka-mi!«, skandierten die Meergeister aus vollem Hals.

»Das ist ja wie im Fußballstadion«, flüsterte Apollonia Shasha zu.

»Still«, wiegelte die Windsbraut nervös ab. »Wir müssen vorsichtig sein!«

Inzwischen hatte Okami Dragon den Thron erreicht. Auf seinem dicken Kopf prangte eine wagenradgroße Krone aus lebenden Seesternen und giftgrünen Fischen. Die rote Halskrause aus Fischflossen war mit gefährlich aussehenden Stacheln bewehrt, an seinen Krakenarmen mit den beängstigend großen Saugnäpfen trug er Perlenringe.

»Was für ein hässlicher Vogel«, raunte Apollonia. »Und das soll der Herrscher der Meere sein?«

»Pst!«, machte Shasha.

Mit einem markerschütternden Ächzen, das den Raum erzittern ließ, wälzte sich Okami Dragon auf den Thron. Finster sah er sich um.

»Mir ist zu Ohren gekommen«, brüllte er so laut, dass der Boden vibrierte, »dass wir ungebetene Gäste haben!«

Auf der Stelle wurde es totenstill. Alle spähten überrascht in die Runde, um die Störenfriede auszumachen. Okami Dragons Augen quollen fast aus dem Kopf, so angestrengt suchte er die Reihen ab.

Apollonia duckte sich, und Shasha versuchte, sich hinter dem breiten Rücken eines Wassertrolls zu verstecken, der direkt vor ihnen saß. Dummerweise war er vollkommen durchsichtig.

»Ha!«, brüllte Okami Dragon.

Einer seiner Krakenarme zeigte nach oben, genau zu der Stelle, wo Shasha und Apollonia saßen. Sofort schwammen ein paar Leuchtfische zu ihnen und strahlten sie an. Geblendet hielten sie sich die Hände vor die Augen.

»Ich dulde keine Eigenmächtigkeiten!«, brüllte der Herr der Meere und schlug mit seinen Armen wütend um sich. »Ergreift sie!«

Jede Flucht wäre sinnlos gewesen. Shasha konnte noch gerade ihre sieben Arme schützend um Apollonia legen, dann wurden sie auch schon überrannt von den aufgebrachten Meergeistern, die ein Netz über sie warfen, sie grob packten und über die Stufen hinweg vor den Thron schleiften.

»Na, dann gute Nacht«, flüsterte Shasha. »Tut mir leid. Ich hatte mir unseren glorreichen Auftritt etwas anders vorgestellt …«

»Was soll das heißen, die Kleine ist euch entwischt?« Raviel McMillan fuhr in seinem Drehstuhl herum. Nichts konnte ihn wütender machen, als wenn seine Pläne durchkreuzt wurden. Es war bereits Abend, doch seine Männer waren ohne Apollonia zurückgekehrt.

»Seid ihr etwa zu blöd, ein hilfloses Kind zu kidnappen?«, kreischte er heiser.

»Sie war nicht da, Chef«, sagte einer der zehn Männer, die schuldbewusst vor ihm in der Kommandozentrale standen. Sie trugen lange schwarze Ledermäntel, ihre Gesichter waren wie versteinert.

»Das Fenster stand offen«, sagte ein Zweiter.

»Als ob das Vögelchen einfach ausgeflogen wäre«, grinste ein Dritter, wurde aber schnell wieder ernst, als er in das wutverzerrte Gesicht seines Chefs sah.

»Idioten! Dilettanten! Anfänger!«, schrie Raviel McMillan und hieb wild mit einer Reitgerte durch die Luft. »Rausschmeißen sollte ich euch alle miteinander! Und vorher auspeitschen lassen!«

Er stand auf und gab dem Drehstuhl einen Tritt, dass er krachend gegen das Pult knallte. Unruhig wanderte er auf und ab.

»Eigentlich lief alles wie Sahne«, erklärte Scatto the Scarface, ein hagerer Typ, dessen Gesicht kreuz und quer von Narben durchschnitten wurde. »Fünf haben den Leuchtturm umstellt, die anderen fünf haben geklopft.«

»Ja,haben wir«, »Genauso war es«, murmelten seine Gefährten durcheinander.

»Die Alte hat uns sofort abgekauft, dass wir von der Fürsorge sind. Haha«, Scatto the Scarface ließ ein grunzendes Lachen hören, »ausgerechnet von der Fürsorge! Haha. Sie machte auf, wir rein, direkt nach oben zum Zimmer der Kleinen. Wir haben nicht lange gefackelt und die Tür eingetreten.«

»Und dann?«, schrie Raviel McMillan.

»Weg«, sagte Scatto schlicht. »Aber das Bett war noch warm. Sie muss da gewesen sein, als wir kamen. Das Fenster stand offen. Komische Sache, das.«

»Nichtskönner«, zischte Raviel McMillan.

Mit beiden Händen bog er die Enden der Reitgerte so heftig zusammen, dass sie zerbrach. Er schleuderte die Stücke seiner Truppe entgegen. »Habt ihr jeden Krümel dieser verfluchten Küste umgedreht? Jede Höhle abgesucht? Jeden Busch zu Kleinholz gemacht?«

»So ähnlich«, erwiderte Jack the Crack, ein verschlagen grinsender, noch junger Mann, dem eine kalte Zigarette im Mundwinkel klebte. »Den ganzen Tag sind wir da rumgekrochen, den ganzen langen Tag! Sogar das Ufer haben wir gecheckt. Zu Fuß und mit dem Boot. Vielleicht ist es ja ins Wasser gefallen, das gute Kind. Gluck, gluck und weg.«

»Verdammte Kindsköpfe«, knurrte Raviel McMillan.

Mit hängenden Schultern standen die Männer da und warteten auf neue Befehle. Sie sahen übernächtigt aus. Bläuliche Bartschatten ließen ihre Gesichter noch finsterer wirken.

»Sollen wir die Alte noch mal in die Mangel nehmen?«, fragte Dan the Dog, der aussah wie ein angriffslustiger Kampfhund. Er ließ seine Fingerknöchel knacken.

»Tolle Idee.« Raviel McMillan spuckte verächtlich auf den Boden. »Ich habe den Polizeifunk abgehört. Zwei Bullen sind schon den ganzen Tag bei ihr. Die sollten wir lieber nicht misstrauisch machen. Noch nicht.«

Er ging zum Pult und deutete verdrossen auf einen Monitor, der den Leuchtturm von Norrington zeigte. Zwei Polizeiautos parkten davor. Ein Mann in einem Trenchcoat hockte auf einem der Kühler und rauchte eine Zigarette.

»Shackleton, die alte Wanze«, knurrte Raviel McMillan. »Der hat mir gerade noch gefehlt. Mit dem bin ich noch nicht fertig. Der wird noch bedauern, dass er sich in meine Angelegenheiten eingemischt hat.«

»Shackleton?«, wiederholte Jack the Crack. »Ist das nicht der Typ, der Sie mal in den – äh, Knast gebracht hat?«

Auf Raviel McMillans Stirn erschien eine Zornesfalte. »Raus jetzt, Saubande«, schrie er. »Die Flugzeuge werden gerade fertig gemacht zum Abflug. Und wenn ihr wiederkommt, habt ihr diese Apollonia dabei. Sonst ...«

Er ließ den Satz in der Luft hängen wie ein zappelndes Kaninchen, das man am Genick packt.

Halblaut murrend zogen seine Leute ab. Sie waren seit vierundzwanzig Stunden auf den Beinen und hatten seither kein Auge zugetan. Aber Widerspruch war zwecklos bei einem wie Raviel McMillan.

Wer sich widersetzte, landete nur allzu schnell in einem der feuchten Verliese, die McMillan unter seiner Kommandozentrale in den Felsen gesprengt hatte. Und es war mehr als einmal vorgekommen, dass jemand dort einfach so vergessen worden war.

»Hier, Chef«, sagte Scatto the Scarface im Hinausgehen und hielt Raviel McMillan ein kleines, abgegriffenes Plüschschaf mit einer blauen Seemannsmütze hin.

»Oh nee«, knurrte Raviel McMillan angewidert. »Was soll ich denn mit dem hässlichen – Dings da?«

»Hab ich in dem Zimmer von dem Mädchen gefunden«, erwiderte Scatto und legte das Stofftier auf das Pult. Dann verzog er sich.

Als er wieder allein war, setzte Raviel McMillan seine Brille ab und rieb sich die geröteten Augen. »Apollonia Cox, sieh an«, flüsterte er vor sich hin. »Die hält sich wohl für besonders schlau. Genau wie ihre Eltern.«

Er beobachtete die beiden Gefangenen im Verlies, die reglos auf ihren Pritschen lagen. Dann klopfte er auf das Mikrofon, das unter dem Monitor eingebaut war und aktivierte eine Webcam.

»Hallo, jemand zu Hause?«, witzelte er mit einem krächzenden Lachen. »Falls es Sie interessiert – ich habe Ihr feines Fräulein Tochter in meine Obhut genommen.«

Der Mann und die Frau sprangen auf und blickten entsetzt in die Kamera, die an der Decke ihrer Zelle hing.

»Das ist nicht wahr!«, rief die Frau. »Sie bluffen!«

»Ach so, ich bluffe«, ahmte McMillan sie mit gespielt weinerlicher Stimme nach. »Und was ist das da?«

Er schnappte sich das Stoffschaf und hielt es vor die Webcam über dem Monitor. »Kommt Ihnen das nicht irgendwie bekannt vor?«

Fassungslos starrten die beiden Gefangenen in die Kamera. »Sie Schwein!«, schrie Apollonias Mutter. Dann brach sie in Tränen aus.

»Wenn Sie ihr auch nur ein Haar krümmen, sind Sie tot«, sagte ihr Mann leise. Doch es klang nicht besonders überzeugend.

»Nicht nötig. Ich *lach* mich schon tot«, sagte Raviel McMillan. Jetzt hatte er die beiden genau da, wo er sie haben wollte. »Also, was ist? Kooperieren Sie nun? Denken Sie gut über die Antwort nach. Wäre doch schade, wenn so begabte Wissenschaftler wie Sie ihre Talente sinnlos vergeuden würden. Und es wäre überdies noch weit bedauerlicher, wenn die süße, kleine Apollonia ...«

Wieder beendete er den Satz nicht. Völlig gebrochen sah Liane Cox in die Kamera. Fast unhörbar sagte sie: »Also gut. Wir werden für Sie arbeiten. Aber erst will ich Apollonia sehen.«

»Hey, hey, hey, nicht so hastig«, erwiderte McMillan mit falscher Freundlichkeit. »Vorfreude ist die schönste Freude. Es gibt viel zu tun. Erst die Arbeit, dann das Vergnügen.«

Schluchzend fiel Apollonias Mutter in die Arme ihres Mannes, der kraftlos ihre zuckenden Schultern streichelte.

»Weicheier«, höhnte Raviel McMillan. Er schaltete die Webcam aus und warf das Plüschschaf in hohem Bogen in eine Ecke. Dann drückte er einen der Knöpfe auf der Schaltfläche.

»Carina? Dinner um sieben. Decken Sie für drei heute Abend. Wachtelessenz, Steak Tartar, Plumpudding. Und einen Château Beauchamps. Es gibt was zu feiern.«

Zufrieden ließ er sich in seinen Drehstuhl fallen. Dann brach er in ein meckerndes Gelächter aus.

»Ein Schaf!« Er schlug sich auf die Schenkel vor Vergnügen. »Ein verdammtes, verfusseltes Schaf! So einfach ist das!«

»Sir? Ich wollte nur fragen, ob ich im Rittersaal oder im schwarzen Salon decken soll.«

Ärgerlich starrte Raviel McMillan seine Haushälterin an, die wie immer völlig geräuschlos den Raum betreten hatte. Er hasste es, wenn man ihn bei seinen Selbstgesprächen störte.

»Im Rittersaal«, ordnete er an. »Und heizen Sie den Kamin anständig ein. Ist verdammt kalt geworden.«

»Selbstverständlich, Sir.« Sie neigte leicht den Kopf. »Haben Sie sonst noch einen Wunsch?«

Er überlegte. »Holen Sie Liane Cox und diesen Heartfield aus dem Verlies und stecken Sie die beiden unter die Dusche. Ein paar frische Klamotten wären auch nicht schlecht. Die riechen bestimmt total verrottet nach sechs Monaten Verlies. Ich will mir von denen schließlich nicht den Appetit verderben lassen.«

»Sehr wohl«, erwiderte Carina Cottonmill mit unbewegtem Gesicht. So leise, wie sie gekommen war, verschwand sie wieder.

Raviel McMillan warf einen kurzen Blick auf einen Monitor, der den Flugplatz vor der Festung zeigte. Drei kleine Maschinen standen dort. Seine Leute trotteten gerade über das Rollfeld auf die Flugzeuge zu.

»Noch so eine Panne, Jungs, und ihr könnt euch euer Grab schaufeln«, knurrte er.

Eine halbe Stunde später betrat er den Rittersaal. Es war der einzige Raum, der von der ehemaligen Burg erhalten geblieben war. Die dunklen Wände waren bedeckt mit stockfleckigen Porträts schottischer Adeliger, die hoheitsvoll und leicht grimmig aus abblätternden Goldrahmen herausschauten.

Ein zehn Meter langer Tisch stand mitten im Raum, mit hochlehnigen geschnitzten Stühlen. Die zugemauerten Fenster waren hinter blutroten Samtvorhängen verborgen, Kandelaber mit schwarzen Kerzen hüllten alles in ein unheimliches, dämmriges Licht. Im Kamin knackten Holzscheite im Feuer.

Raviel McMillan nahm am Kopfende der Tafel Platz, wo Carina Cottonmill für ihn gedeckt hatte. Rechts und links von ihm standen zwei weitere Gedecke. Er goss sich ein Glas Rotwein ein und stürzte es achtlos herunter. Dann sah er auf die Uhr. Es war drei Minuten vor sieben.

»Das Spiel beginnt«, raunte er vor sich hin. »Raviel, was bist du doch für ein genialer Hund.«

Als die große Standuhr in der Ecke siebenmal schlug, öffnete sich die Tür, und Carina Cottonmill schob Liane Cox und Gordon Heartfield herein. Sie sahen kränklich und ziemlich verstört aus. Zögernd traten sie an den Tisch.

»Nur nicht so schüchtern«, sagte Raviel McMillan mit schneidender Stimme. »Auf diesen Tag habe ich lange gewartet. Na, los, hinsetzen. Carina, die Suppe!«

Sofort eilte die Haushälterin hinaus, während Apollonias Eltern sich widerstrebend auf den Stühlen rechts und links des Hausherrn niederließen. Gordon Heartfield strich sich nervös das schulterlange Haar zurück. Unter seinen blauen Augen lagen tiefe Schatten, seine magere Gestalt ließ ahnen, dass er schlimme Entbehrungen hinter sich hatte.

Auch Liane Cox war gezeichnet durch die monatelange Haft im Verlies. Ihr hübsches Gesicht mit den grünen Augen war aschfahl, ihr Blick flackerte unsicher.

»Wo ist Apollonia?«, fragte sie ohne Umschweife.

Raviel McMillan grinste. »In Sicherheit«, antwortete er knapp. »Ich habe das Mädel schon richtig ins Herz geschlossen.«

Entmutigt sank Apollonias Mutter in sich zusammen. Es war schwer zu sagen, was schlimmer war: Die Tatsache, dass dieser Sadist offenbar Apollonia in seiner Gewalt hatte oder seine durchtriebene Art, von ihr zu sprechen.

In diesem Moment erschien ein kleinwüchsiger Butler. Er sah aus wie einem anderen Jahrhundert entsprungen und musste uralt sein. Ein kümmerlicher Rest eisgrauen Haars bedeckte nur notdürftig seinen kahlen Kopf, und er zog ein Bein nach.

»Bitte sehr, die Herrschaften«, ächzte er, während er mit zitternden Händen Wein einschenkte.

»Verdammt, Samuel, geht das nicht schneller?«, herrschte Raviel McMillan ihn ungeduldig an. »Wir sind hier nicht im Seniorenheim!«

Der Butler duckte sich, als ob er Schläge fürchtete. Rasch füllte er die Gläser, ängstlich bemüht, trotz seiner zitternden Hände nichts zu verschütten. Dann hinkte er stumm hinaus.

»Wo ist Apollonia? Bitte, lassen Sie mich nur eine Minute zu ihr«, flehte Liane Cox. Ihr blasses Gesicht unter dem kurzen dunklen Haar war völlig verweint, ihr ausgezehrter Körper zitterte.

»Der Kleinen geht's bestens«, sagte Raviel McMillan obenhin. »Die sitzt warm und gemütlich mit einer Cola vor dem Fernseher und macht sich einen schönen Abend. Sobald Sie mir anständige Arbeit abliefern, können Sie sie sehen.«

Enttäuscht wechselte Liane Cox einen Blick mit ihrem Mann.

»Sie erwarten doch nicht im Ernst, dass wir Ihre gewissenlosen Wettermanipulationen mitmachen«, platzte es aus Gordon Heartfield heraus. »Wir haben genug gesehen in Wishham. Dauerregen, Wolkenbrüche! Und Sie wollen sogar Flutwellen! So was kann Tausende von Menschenleben kosten! Das ganze Klima wird durcheinandergebracht! Halb England wird im Wasser versinken, wenn Sie nicht endlich damit aufhören!«

Raviel McMillan griff seelenruhig zu seinem Glas und schnupperte ausgiebig am Wein.

»Mmh«, schwärmte er, »ein Aroma von Veilchen, ein Hauch

Lakritz, elegante Kopfnote, würziger Abgang. Herrlicher Tropfen. Übrigens derselbe Jahrgang wie Ihre Tochter.«

Er prostete den beiden zu. »Lassen Sie mich einen Toast ausbringen auf unsere wunderbare Zukunft! Und auf Apollonias Zukunft – wenn sie denn eine hat.«

Beklommen hoben auch Liane Cox und Gordon Heartfield ihre Gläser. Sie nippten nur an dem Wein. Blanke Angst stand ihnen ins Gesicht geschrieben.

»Hat ein aufbrausendes Temperament, der Herr Gatte«, sagte Raviel McMillan und tupfte sich mit einer roten Damastserviette die Lippen ab. Er wandte sich Liane Cox zu. »Sie dagegen, verehrte Mrs. Cox, scheinen mir weit vernünftiger zu sein.«

Nervös spielte Apollonias Mutter mit dem schweren Silberbesteck. »Ich will nur, dass meiner Tochter nichts passiert«, presste sie hervor.

»Aber das wollen wir doch alle, nicht wahr?«, erwiderte Raviel McMillan grinsend.

Carina Cottonmill erschien lautlos mit einem Tablett, auf dem drei Suppentassen und ein Brotkorb standen. Ohne ein Wort servierte sie die Vorspeise.

»Wachtelessenz«, verkündete Raviel McMillan und leckte sich die Lippen. »Getrüffelt. Ich glaube, ich muss mich entschuldigen für den miesen Fraß, den Sie in den letzten Wochen bekommen haben. Ab jetzt werden Sie selbstverständlich bestens verpflegt. Carina wird Ihnen auch ein etwas hübscheres Zimmer herrichten. Gleich heute Nacht sollten Sie mit der Arbeit beginnen. Ich verspreche Ihnen: Das ist der genialste Job, den Sie jemals hatten. Wird Ihnen gefallen.«

»Was genau wollen Sie von uns?«, fragte Liane Cox, die ihre Suppe nicht anrührte.

»Warten Sie's ab. Genießen Sie die Künste meines Kochs. Er war der beste Küchenchef Londons, bevor ich ihn entf… – engagiert habe.«

Er schlürfte seine Suppe mit Seufzern des Behagens. Dann lehnte er sich zurück und zog eine Fernbedienung aus seiner Anzugjacke. Sobald er darauf drückte, glitten die Ahnenporträts an der Wand mit einem leisen Surren zur Seite. Dahinter erschienen große LED-Bildschirme. Sie zeigten digitale Landkarten: eine Weltkarte, eine Europakarte, eine Karte Großbritanniens, verschiedene Ausschnitte der englischen Küste sowie einen Stadtplan Londons.

Überrascht verfolgten Liane Cox und Gordon Heartfield das seltsame Schauspiel. Mit einem weiteren Klick aktivierte Raviel McMillan ein Simulationsprogramm. Wie auf den Satellitenbildern der Wettervorhersage sah man Wolkenwirbel, die sich schnell bewegten, darüber legten sich Linien, die die Wetterfronten markierten.

»Großartig, was?« sagte Raviel McMillan. »Hat mich ein Jahr und jede Menge Geld gekostet, dieses Programm entwickeln zu lassen.«

Apollonias Eltern betrachteten das Geschehen auf den Bildschirmen zunächst mit fachmännischen Blicken, dann aber wurden sie totenblass. Gordon Heartfield, der begonnen hatte, an einem Stück Brot zu knabbern, warf es entsetzt auf den Tisch. »Um Himmels willen«, stieß er hervor, »was Sie da zeigen, ist ein Taifun, wie es ihn noch nie gegeben hat! Ein Mega-Taifun!«

»Es ist doch immer wieder ein Vergnügen, mit Fachleuten zu tun zu haben«, sagte Raviel McMillan und streckte sich wie eine Katze. »Ja, Sie haben den Nagel auf den Kopf getroffen: Das ist ein Mega-Taifun! Ein Geniestreich!« Er lachte zufrieden. »*Mein* Geniestreich, besser gesagt. Mein Lebenswerk!«

»Ein Werk der Zerstörung ...«, flüsterte Gordon Heartfield.

Zutiefst beunruhigt verfolgte er die Computersimulation, bis sie zum Stillstand kam. Dann drehte er den Kopf Raviel McMillan zu. »Warum?«, fragte er mit einem Ausdruck höchster Verzweiflung. »Warum wollen Sie so etwas tun?«

Raviel McMillan drückte ein weiteres Mal auf die Fernbedienung, und die Monitore zeigten nun Karten mit roten Pfeilen, die sich in verschiedenen Richtungen langsam darüber hinwegbewegten.

»Das sind die offiziellen Evakuierungspläne«, erläuterte er kalt. »Stellen Sie sich das mal vor: Abertausende, nein, Millionen von Menschen werden auf der Flucht sein. Sie können wenig mehr mitnehmen als das, was sie auf dem Leib tragen. Mir aber wird genug Zeit bleiben, in Ruhe abzuräumen, was sie zurücklassen: Banktresore voller Goldbarren, wertvolle Gemälde aus den besten Museen des British Empire!«

Er lachte durchtrieben. »Niemand wird sich um Alarmsirenen kümmern, wenn wir uns alles nehmen, was wir wollen: Schmuck, Bargeld, Kostbarkeiten aller Art und ...«

Der Butler war hereingekommen und räumte mit gesenktem Kopf die Suppentassen ab. Apollonias Eltern hatten keinen einzigen Löffel von der Suppe gegessen.

Als der Butler gegangen war, beugte sich Raviel McMillan vertraulich vor und flüsterte: »Aber das Beste kommt noch. Naturkatastrophen machen die Menschen so schön kopflos. Panik, wohin das Auge blickt. Wer in solchen Momenten weiß, was passiert, hat die Macht. Die Macht! Verstehen Sie?«

Liane Cox war nur noch ein Häufchen Elend auf ihrem Stuhl. »Das ist – einfach grauenhaft«, sagte sie leise. »Ich kann nicht...«

Begütigend legte Raviel McMillan eine Hand auf ihren Arm. »Sie können, gnädige Frau. Für eine brillante Wissenschaftlerin wie Sie ist es doch eine Kleinigkeit, die Details zu berechnen. Bisher haben Sie alles getan, um mit Ihrem Frühwarnsystem Katastrophen zu verhindern. Ich habe mich schon länger bei Ihren Daten bedient! War ein Kinderspiel, sich in Ihr System einzuhacken. Sie müssen nur die Logik umdrehen: Flutwellen erzeugen, statt davor zu warnen.«

»Großer Gott«, stöhnte Gordon Heartfield.

»Ich zähle auf Sie«, fuhr Raviel McMillan ungerührt fort. »Noch ist das alles nur eine Simulation. Bald aber ... ah, da kommt das Steak Tartar!«

Carina Cottonmill trug Teller mit tiefrotem Hackfleisch herein, auf dem rohe Eier angerichtet waren. Angewidert betrachtete Liane Cox den Hauptgang. »Sorry, ich bin Vegetarierin«, sagte sie.

Raviel McMillan ließ sein meckerndes Lachen hören. »Ach, eine Körnerfresserin, was? Carina! Bringen Sie der Dame einen Salat. Und Sie?« Er sah Gordon Heartfield abschätzig an. »Auch einer aus der Müsliabteilung?«

»Ja, auch ich bin Vegetarier«, antwortete Gordon Heartfield trotzig. »Und vor allem rotes Fleisch ist äußerst schädlich für die Gesundheit.«

Raviel McMillan gab sich größte Mühe, seinen Ärger zu unterdrücken. »Ja, ja, ja, Doktor Spielverderber, schon gut«, lenkte er ein. »Also zwei Salate, Carina. Aber ein bisschen plötzlich, wenn ich bitten darf.«

»Selbstverständlich«, wisperte die Haushälterin und nahm die Teller von Apollonias Eltern wieder mit.

»Haben Sie denn nie darüber nachgedacht, wieviel Unheil Sie über die Menschen bringen werden?«, fragte Liane Cox. »Familien werden zerstört, Kinder werden ertrinken, ein ganzes Land stürzen Sie ins Elend.«

»Ach was, Unheil ...« Raviel McMillan zerkrümelte unwillig ein Stück Brot. »Wenn ich erst einmal die Macht übernommen habe, wird sich alles zum Besten wenden. Ganze Armeen von Menschen werden mir zur Verfügung stehen! Ohne Zuhause, ohne Geld, verzweifelt wie sie sind, werden sie wie Wachs in meinen Händen sein und mir mit Freuden dienen. Ich werde die ganze Welt erobern!«

Er griff zum Besteck und verschlang das rohe Fleisch, als ob er seit Tagen nichts gegessen hätte. Fassungslos sahen Apollonias Eltern ihm zu. Gordon Heartfield schüttelte immer wieder den Kopf. Dann trank er seinen Wein auf einen Zug aus. »Das ist vollkommen irre …«, murmelte er.

Raviel McMillan ließ das Besteck sinken und sah ihn feindselig an. »Irre, haben Sie gesagt?«

Er wischte sich den Mund an seinem Jackenärmel ab. »Sie elender Dummkopf. Sehen Sie sich doch an. Was hat Ihnen Ihr Beruf denn gebracht? Sie beide sind doch Habenichtse. Hausen in einem Leuchtturm, schreiben lächerliche Diagramme, aber erreicht haben Sie nichts.«

Erregt zupfte er an den Schulterpolstern seines Jacketts herum. »Sehen Sie mich an: Auch ich habe als kleiner Wissenschaftler angefangen. Doch ich wusste mein Talent zu nutzen! Heute residiere ich auf einem Anwesen, wie es kein zweites im British Empire gibt! Und bald beherrsche ich ein ganzes Imperium!«

Er lehnte sich zurück und sah zu, wie Carina Cottonmill zwei Teller mit Salat auf den Tisch stellte.

»Noch eine Flasche Wein?«, fragte sie.

»Ach, was, Champagner zum Dessert! Heute ist Weihnachten und Silvester zugleich!«, erwiderte Raviel McMillan.

Er tippte auf seine Fernbedienung, und eine Fanfarenmusik ertönte. Begeistert dirigierte er mit. »Die neue Nationalhymne«, erklärte er selbstgefällig. »Ich habe sie eigens komponieren lassen. Sie heißt ›Raviels Triumph‹! Und wenn Ihnen auch nur ein bisschen an Ihrer Tochter liegt, dann sind Sie von nun an mit im Boot. Haha, das ist gut, oder? Im Boot, wo man keine nassen Füße bekommt … Selbst die Queen wird eine Schwimmweste brauchen, haha.« Er lachte herzlich über sein Wortspiel.

»Was Sie da vorhaben, übersteigt unsere Fähigkeiten«, versuchte es Liane Cox mit einer letzten Ausflucht. »Eine Katastrophe von solch ungeheurem Ausmaß ist nicht mehr berechenbar. Jedenfalls nicht von uns. Und überhaupt – wie wollen Sie solche Flutwellen wie in der Simulation erzeugen? Das ist ein komplizierter Vorgang.«

»Keine Flutwellen, meine Liebe, eine Sintflut«, verbesserte Raviel McMillan sie und holte ein Etui aus der Jackentasche.

Er zog eine Zigarre hervor, biss ein Ende ab und tauchte es in sein Weinglas. Dann zündete er die Zigarre an einer Kerze an.

»Nun essen Sie schon den Salat, sonst verhungern Sie mir noch. Also – den Regen habe ich schon im Griff, wie Sie ja aus eigener Erfahrung wissen. Silberjodid, eine herrliche Erfindung. Ein bisschen davon in die Wolken, und sofort regnen sie ab. Die Amerikaner haben das Verfahren im Vietnamkrieg benutzt. Leider, leider ist es heute verboten.«

»Völlig zu recht!«, warf Gordon Heartfield ein. »Es zerstört die Umwelt!«

»Na, na, nicht so oberlehrerhaft, wenn ich bitten darf«, tadelte Raviel McMillan ihn. »Nun, ich habe die Sache entscheidend verfeinert, mit neuesten Technologien. Die Ergebnisse sind überwältigend: Wolkenbrüche von ungekannter Gewalt! Und was die Flutwellen betrifft, so habe ich exzellente Ergebnisse mit unterirdischen Sprengungen erzielt.«

»Wie bitte?« Gordon Heartfield blieb der Mund offen stehen.

»Nun, es kommt darauf an zu wissen, wo und wie die natürlichen Erdbeben entstehen«, dozierte Raviel McMillan mit sichtlichem Vergnügen. »Dort, wo die tektonischen Platten in der Tiefsee aufeinanderstoßen, ist ein äußerst empfindliches Gebiet. Künstliche Erschütterungen werden auf der Stelle vervielfältigt.«

Liane Cox und Gordon Heartfield starrten ihren Gastgeber entsetzt an. So viel wissenschaftliche Kenntnisse in Verbindung mit krimineller Energie, das war ein hochgefährlicher Mix. Eine Zeitbombe, besser gesagt. Und sie tickte bereits.

»Die großen Vorkommen von Methanhydrat im Atlantik und in der Nordsee sind ein weiterer wichtiger Faktor«, erläuterte Raviel McMillan seinen Plan. »Wenn man Löcher in die großen unterseeischen Schelfe aus Methanhydrat sprengt, kommen sie ins Rutschen. Der Dominoeffekt, wenn Sie wissen, was ich meine. Alles gerät in Bewegung auf dem Meeresboden, und dann auch das Wasser. So entstehen die höchsten Flutwellen, die ich mir nur wünschen kann.«

Liane Cox stocherte matt in ihrem Salat. »Sie sind ein Teufel«, flüsterte sie.

»Ja, der begabteste Teufel, den die Welt je gesehen hat«, pflichtete Raviel McMillan ihr bei und stieß Wolken von Zigarrenrauch aus. »Aber einer, der Ihre Tochter hat. Das macht die Sache interessant. Hochinteressant. Sie werden sehen, alles wird so perfekt funktionieren wie eine Schweizer Uhr. Dank Ihrer freundlichen Unterstützung. Dennoch sind Sie beide nichts weiter als ein schleimiger Algenteppich auf meiner großen Welle ...«

Völlig sprachlos betrachteten Apollonias Eltern den Mann, der gerade im Begriff war, eine nie da gewesene Katastrophe heraufzubeschwören. Er war das Böse in Menschengestalt, daran gab es keinen Zweifel.

Wenn sie Apollonia lebend wiedersehen wollten, hatten sie keine Wahl. Aber durften sie Tausende von Menschenleben gefährden für ihre Tochter? Welch eine schreckliche Entscheidung.

Der Butler kam, räumte die halb leeren Salatteller ab und stellte eine Flasche Champagner sowie drei goldverzierte Kristallkelche auf den Tisch.

»Zu warm, Samuel!«, schrie Raviel McMillan, der mit der freien Hand die Temperatur des Flaschenbauchs prüfte. »Elender Dummkopf! Ich will den Champagner eiskalt!« Stumm humpelte der Butler davon.

Raviel McMillan drückte seine Fernbedienung, und die Ahnenporträts schoben sich wieder vor die LED-Bildschirme.

»Ich schätze mich glücklich, Sie als Spezialisten in meinem großen Projekt zu wissen«, sagte er förmlich und paffte genüsslich seine Zigarre. »Und nun freuen Sie sich auf den besten Plumpudding Schottlands, bevor Sie mit der Arbeit beginnen. Aber sorgen Sie dafür, dass er keine Henkersmahlzeit für Ihre charmante Apollonia wird.«

»Lasst mich los!«, schrie Apollonia.

Sie zappelte verzweifelt in dem engmaschigen Netz, so wie Shasha, die mit aller Kraft versuchte, die Fäden zu zerreißen. Vergeblich. Das Netz war stark wie Stahl und umschloss sie so eng, dass sie sich kaum rühren konnten. Wie eine Beute lagen sie hilflos vor dem Thron.

»Schweig!«, brüllte Okami Dragon.

Seine Krakenarme wickelten sich um das lebende Bündel, seine Augen glühten wie Hochöfen, die Krone mit den Seesternen und den Fischen war etwas verrutscht. »Wie kannst du es wagen, hier ohne Erlaubnis einzudringen?«

Voller Panik spürte Apollonia seine Saugnäpfe auf ihrem Körper. Ein Krakenarm schlang sich um ihren Hals und schnürte ihr die Luft ab. »Hilfe! Ich ersticke!«, japste sie.

»O-ka-mi! O-ka-mi!«, schrien die Wettergeister. Ohne Frage genossen sie das grausame Schauspiel. Ein Einzeller schoss angriffslustig auf sie zu, ein riesiger, muschelbedeckter Troll mit sechs Beinen hielt seinen Dreizack drohend auf sie gerichtet. Ein Wort von Okami Dragon, und er würde sie mit aller Kraft durchbohren, das war Apollonia nur allzu klar.

Doch plötzlich packte sie eine solche Wut, dass ihr alles egal war. Mit welchem Recht nahm sich dieser blöde Kraken-King heraus, sie zu würgen? Was auch immer sie getan hatte, es konnte nicht so schlimm sein, dass man sie einfach so mir nichts dir nichts abmurkste.

Sie holte pfeifend Luft, so gut es ging, und rief: »Ich bin gekommen, weil ich Eure Hilfe brauche! Ich bin kein Mensch wie jeder andere, ich bin eine Enya! Und wenn Ihr mich nicht sofort loslasst, seid Ihr die längste Zeit der Herrscher der Meere gewesen! Hammerhai und Walfischdreck noch mal!« Den Fluch hatte sie sich von Foggy Fog gemerkt.

Die Wirkung ihrer Worte war beeindruckend. Sofort lockerte sich der schraubstockartige Griff. Mit einem seiner Krakenarme fischte Okami Dragon Apollonia aus dem Netz und hielt sie an einem Fuß hoch. Kopfüber hing sie vor dem Maul des Ungeheuers.

»Was hast du da gesagt?«, schrie Okami Dragon. Sein Atem stank so elend nach totem Fisch, dass Apollonia fast ohnmächtig wurde.

»Das habt Ihr doch gehört, großer Okami«, erwiderte Shasha, die sich unruhig in dem Netz wand. »Empfängt man so ein Zwischenwesen?«

Durch die Zuschauertribünen ging ein Raunen. »Eine Enya, eine Enya«, murmelten alle durcheinander.

Mit hervorquellenden Augen betrachtete Okami Dragon Apollonias Fuß. »Sieh an, sechs Zehen«, röhrte er. »Soso. Aha.« Dann setzte er Apollonia vorsichtig auf dem Boden vor sich ab.

»Jawohl, sechs Stück, wenn's recht ist«, sagte Apollonia und rieb sich ihren brennenden Fußknöchel, an dem sich die Abdrücke der Saugnäpfe hellrot abzeichneten. »Hagel, Sturm und Wolkenbruch, Ihr habt mir fast das Bein gebrochen!« Ihr Wortschatz hatte sich durch Foggy Fog wirklich bemerkenswert erweitert.

In diesem Augenblick gelang es Shasha, sich aus dem Netz zu befreien. Wie ein Kanarienvogel, der endlich seinem Käfig entflohen war, flatterte sie über Okami Dragons Kopf hinweg und schüttelte ihre sieben Arme.

»Puh, war das unangenehm«, stöhnte sie. »Da haben wir den weiten, beschwerlichen Weg auf uns genommen, und Ihr behandelt uns wie Verbrecher. Sehr zuvorkommend, wirklich. Nennt man so was etwa Gastfreundschaft?«

Ärgerlich streckte Okami Dragon seine Krakenarme nach ihr aus. »Ich verbitte mir diesen Ton!«, brüllte er. »Noch so eine freche Bemerkung, und ich stecke dich in die Treibsandzelle. Dann ist Schluss mit der Fliegerei, verstanden?«

»Ja, großer Okami«, erwiderte Shasha kleinlaut. »Ich hab's nicht so gemeint. Tschuldigung.« Sie ließ sich neben Apollonia nieder.

»Also, was wollt ihr hier? Soweit ich mich erinnere, seid ihr nicht eingeladen«, brummte Okami Dragon, während seine Blicke argwöhnisch auf Apollonia ruhten. »Wir haben eine wichtige Konferenz. Enya hin oder her – ihr stört hier nur. Lasst euch ein paar Krabbenchips geben, und dann verschwindet, bevor ich es mir anders überlege.«

Apollonia rappelte sich auf, stellte sich vor den Herrscher der Meere und verschränkte die Arme. Wenn auch ihr Herz immer noch bis zum Hals klopfte, so spürte sie doch mit einem Mal eine ungeheure Kraft in sich wachsen.

Entschlossen hob sie den Kopf und blickte dem Ungeheuer direkt in die glühenden Augen. Sie hatte eine Mission, und sie durfte diese Gelegenheit nicht ungenutzt verstreichen lassen. Aber sie musste es klug anfangen. Vor allem musste sie alles tun, damit dieser mächtige Fürst der Meere nicht sein Gesicht verlor.

»Großer Okami Dragon«, sagte sie laut und verneigte sich. »Eure Majestät!« Sie verneigte sich ein weiteres Mal. »Mein

Name ist Apollonia Cox. Ich bin hierher gekommen, weil seltsame Dinge an der Südküste Englands vor sich gehen. Meine Eltern sind verschwunden, und immer mehr Flugzeuge schwirren über die Küste hinweg und lassen es wie verrückt regnen. Fragt Joe McDaggerloe und Rattrappono, sie werden es Euch bestätigen.«

Mit den Augen suchte sie die beiden Wettergeister. Die drückten sich verlegen in der zweiten Reihe herum und wussten nicht recht, wie sie sich verhalten sollten.

»Vortreten! Sofort!«, herrschte Okami Dragon sie an.

Zögernd näherten sie sich. Wohl war ihnen nicht dabei. Rattrappono fingerte nervös an seiner Rüstung herum, das feiste Gesicht von Joe McDaggerloe glänzte.

»Aha, der Blechhaufen und die Speckschwarte. Ihr kennt also diese vorlaute Enya«, sagte Okami Dragon herablassend. »Und? Spricht sie die Wahrheit?«

»Ja, sie hat Recht«, sagte Joe McDaggerloe und spielte befangen mit seinem blonden Zopf. »Die Menschen bringen das Wetter komplett durcheinander.«

»Keine Ahnung, wer die wirklich sind«, ergänzte Rattrappono. Er strich sich die Algenhaare aus dem Gesicht. »Aber sie sind – mächtig!«

»Mächtig?« Okami Dragon rutschte von seinem Thron und bewegte sich beängstigend schnell auf die beiden Wettergeister zu, die erschrocken rückwärts stolperten.

»Mächtig, hast du gesagt?« Die ganze Arena dröhnte. »Hier ist nur einer mächtig – ich, der Herrscher der Meere!«

Er rückte seine Krone gerade. »Allerdings – nun, mir sind in letzter Zeit häufiger solche Geschichten zugetragen worden. Ungewöhnlich heftige Wolkenbrüche, auffällige Dürren, Flutwellen an den unmöglichsten Ecken meines Reichs. Genau deshalb habe ich die Konferenz einberufen. Irgendwer will sich in meine Angelegenheiten mischen. Ha!«

Die Krakenarme fuhren wild durch die Luft. »Aber nicht mit mir! Nicht mit Okami Dragon, dem König der Ozeane!«

Bingo, dachte Apollonia. Sie ahnte, dass es Okami Dragon völlig gleichgültig war, wenn Dauerregen und Stürme die Küsten vernichteten. Das musste ihm herzlich egal sein, denn er selbst liebte es ja, das grausame Spiel der Zerstörung. Doch seine Eitelkeit war verletzt. Sein unbedingter Herrschaftsanspruch. Und das war genau die schwache Stelle, an der sie ihn packen konnte.

»Auch ich bin bestürzt, Majestät«, sagte sie. »Es ist eine Ungeheuerlichkeit, dass sich da jemand erfrecht, sich in Eurem Hoheitsgebiet breitzumachen. Mir stockt der Atem, wenn ich nur daran denke, dass ...« Sie machte eine Kunstpause.

»Dass – was?«, fragte Okami Dragon lauernd. Sein gallertartiges Gesicht war völlig verzerrt vor Ärger, die Saugnäpfe an seinen Krakenarmen pulsierten.

Noch nie hatte Apollonia etwas so Scheußliches gesehen. Aber auch noch nie hatte sie das sichere Gefühl gehabt, dass ein derart fürchterliches Geschöpf so leicht zu durchschauen war.

»Nun ja«, sie sah nachdenklich an dem Herrscher vorbei in unbestimmte Fernen, »eines Tages könnte dieser Jemand alles kontrollieren. Dann gibt es nur noch Wetter aus Menschenhand. Und Ihr könnt nichts weiter tun als zusehen, wie – Euer Reich zerfällt.«

Ein Tumult brach los, ein entfesseltes Inferno. Empört schrien alle Wettergeister durcheinander, einige reckten wütend ihre Waffen, andere riefen die unflätigsten Flüche aus, wieder andere hielten sich die Ohren zu, als könnten sie diese unerhörte Majestätsbeleidigung damit ungeschehen machen.

Über die Köpfe hinweg aber erhob sich Okami Dragon mit einem Wutgeheul, das fast die Arena zum Einsturz brachte. Es knackte und knisterte in den Wänden, die Stufen erzitterten wie von einem Erdbeben.

»Wenn du keine Enya wärst, würde ich dich auf der Stelle von den Haien zerreißen lassen!«, brüllte der Herrscher der Meere, völlig außer sich. »Niemand darf ungestraft seine Majestät, den großen Okami Dragon beleidigen!«

Apollonia sah Shasha an, die ihr hektisch Zeichen machte. War sie zu weit gegangen? Es sah leider ganz danach aus. Das diplomatische Geschick, mit dem sie Okami Dragon hatte einwickeln wollen, war mit einem einzigen Satz zunichte. Der ganze Zorn eines Herrschers, der nur Schmeicheleien gewohnt war, prasselte auf sie nieder.

»Nichtswürdige! Ihr beide habt den Tod verdient!« Er hieb mit den Armen auf den Sand der Arena, sodass meterhohe Sandwolken aufwirbelten. »Einen langsamen Tod! Quannalonga!«

Er sah sich um, und schon waberte die Qualle eilfertig herbei, die Apollonia und Shasha den Weg am Portal versperrt hatte. Ihre meterlangen giftigen Tentakel zuckten angriffslustig.

»In die Katakomben mit diesem Gewürm«, zischte Okami Dragon. »Lass sie nicht aus den Augen, ich nehme sie mir später vor. Dann werden sie die Muränen kennen lernen!«

»Eine sehr kluge Entscheidung, weiser Herrscher«, gluckste die Qualle schadenfroh. »Ihr könnt Euch voll und ganz auf mich verlassen, großer Okami Dragon.«

Sie glitt auf Apollonia und Shasha zu. »Wenn die Damen mir dann bitte folgen würden«, gurgelte sie.

Apollonia sah Shasha mit einem Ausdruck größter Panik an. Das konnte doch nicht wahr sein! So durfte das alles nicht enden! Es musste doch einen Ausweg geben!

»Wir müssen tun, was er sagt«, flüsterte Shasha. »Sonst sterben wir noch hier in der Arena.«

Sie nahm Apollonia an die Hand und folgte der Qualle unter dem bestialischen Jubelgeschrei der Wettergeister zum Ausgang. Es war ein Spießrutenlauf. Ungebärdige Trolle versuchten, nach ihnen zu treten, ein Flossenfüßler mit Menschenkopf bespuckte sie mit Sand. Nur Joe McDaggerloe sah ihnen mitleidig hinterher, während selbst Rattrappono verärgert schien.

Bis jetzt hatte Apollonia alles mit geradezu wundersamer Gelassenheit hingenommen: ihre Flucht aus dem Leuchtturm, die Nacht bei Foggy Fog, die abenteuerliche Reise in den Tiefseepalast, sogar die Gefangennahme. Doch nun brach ihre Haltung in sich zusammen.

»Shasha«, schluchzte sie, »lass es nicht zu! Ich will nach Hause! Ich kann nicht mehr!«

»Ganz ruhig«, raunte die Windsbraut, doch aus ihrem Gesicht war alle Farbe gewichen, und ihre Arme hingen schlaff herab. Scheinbar willenlos ließ sie sich von der Qualle abführen.

Von der Arena ging es hinab in einen dunklen Stollen, in dem nur vereinzelte Leuchtfische ein schwaches Licht aufscheinen ließen. Skelette bedeckten die Wände, an denen Seewürmer und schleimige Pilze klebten. Blinde, lurchartige Geschöpfe krochen auf dem Boden umher, in vergitterten Nischen vegetierten eingesperrte Wettergeister vor sich hin, die schwach aufheulend ihre Arme nach Shasha und Apollonia ausstreckten.

»Bitte«, weinte Apollonia und riss sich von Shasha los. »Ich halte das nicht aus! Lass uns versuchen zu fliehen! Wir schaffen das schon irgendwie!«

»Nur nicht die Nerven verlieren, die Damen«, griente die Qualle und wandte sich um. »Oder wollt ihr meine Giftfäden spüren?«

»Nn-ein – wirklich n-nicht«, stammelte Shasha. »Wir kommen g-ganz freiwillig mit.«

Die Qualle gluckste vor Vergnügen. Dann schob sie ein quietschendes Gitter beiseite, das den Stollen am Ende abriegelte.

»Hier könnt ihr gemütlich auf euren Tod warten«, sagte sie sichtlich befriedigt. »Ist nicht gerade first class, aber für euch reicht es allemal!«

Sie dirigierte Apollonia und Shasha in ein stockdunkles Verlies. »Ich freue mich schon auf das Schauspiel, wenn die Muränen euch verputzen«, lachte sie. »Endlich mal etwas Abwechslung im Tiefseepalast!«

Mit einem kreischenden Geräusch schloss sich das Gitter, und die Qualle machte sich gurgelnd lachend davon. Kraftlos ließen sich die beiden Gefangenen auf den feuchten Boden fallen.

Apollonia und Shasha wussten, dass sie verloren hatten. Sie hatten alles auf eine Karte gesetzt und waren jämmerlich gescheitert. Eine Weile sagte keine von beiden ein Wort. Ermattet und erschöpft saßen sie da. Der Countdown lief, auch das wussten sie. Wenn nicht ein Wunder geschah, waren dies die letzten Minuten ihres Lebens.

Apollonia sah sich um, ob es nicht irgendwo ein Fenster, eine Luke oder einen noch so winzigen Spalt gab, durch den sie entwischen könnten. Doch da war nur der glatte, feuchte Felsen, über den fette Seewürmer krochen. Von hier gab es kein Entrinnen. Sie mussten kilometertief unter der Meeresoberfläche sein, und vermutlich auch viele Meter unter dem Meeresgrund. Das fensterlose Gelass war eine Falle. Eine tödliche Falle.

»Es ist meine Schuld«, ergriff Shasha nach langem Schweigen das Wort. »Ganz allein meine Schuld. Ich habe einen Riesenfehler gemacht. Das ist unverzeihlich, Apollonia ...«

Sie seufzte tief und verbarg das Gesicht in den Händen. »Du hättest eine bessere Freundin als mich verdient. Ich habe versagt. Auf der ganzen Linie. Es war unverantwortlich, dich hierher zu bringen. Ich weiß nicht, welcher Teufel mich geritten hat, ich weiß nur, dass ich dachte, dass ich meinte, dass ...«

»Hör schon auf«, schnitt Apollonia ihr das Wort ab. »Ohne dich säße ich längst im Kinderknast. Und das wäre mindestens so schlimm wie diese Hölle hier. Auch wenn man mich dort nicht gleich zerfleischt hätte.« Sie begann wieder zu schluchzen.

Shasha erhob sich und schwebte nervös herum, während sie sich immer wieder an den Wänden stieß. Hier geht sie ein wie eine Primel, dachte Apollonia alarmiert. Sie braucht doch Platz, viel Platz! Die Weite des Himmels! Die Unendlichkeit!

Plötzlich machte sie sich mehr Sorgen um ihre Freundin als um sich selbst. Es war schrecklich anzusehen, wie Shasha unter der Enge des Gefängnisses litt.

»Shasha, bitte, Shasha«, sagte sie. »Setz dich, sonst wirst du noch völlig irre. Ich bin nicht böse auf dich, überhaupt nicht. Ich habe zwar fürchterliche Angst, aber du kannst nichts dafür. Okami ist an allem schuld! So ein schwachsinniger Typ aber auch! Der Herrscher der Meere – dass ich nicht lache! Keine Ahnung von nix hat der. Und den Muränen werden wir eins vor den Latz knallen. Ich bin eine Enya!«

Eine Enya. Apollonia war es, als ob das Wort wie ein belebendes Elixier durch ihre Adern rann. »Wenn auch nur ein bisschen was dran ist an der Sache, dann können die uns nicht so einfach ins Jenseits befördern. Oder?«

Erleichtert setzte sich Shasha neben sie und schlang ihre sieben Arme um Apollonias Schultern. »Danke. Vielen Dank. Du bist großartig. Du bist das unglaublichste Wesen, das mir jemals begegnet ist ...«

Apollonia wühlte in ihren Jackentaschen. Seit dem Frühstück bei Foggy Fog hatte sie nichts mehr gegessen, und nun war ihr so schlecht vor Hunger und Aufregung, dass sie dringend ihren flauen Magen beruhigen musste.

Mit bebenden Händen zog sie die Tüte Lakritz hervor und kaute eine Weile auf den schwarzen, süßen Lakritzstücken herum, die etwas aufgeweicht waren, aber immer noch wunderbar schmeckten.

Ein nasses Klatschen ließ die beiden aufhorchen. Sie spähten aus der Zelle in den Stollen hinein. Was war das? Kamen etwa schon die Muränen angeschwommen?

Apollonia wusste, dass die mit dolchspitzen Zähnen bewehrten Fische begeisterte Fleischfresser waren. Sie hatte sich immer vor den unheimlichen Tieren gegruselt, die sie einst auf ihrer Londonreise in dem großen Aquarium gesehen hatte. Die Vorstellung, wie sie die Zähne in ihren Körper schlugen, machte sie schwindelig.

Doch es waren keine Muränen. Es war ein Wasserschwall, in dem nach und nach die feucht glänzende Glatze von Joe McDaggerloe sichtbar wurde.

»Joe!«, entfuhr es Shasha. »Was tust du denn hier?«

Der Regenschrat sah sich ängstlich um. »Nicht so laut«, sagte er, und wedelte mit seinen durchsichtigen Schläuchen. »Hier haben die Wände Ohren. Wenn Okami Dragon erfährt, dass ich hier bin, wird er mich mitten in der Wüste aussetzen. Ein qualvoller Tod, auf den ich leicht verzichten kann.«

Er schüttelte sich, dass die Wassertropfen um ihn herum schäumten. »Sieht nicht gut aus für euch«, wisperte er. »Ich bin hier, um ...« Weiter kam er nicht. Erregt gurgelnd näherte sich die Qualle, die Rattrappono vor sich hertrieb.

»Schneller«, gluckste Quannalonga, »ich kann nicht bis Weihnachten warten. Der Wellenkobold hier wollte euch heimlich besuchen! Sieh an, und der Regenschrat ist auch mit von der Partie! Na, schön. Nur hereinspaziert in die Todeszelle!«

Mit einem grässlichen Quietschen schob sie die Gitterstäbe zur Seite und stieß die beiden Wettergeister hinein. Dann fiel das Gitter wieder ins Schloss.

»Sagt Bescheid, wenn euch der Gesprächsstoff ausgeht!«, höhnte die Qualle. »Dann bringe ich euch eine Zeitung!«

»Diese Wirbellosen sind die Pest«, knurrte Rattrappono. »Haben eben kein Rückgrat, diese schleimigen Mistdinger. Wenn ich das Teil in einem ruhigen Moment erwische, quetsche ich ihm das Gallert aus der Hülle!«

»Das kranke Ding wollte mich mit seinen Widerhaken vergiften«, murrte Joe McDaggerloe. »Hier«, er zeigte auf seine Glatze, »da hat es mich erwischt. Es brennt wie die Sonne in der Sahara!«

»Jungs, ihr seid die Schärfsten«, rief Shasha anerkennend, während sie Joe McDaggerloes kahlen Kopf befächelte, um seine Verletzung zu kühlen. »Wieso habt ihr das getan? Warum seid ihr nicht in der Arena geblieben? Das Risiko, hierher zu kommen, war viel zu groß!«

»Ach was«, wiegelte Joe McDaggerloe ab und rieb sich die gerötete Stelle auf der Glatze. »Wir fanden es total daneben, wie dieser aufgeblasene Krake sich benommen hat. So behandelt man keine Enya. Und soll ich euch was sagen? Damit kommt Okami Dragon nicht durch!«

Rattrappono schwieg. Er schien unschlüssig, was er von der Sache halten sollte.

»Wenn wir uns da mal so sicher sein könnten«, warf Apollonia ein. »Irgendwie sieht das hier schwer nach einer Sackgasse aus. Oder seht ihr etwa einen Notausgang?«

»Dummerweise nicht«, sagte Joe McDaggerloe. »Viel wichtiger jedoch ist: Du hast endlich die Wahrheit ausgesprochen. Wer auch immer da seine Spielchen mit dem Wetter treibt – Okami Dragon kann einpacken, wenn das so weiter geht. Der König von Garnix ist er dann. Und so denken viele ...«

Er schüttelte seine Wasserschläuche und kratzte sich eine Muschel von der blauen Taucherbrille. Dann sah er zu Rattrappono, der immer noch auffällig stumm blieb. Es war schwer zu sagen, was er dachte. Glaubte er noch, dass Apollonias Eltern hinter der Sache mit den Flugzeugen steckten?

»Außerdem behandelt man eine Enya mit Respekt«, knurrte Joe McDaggerloe. »Wenn er dich wirklich umbringt, wird ein Fluch auf ihm lasten, von dem er sich nie wieder erholen wird. Wir alle nicht.«

»Trotzdem – hier ist Endstation«, sagte Shasha mutlos. »Wir werden sterben.«

Sterben. Das Wort durchbohrte jäh Apollonias Herz. Dass ihre Freunde bei ihr waren, machte alles nur noch schlimmer. Ja, sie war eine Enya. Doch Okami Dragon kümmerte das offenbar wenig. Da draußen wartete eine mordlüsterne Meute darauf, dass sie mitsamt ihren Gefährten getötet wurde. Sie hatte Unheil und Verderben über ihre besten Freunde gebracht, und das würde sie sich nie verzeihen.

Ein markerschütterndes Gebrüll und Geschrei draußen auf dem Gang ließ Apollonia zusammenfahren. Auch Shasha erbebte. Joe McDaggerloe und Rattrappono sprangen auf.

»Sie kommen«, rief Joe. »Walfischdreck und Rochenkot noch mal, was machen wir denn jetzt?«

»Leicht wird das nicht«, stöhnte Zacharias Shackleton. »Aber ich glaube, wir müssen jetzt mal da rein.«

Ihm graute vor den Gefühlsausbrüchen der Angehörigen. Bis jetzt hatte er deshalb die Begegnung mit Apollonias Großmutter hinausgezögert, aber nun ließ sich der Besuch nicht länger aufschieben.

Die Hände in den Hosentaschen vergraben, stand er mit Greg vor der schweren Eichentür des Leuchtturms. Schwarze und weiße Streifen wanden sich schräg über die verwitterte

Mauer, hoch oben glänzte das Messingdach des Ausgucks in der Dämmerung.

Ein kalter, nasser Wind pfiff ihnen ins Gesicht, unten am Strand rollte die Brandung in regelmäßigen Wellen heran. Schon senkte sich die Dunkelheit über die Küste. Es war kurz nach acht Uhr abends. Und noch immer gab es kein Lebenszeichen von Apollonia oder ihren Entführern.

Der Kommissar klopfte. Es dauerte eine Weile, dann wurde die Tür geöffnet, und Apollonias Großmutter erschien. Über ihrer verwaschenen Jeans trug sie eine Gärtnerschürze voller Erde, und in der erhobenen Hand hielt sie eine Rosenschere, als wollte sie jedem Eindringling die Gurgel durchknipsen.

Madeleine Cox war eine ziemlich ungewöhnliche Erscheinung. Die Leute in Norrington nannten sie nur die Kräuterhexe. In dem kleinen Garten neben dem Leuchtturm pflanzte sie allerlei seltsame Gewächse an, mit so merkwürdigen Namen wie Teufelskralle und Elfenblatt.

»Zacharias Shackleton, Scotland Yard«, stellte der Kommissar sich vor. »Ich ermittele im Fall Apollonia Cox.«

»Haben Sie eine Nachricht von ihr? Einen Hinweis?«, fragte Madeleine Cox aufgeregt. »So viele Polizeibeamte! Die müssen doch etwas gefunden haben!«

»Hm, bis jetzt noch nichts ...«, erwiderte der Kommissar.

Er verschwieg, dass weit entfernt vom Leuchtturm in einer unzugänglichen Bucht zwei rotblaue Ringelsocken angespült worden waren. Der Fund hatte seine Theorie erhärtet, dass Apollonia ertrunken sein musste. Was auch immer die Entführer mit ihr angestellt hatten, danach hatten sie das Mädchen sehr wahrscheinlich ins Meer geworfen. Ein Mädchen, das nicht schwimmen konnte. Es gab keine Hoffnung mehr, sie lebend zu finden, davon war er überzeugt.

Sein Chef bei Scotland Yard hatte bereits angekündigt, ihn von dem Fall abzuziehen. Zacharias Shackelton war ein Spezialist für die Verhandlung mit Entführern, die Suche nach einer Toten jedoch war nicht sein Gebiet. Die Sache würde den örtlichen Behörden übergeben werden, und morgen schon würde er zurück nach London fliegen, wo ein neuer Entführungsfall auf ihn wartete. Nur anstandshalber wollte er vorher noch mit Apollonias Großmutter sprechen. Das meinte er ihr schuldig zu sein.

»Kommen Sie rein, Sie sehen ja völlig erfroren aus«, sagte Madeleine Cox und führte die beiden in eine Küche, die den verstaubten Charme eines Heimatmuseums verströmte. Seit ewigen Zeiten war hier nichts verändert worden. Es gab weder einen Kühlschrank noch eine Mikrowelle, in dem altertümlichen Herd loderte ein offenes Feuer.

»Eine Tasse Raukentee?«, fragte sie und strich eine Strähne zurück, die sich aus ihrer zerzausten Frisur gelöst hatte. Ihr nach allen Seiten abstehendes Haar hatte einen leichten Blaustich. »Wissen Sie, ich schwöre auf die Heilkraft der Natur. Schon so manchen Fischer habe ich von Durchfall und Depressionen kuriert.«

»Okay, eine Tasse von dem Zeug kann wohl nicht schaden«, grunzte Zacharias Shackleton misstrauisch. »Und dazu hätte ich gern einen Whiskey, wenn ich darum bitten dürfte.«

Er klappte seinen hochgeschlagenen Kragen herunter und setzte sich ächzend auf die Küchenbank. Das dunkle Haar glänzte feucht. »Oha. Solche nasskalten Abenteuer sind nichts für einen Mann, der seine besten Jahre hinter sich hat.«

Die beiden Beamten, die seit den frühen Morgenstunden bei Madeleine Cox ausgeharrt hatten, schickte er nach draußen. Er brauchte Ruhe für dieses Gespräch. Und Fingerspitzengefühl.

Unschlüssig stand Greg in der Küche des Leuchtturms und betrachtete die weiß gekalkten Wände, den alten Herd mit dem Feuerloch, die vielen Kräutertöpfe auf der Fensterbank, die Familienfotos an der Wand.

Auf einem der Fotos war Apollonia zu sehen, sie mochte vielleicht vier Jahre alt sein. In Jeans und Gummistiefeln winkte sie dem Betrachter fröhlich zu. Greg schluckte.

»Und du, junger Mann?«, wandte sich Madeleine Cox an Greg. »Du trinkst doch sicher ebenfalls einen Tee? Ich habe auch eine Tüte Lakritz da. Nimm dir, soviel wie du willst. Apollonia isst immer Lakritz ...«

Sie knöpfte sich fröstelnd die Strickjacke zu, die sie über der Gärtnerschürze trug. »... Sie werden sie mir doch zurückbringen, Herr Kommissar?«

»Aber klar doch«, versicherte Zacharias Shackleton. »So sicher wie das Amen in der Kirche.«

Greg sah ihn kurz von der Seite an. Sie hatten den Stiefel gefunden. Mehr nicht. Darüber hinaus gab es nicht die winzigste Spur von Apollonia. Warum spielte er der armen Frau so viel Optimismus vor?

»Rauken reinigen den Geist und wärmen das Herz«, mit diesen Worten stellte Apollonias Großmutter drei Tassen auf den Tisch und goss Tee ein. »Alte Kräuterweisheit. Setz dich doch, Junge. Du bist ja ganz blass um die Nase.«

Sie wandte sich um und stellte die Teekanne auf eine Herdplatte. Greg wechselte einen belustigten Blick mit dem Kommissar.

»Bisschen schrullig, die Dame, was?«, raunte Zacharias Shackleton ihm halblaut zu.

»Hm, alle sagen, dass sie komplett ...«, flüsterte Greg und tippte sich an die Stirn.

Er rückte neben den Kommissar auf die Bank, während Madeleine Cox auf einem Lehnstuhl gegenüber Platz nahm. Ihr wettergebräuntes Gesicht war gerötet, so wie die verweinten Augen.

»Äh – ich will nicht unhöflich sein, aber – der Whiskey?«, fragte Zacharias Shackleton.

Seine rechte Hand spielte mit der Zigarettenschachtel in seiner Manteltasche. Der alten Dame zuliebe verzichtete er schweren Herzens auf sein größtes Laster, was ihm ein Höchstmaß an Selbstbeherrschung abverlangte. Aber er wollte ausnahmsweise höflich sein.

»Ich habe einen Gin, der tut's wohl auch«, erwiderte Madeleine Cox. Sie holte eine Flasche aus dem Küchenschrank, die aussah, als hätte sie bereits seit hundert Jahren darin gestanden. Flaumige Spinnweben bedeckten den Flaschenhals.

»Den hat mein Mann immer getrunken, wenn es auf dem Ausguck kalt war«, erklärte Apollonias Großmutter. »Doch der Gatte, den ich hatte, liegt schon seit Jahrzehnten tief auf dem Meeresgrund und unterhält sich mit den Fischen.«

Sie reichte dem Kommissar ein Glas, das bis obenhin gefüllt war.

»Auf Apollonia«, sagte er und kippte das Getränk mit einem Zug hinunter. Dann stöhnte er zufrieden.

»Die Gegend hier ist voller Rätsel und Geheimnisse«, seufzte Madeleine Cox. »Ich weiß, es hört sich reichlich abenteuerlich an, aber Sie sollten den Tatsachen ins Auge sehen: Es spukt hier. Und zwar gewaltig. Apollonia ist nicht die erste, die spurlos verschwunden ist. Auch ihre Eltern haben sich vor einem halben Jahr in Luft aufgelöst. Aber das wissen Sie sicher bereits. Nun, wenn mich nicht alles täuscht, bin ich als nächste dran.«

Wie war das? Greg und der Kommissar erstarrten. Meinte diese verschrobene alte Dame das etwa ernst?

»Mrs. Cox«, sagte Zacharias Shackleton weich und stellte das leere Glas auf den Tisch zurück. Er klang wie der Wolf im Märchen, nachdem er Kreide gefressen hat. »Beschreiben Sie uns doch mal die Männer, die letzte Nacht vor Ihrer Tür standen.«

Er beugte sich vor, und Greg konnte seinen Gin-Atem riechen.

Madeleine Cox nippte an ihrem Tee. »Es ging alles so schnell«, murmelte sie, »und ich war so erschrocken ...«

»Versuchen Sie's«, drängte Zacharias Shackleton.

Apollonias Großmutter war die ultimative Geduldsprobe für einen alten Profi wie ihn. Unruhig wippte er mit den Fußspitzen unter dem Tisch. Er mochte es kurz, knackig und präzise, diese verwirrte Lady aber war alles andere als das. Wenigstens brach sie nicht in Tränen aus.

»Sie trugen lange Mäntel. Aus Leder, glaube ich. Es waren vier oder fünf, einer hatte sogar eine Pistole in der Hand. Kaum hatte ich die Tür geöffnet, da rannten sie mich fast um und stürmten nach oben, zu Apollonias Zimmer.«

Der Kommissar nahm seinen Teelöffel und tippte damit nervös auf dem Tisch herum. »Lange Ledermäntel? Pistolen? Das ist seltsam. So sehen im Allgemeinen keine Beamten aus.«

Schwer atmend legte Madeleine Cox eine Hand auf ihre Herzgegend. »Die Aufregung ist zu viel für mich. Ich habe ein schwaches Herz, wissen Sie ... Wenn das so weitergeht, werden die Wettergeister mich bald holen.«

Zacharias Shackletons Gesicht verzog sich zu einer belustigten Grimasse. Kein Wunder, dass Apollonia von Geistern fantasiert hat, dachte er. Madeleine Cox ist ja völlig durcheinander, und das hat bestimmt auch auf ihre Enkelin abgefärbt.

»... wo war ich stehengeblieben? Ach ja, die Männer. Sie sahen eher wie Einbrecher aus! Deshalb hatte ich ja auch solch eine Angst! Die Beamten, die vorher dagewesen waren, trugen graue Anzüge. Aber Apollonia saß immer in einem ihrer Geheimverstecke, deshalb sind sie unverrichteter Dinge gegangen.«

Mit lautem Geschepper ließ Greg seine Tasse auf die Untertasse fallen.

»Das ist ja schrecklich!«, sagte er und sprang auf. »Das waren Kriminelle! Ich gehe jetzt da raus! Ich muss Apollonia suchen. Das ganze blöde Gerede hat doch keinen Sinn mehr!«

Mit einem einzigen Prankenhieb seines kräftigen Arms drückte Zacharias Shackleton den Jungen auf die Bank zurück.

»Ein zweites verschwundenes Kind kann ich mir leider nicht leisten«, knurrte er. »Du bleibst, wo du bist!«

Mit hängendem Kopf saß Greg da und starrte in seine Teetasse.

Madeleine Cox zeigte auf die alte Pendeluhr an der Wand. »Verzeihung, ich muss nach oben, die Positionslichter kontrollieren. Um halb neun kommt eine Fähre vorbei, und die Birnen brennen immer viel zu schnell durch. Tja, dieser Leuchtturm funktioniert noch auf die altmodische Art. Aber wenn ich mal sterbe, wird eine automatische Steuerung eingebaut werden, so wie bei allen anderen Leuchttürmen. Ich bin museumsreif, meine Herren ...« Sie erhob sich aus ihrem Lehnstuhl. »In letzter Zeit hat Apollonia das immer für mich gemacht«, sagte sie bedauernd. »Hundertzwanzig Stufen sind keine Kleinigkeit. Apollonia hat sie gezählt. Sie sprang sie immer hoch wie eine kleine Gazelle.« Gerührt schnäuzte sie sich in ein kariertes Stofftaschentuch, dann machte sie sich auf den Weg zur Treppe.

»Oha, ich würde sagen, Mrs. Cox ist ein Fall für den Psychoklempner«, stöhnte der Kommisar.

»Na ja, hier draußen war es immer schon unheimlich«, erwiderte Greg. »Außerdem ist es kein Wunder, dass Apollonias Großmutter so durch den Wind ist. Sie hat ihre ganze Familie verloren.«

»Und? Was sollen wir deiner Meinung nach jetzt tun?«, fragte Zacharias Shackleton.

Von einem Moment auf den anderen verfinsterte sich das Gesicht des Jungen. »Ihr die Wahrheit sagen«, platzte es aus ihm heraus. »Sie machen der armen Frau doch was vor! Warum erzählen Sie ihr nicht von dem Gummistiefel, den wir auf Dead Men's Sand gefunden haben? Besser, sie stellt sich darauf ein, dass, dass ...«

»Ja?«, fragte der Kommissar.

»Apollonia ist in der Gewalt von Entführern«, rief Greg. »Die werden sie töten. Bis Dead Men's Sand wurde sie schon verschleppt. Oder glauben Sie etwa, sie ist dahin geflogen?« Gequält sah er den Kommissar an. »Von dort aus hat man sie weggebracht. Irgendwohin. Und Sie? Was tun Sie?«

»Meinen Job«, sagte Zacharias Shackleton. »Zufälligerweise bin ich schon etwas länger in dieser Branche als du, mein Freund. Sag mir lieber – weißt du etwas über Apollonias Geheimverstecke?«

Greg sah nach draußen, in das Dunkel, das hinter den Fenstern lauerte. »Eins möchte ich Ihnen noch sagen«, flüsterte er. »Sie lebt noch, das spüre ich. Genauso wie ich spüre, dass Sie hier nur noch ein paar Routinefragen stellen, bevor Sie die Kurve kratzen und sich um den nächsten Fall kümmern. Sie tun doch nur noch Ihre verdammte Pflicht. In Wahrheit haben Sie Apollonia Cox längst abgehakt.«

Wie ertappt sah Zacharias Shackleton den Jungen an. Donnerwetter. Konnte dieser kleine Schüler Gedanken lesen? Und woher hatte er plötzlich den Mut, so mit ihm zu reden? Der spricht ja schon fast so wie ich, dachte er halb amüsiert.

Greg umklammerte seine Teetasse. »Ich bin kein Kommissar, stimmt. Aber ich sehe Krimis. Und ich weiß, dass die Chancen gleich null sind, wenn die Entführer sich nicht wenige Stunden nach der Tat melden. Geben Sie es doch zu: Sie gehen davon aus, dass Apollonia tot ist. Mausetot. Versuchen Sie erst gar nicht, es abzustreiten.«

Der Kommissar sagte nichts. Er langte nur nach der Ginflasche und goss sich das Glas voll. Gedankenverloren trank er.

»Geben Sie nicht auf«, sagte Greg. »Lassen Sie Apollonia nicht im Stich. Sie war ... sie ist«, verbesserte er sich, »ein total cooles Mädchen. Ich könnte mich ohrfeigen, dass ich nicht öfter mit ihr gesprochen habe. Was war ich für ein Blödmann!«

Er hieb mit der Faust auf den Tisch, dass die Tassen darauf klirrten.

»Okay, du liegst völlig richtig«, erwiderte der Kommissar nach einer Weile. »Für mich bleibt hier nichts mehr zu tun. Ich brauche eine warme Spur, doch der Fall wird immer kälter. Kein Erpresserbrief, kein Anruf, nichts. Und kein Motiv. Das wär's dann leider für mich.«

»Nein!«, schrie Greg. »Nein!«

»Oh, störe ich?« Die leicht gebeugte Gestalt von Madeleine Cox erschien an der Küchentür. »Warum streiten Sie?«

Irritiert sah sie von einem zum anderen.

»Schon in Ordnung«, murmelte Zacharias Shackleton.

»Wir sind wohl alle etwas durcheinander«, sagte Apollonias Großmutter und setzte sich. Ihr Atem ging schnell und keuchend. »Meine Tage auf dem Leuchtturm sind gezählt. Allein schaffe ich es nicht mehr.«

»Ich könnte Ihnen ja ein bisschen helfen«, schlug Greg vor. »Solange Apollonia weg ist, meine ich.«

Das Gesicht von Madeleine Cox färbte sich tiefrot vor Freude. »Das würdest du tun? Nein, was für ein netter Junge, nicht wahr, Herr Kommissar?«

»Zum Anbeißen«, schnaubte Zacharias Shackleton. »Den würde ich glatt adoptieren.«

In diesem Moment pochte es an die Tür des Leuchtturms. Alle drei fuhren zusammen. Madeleine Cox griff sich ans Herz. »Wer um alles in der Welt ...«, flüsterte sie.

Der Kommissar erhob sich. Eine Minute später kehrte er mit Harold F. Scott zurück. Der Schuldirektor wirkte müde und erschöpft, sein Mantel triefte, die Gummistiefel waren mit Schlamm bespritzt.

»Oh, der honorige Herr Direktor«, sagte Madeleine Cox mit einem sarkastischen Tonfall, den weder Greg noch der Kommissar ihr zugetraut hätten. »Was verschafft mir die Ehre Ihres

Besuchs? Früher haben Sie sich doch auch nie für uns interessiert.«

Es war sonnenklar, dass sie Harold F. Scott nicht gerade ins Herz geschlossen hatte.

»Guten Abend, Mrs. Cox. Entschuldigen Sie die späte Störung, aber man sagte mir, dass ich den Kommissar hier finde«, erklärte Harold F. Scott gehetzt. »Ich habe etwas Dringendes mitzuteilen.«

Seine Brille beschlug sofort in der Wärme der Küche. Er setzte sie ab und ließ sich ohne Aufforderung auf einen Küchenstuhl fallen.

»Ich habe heute Nachmittag beim Amt anrufen lassen«, erzählte er. »Dort wusste man nichts von Beamten, die Apollonia letzte Nacht abholen sollten. Verstehen Sie das?«

»Toll. Soweit waren wir auch schon«, knurrte der Kommissar.

Die schreckgeweiteten Augen von Madeleine Cox wanderten unruhig zwischen dem Direktor und dem Kommissar hin und her. »Aber wer um Himmels willen waren sie dann?«

Statt einer Antwort hob Harold F. Scott hilflos die Hände.

»Die Entführer haben die Sache eiskalt geplant«, sagte Greg leise. »Aber warum? Hier ist doch nichts zu holen! Jedenfalls kein Lösegeld.«

»Wir werden es herausfinden«, erwiderte der Kommissar resolut.

Er wechselte einen düsteren Blick mit dem Schuldirektor und trank sein Glas aus.

»Es ist spät geworden«, sagte er. Als er aufstand, sah man, dass er leicht schwankte. »War ein langer Tag für uns alle.«

Er machte Greg ein Zeichen und nickte dann Apollonias Großmutter zu. »Danke für den Tee, Mrs. Cox. Ich lasse Ihnen zur Sicherheit einen der Beamten hier, damit er auf Sie aufpasst.«

»Ein Mann im Haus ist genau das Richtige«, erwiderte Apollonias Großmutter erleichtert. »Kommen Sie bald wieder«, fügte sie hinzu. »Mit guten Nachrichten, wenn's geht. Und denken Sie an die Wettergeister.«

»Ich werde mir Mühe geben«, sagte der Kommissar und schob Greg und den Direktor zur Tür hinaus. »Gute Nacht.«

»Herr Kommmissar?« Die brüchige Stimme von Apollonias Großmutter erklang hinter ihnen.

»Was denn noch?«, fragte Zacharias Shackleton.

»Apollonia ist kein normales Mädchen«, sagte Madeleine Cox, die frierend auf der Türschwelle stand. Ein seltsamer Glanz lag in ihren Augen. »Sie sollten das wissen. Ich kenne sie seit ihrer Geburt. Sie hat, nun, etwas Besonderes.«

Jaja, dachte der Kommissar entnervt. Jeder hält seinen Enkel für etwas Besonderes.

»Apollonia hat andere Kräfte als Sie und ich. Was immer ihr widerfahren ist, sie wird sich zu wehren wissen.«

»Wehren? Gegen eine Truppe bewaffneter Männer? Du liebe Güte«, ächzte Zacharias Shackleton und wand sich zum Gehen. Er hatte mehr als genug. Jetzt wollte er nur noch ins Bett. Im »Swan« stand ein Zimmer für ihn bereit.

Draußen empfing sie ein schneidender Wind, der den Regen vor sich hertrieb und ihnen hart ins Gesicht blies. Das Meer rollte donnernd in gleichmäßigen Wellen heran und brach sich tobend an der Steilküste. Hoch über ihnen kreiste der Lichtkegel des Leuchtturms.

»Es steht schlimm um die Sache, oder?«, fragte der Schuldirektor mit banger Stimme. Das schüttere Haar wehte um seinen Kopf.

»Könnte nicht schlimmer sein«, brummte Zacharias Shackleton. Er ging zu einem der Beamten hinüber, die in ihren Wagen gewartet hatten, und besprach sich kurz mit ihm. Dann steuerte er den zweiten Wagen an.

»Komm, Greg, wir fahren dich nach Hause«, rief er dem Jungen über die Schulter zu. »Du solltest ein bisschen schlafen, bevor du morgen in die Schule gehst.«

Er ließ Harold F. Scott einfach stehen und stieg ein. Greg winkte dem Direktor zum Abschied zu und folgte dem Kommissar in das Auto.

»Also, wohin?«, fragte der Fahrer, als sich Greg hinten auf die Sitzbank fallen ließ.

Greg beschrieb ihm den Weg, dann fuhren sie schweigend durch den prasselnden Regen davon, während jeder still seinen Gedanken nachhing. Nur das monotone Geräusch der Scheibenwischer war zu hören.

Schläfrig saß der Kommissar neben Greg auf dem Rücksitz und kämpfte gegen seine Müdigkeit an. Um halb drei Uhr morgens hatte man ihn in London aus dem Bett gerissen, ihn, den Spezialisten für Kindesentführungen. Den besten Mann von Scotland Yard. Das neue landesweite Frühwarnsystem leitete alle einschlägigen Fälle sofort nach London weiter, damit keine Zeit verloren ging.

Halb drei. Er gähnte. Es schien Lichtjahre her zu sein.

»Sie wollten doch etwas über Apollonias Verstecke wissen«, sagte Greg plötzlich, als der Wagen bereits über das Kopfsteinpflaster von Norrington holperte. »Ich glaube, da gibt es eins. Sie ist ein paarmal mit dem Fahrrad nach Wishham gefahren, seit ihre Eltern verschwunden sind. Das hat sie mir erzählt.«

»Wishham?« Zacharias Shackleton war schon ein wenig eingenickt. Benommen blinzelte er Greg an. »Was ist'n das?«

»Ihre Eltern haben dort in so einer komischen Wetterstation gearbeitet. Wir haben mal einen Schulausflug dorthin gemacht.« Greg zupfte sich nachdenklich am Ohr. »Ich glaube, Apollonia hat einen Schlüssel.«

Der Kommissar richtete sich auf. Jetzt war er hellwach. Da

war er wieder, der untrügliche Instinkt des alten Polizeibeamten, der für seine ungewöhnlichen Methoden bekannt war. Aufgeregt holte er seine Zigaretten aus der Manteltasche und zündete sich eine an.

»Das sagst du erst jetzt?«, blaffte er.

Der Junge verzog das Gesicht. »Ist mir ja gerade erst eingefallen«, verteidigte er sich. »Ist das so wichtig?«

»Und ob das wichtig ist!«, donnerte Zacharias Shackleton. »Tja, ich glaube die Schule morgen kannst du knicken.«

Er tippte dem Beamten, der vorn am Steuer saß, auf die Schulter. »Nach Wishham, aber ein bisschen Tempo, ja? Von mir aus auch mit Blaulicht. Schalten Sie das Navi ein. Den Rest zeigt uns der Dreikäsehoch hier.«

»Wishham liegt ein paar Meilen westlich vom Leuchtturm«, erklärte Greg. »Wir müssen wieder zurück. Ich kenne den Weg.«

Mit quietschenden Reifen wendete der Beamte, und sie brausten hinaus in die Nacht, in den strömenden Regen, der nun schon viele Wochen lang andauerte.

Apollonia rüttelte verzweifelt am Gitter, während sie voller Panik in den engen Stollen starrte. Jetzt hörte man sie nicht nur, jetzt sah man sie auch. Eine aufgepeitschte Meute von Trollen, Kobolden und Vielfüßlern bewegte sich mit gezückten Waffen auf das Verlies zu und stieß grässliche Laute aus. Sie rannten einander fast um, so begierig waren sie darauf, als erste bei den Gefangenen zu sein.

Nur das Geheul Okami Dragons übertönte die mordlüsternen Schreie. »Lasst mir was übrig!«, brüllte er. »Das Mädchen gehört mir! Ich will sie lebend, damit ich meinen Spaß habe!«

»Das war's dann«, grollte Joe McDaggerloe »Oder hat irgendwer noch eine Idee?«

Apollonia spürte, wie ihre Zähne klappernd aufeinander schlugen. Sie konnte nicht sprechen, Todesangst schnürte ihr die Kehle zu.

»Und wenn wir uns auf den Kopf stellen – entkommen können wir nicht«, hauchte Shasha, der die blauen Haare vor Schreck zu Berge standen.

»Auf den Kopf stellen?«, wiederholte Apollonia unhörbar.

Sie ließ das Gitter los. War das die Lösung? Bis jetzt hatte sie nur die Wände und die Decke nach einem Fluchtweg abgesucht. Was aber war mit dem Boden? Mit bloßen Händen wühlte sie fieberhaft im weichen Sand der Zelle.

Je mehr sie darin grub, desto mehr gab er nach. Ein Strudel entstand. Schon wurde ihr Arm eingesogen.

»Vorsicht! Das ist Treibsand!«, rief Joe McDaggerloe. »Wenn du da erst mal drinsteckst, bist du verloren!«

»Siehst du nicht, was da draußen los ist?«, murmelte Apollonia, die gar nicht erst versuchte, ihren Arm aus dem Sog zu befreien. »Sie werden uns in Stücke reißen. Wenn wir im Sand ersticken, ist das immer noch besser, als sich von dieser Mordsbande umbringen zu lassen ...«

Sie holte tief Luft und steckte den Kopf in den Strudel. Entsetzt sahen die Wettergeister zu, wie sie in Sekundenschnelle in dem Sandloch verschwand.

Vor dem Verlies war mittlerweile die Hölle los. Schreiend und kreischend schlugen Okamis Leute ihre Waffen an das Gitter.

»Quannalonga!«, schrie Okami Dragon. «Wo ist diese verdammte Qualle? Her mit dem Schlüssel!«

»Also, ich probier's auch«, sagte Joe McDaggerloe wild entschlossen. »Ich war schon mal in der Wüste. Hat mir gereicht. Ums Verrecken gehe ich nicht noch mal da hin.« Er bohrte seine Wasserschläuche in den Sand und schob seinen kahlen Kopf hinterher. Der Sand brodelte, als sein Wassermantel darin eindrang.

»Komme schon«, gluckste draußen die Qualle und machte sich an dem Gitter zu schaffen. »Wir haben sie gleich!«

»Augen zu und durch«, sagte Shasha und streckte alle sieben Hände gleichzeitig in das Sandloch. Die herumfliegenden Sandkörner trafen Rattrappono mitten ins Gesicht.

»Das hat mir gerade noch gefehlt«, schimpfte er. »Sie werden elendig zugrundegehen, Algenschleim und Austernkot noch mal! Diese verflixte Apollonia ist völlig verrückt geworden!«

In diesem Moment öffnete sich das Gitter, und die wutentfesselte Truppe Okami Dragons stürmte das Verlies. Doch außer Rattrappono fanden sie niemanden darin vor.

Okami Dragon wälzte sich schwerfällig durch den Stollen heran. Er tobte.

»Wo sind sie? Sie gehören mir! Ich bringe euch alle um, wenn ihr sie mir nicht auf der Stelle herschafft!«

Währenddessen war Apollonia schon weit in den Treibsand vorgedrungen. So muss der Schlund der Hölle aussehen, dachte sie. So dunkel, so unheimlich, so abgrundtief. Sie war einfach verschluckt worden wie von einem Wal, sobald sie den Kopf in den Strudel gesteckt hatte. Nun wurde sie in tiefste Tiefen gesogen, während sich Sandkörner wie Nadelstiche in ihr Gesicht bohrten.

Von allen Seiten drangen die Sandmassen auf sie ein, und es war ihr schleierhaft, wohin sie eigentlich trieb. Bis in die Mitte der Erde etwa? Würde sie verglühen im ewigen Magma? Als ein Häufchen Materie enden, das unbemerkt in der Hitze des Erdkerns verdampfte?

Energisch versuchte sie, mit den Armen gegenzusteuern, doch der Treibsand war stärker. Nach einer Weile gab sie es auf und ließ geschehen, dass sie nichts weiter war als der Spielball einer rätselhaften Kraft. Aber warum erstickte sie nicht? Warum glitt sie so unversehrt durch diese Sandmassen?

Feucht und glatt fühlte es sich rings um ihren Körper an, wie Kuchenteig. Weiter wurde sie nach unten getrieben. Oder nach oben? Wo war überhaupt unten und oben, wenn man die Schwerkraft nicht mehr spürte?

Als ihre Hände an etwas Hartes stießen, schrie sie unwillkürlich auf. Sofort hatte sie eine Ladung Sand zwischen den Zähnen. Sie presste die Lippen aufeinander. Waren das Steine, die ihre Haut berührten? Muscheln? Sie ertastete rundgeschliffene Kiesel, es wurden immer mehr. War das ein gutes Zeichen? Oder war das ihr Grab? Endete ihre Reise hier für immer?

Gerade als sie sich innerlich von ihrem Leben verabschiedete, wurde sie ausgespuckt wie ein Kaugummi und ruderte plötzlich in tiefschwarzem Wasser herum.

Ein pulsierend aufleuchtender Fisch schwamm auf sie zu, musterte sie erstaunt und machte sich davon. Doch sein Lichtschein hatte genügt, um ein Stück Meeresboden zu erhellen, das ganz und gar mit seltsamen Gewächsen bedeckt war. Es war ein Seetangwald, meterhoch, bewohnt von fluoreszierenden Fischen, die mit hektischen Zickzackbewegungen umherschossen.

Unwillkürlich riss Apollonia die Arme hoch, mit letzter Kraft, wie ein Marathonläufer, der zu Tode erschöpft über die Ziellinie taumelt. Ja! Sie hatte es geschafft! Sie war aus dem Tiefseepalast entkommen! Den nächsten Leuchtfisch, der sich ihr näherte, hätte sie am liebsten umarmt. Sie vollführte einen ungelenken Unterwassersalto vor Freude.

Aber wo waren ihre Freunde? Hockten sie immer noch im

Verlies? Dann würde Okami Dragon sie töten, soviel war sicher.

Apollonias Tränen mischten sich mit dem Salzwasser. Mutlos probierte sie ein paar Schwimmbewegungen, doch das planlose Gepaddel brachte sie kaum vom Fleck.

Einmal mehr verwünschte sie die verpassten Schwimmstunden. Bis hierher hatte sie es geschafft. Und nun? Es war dunkel, es war eiskalt, und selbst eine Enya konnte hier sicherlich nicht auf Dauer überleben.

Doch was war das? Ein Sturm von Luftbläschen rauschte auf sie zu, deutlich zu sehen im matten Lichtschein eines Leuchtfischschwarms, der über ihren Kopf hinweg zog. Dann entdeckte sie die Schläuche. Und schließlich die vertraute Glatze von Joe McDaggerloe.

»Joe!« Ihre Erleichterung war grenzenlos. »Ich bin ja so froh, dich zu sehen, altes Haus. Wo sind die anderen?«

»Wenn sie noch ein paar Gramm Resthirn im Kopf haben, sind sie uns gefolgt!«, erwiderte der Regenschrat. Mit seinen biegsamen Schläuchen erhaschte er geschickt einen vorbeischwimmenden Leuchtfisch und klemmte ihn lässig unter die Achsel.

Eine lebende Taschenlampe, dachte Apollonia. Abgefahren! Auf so was konnte auch nur Joe McDaggerloe kommen.

Ein Wasserwirbel erfasste sie plötzlich und schleuderte sie ein paar Meter weit in das Seetangdickicht hinein. Es war Shasha. Ihre wilden Bewegungen erzeugten einen wüsten Sturm im Unterwasserwald. Hin und her bog sich der Seetang unter den Flutwellen, aufgeschreckt flitzten die Fische davon.

»Respekt, Apollonia«, rief Shasha. »Auf so eine Idee muss man erst mal kommen – eine Flucht durch den Treibsand!«

Apollonia lachte stolz. »Danke, war eine Eingebung. Es hätte auch gnadenlos schiefgehen können, aber das Glück war mit uns!« Noch konnte sie selbst kaum glauben, dass die tollkühne Flucht wirklich gelungen war.

»Hagelschlag und Wolkenbruch, wie lange wollt ihr eigentlich noch Nettigkeiten austauschen?« Besorgt sah Joe McDaggerloe sich um. »Lasst uns verschwinden, und zwar ruckzuck! Okami wird schon entdeckt haben, dass wir den Notausgang gefunden haben. Und uns alles hinterherschicken, was Flossen hat!«

»Was ist mit Rattrappono?«, fragte Apollonia. »Ist er nicht mitgekommen?«

Joe McDaggerloe wedelte abwehrend mit seinen Wasserschläuchen. »Keine Ahnung, wieso er nicht hier ist. Aber er wird schon durchkommen, warten sollten wir jedenfalls nicht auf ihn.«

»Ab nach Hause!«, bekräftigte Shasha. Sie ringelte einen Arm um Apollonia. »Schaffst du es?«

Die Vorstellung, den weiten Weg zurück anzutreten, war alles andere als begeisternd. Tausende Meilen waren sie von der Küste Englands entfernt. Doch Apollonia war genauso wenig wie die anderen neugierig auf Okamis Suchkommando. Allein die Aussicht, ein weiteres Mal den Haien zu begegnen, ließ ihr das Blut in den Adern gefrieren.

»Klar schaffe ich es«, sagte sie. »Und ich fürchte, dass es sowieso keinen Plan B gibt. Oder hast du zufälligerweise ein U-Boot gechartert?«

Shasha grinste vergnügt. »Du glaubst doch nicht im Ernst, dass ich mich in so eine blöde kleine Kapsel quetsche, Polly.«

»Nenn mich bitte nicht Polly!«, sagte Apollonia und kitzelte Shasha, die kichernd auswich. Nach den überstandenen Schrecknissen waren die beiden ziemlich aufgedreht.

»Oh nee, diese Mädels! Los jetzt!«, schrie Joe McDaggerloe ungeduldig und stob davon. Schnell folgten sie dem Lichtschein von Joes Leuchtfisch, der sich in Windeseile entfernte.

Die Wettergeister hatten den Turbomodus eingelegt. Wie Pfeile rasten sie durch das Wasser, schnurgerade, ohne Umwege. Dennoch dauerte es eine halbe Ewigkeit, bis sie die Wasseroberfläche erreichten. Langsam, unendlich langsam wurde es heller, bis sie schließlich mit einem heftigen Blubbern auftauchten und die Köpfe aus den Wellen streckten.

Als Apollonia den ersten Atemzug tat, hatte sie das Gefühl, Wochen in der Tiefsee verbracht zu haben. Wie gut das tat, endlich wieder die Sonnenstrahlen und den Wind auf der Haut zu spüren! Gierig sog sie die Luft ein.

»Bis ein andermal! Lasst euch nicht von Okamis Mordtruppe erwischen!«, rief Joe MacDaggerloe und verschwand in den Fluten, während Apollonia und Shasha sich noch ein wenig auf den Wellen treiben ließen. Nur eine kleine Verschnaufpause, dann würden auch sie den Rückweg antreten.

Apollonia sah sich um. Nicht das kleinste Stückchen Land war zu sehen, nur die endlose Weite des Ozeans umfing sie. Mit einem Mal fühlte sie sich sehr klein. Eine schrecklich lange Etappe lag noch vor ihnen. Sie seufzte. So viel hatte sie sich von Okami Dragon versprochen. Einen Verbündeten hatte sie sich im Tiefseepalast erhofft, einen starken Mitstreiter, der es mit den dunklen Mächten aufnehmen konnte, die ihr die Eltern genommen hatten. Stattdessen war sie einem launischen Herrscher begegnet, der nur darauf bedacht war, jeden umzunieten, der sich ihm in den Weg stellte.

Wie dumm ich gewesen bin, ihn gegen mich aufzubringen, dachte sie. Ich habe es versäbelt. Und habe ab jetzt einen Feind fürs Leben.

»Nun mach nicht so ein Gesicht«, sagte Shasha, die zu ahnen schien, welch düstere Gedanken Apollonia bewegten. »Wir sind nicht die ersten, die Okami Dragon in die Tonne treten will. Ich sagte ja, der Typ ist unberechenbar. Ein mieser Krawallkrake, der nichts als Ärger macht.«

»Es hätte gutgehen können«, widersprach Apollonia. »Du hast es zumindest für möglich gehalten. Wären wir sonst hier? Aber ich habe es komplett vergeigt mit meiner großen Klappe.«

Shasha sortierte ihre sieben Arme und betrachtete eingehend die neunundvierzig Finger.»Wir müssen es eben ohne ihn schaffen.«

»Viel schlimmer: Wir müssen es gegen ihn schaffen«, sagte Apollonia. »Ab jetzt haben wir ein Problem mehr. Meinst du nicht, dass er uns suchen wird?«

Shasha zögerte mit der Antwort. »Hm, eher nicht«, erwiderte sie ohne große Überzeugung. »Wer sind wir schon? Es gibt Millionen von Wettergeistern auf dieser Welt, morgen schon wird er uns vergessen haben.«

Apollonia glaubte ihr kein Wort. Sehnsüchtig dachte sie an den Leuchtturm, an Grandma, an die Zeit, als ihr Leben noch in Ordnung gewesen war. Fast jedenfalls. Bis ihre Eltern verschwanden. Wo waren sie bloß? Lebten sie noch? Dachten sie an ihre Tochter, die sie so sehr vermisste?

Sie sah zum Himmel auf, als ob von dort eine Antwort kommen könnte. Ein paar Federwolken zogen über das strahlende Blau hinweg. In England war es sicher schon tiefe Nacht.

Die Flugzeuge fielen ihr ein. Die vermummten Piloten, die es weit entfernt von hier unablässig regnen ließen. Und die in Wishham gestartet waren, genau dort, wo ihre Eltern gearbeitet hatten.

Sie stutzte. Ihre Eltern! Bestimmt waren ihnen die Flugzeuge aufgefallen! Hatten sie versucht, den Wahnsinn zu stoppen? Waren sie den Piloten in die Quere gekommen?

»Shasha«, sagte sie aufgeregt. »Ich glaube, mir ist gerade etwas klar geworden. Denk doch mal nach: Die Flieger sind von Wishham aus gestartet, direkt bei der Wetterstation. Vielleicht haben meine Eltern etwas herausgefunden, was sie nicht herausfinden sollten!«

Verblüfft sah die Windsbraut sie an. Dann zog sie ihre Stirn in Falten. »Das ist es! Du liebe Güte, wieso bin ich nicht selbst darauf gekommen? Du hast Recht, so ergibt alles einen Sinn!«

»Und als sie etwas dagegen unternehmen wollten, hat man sie entführt«, ergänzte Apollonia den Gedankengang. »Doch wohin bloß?«

Shasha ordnete ihr hellblaues Haar, das in der frischen Brise schon getrocknet war.

»Irgendjemand wollte sie aus dem Verkehr ziehen. Irgendjemand hat sie gekidnappt«, sagte sie nachdenklich. »Jetzt müssen wir nur noch herausbekommen, wer Mister X oder Mrs. X ist.«

»Selbst wenn wir die Entführer finden – freiwillig wird man uns nicht sagen, wo meine Eltern sind«, warf Apollonia ein.

»Wer redet denn von freiwillig?« Shasha lachte spitzbübisch. »Wir werden denen schon kräftig einheizen. Keine Sorge. Auf Wettergeister ist Verlass. Wir können ziemlich unangenehm werden, wenn wir wollen! Wir sind sogar Okami Dragon entkommen! Und ich habe noch ein paar Tricks drauf, mit denen ich jeden Menschen komplett schachmatt setzen kann!«

Seit Apollonia die furchteinflößenden Geschöpfe in der Arena des Tiefseepalastes gesehen hatte, gab es für sie keinen Zweifel, dass Shasha die Wahrheit sprach. Die Welt der Wettergeister war kein Streichelzoo.

»Hey, die kommen ja wie gerufen«, rief Shasha und zeigte auf ein paar Delfine, die in diesem Augenblick auf sie zuschwammen. »Wir müssen los. Es gibt eine Menge zu tun!«

Mit ihren eigentümlich zwitschernden Lauten begrüßten die Tiere Apollonia und Shasha, sprangen ihnen hoch über die Wellenkämme entgegen und ließen sich platschend ins Wasser fallen.

Als hätte sie nie etwas anderes getan, schnappte sich Apollonia eine Flosse und schwang sich auf den glänzenden grauen

Rücken eines Delfins. Auch Shasha hatte einen Delfin erwischt. Nach den Strapazen der Flucht genossen sie das gleichmäßige Auf und Ab der Tiere, die ihnen vollkommen freiwillig zu Diensten waren. Es schien ihnen sogar Spaß zu machen.

Apollonia streichelte gerade ihrem Delfin vorsichtig über den Rücken, als Shasha plötzlich wild gestikulierend hinter sich zeigte. Apollonia drehte sich um.

Unzählige dreieckige Flossen ragten aus dem Wasser, die sich mit beängstigender Geschwindigkeit auf sie zu bewegten. Todesangst durchzuckte sie. Die Haie! Sie waren hinter ihnen her! Okami Dragon hatte seine brutalste Truppe geschickt!

»Wir müssen rauf, in die Luft!«, schrie Shasha. Sie ließ ihren Delfin los, packte Apollonia und wollte aufsteigen, doch ihr langes Gewand hatte sich offenbar irgendwo verheddert. Immer wieder versuchte sie, sich in die Luft zu erheben, immer wieder wurde sie zurückgerissen. Was war da los?

Es dauerte eine Weile, bis Apollonia begriff, dass sich ein Hai in Shashas Gewand verbissen hatte. Wütend zerrte er an dem Stoff und versuchte, die Windsbraut unter Wasser zu ziehen.

»Hilf mir!«, kreischte Shasha in höchster Not.

Ein zweiter Hai näherte sich und zeigte seine spitzen Zähne. Die Haie waren jetzt überall, mit geöffneten Mäulern schnappten die blutrünstigen Tiere nach Shashas Gewand und Apollonias Beinen. Wie Geschosse rasten sie abwechselnd auf die beiden zu und griffen auch die Delfine an, die panisch zu zappeln begannen.

»A-pol-lo-nia!!« Gellend zerschnitten Shashas Schreie die Luft, während das Meer nur noch ein schäumendes Inferno aus Flossen und Mäulern war. »Sag das Wort, das magische Wort!«

Das magische Wort? Fieberhaft durchsuchte Apollonia ihr Hirn, während sie von den Ausweichmanövern ihres Delfins hin und her geschüttelt wurde und es kaum noch schaffte, sich überhaupt festzuhalten. Auf dem Tier zu bleiben war schwerer, als einen wilden Bullen zu reiten.

Es fing mit einem G an, durchzuckte es sie, G... aber wie weiter? G wie Grandma, G wie gruselig, G wie – nein, es hatte keinen Sinn. Ihr Kopf war völlig leergefegt.

Plötzlich spürte sie einen harten Ruck. Ein Hai hatte von hinten ihre Jacke erwischt und zog mit aller Kraft daran. Gegen diese Kampfmaschine hatte sie keine Chance. Rückwärts flog sie in die aufspritzenden Wellen, wurde herumgewirbelt und sah direkt in das geöffnete Maul des Angreifers, der sich umgedreht hatte und blitzschnell auf sie zuraste.

Wenn doch wenigstens Joe McDaggerloe noch da wäre! Aber der war weit weg, unerreichbar für ihre Hilferufe.

Jetzt gab es nur einen Ausweg: Sie musste selbst kämpfen! Ihre letzten Reserven aktivieren! Wenn sie jetzt aufgab, würde sie Stück für Stück zerrissen! Aber wie kämpfen?

Apollonia nahm allen Mut zusammen und versetzte dem Hai mit beiden Füßen einen Tritt auf die Nase, sodass er für einen kurzen Moment zurückwich. Der Überraschungsangriff reichte, um ihr für einen Augenblick einen Vorsprung zu verschaffen.

In höchster Panik paddelte sie hoch zur Meeresoberfläche und versuchte, einen der fliehenden Delfine zu erhaschen. Doch die waren schon zu weit entfernt. Man sah nur noch von Weitem ihre grauen Leiber, die sich durch die Wellen wanden.

»Apo ...« Das war Shasha!

Entsetzt sah Apollonia aus dem Augenwinkel, wie Shasha mit einem spitzen Schrei in den Fluten verschwand. Nur drei Arme waren noch zu sehen, die sich zitternd in die Luft streckten, dann versanken auch sie.*

* An dieser Stelle haben sich viele Mädchen und Jungen Gedanken gemacht, wie es weitergehen könnte: beim großen Apollonia-Cox-Ideencasting. Auf Seite 352 kann man nachlesen, welche Idee und welcher Text gewonnen hat.

G! Na, los doch! Sag es!, befahl sie sich. Das magische Wort! Aber wie lautete es bloß? Während Apollonia von den wilden Bewegungen ihres Delfins hin und her gerissen wurde, zermarterte sie sich das Hirn. Doch da war nur noch Angst in ihr. Nackte, lähmende Angst.

»Sir, wir stecken fest«, sagte der Polizeibeamte und stellte den Motor aus. »Die Räder drehen durch. Ich fürchte, Sie müssen zu Fuß weitergehen.«

»Mist, verdammter!«, rief Zacharias Shackleton. »Was ist das hier für ein elender Matsch?«

Er spähte übernächtigt nach draußen in den schwarzen Regen, der den Schotterweg zur Wetterstation von Wishham in eine Schlammpiste verwandelt hatte. Der Wind heulte um das Auto und kippte Wasser wie aus Eimern über das Wagendach und die Windschutzscheibe.

»Sollten wir nicht besser umkehren?«, fragte der Beamte am Steuer. »Wenn wir das Auto zu dritt anschieben, kriegen wir es bestimmt wieder flott. Morgen ist auch noch ein Tag. Und im Hellen sieht man sowieso mehr.«

»Nein, nein, es ist nicht mehr weit«, protestierte Greg. »Sehen Sie das Licht dahinten? Das muss die Wetterstation sein. Vielleicht ist sie ja da drin, vielleicht ...«

Er glaubte selbst nicht recht daran, dass Apollonia wirklich dort war, aber er klammerte sich an jede Hoffnung wie ein Ertrinkender an ein vorbeischwimmendes Streichholz. Und wenn diese nächtliche Fahrt nur dazu diente, den Kommissar festzuhalten, war das schon Grund genug, jetzt nicht aufzugeben.

Die Abreise des Scotland-Yard-Beamten am nächsten Morgen war für Greg so klar wie das Einmaleins. Also musste er versuchen, ihn für eine neue Spur zu interessieren, so viel hatte er verstanden. Er musste Zeit gewinnen, neue Nachforschungen erzwingen, koste es, was es wolle.

»Du machst mich fertig«, ächzte der Kommissar. »Na, schön«.

Er schlug den Kragen seines Trenchcoats hoch und öffnete den Wagenschlag. Sofort wurde er bis auf die Knochen durchnässt, trotzdem stieg er aus und winkte Greg aufmunternd zu.

Gegen Wind und Regen ankämpfend machten sie sich auf den Weg zu dem Licht in der Ferne. Tief sanken ihre Schuhe in den Matsch, zweimal rutschte Greg aus und musste vom Kommissar aufgefangen werden, um nicht der Länge nach hinzuschlagen. Wieder und wieder wischte er sich die nassen Haarsträhnen aus der Stirn.

Apollonia!, das war alles, was er denken konnte. Halte durch, wir kommen! Wir werden dich retten!

Ein Drahtzaun versperrte ihnen mit einem Mal den Weg. *»Privatgelände! Betreten strengstens verboten!«*, stand auf den Warnschildern, die an die Pfosten genagelt waren.

»Komisch«, sagte Greg. »Damals war der Zaun noch nicht da. Ich meine, als wir den Schulausflug gemacht haben.«

»Dann tun wir mal so, als wäre er nicht vorhanden«, knurrte der Kommissar.

Er bückte sich, lockerte den Maschendraht und hielt ihn so hoch, dass Greg sich darunter hindurchschieben konnte. Dann kroch er selbst auf die andere Seite.

Ganz wohl war Greg nicht dabei, aber er fand es ziemlich cool, wie selbstverständlich der Kommissar die Warnschilder ignorierte. Dies hier war das Abenteuer seines Lebens, und mit einem wie Zacharias Shackleton an seiner Seite fühlte er sich sicher. Auch wenn ihm das Gefühl, etwas Verbotenes zu tun, wie ein Stein im Magen lag.

Als sie nur noch wenige Schritte von der Wetterstation entfernt waren, ließ ein leises Brummen sie aufhorchen. Das Brummen wurde immer stärker. Und dann näherten sich lärmend sechs Flugzeuge, die direkt über ihre Köpfe hinweg rasten, zur Landung ansetzten und eines nach dem anderen auf einer schmalen, von Positionslichtern gesäumten Asphaltpiste hinter der Station aufsetzten.

»Was machen denn die hier so spät am Abend?«, fragte Zacharias Shackleton.

»Vielleicht sind das Suchflugzeuge?«, überlegte Greg laut.

»Nee, wir haben nur Hubschrauber und Rettungsboote im Einsatz, keine Flieger«, erwiderte der Kommissar, der ein Fernglas aus der Manteltasche gezogen hatte und es auf die Flugzeuge richtete.

Aufmerksam beobachtete er die Piloten, die sofort nach der Landung aus den Cockpits herauskletterten. Einige liefen zum Haus, andere hantierten an den Flugzeugen herum. »Soweit ich es sehen kann, sind es jedenfalls keine Polizeiflugzeuge.«

»Oder sie kommen wegen des Fischereihafens ein paar Meilen weiter«, sagte Greg. »Als der Zaun noch nicht stand, wurde von hier immer der eisgekühlte Fisch abtransportiert, soweit ich weiß.«

Sobald die Piloten die Wetterstation erreicht hatten, flammten ringsum Scheinwerfer auf und tauchten das ganze Gelände in gleißendes Licht. Greg und Zacharias Shackleton duckten sich hinter einen niedrigen Busch und verfolgten neugierig das Geschehen.

Im Scheinwerferlicht wurden jenseits des Rollfelds große stählerne Tanks sichtbar. Eilig liefen die Männer auf dem Rollfeld hin und her. Die Maschinen wurden betankt und beladen, dann stiegen die Piloten auch schon wieder in ihre Kanzeln, das grelle Licht erlosch, und die Flugzeuge rollten langsam nacheinander an, gewannen Tempo und erhoben sich in die Luft.

Das Ganze hatte kaum länger als zehn Minuten gedauert.

»Merkwürdig«, sagte der Kommissar. »Was war denn das für eine Veranstaltung?«

»Sehr merkwürdig«, pflichtete Greg ihm bei.

»Dann sehen wir uns den Laden mal an«, grummelte Zacharias Shackleton, der vergeblich versucht hatte, sich mit klammen Fingern eine Zigarette anzuzünden. Doch der Sturm und die Feuchtigkeit machten jede Aussicht auf ein paar Züge Nikotin zunichte, was seine Laune nicht gerade hob.

Während das Geräusch der Motoren sich allmählich entfernte, kamen die beiden aus ihrer Deckung hervor und stapften auf die Wetterstation zu, an der jetzt nur noch ein schwaches Außenlicht brannte. Es war ein einstöckiger Bau, der früher offenbar ein Cottage gewesen war. Die dicken Natursteinmauern und das tief heruntergezogene Schindeldach machten einen fast gemütlichen Eindruck.

Das Haus stand nur wenig entfernt von der Steilküste, wie ein Vogelnest klebte es auf dem Felsen, völlig ungeschützt vor Wind und Wetter. Deutlich hörte man die Brandung, die sich unten mit grollendem Donnern an den Klippen brach. Es war ein wilder, unheimlicher Ort, weit weg vom nächsten Dorf. Kein Wunder, dass die ehemaligen Bewohner das Cottage verlassen hatten.

Sie umrundeten das Gebäude, fanden eine schwere Holztür und drückten die Klinke herunter.

»Verschlossen, natürlich«, grunzte der Kommissar. »Und solide wie für die Ewigkeit gezimmert. Selbst ein Elefant könnte diese Tür nicht eintreten.«

Doch so schnell ließ sich Greg nicht entmutigen. Er lief ein weiteres Mal um das Haus herum, dann kehrte er mit freudiger Miene zurück.

»Auf der anderen Seite ist ein Fensterladen lose«, rief er atemlos. »Ich zeig's Ihnen!«

Der Kommissar folgte ihm zur rückwärtigen Seite der Wetterstation, und tatsächlich: Einer der Fensterläden schlug klappernd im Rhythmus des Windes an die Mauer.

»Du willst doch wohl nicht etwa da rein?«, fragte der Kommissar scharf. »Schon vergessen? Ich bin von der Polizei! Ich darf nicht einfach irgendwo einbrechen wie ein Krimineller. Und wenn du es tust, lege ich dir ruckzuck Handschellen an!«

Erst als er ein Taschenmesser herauszog und sich am Fensterrahmen zu schaffen machte, begriff Greg, dass sich Zacharias Shackleton einen Scherz erlaubt hatte. Mit auffallend geschickten Bewegungen bohrte und schabte er an dem verwitterten Holz herum, bis die Fensterflügel krachend aufsprangen.

»Na, also, geht doch, wie in alten Tagen«, murmelte der Kommissar befriedigt.

Wie in alten Tagen? Greg musterte den bärbeißigen Mann verwundert. Was hatte denn das zu bedeuten? Fast hörte es sich so an, als ob dieser Mann nicht immer ein Polizist gewesen wäre, sondern – nein, Greg konnte den Gedanken gar nicht zu Ende denken.

Andererseits sah der Kommissar auch nicht gerade wie ein durchschnittlicher Beamter aus. Mit seiner Boxernase und den vierschrötigen Zügen wirkte er ziemlich verwegen. Und seine Trinkgewohnheiten waren alles andere als vertrauenerweckend.

Nicht nur, dass er bei jeder Gelegenheit Hochprozentiges wie Wasser in sich hineinkippte, Greg hatte auch beobachtet, wie er gerade auf dem Fußweg verstohlen eine kleine silberne Flasche aus dem Mantel gezogen und sich einen kräftigen Schluck genehmigt hatte. Apfelsaft war das ganz bestimmt nicht gewesen.

»Worauf wartest du? Immer nur rein ins volle Menschenleben!«, riss Zacharias Shackleton den Jungen aus seinen Gedanken.

Unerwartet sportlich setzte er einen Fuß auf das Fensterbrett, hielt sich mit beiden Händen am Rahmen fest und kletterte in das Haus. Verblüfft tat Greg es ihm nach. Sein Herz klopfte, in seinem Kopf summte es. Noch nie war er irgendwo eingestiegen wie ein Dieb. Das war schon etwas heikler, als unter einem Zaun hindurchzuklettern.

Doch auch noch etwas anderes ließ seinen Atem stocken: Hier fanden sie vielleicht eine Spur von Apollonia! Irgendeinen Anhaltspunkt, ein Haarband, eine Nachricht, irgendwas! Bitte, lieber Gott, flehte er innerlich, lass uns etwas entdecken, was den Kommissar zum Weitermachen bewegt!

Drinnen war es stockfinster. Der Kommissar ließ sein Feuerzeug aufflammen. Das flackernde Licht erhellte einen Raum, in dem ein langer Schreibtisch, zwei Stühle und ein paar Computer standen. Drei Wände waren bedeckt mit Landkarten, an der vierten Wand stapelten sich bis zur Decke verschiedene Messgeräte. Aus der Ecke starrte sie das dunkle Loch eines erkalteten Kamins an.

Auf dem Schreibtisch herrschte ein wildes Durcheinander aus Papieren, Notizbüchern und Stiften, so, als hätte jemand ihn durchwühlt und dann achtlos zurückgelassen. Von Apollonia war nichts zu sehen.

»Soll ich Licht machen?«, fragte Greg. Er zeigte auf die Lampe, die von der Decke hing.

»Anfänger«, erwiderte Zacharias Shackleton missbilligend. »Das würde man meilenweit sehen. Erst müssen wir den Fensterladen schließen. Hier«, er wühlte in seinen unerschöpflichen Manteltaschen und förderte ein Stück Draht zutage. »Binde das Ding fest, so gut es geht. Und dann mach das Fenster zu. Fest zu.«

Ohne ein Wort gehorchte Greg. Er bewunderte den Kommissar für die Sicherheit, mit der er wusste, was zu tun war. Doch noch immer zitterten ihm die Knie. Was, wenn man sie hier auf frischer Tat ertappte? Was, wenn die Piloten zurückkamen?

So gut es ging, wickelte er den Draht um eine Metallöse an dem losen Stück Holz und befestigte ihn am Fensterrahmen. Dann verriegelte er die Griffe des Fensters und drehte sich mit einem stolzen Lächeln nach dem Kommissar um.

Doch der beachtete ihn gar nicht. Er stand am Schreibtisch und hatte ein paar Papiere in die Hand genommen, die darauf lagen. Im Schein seines Feuerzeugs überflog er sie rasch, während seine Lippen sich lautlos bewegten.

»Das ist schlimmer als Chinesisch«, sagte er enttäuscht. Er warf die Blätter auf den Tisch zurück und angelte sich ein schwarzes Notizbuch. Hastig blätterte er darin, jedoch ohne zu finden, wonach er suchte.

Greg ging zum Lichtschalter, drehte daran, und ein trüber Lichtschein erfüllte den Raum. »Besser so?«

»Leider nein – Zahlen, Daten, Diagramme«, knurrte Zacharias Shackleton. Er steckte sein Feuerzeug ein. »Was ist das eigentlich für ein schräger Job, Wetterforscher? Ich habe noch nie verstanden, wieso die das Wetter überhaupt beobachten. Ich meine – das Wetter macht doch sowieso, was es will. Die Vorhersage kündigt Regen an, und was passiert? Die Sonne scheint. Und wenn ein sonniger Tag vorausgesagt wird und alle mit dem Picknickkorb ins Grüne fahren, gießt es wie verrückt.«

Greg zuckte die Achseln. »Na ja, Sie haben schon Recht. Aber soweit ich weiß, waren Apollonias Eltern absolute Spezialisten. Wofür genau, weiß ich leider nicht.«

»Aha.« Der Kommissar hörte kaum hin. Er ließ das Notizbuch in seinem Mantel verschwinden und betrachtete den Raum, als suchte er etwas Bestimmtes.

»Meinen Sie, wir finden etwas von Apollonia?«, fragte Greg.

»Spaßvogel«, fuhr Zacharias Shackleton ihn an. »Wieso fragst du mich das? War doch deine Idee, hierher zu kommen. Na gut, sehen wir uns mal den Rest an.«

»Okay, machen wir«, nickte Greg, der sich kaum noch auf den Beinen halten konnte vor Angst und Müdigkeit.

Und dann passierte so viel gleichzeitig, dass er hinterher nicht mehr hätte sagen können, was zuerst geschehen war. Sein Handy piepste, das Schloss der Eingangstür kreischte, Flugzeuglärm brandete wie aus dem Nichts auf und barsche Männerstimmen brüllten ganz in der Nähe laut durcheinander.

Greg unterdrückte einen Aufschrei. Sie waren verloren! Er hatte das Fenster und den Fensterladen so gut verschlossen, dass es viel zu lange gedauert hätte, alles wieder aufzudröseln! Sie waren gefangen wie Ratten in der Falle!

Mit einem Satz war Zacharias Shackleton am Lichtschalter, drehte die Lampe aus und zischte: »Los, weg hier!«

Im Dunkeln spürte Greg seine raue Hand, die ihn mit eisernem Griff packte.

Schon drehte sich ein Schlüssel im Schloss der Eingangstür, und jemand rief ärgerlich: »Himmel noch mal, wieso schließen die denn immer dreimal ab, diese verdammten Idioten?«

Lautlos schlüpften sie aus dem Zimmer und rannten auf Zehenspitzen einen dunklen Flur entlang, an dessen Ende sich eine schmale Tür ertasten ließ. Ohne Zögern öffnete der Kommissar die Tür, riss Greg mit sich und zog sie hinter sich zu.

Sie waren in einen engen, winzigen Raum geraten, in den sie kaum hineinpassten. Dicht mussten sie sich aneinander pressen. Kaum hatten sie sich in Sicherheit gebracht, als auch schon schwere Schritte über die Dielen knarrten.

»Keiner da!«, brüllte eine Stimme. »Im Büro nicht und auch nicht in der Küche!«

»Aber da war ein Bulle in dem Auto«, brüllte eine andere zurück. »Und wo einer ist, da sind noch mehr!«

Die Schritte entfernten sich. Schwer atmend klickte der Kommissar sein Feuerzeug an und musterte voller Panik ihren Fluchtort. Sie waren auf der Toilette des Hauses gelandet.

»Wir sitzen im wahrsten Sinne des Wortes in der Sch... äh, in der Tinte«, flüsterte er. »Bis zum Hals!«

Greg brachte keinen Ton hervor.

Mit der Konzentration eines Bombenentschärfers begann der Kommissar, so geräuschlos wie möglich den Riegel an der Tür zu bewegen. Schweißtropfen perlten von seiner Stirn, während er den eingerosteten Metallbolzen Millimeter für Millimeter vorschob, bis er unhörbar einrastete. Dann leuchtete er die Wände ab, auf der Suche nach einem Ausweg. Doch das einzige Fenster war nicht größer als ein Schachbrett. Keine Chance.

»Sieh doch mal auf'm Donnerbalken nach«, lachte eine Stimme auf dem Flur. »Vielleicht sitzt ja 'n Bulle da drauf und macht sich in die Hosen!«

Heiseres Gelächter war die Antwort, dann näherten sich Schritte.

Jemand rüttelte an der Tür.

»Der Donnerbalken ist zu!«, schrie eine wütende Stimme direkt neben ihnen, zum Glück durch eine massive Holztür getrennt.

»Dann hack die Tür kurz und klein!«, kommandierte eine zweite Stimme. »Hinterm Haus liegt eine Axt! Neben dem Kaminholz!«

Der Kommissar stöhnte auf, und Greg schossen Tränen in die Augen.

»Die werden uns auch zerhacken, oder?«, schluchzte er leise.

»Erst mich, dann dich«, knurrte der Kommissar. »Fang schon mal an zu beten.«

Das Wort! Sie brauchte das magische Wort! Apollonias Gedanken waren ein einziges wirres Durcheinander, in dem sie vergeblich nach dem rettenden Wort stöberte. Es war, als wollte man eine Perle im Ozean finden.

Von Shasha war nichts mehr zu sehen. Nur ein schäumender Wasserwirbel zeugte davon, dass sie unter der Meeresoberfläche einen einsamen Kampf gegen die Haie kämpfte. Und sie, Apollonia, war das einzige Wesen auf der Welt, das ihr jetzt beistehen könnte.

Wie war das noch in der Höhle gewesen, als sie zusammen mit Shasha die komische Zeichnung in dem Medaillon betrachtet hatte? Sie versuchte sich zu erinnern. Ganz oben war das Wort geschrieben gewesen, in winzigen Buchstaben.

Und dann, wie durch ein Wunder, stand ihr der Schriftzug plötzlich so deutlich vor Augen, als sei er mit Riesenlettern auf ein Stück Papier gedruckt.

»G-Gr-Grannus Belenus!«, keuchte Apollonia. Dann brüllte sie noch einmal, so laut sie konnte: »Grannus Belenus!!!«

Die Jacke glitt ihr von den Schultern, eine Welle schlug über ihrem Kopf zusammen, und dann sah sie staunend, wie der Hai mit ihrer Jacke im Maul davonschwamm. Ein Hai nach dem anderen ließ nun von Shasha und Apollonia ab, machte kehrt und entfernte sich.

Ein Schluchzen ließ sie aufhorchen.

»Apollonia, ach, Apollonia ...«

Noch nie hatte sie Shasha weinen gesehen. Doch jetzt flossen der Windsbraut dicke blaue Tränen über die Wangen. Völlig erschöpft trieb sie auf der Dünung und weinte so herzzerreißend, dass auch Apollonia die Tränen über das Gesicht liefen. Sie sah entsetzt, dass Shasha zwei Arme verloren hatte.

»Tut es sehr weh?«, fragte sie und deutete auf die beiden Stümpfe, die aus der Schulter ragten.

»Die Arme werden nachwachsen, zum Glück. Aber es brennt wie Feuer. Naja. Hauptsache, wir haben überlebt«, schniefte Shasha.

Apollonia nickte. Alle Glieder taten ihr weh. Eine unendliche Müdigkeit befiel sie, und dabei war es noch ein so weiter Weg nach Hause.

Shasha schnaufte hörbar und wischte sich die Tränen aus dem Gesicht.

»Na, wenigstens ist dir noch das magische Wort eingefallen, wenn auch im letzten Moment«, sagte sie. »Mann, das war spitz vor knapp. Eine Sekunde später, und das Biest hätte mich zerfetzt. Gib mir noch ein, zwei Minuten, dann fliegen wir los. Misthaie aber auch! Wie ich diese Viecher hasse!«

»Spar dir deinen Hass für Okami Dragon auf«, erwiderte Apollonia. »Er hat die Haie auf uns gehetzt, vergiss das nicht. Komm, wir machen die Biege.«

»Mit fünf Armen werde ich leider langsamer sein als mit sieben«, gab Shasha zu bedenken. »Du musst mithelfen. Hat doch schon ganz gut geklappt auf dem Hinweg. Ich musste dich kaum noch festhalten. Autsch, wie das brennt!«

»Wir schaffen das schon«, beruhigte Apollonia die Windsbraut. »Bist du startklar?«

Statt einer Antwort schob Shasha zwei Arme um Apollonias Taille und erhob sich mit ihr. Etwas wackelig zwar, aber immerhin.

Es wurde eine lange, lange Reise. Apollonia kam es vor, als würden sie mindestens zehnmal den Erdball umrunden. Nach den Strapazen dieses Tages war jede Bewegung eine Qual, immer wieder mussten sie rasten, um neue Kraft zu schöpfen.

Sobald sich eine Wolke am Himmel zeigte, ließen sie sich darauf fallen und ruhten sich eine Weile aus, bevor sie weiterflogen.

Allmählich wurde es dunkel. Der Himmel färbte sich erst rosa, dann violett, schließlich dunkelblau. Hoch über ihnen wurden die ersten Sterne sichtbar, und der Mond hing wie ein silberner Teller am Firmament.

Apollonia wunderte sich einmal mehr, wie sicher Shasha den Weg fand. Für sie sah die Welt von oben überall gleich aus, und jetzt im Dunkeln war auch nicht mehr zu unterscheiden, ob sie über Wasser oder über Land flogen.

»Ist es noch weit?«, fragte Apollonia, deren Arme sich schwer wie Blei anfühlten. Außerdem fror sie gewaltig ohne ihre Jacke. »Sollten wir nicht besser auf einer Wolke übernachten und morgen weiterfliegen?«

»Nein, auf keinen Fall«, widersprach Shasha. »Absolut sicher bist du nur bei Foggy Fog. Dort wird dich niemand suchen.«

Also doch, durchfuhr es Apollonia. Okami Dragon würde sie nicht einfach so vergessen. Es war noch nicht vorbei. Der Kampf hatte gerade erst begonnen. Sie waren nicht auf der Heimreise, sie waren auf der Flucht.

Als sie Stunden später die Schatten der schwarzen Klippen von Dead Men's Sand unter sich entdeckte, jubelte Apollonia aus vollem Hals. »Jaaa!«, schrie sie, »wir haben es geschafft!«

Überglücklich kletterte sie in die Höhle, und auch Shasha schien es zur Abwechslung mal zu genießen, nicht oben in den Lüften herumzuschwirren. Mit einem tiefen Seufzer der Erleichterung sanken sie auf das Nebelbett.

Foggy Fog hatte schon auf sie gewartet. »Da seid ihr ja endlich«, empfing er sie mit einem Unterton von Ungeduld. »Was ist denn passiert, ihr Himmelskomiker? Ich muss rüber zur Küste.«

In hastigen Worten erzählten Apollonia und Shasha, was ihnen widerfahren war.

Der Nebelgeist strich sich beunruhigt über den langen Bart. »Nicht gut«, brummte er. »Gar nicht gut. Wenn Okami Dragon hier aufkreuzt, seid ihr geliefert. Mir wird er nichts tun, ein kleiner alter Nebelgeist wie ich ist völlig unwichtig für ihn. Schließlich gehöre ich nicht zu seiner Zerstörergang. Andererseits ...«

»Vorsicht ist die Mutter der Wattwürmer«, fiel Shasha ihm ins Wort. »Okami wird nicht selbst kommen, aber es reicht schon, wenn er seine Truppe schickt. Besser, du verziehst dich für ein paar Tage.«

Nachdenklich betrachtete Foggy Fog seine beiden Gäste. »Ihr solltet wissen«, er zog an seiner Pfeife und stieß dampfenden Rauch aus, »dass heute Menschen auf der Insel waren. Ein Mann und ein Junge.«

Apollonia sah ihn erschrocken an. »Menschen? Nach Dead Men's Sand kommt doch niemand freiwillig.«

»Sah auch nicht gerade wie ein Zufall aus«, bemerkte Foggy Fog trocken. »Sie kamen mit einem Boot direkt hierher gefahren. Dann haben sie die Höhle abgesucht und den Gummistiefel mitgenommen.«

»Ausgerechnet meinen Gummistiefel?«, fragte Apollonia. »Und die Schätze haben sie nicht geplündert? Oder fehlt etwas?«

Sie musterte die Wände der Höhle, an denen es blinkte und glitzerte wie eh und je.

Foggy Fog grinste schlau. »Menschen sehen diese Schätze gar nicht, genauso wenig, wie sie mich sehen. Für die ist das eine Höhle wie jede andere auch. Du siehst das Gold und das Silber nur, weil du eine Enya bist.«

»Ach so.« Apollonia seufzte erleichtert.

»Außerdem haben sie ein paar Polizisten geschickt, die

hier rumstöbern wollten«, lachte Foggy Fog. »Mast- und Schotbruch nochmal, was für ein vergurkter Haufen. Haben sich mitten in meine Höhle gesetzt und Karten gespielt. Aber Peach Pitchou hat sie mit ihrem Gesang in den Tiefschlaf befördert. Die liegen jetzt irgendwo in den Klippen und träumen von niedlichen Nixen.«

»Sie haben das Handy dagelassen«, sagte Shasha und zeigte auf das blinkende Mobiltelefon.

Apollonia hob es auf. Zwanzig Anrufe in Abwesenheit und eine SMS! Sie klickte das Display an. »C U soon?«, stand darauf. Die SMS war von Greg.

Greg? Er hatte ihr eine Nachricht geschickt? Ihr Herz begann zu klopfen. Der gute Greg. Er hatte sie nicht vergessen. Wenn doch bloß ihr Herz nicht so laut klopfen würde! Sie spürte die neugierigen Blicke von Shasha und Foggy auf sich ruhen. Sicherlich sah man ihr an der Nasenspitze an, wie sehr sie sich freute.

»Ein Verehrer?«, kicherte Shasha.

»Quatsch«, wehrte Apollonia unwillig ab. »Ich versuche es jetzt bei Grandma, okay?« Sie wählte die Nummer.

»Oh, honigsüße Liebesbotschaften«, neckte Shasha sie weiter. »Wie heißt denn dein Herzbube?«

»Still«, zischte Apollonia, die erwartungsvoll lauschte. Geh ran, Grandma, bat sie innerlich. Geh bitte, bitte ran!

Doch wieder war es eine Männerstimme, die sich meldete. Entmutigt ließ sie das Handy sinken. »Immer noch so ein Kerl! Die Typen von der Polizei sind echt hartnäckig!« Dann dachte sie kurz nach und begann mit bebenden Fingern eine SMS zu tippen.

Kichernd beugte sich Shasha zu ihr und las laut vor: »Hi Greg. Sag Grandma, dass ich lebe. Aber wirklich nur Grandma. – Und das ist alles? Kein Gruß? Kein Kuss? Ist dieser Greg etwa solch ein Holzkopf?«

»Ist er nicht«, murmelte Apollonia ärgerlich. Dann tippte sie »Viele Grüße von A.« und drückte auf »senden«.

»Na, zufrieden?«, bellte sie in Shashas Richtung.

»Nur nicht so kratzbürstig«, lachte Shasha. »Wir alle haben doch ein kleines Geheimnis, oder?« Sie zwinkerte Foggy Fog zu, der missbilligend den Kopf schüttelte.

»Nix als Flausen im Kopf«, grummelte er. »Ich verzieh mich. Peach Pitchou wird sich um das Abendessen kümmern. Seid vorsichtig und bleibt bis morgen früh in der Höhle. Okami Dragon hat seine Augen überall.« Mit diesen Worten löste er sich in Nebel auf und verschwand.

Seufzend lehnte sich Apollonia auf dem Nebelbett zurück und verschränkte die Arme im Nacken. Träumerisch betrachtete sie die Kostbarkeiten an den Wänden.

Wenn Greg wüsste, welche Abenteuer sie heute bestanden hatte, ihm würden sicher die Augen aus dem Kopf fallen. Der Tiefseepalast, die Killerqualle, Okami Dragon und seine Haifischtruppe ...

»Komisch«, sagte Shasha. »Du hast das magische Wort schon lange bei dir getragen. Wie konntest du es bloß vergessen?«

Nur höchst ungern ließ sich Apollonia aus ihren Gedanken reißen, die gerade über das Meer hinweg zu einem blassen, schmalen Jungen mit blonden Haaren segelten. »Du meinst – dieses Grannus Belenus?«

Auf der Stelle brandete wieder die Orgelmusik auf, dass ihnen die Ohren dröhnten. Blitze zuckten durch die Höhle, Schotter rieselte auf sie hinab, eine Windböe fegte sie fast vom Nebelbett.

»Tschuldigung«, sagte Apollonia. »Das nächste Mal passe ich besser auf. Ich wusste ja gar nicht, dass es ein magisches Wort ist. Sonst hätte ich bestimmt mal unseren blöden Schuldirektor damit erschreckt. Aber im Ernst – was bedeutet es denn?«

Shasha hob die Schultern. »Ich habe keinen blassen Schimmer. Aber es scheint irgendwie wichtig zu sein. Vielleicht hilft es uns weiter.«

Nachdenklich legte Apollonia den Kopf schräg. »Ich müsste es googeln. Aber wo sollen wir hier einen Laptop mit Internetanschluss herbekommen?«

»Googeln?« Verständnislos sah Shasha sie an. »Ist das was Magisches?«

»Nee, was total Irdisches«, erklärte Apollonia. »Du gibst einen Begriff ein, und schwupps, bekommst du die Erklärung.«

»Also doch was Magisches«, sagte Shasha.

»Hm.« Apollonia kratzte sich am Kinn. »Im Leuchtturm steht ein Laptop in meinem Zimmer, aber das ist vermintes Terrain. Die Polizisten sind immer noch da. Wir müssen ...«

Sie begann zu strahlen. »Wir könnten zu Greg fliegen! Der hat einen Computer, ist nicht der neueste, aber er hat einen Internetanschluss. Was meinst du, sollten wir nicht einfach mal rüberhuschen und ihm einen kurzen Besuch abstatten?«

»Oh Mann, Verliebte sind aber auch so was von dämlich«, rüffelte Shasha sie. »Du hast doch gehört, was Foggy gesagt hat: Wir müssen heute Nacht hier bleiben. Alles andere wäre mordsmäßig gefährlich.«

Ein feiner Glöckchenklang ertönte, und Peach Pitchou glitt in die Höhle. Sie schüttelte ihr silbernes Haar, sodass die kleinen Fischchen darin wie Funken aufleuchteten.

»Ich hoffe, ich störe nicht«, wisperte sie. »Bitte sehr, ich bringe dir das Dinner, werte Enya. Fish und Chips, wie gewünscht, dazu Nudelsuppe und Vanilleeis.«

»O danke!« Jetzt erst bemerkte Apollonia, dass sie ein riesiges Loch im Bauch hatte. Sie nahm Peach Pitchou das Tablett ab und begann hungrig zu essen.

»Hast du einen besonderen Wunsch für morgen?«, fragte die Nixe.

»Vielleicht Lakritz«, antwortete Apollonia kauend, »das hat sich nämlich ein Hai unter den Nagel gerissen, zusammen mit meiner Jacke. Oh Peach, du glaubst nicht, was uns heute passiert ist!«

Peach Pitchou lächelte verschmitzt. »Verehrte Enya, vom Nordkap bis zur Antarktis spricht man von nichts anderem! Du bist das berühmteste Wesen der Ozeane! Noch nie hat jemand so mit Okami Dragon geredet, und noch nie ist ihm jemand so tollkühn entwischt! Er ist außer sich! Stundenlang soll er getobt haben, und zum Abendessen hat er sämtliche Haie verspeist, die er euch nachgeschickt hatte.«

Sie begann, Apollonias verfilztes Haar mit einem silbernen Kamm zu ordnen, Strähne für Strähne.

»Wie bitte?« Apollonia fiel fast das Tablett von den Knien. Sie wechselte einen kurzen Blick mit Shasha, die unruhig auf dem Nebelbett herumrutschte.

»Morgen müssen wir an Land gehen«, sagte Shasha missmutig. »Am Wasser ist es zu gefährlich geworden. Okami wird sich zwar nicht selbst hierher bequemen, dafür ist es ihm hier oben zu kalt. Aber er hat genug mordhungrige Schergen, die alles tun, was er sagt.«

Gerade noch hatte Apollonia sich einen Löffel Vanilleeis in den Mund geschoben, jetzt legte sie den zierlichen kleinen Löffel in Muschelform zurück auf das Tablett. Der Appetit war ihr vergangen.

»Und wenn wir bis ans Ende der Welt fliegen«, sagte sie mit tonloser Stimme, »er wird uns finden.«

Zacharias Shackleton wusste, dass die Lage so gut wie aussichtslos war. Wenn diese Typen tatsächlich eine Axt hatten, war es nur eine Frage der Zeit, wann sie in ihrem Versteck entdeckt würden. Er stöhnte und hielt sein Feuerzeug hoch, auf der verzweifelten Suche nach einem Ausweg.

»Da!«, raunte er plötzlich. »Da müssen wir hoch!«

Greg folgte seinem Blick. In die Decke war eine Klappe eingelassen. Eine Treppe zum Dachboden gab es üblicherweise nicht in solchen Häusern, man behalf sich mit Bodenluken. Und es war ein unfassbarer Glücksfall, dass die früheren Bewohner des Cottages diese Luke ausgerechnet über der Toilette eingebaut hatten.

Während sich die Schritte entfernten, stieg der Kommissar auf den hölzernen Toilettendeckel. Mit den Fingerspitzen versuchte er, die Bodenluke aufzudrücken. Doch er war zu klein, er hätte eine Leiter gebraucht, und die gab es nicht.

»Ich klettere auf Ihre Schultern!«, flüsterte Greg. »Dann wird es vielleicht gehen!«

Er war nie besonders sportlich gewesen, doch plötzlich traute er sich alles zu. Wenn das die Typen waren, die Apollonia entführt hatten, dann musste er das hier schaffen! Er musste!

Verdutzt sah Zacharias Shackleton ihn an, dann nickte er. Mit dem Mut der Verzweiflung klammerte sich Greg am Trenchcoat des Kommissars fest, erklomm ebenfalls den Toilettendeckel und schob seinen Fuß in die Armbeuge, die der Kommissar ihm entgegenstreckte.

»Mach schon! Wo bleibst du denn? Hol endlich die verdammte Axt!«, schrie jemand draußen und trat mehrmals gegen die Tür.

Zacharias Shackleton ächzte, als Greg auf seinen Arm trat und dann mit den Knien auf seine Schultern kletterte. Der Junge richtete sich vorsichtig auf und schob sachte die Klappe über seinem Kopf hoch, um kein Geräusch zu machen.

Sein ganzer Körper zitterte vor Anstrengung. Auf keinen Fall durfte er die Klappe loslassen, das Gepolter hätte sie sofort verraten. Er setzte einen Fuß auf die Schulter des Kommissars, zog den anderen nach und stützte sich mit den Ellenbogen auf den Rand der Luke.

»Hier ist die Axt! Dan the Dog hat sie mal wieder irgendwo fallen lassen, wo man sie garantiert nicht findet, der Idiot!«, rief eine krächzende Stimme, dann trafen gewaltige Hiebe die Tür.

Mit dem letzten Rest Energie schwang sich Greg auf den Lukenrand, zog die Beine nach oben, klappte die Luke lautlos ganz um und reichte dem Kommissar die Hand.

»Weg da«, zischte Zacharias Shackleton. Er warf Greg das Feuerzeug zu. Mit beiden Händen erfasste er dann den Rand der Öffnung, hing einen Augenblick zappelnd in der Luft, holte Anschwung und hievte sich wie ein Geräteturner mit einer einzigen, unmenschlichen Anstrengung nach oben. Flink rollte er sich zur Seite und schloss die Luke genau in dem Moment, als unten die Tür nachgab und mit heftigem Krachen zersplitterte.

»Und?«, fragte eine der Stimmen.

»Fehlanzeige! Hier ist nichts! Das war bestimmt nur das blöde rostige Schloss, das mal wieder geklemmt hat!«

»Verdammt, das gibt Ärger! Die Tür ist total im Eimer! Los, wir müssen nach draußen, vielleicht verstecken die sich bei den Tanks!«

Die Schritte polterten davon, die Außentür wurde zugeschlagen und verschlossen, dann hörte man nur noch das Summen der Flugzeugmotoren. Greg und der Kommissar wagten kaum zu atmen.

»Und jetzt?«, flüsterte Greg.

»Wie wär's mit einer Tasse Tee?«, fragte Zacharias Shackleton sarkastisch zurück. »Auch ein anständiges Steak könnte mir gefallen.«

Im Dunkel des Dachbodens sah er nicht, dass Tränen über Gregs Gesicht liefen. Es passierte dem Jungen schließlich nicht alle Tage, dass er sein nacktes Leben retten musste, und die gewalttätigen Stimmen der Männer hatten ihm einen Schreck eingejagt, von dem er sich nicht so schnell erholte.

»Können Sie nicht O'Hara anrufen, damit er uns hier rauspaukt?«, flüsterte er. »Mir ist so kalt.«

»Nichts da«, raunte der Kommissar. »Wenn hier erst mal eine Hundertschaft Polizisten durchtobt, können wir die Ermittlungen vergessen. Sieht ganz danach aus, als müssten wir die Nacht auf diesem verstaubten Dachboden verbringen.«

Entmutigt schwieg Greg. Ja, das leuchtete ihm ein. Aber er war sich nicht mehr sicher, ob er es wirklich so aufregend fand, ein Mitglied der Sonderkommission zu sein. Mit Blaulicht durch die Gegend zu düsen und im Schnellboot durchs Meer zu rasen, das war etwas ganz anderes. Doch dies hier brachte ihn an den Rand seiner Kräfte.

Sie horchten auf die Geräusche, die von draußen zu ihnen hereindrangen. Die Flugzeuge starteten, ein paar Rufe waren zu hören, dann war alles still. Doch sie waren nicht allein. Geradezu körperlich spürten sie die Anwesenheit der Männer, die sich irgendwo außerhalb des Hauses herumtreiben mussten.

Der Kommissar ließ sein Feuerzeug verlöschen, wenig später hörte Greg ihn leise pfeifend schnarchen.

Auch Greg nickte ein. Er wusste nicht, wie lange er geschlafen hatte, als er mit einem unterdrückten Schrei aus dem

Schlaf hochfuhr. Seine Uhr zeigte fünf Uhr morgens. Apollonia!, dachte Greg. Wo bist du?

Eine Weile hockte er völlig bewegungslos da, dann erinnerte er sich an das Handypiepsen, das er im Durcheinander am Tag zuvor ganz vergessen hatte, und holte sein Handy aus der Hosentasche. Mit steifen Fingern aktivierte er das Display.

»Hi Greg. Sag Grandma, dass ich lebe. Aber wirklich nur Grandma. Viele Grüße von A.«, stand darauf.

Greg begann zu schluchzen. Sie lebte! Apollonia lebte!

Raviel McMillan stand zur gleichen Zeit schon eine Weile unbemerkt in einer Ecke des unterirdischen Wetterlabors, in dem Liane Cox und Gordon Heartfield seit dem vergangenen Abend Zahlen verglichen und Diagramme erstellt hatten.

Ein Teller mit halb vertrockneten Sandwiches stand neben ihnen. Ohne ein Wort zu sagen, gaben sie immer neue Zahlenreihen in einen Computer ein, man hörte nur das Geklapper der Tastaturen.

Ein feuchter, muffiger Geruch hing in der Luft, gegen den auch die Klimaanlage nichts ausrichten konnte, die unablässig vor sich hinsurrte.

»Nun? Sind die Herrschaften schon weitergekommen?«

Apollonias Eltern waren völlig in ihre Arbeit versunken und fuhren erschrocken herum, als sie Raviel McMillans Stimme hörten. Er stand im Halbdunkel an die Wand gelehnt und sah sie höhnisch an.

»Kaum zu glauben, was man alles für die liebe Familie tut«, grinste er.

»Wie geht es Apollonia? Hat sie nach uns gefragt?«, rief Liane Cox aufgeregt.

Sie rieb sich die schmerzenden Augen. Strähnig hing ihr das Haar ins Gesicht, auf ihren blassen Zügen malte sich tiefe Erschöpfung. Die Arbeit, die sie verrichten musste, erforderte äußerste Konzentration, und ihre Augen brannten, weil sie die ganze Nacht auf den Monitor vor sich gestarrt hatte.

»Die kleine Polly?« Raviel McMillan machte eine wegwerfende Handbewegung.

Nenn sie nicht Polly, dachte Liane Cox. Sie mag das nicht.

»Das gute Kind hat alles, was ein Teenagerherz sich wünscht«, lachte Raviel McMillan. »Computerspiele, Stereoanlage, DVD-Player, dazu Spielkonsolen aller gängigen Marken. Ich bin sicher, dass sie gar nicht mehr weg will, wenn Ihre Aufgabe hier beendet ist.«

Liane Cox antwortete nicht. Sie wusste, dass Apollonia sich wenig aus solchen Dingen machte. Klar, sie hatte das übliche Equipment, vom Handy bis zum iPod. Aber das war nebensächlich. Ihre Tochter liebte den Wind und die Wellen, selbst bei heftigsten Stürmen trieb es sie nach draußen. Wie sehr musste sie leiden, eingesperrt von diesem Widerling.

»Meine Frau braucht eine Pause, und zwar dringend«, sagte Gordon Heartfield. »Es hat keinen Sinn, dass Sie uns so knechten. Wenn wir schon nicht schlafen dürfen, lassen Sie uns wenigstens mal zwischendurch frische Luft schnappen.«

»Frische Luft?« Raviel McMillan sah aus, als hätte Gordon Heartfield von giftigen Schlangen gesprochen. »Wofür brauchen Sie frische Luft?«

»Normale Menschen holen sich draußen die nötige Portion Sauerstoff«, erwiderte Gordin Heartfield spitz. »Außerdem müssen wir uns mal die Beine vertreten, wir sind schon ganz steif. Wenn Sie wollen, dass wir erfolgreich sind, dürfen Sie uns nicht wie Tiere behandeln.«

Unwillig betrachtete Raviel McMillan seine Gefangenen, dann lenkte er ein. »Also gut, eine halbe Stunde Auslauf, mehr nicht. Ein Wachmann wird Sie begleiten. Nur, damit das klar ist: Er hat eine Waffe. Und er wird sie benutzen, wenn nötig.«

»Nein, nein, wir laufen nicht weg«, beteuerte Liane Cox. »Solange Apollonia hier ist, können Sie auf uns zählen.«

Raviel McMillan ging zu dem Computerpult, an dem Apollonias Eltern saßen, drückte eine Taste und rief: »Nummer zweiundzwanzig. Sofort ins Wetterlabor B. Und nimm einen scharfen Hund mit.«

Wenige Minuten später erschien ein Wachmann in einer schwarzen Ledermontur. Sein unbewegliches Gesicht wirkte hart, fast roboterhaft.

»Ja, bitte, Sir?«, schnarrte er, während er eine Dogge zurückriss, die die Gefangenen anknurrte.

»Mach mit denen da einen Gang rund um die Festung. Pass gut auf, dass die Vögelchen nicht in die Lüfte verschwinden. In genau einer halben Stunde bist du zurück.«

»Zu Befehl!« Der Wachmann salutierte.

»Könnten wir vielleicht etwas Warmes zum Anziehen haben?«, fragte Liane Cox. »Es wird kalt sein draußen.«

»Auch das, meine Liebe, auch das«, antwortete Raviel McMillan. »Wäre doch zu dumm, wenn eine Grippe Sie darniederwerfen würde. Und nur, damit wir uns richtig verstehen: Wenn Sie mir hier auch nur den kleinsten Fehler ins Programm reinbacken, sind Sie tot, so wie Ihre allerliebste Polly. Ich lasse jede Ihrer Berechnungen von meinen Leuten gegenchecken. Keine Spielchen, klar?«

Auf Gordon Heartfields Stirn pulsierte eine Zornesader, doch er biss sich auf die Lippen.

»Ja, selbstverständlich«, antwortete Liane Cox und stand auf. »Keine Spielchen. Wir erledigen unsere Aufgabe nach bestem Wissen und Gewissen.«

»Danke für die frische Luft«, sagte Gordon Heartfield ironisch und erhob sich ebenfalls. »Vermutlich sollte ich mich auch dafür bedanken, dass Sie uns überhaupt atmen lassen.«

»Diese Sprüche werden Ihnen noch vergehen«, zischte Raviel McMillan zwischen den Zähnen. »Sie haben wohl immer noch nicht begriffen, mit wem Sie es zu tun haben.«

»Ich fürchte, das habe ich nur allzu gut begriffen«, murmelte Gordon Heartfield und warf einen unbehaglichen Blick auf den knurrenden Hund.

»Ruhig, Rex«, sagte der Wachmann und wandte sich zum Gehen. »In dreißig Minuten liefere ich sie wieder ab, Sir.«

Raviel McMillan sah Apollonias Eltern nach, wie sie dem Wachmann folgten, dann trat er an einen der Computer und ließ endlose Zahlenkolonnen über den Monitor laufen. Mit ein paar Tastenbefehlen speicherte er sie und druckte sie aus. Dann packte er den Stapel Blätter zusammen und verließ ebenfalls das Labor.

»Frische Luft«, murmelte er amüsiert. »Davon werden die mehr als genug bekommen, wenn ich sie erst mal auf einer einsamen Insel aussetze. Später. Erst mal müssen sie fleißig sein.«

Inzwischen waren die beiden Gefangenen mit ihrem Bewacher eine enge Wendeltreppe hochgestiegen und wanderten durch endlose düstere Flure, in denen Überwachungskameras jede ihrer Bewegungen aufnahmen. Schließlich betraten sie einen Raum, der die Eingangshalle der Festung sein musste.

Es war ein hoher Saal mit hässlichen, nackten Betonwänden. Von der Decke hingen starke Lampen herab, die ihre müden Augen blendeten. An der Stirnseite prangte ein überlebensgroßes Porträt Raviel McMillans, siegesgewiss grinste er die Betrachter an.

»Scheußlicher geht's nicht«, sagte Gordon Heartfield leise.

»Ruhe! Suchen Sie sich etwas zum Überziehen aus!«

Der Wachmann deutete mit dem Kinn auf einen Garderobenständer, an dem einige Mäntel hingen, alle waren sie schwarz und aus Leder. »Los, anziehen«, befahl er knapp.

Während Apollonias Eltern sich eilig Mäntel überstreiften, tippte er einen komplizierten Zahlencode in ein kleines Kästchen neben dem hohen Portal. Ein hoher, pfeifender Ton erklang, dann öffneten sich die Flügel der riesigen Eingangstür, die aus armdickem Stahl bestanden.

»Endlich frische Luft«, seufzte Liane Cox, als eine kräftige Brise ihnen entgegenwehte. »Ich dachte schon, dass wir ewig in diesem schrecklichen Bau bleiben müssten!«

Es war noch dunkel draußen, doch der Vorplatz der Festung war taghell erleuchtet. Steinerne Statuen standen Spalier, als sie ihn überquerten. Sie alle stellten Raviel McMillan dar, mal als antiken Kaiser in langem Gewand, mal als römischen Feldherrn mit Lorbeerkranz oder als mittelalterlichen Befehlshaber in Ritterrüstung.

»Komplett übergeschnappt, der Typ«, flüsterte Gordon Heartfield seiner Frau zu, während er im Vorbeigehen die Statuen musterte. »Wofür hält der sich? Für Gott?«

»Ich glaube, kleiner hat er 's nicht «, flüsterte Liane Cox zurück, die seit Wochen zum ersten Mal wieder lächeln konnte. Sie schloss die Augen und atmete tief ein. »Ach, Gordon, ich hatte fast vergessen, wie es ist, unter freiem Himmel zu sein! Ist es nicht herrlich?«

Dann öffnete sie die Augen wieder, wandte den Kopf und musterte die düstere, graue Fassade der Festung. War da irgendwo ein erleuchtetes Fenster? Ein Fenster, hinter dem Apollonia gefangen gehalten wurde? Doch es gab nicht die winzigste Öffnung in diesem abweisenden Bau. Er schien völlig mit den hoch aufragenden Felsen zu verschmelzen, die ihn umschlossen wie eine riesige Faust. Raviel McMillans Festung war ein Hochsicherheitstrakt, ein Bollwerk, das keinerlei Schwachstellen bot. Der Vorplatz war von einem mannshohen

Metallzaun umgeben, der nur von einem einzigen schmiedeeisernen Tor unterbrochen wurde. Wieder tippte der Wachmann eine Zahlenkombination ein, das Tor sprang auf, und sie traten hinaus ins Freie, während sich das Tor mit einem leisen Klicken wieder hinter ihnen schloss.

Sie traten auf eine kleine, mit Dünengras bewachsene Anhöhe. Im Mondlicht konnten sie das Meer erkennen, es grenzte direkt an das Grundstück und schien zum Greifen nah. Sanft rollte die Dünung auf den flachen Strand. Sicherheitsleute mit Suchhunden patrouillierten unten am Wellensaum.

»Wo sind wir hier eigentlich?«, fragte Gordon Heartfield ihren Bewacher.

Der blieb irritiert stehen. »Was haben Sie gesagt?«

»Wo wir uns befinden, würde ich gern wissen«, wiederholte Gordon Heartfield seine Frage.

»Ich habe Anweisung, Ihnen keinerlei Auskünfte zu erteilen«, blaffte der Wachmann.

Sein Hund zerrte an der Leine, während der Uniformierte ihnen schweigend bedeutete, voranzugehen. Gordon Heartfield hakte seine Frau unter und marschierte los, an dem Zaun entlang über das Dünengras, das sich im Wind bog.

»Er hat einen schottischen Akzent, findest du nicht auch?«, flüsterte er.

»Stimmt«, erwiderte sie leise und sah sich vorsichtig um. Der Wachmann hatte eine Maschinenpistole im Anschlag und folgte ihnen in zwei, drei Metern Abstand. »Sieh doch nur, die sanften Hügel da drüben. Das muss die schottische Küste sein, wenn ich mich nicht täusche.«

»West oder Ost?«, fragte Gordon Heartfield mit gedämpfter Stimme.

Liane Cox hob den Blick und musterte die Sterne. Es war noch so früh, dass die himmlischen Gestirne unwirklich nah blinkten, so nah, als könnte man sie einfach vom schwarzen

Samt des Himmels pflücken. Landeinwärts färbte sich der Horizont unmerklich heller.

»Wir sind an der Westküste«, raunte sie. »Moment mal!«

Aufgeregt betrachtete sie die seltsame Felsformation, die wie eine Kathedrale aus Stein hinter ihnen aufragte. Es dampfte merkwürdig neben den Felsen, so, als befänden sich dort heiße Quellen.

»Verrückt«, raunte sie. »Siehst du die Dämpfe? Ich glaube, ich war schon mal hier! Es ist viele Jahre her ...«

»Ruhe da vorn!«, herrschte der Wachmann sie an.

Sofort verstummte Apollonias Mutter, beschleunigte aber ihren Schritt. Hier draußen gab es keine Mikrofone, es war die einzige Gelegenheit, etwas zu besprechen, was nicht für Raviel McMillans Ohren bestimmt war. Auch Gordon Heartfield ging nun schneller.

»Es war eine Studienreise«, wisperte Liane Cox in allergrößter Hast. »Wir besuchten damals die mythischen Orte der Kelten. Man hat in der Nähe von Torrs eine Silberkappe mit Hörnern gefunden, eindeutig keltisch. Und man sprach von einem Palast. Dem Palast eines der mächtigsten Götter der Kelten, eines gewissen Apollon Grannus Bele...«

Ein Schuss durchdrang krachend die Nacht.

»Stopp!«, brüllte der Wachmann, der sich im Laufschritt näherte. Die Dogge bellte wütend. »Dieser Schuss ging noch in die Luft, der nächste erwischt Ihre Beine!«

Sofort blieben Apollonias Eltern stehen und ließen die Beschimpfungen des Wachmanns über sich ergehen, der seine Waffe auf sie richtete. Gefährlich blitzte der Lauf der Maschinenpistole im Mondlicht auf. »Ich warne Sie: Ich habe einen Schießbefehl. Noch so ein Fluchtversuch, und Sie können den Rest Ihres Lebens im Rollstuhl verbringen!«

»Verzeihen Sie vielmals«, entschuldigte sich Liane Cox mit zitternder Stimme. »Wir waren so lange im Verlies, dass wir es einfach genossen haben, mal richtig auszuschreiten. Soll nicht wieder vorkommen. Ganz bestimmt.«

Der Wachmann stupste sie mit seiner Maschinenpistole in den Rücken, sodass sie leise aufschrie. »Weitergehen!«

Wütend funkelte Gordon Heartfield ihn an. »Rühren Sie meine Frau nicht an! Wir sind keine Verbrecher, verstanden?«

»Mir egal«, schnarrte der Wachmann. »Weitergehen.«

Langsam setzten sie sich wieder in Bewegung. Liane Cox drückte ihrem Mann die Hand, worauf er ihr zunickte. Sie hatten etwas Wichtiges herausbekommen. Bis jetzt hatten sie den Eindruck gehabt, am Ende der Welt zu sein, irgendwo im Nirgendwo. Vielleicht würde es Ihnen helfen, dass sie jetzt wussten, wo sie waren. Es war zumindest ein klitzekleiner Hoffnungsschimmer in ihrer trostlosen Situation.

Aus der kleinen Brise war mittlerweile ein Sturm geworden, der an ihren Haaren und Mänteln zerrte. Doch Apollonias Eltern genossen jeden Schritt, jeden Atemzug. Seit man sie aus der Wetterstation von Wishham verschleppt hatte, waren sie rund um die Uhr in dem Verlies eingepfercht gewesen. Ein halbes Jahr tief unter der Erde. Sechs Monate ohne frische Luft.

»Kehrt machen«, wies der Wachmann sie nach etwa einer Viertelstunde an. »Wird Zeit, dass Sie wieder weggeschlossen werden.«

Voll Bedauern sahen sie auf das Meer, das so viel Freiheit versprach. In der Ferne entdeckten sie ein hell erleuchtetes Schiff, das langsam vorbeizog. Unerreichbar, leider.

Schweigend ließen sie sich zur Festung zurückbringen, die im ersten Dämmerlicht lag. Raviel McMillan empfing sie im Speisesaal. Er frühstückte gerade, auch wenn es nicht gerade das war, was andere Menschen unter einem Frühstück verstanden. Ein halb aufgegessenes, blutiges Steak lag vor ihm auf dem Teller. Er hatte die Brille abgesetzt, und man sah, dass seine Augen blutunterlaufen waren.

»Nun, wie war der Ausflug?«, fragte er. »Musste Nummer zweiundzwanzig Ihnen Manieren beibringen oder sind Sie intelligent genug, meine Regeln zu akzeptieren?«

»Wir waren wohl etwas zu schnell für Ihren reizenden Wachhund«, sagte Liane Cox, wobei sie offen ließ, ob sie den Mann oder das Tier meinte. Sie fühlte sich bedeutend besser, trotz ihrer Sorge um Apollonia. »Aber wir akzeptieren natürlich Ihre Regeln. Dürften wir uns jetzt bitte ein wenig hinlegen? Es war eine harte Nacht. Wir sind völlig am Ende.«

Mit ein paar gierigen Bissen verschlang Raviel McMillan den Rest des Steaks. Es sah aus, als ob ein Löwe eine Maus erledigte. Dann spülte er mit einem Schluck Tomatensaft nach und rülpste verstohlen.

»Aber sicher können Sie sich ausruhen. Ein paar Stunden, dann geht's weiter. Doch vorher möchte ich Sie noch um Ihre geschätzte Meinung bitten.«

Er ließ mit seiner Fernbedienung die Ahnenporträts zur Seite gleiten und aktivierte einen der Monitore.

Mit müden Augen betrachteten Apollonias Eltern das Geschehen auf dem Bildschirm. Dichte Wolkenwirbel rasten wieder darüber hinweg, am rechten Rand aber sah man diesmal die Umrisse der Westküste Nordafrikas. »Noch eine Simulation?«, fragte Gordon Heartfield und unterdrückte ein Gähnen. Er streckte die Hände zum Kamin aus, um sich zu wärmen.

Liane Cox warf Raviel McMillan einen forschenden Blick zu. »Wollen Sie jetzt etwa auch noch Afrika fluten?«

»Das ist keine Simulation, das ist eine Aufzeichnung von heute Nacht!«, sagte Raviel McMillan und setzte sein Glas so heftig auf dem Tisch ab, dass der Stiel abbrach. Wütend schleuderte er den halb leeren Kelch hinter sich, der krachend in einer Ecke zersplitterte. »Ich verstehe das nicht! Solche Flutwellen sind absolut ungewöhnlich in diesen Breitengraden. Was zum Henker ist da los?«

Apollonias Eltern rückten zwei Stühle in die Nähe des Kaminfeuers, während sie unverwandt zum Bildschirm blickten.

»Könnten wir es bitte noch einmal von vorn sehen?«, bat Gordon Heartfield nach einer Weile.

»Bitte ...« Raviel McMillan tippte auf die Fernbedienung, und ein weiteres Mal sahen alle drei gebannt zu, wie sich vor ihren Augen ein ungeheurer Sturm entwickelte.

Carina Cottonmill schlüpfte herein und servierte Tee. »Bitte sehr«, wisperte sie Apollonias Eltern zu. »Sie müssen ziemlich durchgefroren sein. Einen Toast dazu?«

»Wie nett von Ihnen«, erwiderte Liane Cox und nahm dankbar eine Tasse in Empfang. »Ja, ein Toast wäre wunderbar.«

Mit verkniffenen Zügen beobachtete Raviel McMillan seine Haushälterin. »Aber nicht zu nett werden«, grunzte er. »Wir sind hier nicht im Luxushotel.«

»Sehr wohl, selbstverständlich«, hauchte Carina Cottonmill. Raviel McMillan sah nicht, dass sie im Hinausgehen Liane Cox begütigend zulächelte.

Auch Gordon Heartfield griff zu einer Tasse und trank in kleinen Schlucken den heißen Tee. Die Glut des Kaminfeuers beschien sein ausgemergeltes Gesicht, das angespannt wirkte.

»Merkwürdig«, sagte er und zeigte auf den Bildschirm. »Sehen Sie das? Der Sturm weist höchst ungewöhnliche Abweichungen auf. Ständig wechselt er die Richtung. Es ist so etwas wie ein – Zickzack. Und Sie sind sicher, dass es sich um eine Aufzeichnung handelt?«

Nervös griff Raviel McMillan zu seinen Zigarren. »Ja, es ist ein Satellitenfilm des britischen Wetterdienstes. Die Flutwelle nahm ihren Anfang in der Karibik, rollte dann auf Afrika zu und wechselte nach Norden. Sie muss mittlerweile auf der Höhe Spaniens sein.«

Liane Cox sah ihm nachdenklich zu, wie er das Ende seiner Zigarre abbiss und sie mit einem langen Streichholz entzündete.

Sie hustete, als der Rauch ihr in die Nase stieg, dann räusperte sie sich. »Wenn ich es nicht besser wüsste, würde ich sagen, dass dieser Sturm ... nun ja, dass er ein Eigenleben hat.« Sie zögerte. »Wie ein Lebewesen. Ein gigantisches Lebewesen, zugegeben. Mit den Mitteln der Wissenschaft ist dieses Phänomen jedenfalls nicht zu erklären.«

»Ach, nein?« Raviel McMillan stand auf und spazierte paffend an den Bildschirmen entlang. »Und womit dann? Selbst der größte Wal der Welt könnte nicht solche Flutwellen erzeugen. Oder glauben sie etwa an Meergeister?« Er lachte unfroh auf.

»Wir sind Wetterforscher, keine Magier«, erwiderte Liane Cox, doch ein rätselhaftes Lächeln umspielte ihre Lippen. Die Erwähnung der Meergeister schien sie aus irgendeinem Grund zu freuen.

Plötzlich wurde die Tür des Speisesaals aufgestoßen, und ein hagerer Mann mit einem verwegenen Narbengesicht stürzte herein.

»Chef, Sir, es ist was passiert!«, keuchte er.

»Was fällt dir ein, hier einfach so reinzuplatzen?«, brüllte Raviel McMillan. »Ungehobeltes Lumpenpack! Köpfen sollte ich dich!«

Verlegen stand Scatto the Scarface da und schielte fast vor Aufregung. »Sorry, Sir, aber ich konnte nicht länger warten. Wir haben zwanzig Mann verloren! Sie haben unterirdische Sprengversuche im Golf von Biscaya gemacht. Ich habe es gerade erst erfahren.«

Die Augen traten Raviel McMillan fast aus den Höhlen, als er die Neuigkeit hörte. Er warf seine Zigarre ins Kaminfeuer. »Zwanzig Mann?«, echote er. »Wie denn? Wieso denn?«

»Es war eine riesige Flutwelle. Da unten ist die Hölle los. Ich meine, die Jungs hatten Tauchanzüge und Pressluftflaschen, und eigentlich konnte denen gar nichts passieren. Doch vor einer Stunde wurden sie an Land gespült. Sie waren erstickt.« Scatto beendete seinen Bericht mit einem verlegenen Hüsteln und blinzelte dann furchtsam seinen Herrn und Meister an.

Sofort griff Raviel McMillan zu seinem Handy. »Raus jetzt, alle miteinander! Ich muss telefonieren. Wir sehen uns später. Ich krieg das in den Griff, verdammt noch mal! Es gibt für alles eine Erklärung. Und du, Scatto«, er wedelte unwirsch mit dem Handy, »du verschwindest gefälligst!«

Scatto the Scarface machte auf dem Absatz kehrt, doch an der Tür drehte er sich noch einmal um. »Äh, Chef? Die Männer wurden – erwürgt.« Dann rannte er hinaus.

»Erwürgt ...« Raviel McMillan schluckte.

»Also, wir gehen dann mal besser«, sagte Gordon Heartfield. »Ab zehn Uhr stehen wir Ihnen wieder zur Verfügung.«

Doch Raviel McMillan beachtete ihn nicht. Er ballte die Fäuste. »Irgendwer wird dafür bluten«, murmelte er vor sich hin. »Raviels Rache wird furchtbar sein.«

Eilig verließen Apollonias Eltern den Rittersaal, um nicht Zeuge eines neuerlichen Wutausbruchs zu werden. Auf dem Flur hatte Carina Cottonmill auf sie gewartet.

»Ich bringe Sie zu Ihrem Zimmer«, wisperte sie. »Möchten Sie vielleicht eine Wärmflasche?«

»Wo ist Apollonia?«, flüsterte Liane Cox. »Bitte, bitte sagen Sie es mir – geht es ihr gut? Können Sie uns zu ihr bringen?«

Sofort verhärtete sich das Gesicht der Haushälterin. »Also keine Wärmflasche«, sagte sie kühl. »Wie dumm Sie sind. Auch gut. Ich werde Sie um zehn Uhr wecken.« All ihre Freundlichkeit war verflogen. Liane Cox hätte sich auf die Zunge beißen können, so sehr ärgerte sie sich über ihre unbedachte Frage. Gerade noch hatte es so ausgesehen, als ob die Haushälterin ein wenig Mitleid hätte. Doch sie konnte und wollte offenbar nichts tun, was die Autorität ihres Herrn in Frage stellte. Mit versteinertem Gesicht ging sie voraus, und Apollonias Eltern folgten ihr stumm.

Als sie an ihrem Zimmer angelangt waren, wartete Carina Cottonmill gleichmütig, bis die Gefangenen die Tür hinter sich geschlossen hatten. Dann schob sie von außen einen Riegel vor und sicherte die Tür mit einem Vorhängeschloss.

Liane Cox lauschte auf die klackenden Geräusche, dann setzte sie sich aufs Bett. Das Zimmer war nur wenig einladender als das Verlies, in dem sie so viele Monate zugebracht hatten. Auch hier gab es keine Fenster, sodass man nie wusste, ob es draußen hell oder dunkel war. Doch immerhin gab es einen Kamin, in dem ein schwaches Feuer brannte, und das Bett war frisch bezogen.

»Ich glaube, Raviel McMillan hat Mächte herausgefordert, mit denen selbst er es nicht aufnehmen kann«, sagte sie mit verschleiertem Blick.

»Wie jetzt?« Ihr Mann hatte sich an einen Schreibtisch aus Metall gesetzt und blätterte zerstreut in einem dickleibigen wissenschaftlichen Buch. »Meinst du die Amerikaner? Oder die Russen? Möglich wär's. Sie arbeiten schon länger an Wetterwaffen. Kriegsführung mit Sturm und Regen ... Offiziell verboten, aber sehr effektiv.«

»Ach, was«, wieder lächelte Liane Cox auf jene rätselhafte Weise, die Gordon Heartfield schon im Rittersaal aufgefallen war.

»Du willst doch wohl nicht auf diesen Quatsch mit den Meergeistern hinaus, von denen Apollonia manchmal erzählte?«, fragte er lachend. »Liane!« Er klappte das Buch zu und sah Apollonias Mutter belustigt an.

»Es geht etwas vor, was sich unserer Vorstellungskraft entzieht«, erwiderte sie wie in Trance. »Etwas Magisches. Ich spüre es. Ich weiß es. Raviel McMillan wird nicht so leicht durchkommen mit seinem teuflischen Plan.«

»Wach auf! Schnell!!« Shasha rüttelte ungeduldig an Apollonias Schultern. »Bitte, wir müssen weg!«

Schlaftrunken öffnete Apollonia die Augen, gähnte und drehte sich zur Wand. »Bin ... noch ... so müde«, murmelte sie halb im Traum. Kaum ein Lichtstrahl drang in das Halbdunkel der Höhle, es musste noch weit vor Sonnenaufgang sein.

»Verehrte Enya, du solltest wirklich aufstehen«, wisperte Peach Pitchou und zog behutsam an dem silbern durchwirkten Tuch, in das Apollonia sich gewickelt hatte. »Ich habe ein Lunchpaket vorbereitet. Es ist auch Lakritz dabei. Für ein standesgemäßes Frühstück ist leider keine Zeit mehr. Sie sind schon ganz in der Nähe!«

»Wer?« Apollonia setzte sich auf. »Wer ist in der Nähe?«

»Okamis Truppe ist im Anmarsch«, stieß Shasha hervor.

Hektisch ließ sie ihre Arme durch die Luft flattern. Apollonia stellte erleichtert fest, dass die beiden abgebissenen Arme bereits nachgewachsen waren. »Sie sind noch im Atlantik, aber es wird nicht lange dauern, bis sie den Ärmelkanal erreicht haben! Jemand muss uns verraten haben!«

Sie sah beunruhigt zum Eingang der Höhle, als könnten dort in jedem Moment die Häscher des Königs der Meere erscheinen.

»Ich fürchte, es ist Okami Dragon höchstpersönlich, der seinen Palast verlassen hat, um euch zu suchen«, sagte Peach Pitchou. »Das ist noch nie dagewesen! Eine Spur der Zerstörung zieht sich die Küsten entlang. Er hat jede Menge Wettergeister und abgerichtete Killerhaie dabei. Wenn dir etwas an deiner Heimat und deinem Leuchtturm liegt, verehrte Enya, dann müssen wir Okami schnellstens stoppen!«

Das klang nach Ärger. Nach dickem fetten Ärger. Hastig schlürfte Apollonia den heißen Tee, den die Nixe ihr reichte, dann schlang sie ihren Schal um den Hals und schob das Lunchpaket unter den Pullover.

»Ich bin bereit!«, behauptete sie, obwohl ihr die Anstrengung des vorherigen Tages noch tief in den Knochen steckte.

»Wo ist Foggy? Habt ihr ihn gewarnt?«

»Der ist schon aufs Festland geflohen. Bestimmt nebelt er gerade irgendein Hochmoor ein«, antwortete Peach Pitchou. »Der gute alte Foggy Fog. Vor Schreck ist ihm fast die Pfeife aus dem Mund gefallen, als er hörte, dass Okami Dragon höchstselbst hierher unterwegs ist.«

»Genug geredet. Und Abflug«, sagte Shasha knapp.

Sie packte Apollonia und trug sie mit einer einzigen energischen Bewegung aus der Höhle. Hoch schwangen sie sich auf und erreichten schon bald die Wolken.

»Wir müssen uns beeilen!«, rief Shasha. »Wenn Okami hier aufschlägt, wird er alles vernichten!«

»Aber wer hat uns verraten?«, fragte Apollonia verzweifelt, während sie die Augen zusammenkniff, denn der eiskalte Wind traf sie wie eine Ohrfeige. »Wer würde so etwas tun?«

»Auch das werden wir herausfinden«, erwiderte Shasha grimmig.

Mit Höchsttempo schoss sie durch die Luft und spähte immer wieder hinunter zum Wasser. Noch war nichts Ungewöhnliches zu sehen. Gleichmäßige Bänder aus Schaumkronen zogen ruhig über die Meeresoberfläche, Scharen von Möwen segelten darüber hinweg. Es war ein Bild des Friedens.

»Wir sind zu langsam!«, rief die Windsbraut. »Halt dich gut fest!« Obwohl sie bereits eine atemberaubende Geschwindigkeit erreicht hatten, steigerte Shasha das Tempo ein weiteres Mal und durchbrach die Wolkendecke.

Apollonias Magen schrumpfte auf die Größe einer Kirsche

zusammen. Shasha flog jetzt so schnell, dass sie es mit jedem Düsenjet hätte aufnehmen können. Unvorstellbar kalt war es hier oben. Apollonia kam es vor, als ob sie mittlerweile steifgefroren wie ein menschlicher Eisblock durch die Luft raste.

»Da! Da ist er!«, schrie Shasha plötzlich auf.

Sie zeigte durch ein Wolkenloch aufs Meer. Und dann bot sich Apollonia ein Anblick, der grausiger nicht hätte sein können. Fast blieb ihr das Herz stehen. Selbst von hier oben konnte man erkennen, dass die Flutwelle unter ihnen alles übertraf, was sie je erlebt hatten: Hoch wie ein Wolkenkratzer war sie und so breit, dass man keinen Anfang und kein Ende sah.

Wie eine gigantische Wand aus Wasser näherte sich die Monsterwelle einem Küstenstreifen, bewegte sich dann wieder aufs offene Meer hinaus und riss in Sekundenschnelle einen riesigen Tanker in die Tiefe, bevor sie erneut die Richtung wechselte.

»Okami Dragon«, flüsterte Apollonia.

Sie war ein Kind der Küste und hatte schon gewaltige Stürme erlebt, Windböen, die Häuser abdeckten, Sturmfluten, die mit erschreckender Zerstörungskraft wüteten.

Doch dies war etwas Anderes. Dies war die entfesselte Kraft des Herrschers der Meere.

Shasha drückte sie fest an sich. »Wir müssen da runter! Wir müssen ihn weglocken! Sonst knickt dein geliebter Leuchtturm in einer Viertelstunde um wie ein Strohhalm!«

Es hätte gar nicht dieses letzten Arguments bedurft, um Apollonia zu überzeugen. Schon der Anblick des Tankers, der mitsamt seiner Besatzung von dem Wasserwirbel verschluckt worden war, genügte ihr.

Sie konnte sich nur zu gut vorstellen, wie diese Welle auf die Südküste Englands zurollte, wie sie mit ungeheurer Gewalt über die Steilküste schwappte und dabei große Stücke herausbrach, wie sie Bäume, Häuser und Autos brutal mit sich riss.

Ein Schluchzen stieg in ihrer Kehle auf. Obwohl sie einsah, dass Shashas Plan der einzige Ausweg war, sträubte sich alles in ihr dagegen, dem Herrscher der Meere ein weiteres Mal zu begegnen. »Gut, also, also d-dann r-runter zu d-dem Viech!«, stammelte sie, wenn auch die Angst sie nur so schüttelte. Trotz der Kälte brach ihr der Schweiß aus.

Shasha fackelte nicht lange. Im Steilflug ging es abwärts, direkt auf die Welle zu. Als sie nur noch wenige Meter darüber schwebten, konnte Apollonia einen unförmigen Krakenkopf ausmachen, der sich darin mit weit aufgerissenem Maul auf und nieder bewegte.

Flankiert wurde er von unzähligen Haien und Meeresgeistern jeder Form und Größe. Okami Dragon hatte eine ganze Armee zusammengetrommelt.

»Wir müssen uns bemerkbar machen«, sagte Shasha entschlossen. »Komm schon, Apollonia! Und – jetzt!«

»O-ka-mi!!«, schrien die beiden und winkten heftig.

Die Welle stürzte so rasch in sich zusammen, dass die Gischt viele Meter hoch spritzte. Apollonia und Shasha konnten gerade noch himmelwärts ausweichen, um nicht von den Wassermassen fortgespült zu werden, womöglich direkt in die Krakenarme von Okami Dragon. Dann gingen sie wieder tiefer.

»Hier sind wir!!«, brüllte Shasha aus Leibeskräften.

Nach und nach tauchte ein Meergeist nach dem anderen aus den Fluten auf. So weit das Auge reichte, war die Wasseroberfläche übersät mit den Köpfen der furchterregendsten Ungeheuer, die das Meer jemals beherbergt hatte.

Bärtige Trolle und fischköpfige Kobolde reckten ihre Waffen aus den Wellen, Wasser speiende Regenschrate, bis an die Zähne mit Harpunen bewaffnet, dümpelten auf der Dünung. Feindselig starrten sie alle Apollonia und Shasha an, die mit selbstmörderischer Keckheit über ihnen kreisten und immer wieder den Namen von Okami Dragon ausriefen.

Inmitten der Köpfe wurde direkt unter ihnen ein Helm sichtbar, aus dem wirres, grünes Algenhaar quoll. Die gepanzerte Rüstung darunter glänzte, so wie die silberne Harpune, die das Wesen ihnen entgegenstreckte.

»Das kann doch nicht wahr sein«, rief Shasha. »Ich glaube es nicht! Was für eine elende falsche Socke!«

Fassungslos starrte sie den Wellenkobold an, der sie so feige verraten hatte.

»Man muss eben wissen, auf welcher Seite man steht«, schrie Rattrappono ihr triumphierend zu. »Oder wo die richtige Seite ist, um genau zu sein!«

»Und was hat er dir versprochen für deinen miesen Verrat?«, fauchte Shasha.

Rattrappono lachte hustend. »Wer spricht denn von Verrat? Ich habe ihm nur den Tipp mit Foggy Fogs Höhle gegeben, das war alles. Natürlich wird eine kleine Belohnung dabei herausspringen, aber das geht dich gar nichts an!«

»Und ich dachte, du bist ein Freund«, entfuhr es Apollonia. Sie war wie vor den Kopf geschlagen. »Was haben wir dir denn getan?«

»Pah, Freundschaft«, höhnte Rattrappono. »Weiberkram. Wofür haltet ihr euch? Ihr habt die Majestät beleidigt! Und ihr habt mit diesen Flugzeugen zu tun! Okami Dragon hat Recht. Ihr habt den Tod verdient. Und ganz nebenbei: Sie hätten mich umgebracht in dem Verlies, wenn ich nicht gemeinsame Sache mit ihnen gemacht hätte.«

Mit donnerndem Getöse erhob sich in diesem Augenblick der König der Meere aus den Fluten. Sein monströser Kopf in der blutig roten Halskrause tauchte aus dem Wasser auf, sein Gesicht war vor Wut verzerrt. Mit seinen baumdicken Armen schlug er wütend um sich. Träge krochen die Seesterne in seiner Krone umher.

Er warf Apollonia und Shasha einen hasserfüllten Blick zu,

dann sah er in die Runde. Erregt wartete alles auf sein Zeichen zum Angriff. Trolle richteten Steinschleudern auf die beiden, Armbrüste wurden angelegt, die Regenschrate schwenkten ihre Harpunen.

Wohlgefällig betrachtete Okami Dragon seine Armee, dann wanderten seine hervorquellenden Augen wieder zu Apollonia und Shasha. An seinen Krakenarmen zuckte ein eigentümliches bläuliches Licht entlang.

»Macht sie fertig«, befahl er kalt.

Auf sein Kommando erhob sich ein Geschwader schuppiger Flugdrachen und steuerte direkt auf Apollonia und Shasha zu. Schleimige Speichelfäden troffen ihnen aus den Mäulern, die lidlosen gelben Augen glühten. Messerscharfe Krallen zuckten an ihren Beinen. Doch damit nicht genug: Gleichzeitig wurden Hunderte von Harpunen abgefeuert, Steine sirrten durch die Luft.

»Oh, nein!«, wimmerte Apollonia. »Das überleben wir nicht!«

Wie Geschosse stürzten die Flugdrachen auf sie zu. Der Wind ihrer stacheligen Schwingen erfasste die Flüchtenden und trieb sie hinunter zum Wasser, wo die Meergeister angriffslustig ihre Speere reckten. Apollonia und Shasha konnten gerade noch abbremsen, um nicht aufgespießt zu werden wie Spanferkel.

»Ab durch die Mitte«, rief Shasha, »wir starten durch! Unter Wasser wären wir verloren, aber hier in der Luft können wir es vielleicht schaffen!«

Vielleicht? Apollonia fühlte sich, als habe ihr jemand eine Faust in den Magen gerammt. Doch dann dachte sie wieder an den Leuchtturm, an Norrington, an den Küstenstreifen, den Okami Dragon bedrohte, und spannte ihren Körper an.

Shasha gab alles. Hin und her flitzte sie hakenschlagend, raste mal auf den Himmel zu, dann wieder hinunter zum Meer, wich geschickt den Angriffen der Flugdrachen aus, indem sie ins Wasser eintauchte, um eine Sekunde später in schwindelerregenden Höhen eine Wolke als Deckung zu benutzen. Apollonia wich nicht von ihrer Seite.

Mittlerweile hagelte es Harpunen und Steine, sogar Seeigel wurden auf sie abgefeuert, die wie Kletten an Apollonias Pullover hängen blieben. Auch Shasha hatte einiges abbekommen, in ihrem Gewand hatten sich einige silberne Harpunen mit ihren Widerhaken verfangen, die scheppernd aneinanderschlugen, während sie durch die Luft raste.

»Soll ich das magische Wort sagen?«, schrie Apollonia. Voller Panik spürte sie den giftigen Atem ihrer Verfolger im Nacken. Es stank nach Schwefel und totem Fisch, und die grässlichen Laute der Flugdrachen gingen ihr durch Mark und Bein.

»Besser nicht«, schrie Shasha atemlos und setzte zu einem Looping an.

Achterbahn ist nichts dagegen, dachte Apollonia. So gut es ging, unterstützte sie ihre Freundin mit vollem Körpereinsatz. Es klappte immer besser mit dem Fliegen, auch wenn sie sich noch nicht mit den Flugkünsten der Windsbraut messen konnte.

Shasha war unglaublich. Ihre Tricks und Finten erbitterten die Verfolger, die kehlige Schreie ausstießen und zornig ins Leere schnappten.

»Wieso nicht?«, rief Apollonia.

»Okami ist zu nah! Ich weiß nicht, ob deine Kräfte ausreichen, um gegen ihn anzukommen. Falls nicht, richtet sich die Magie gegen uns.«

»Verstehe«, würgte Apollonia hervor.

War ihr übel? Sie wusste es nicht. Zum Glück hatte sie nicht gefrühstückt, sonst hätte sie ihren Toast sicher schon längst wieder ausgespuckt. Sie fühlte sich wie in einem schleudernden Auto, das keine Bremsen hatte. Gerade ging es im freien Fall nach unten zum Meer, wo Okami Dragon die Verfolgungsjagd mit einer riesigen Flutwelle begleitete.

Das Lunchpaket unter ihrem Pullover rutschte heraus und fiel in hohem Bogen ins Wasser.

»Schneller!«, schrie Shasha, die mit zwei Armen Harpunen und Steine abwehrte. »Jetzt wieder eine Umdrehung, dann nach oben und schnurstracks geradeaus!«

Hörte dieser Wahnsinn denn nie auf? Apollonia hatte kaum Zeit, Luft zu holen. Wie eine Flipperkugel schoss sie umher, während die Schreie der Flugdrachen ihr fast das Trommelfell zerrissen.

»Nach oben? Geradeaus? Wo fliegen wir denn hin?«, japste sie. Schon lange wusste sie nicht mehr, wo oben und unten war. Ihr war furchtbar schwindelig, doch sie war auch ein kleines bisschen stolz, dass sie mit Shashas irrwitzigem Tempo mithalten konnte.

»Bermudas«, presste Shasha zwischen zusammengebissenen Zähnen hervor. Sie vollführte gekonnt ein weiteres Looping.

»Bist du wahnsinnig? Du willst doch wohl nicht in den Tiefseepalast?«, fragte Apollonia entsetzt.

»Okami muss zurück in seine Gefilde, wo er keinen größeren Schaden anrichten kann! Und wir müssen zu Faluga! Das Ganze wird mir allmählich eine Nummer zu groß!«

Faluga? Apollonia blickte sich um und stellte erleichtert fest, dass sich der Abstand zu den Flugdrachen allmählich vergrößerte. Wenigstens das. Weit entfernt sah man Okamis gewaltige Flutwelle, die ihnen folgte.

»Und wer hindert Okami Dragon daran, uns dort zu massakrieren?«, wollte sie wissen.

»Falugas Insel ist heiliges Gebiet«, keuchte Shasha. »Aber noch sind wir nicht da. Los doch, beweg dich! Tempo, Tempo, Tempo!«

Das ließ Apollonia sich nicht zweimal sagen. Die Aussicht, dass diese wilde Jagd irgendwo ein Ende nehmen würde, gab ihr neue Kraft. Tief senkte sie den Kopf, um so wenig Luftwiderstand wie möglich zu erzeugen, und streckte die Arme kerzengerade nach vorn. Überrascht stellte sie fest, dass Flammen aus ihren Fingern züngelten.

Auch Shasha sah es und lachte übermütig. »Du machst Fortschritte!«, rief sie. »Das ist der Feuerstoß der Enyas, und den kannst du jetzt gut gebrauchen. Tausende Meilen liegen noch vor uns!«

Sie sausten jetzt ohne halsbrecherische Ausweichmanöver geradewegs nach Süden, dorthin, wo die Sonne stand. Apollonia beobachtete fasziniert die Funken, die aus ihren Fingerspitzen sprühten. Auch ihre Füße fühlten sich so heiß an, als ob sie von Feuerstößen vorangetrieben wurden.

Und das alles war so viele Jahre in ihr verborgen gewesen! Nie hätte sie geahnt, was in ihr steckte!

»Vorsicht!« Shasha schrie plötzlich auf, verlor das Gleichgewicht und wurde tief nach unten ins Meer geschleudert. Mit einem klatschenden Geräusch versank sie in den Wellen. Im selben Moment gellte der Schrei eines Flugdrachens dicht an Apollonias Ohr.

Er war schneller als die anderen gewesen. Seine stacheligen Flügel streiften ihre Beine, sein giftiger Atem betäubte sie fast, und der scharfe Schnabel hackte wie ein Dolch auf ihren Rücken ein.

Panisch schlug Apollonia einen Haken, so wie sie es bei Shasha gesehen hatte, doch das Ungeheuer hatte sich mit seinen Klauen schon in ihrem Pullover festgekrallt.

Sie zog und zerrte, um sich loszureißen, doch der Drache kreischte triumphierend auf und flog mit seiner Beute auf die Wand aus Wasser zu, die sich am Horizont aufbäumte.

»Mr. Shackleton? Wachen Sie auf, bitte!«

Der Kommissar grunzte unwillig und drehte sich auf die andere Seite. Sein Trenchcoat war mit Schmutz bedeckt, und in seinem Haar hatten sich ein paar Staubflocken verfangen.

Greg rieb sich die schmerzenden Schultern. Zwischen zwei schadhaften Schindeln drang mit einem dünnen Wasserrinnsal graues Morgenlicht auf den Dachboden. Noch immer regnete es, das gleichmäßige Prasseln auf dem Schindeldach hatte nichts von seiner Kraft verloren.

Er berührte Zacharias Shackleton an der Schulter. »Ich habe eine SMS bekommen! Von Apollonia!«

»Was?« Der Kommissar richtete sich auf und rieb sich die Augen.

»Ja, sie hat mir eine SMS geschickt«, erklärte Greg aufgeregt.

»Zeig her!« Der Kommissar schnappte sich das Handy, das Greg ihm nur zögernd überließ.

Ganz wohl war dem Jungen nicht dabei. Hatte Apollonia nicht geschrieben, dass er nur ihre Grandma einweihen durfte? Aber ohne den Kommissar würde er nicht weit kommen.

»Hi Greg. Sag Grandma, dass ich lebe. Aber wirklich nur Grandma. Viele Grüße von A.«, las Zacharias Shackleton halblaut vor.

»Glauben Sie jetzt endlich, dass sie lebt?«, fragte Greg.

»Tja«, der Kommissar strich sich über die Stirn, »ich denke, dass ich meine Abreise nach London noch um ein paar Tage verschieben muss.«

Glücklich strahlte Greg ihn an. »Danke, Herr Kommissar«

»Ruf sie an«, sagte der Kommissar. »Vielleicht geht sie ran.«

Doch als Greg die Wahlwiederholung drückte, kam nur die Ansage, dass der Teilnehmer nicht erreichbar sei.

»Vermutlich ist ihr Akku mittlerweile leer«, seufzte er enttäuscht.

»Aber immerhin haben wir ein Lebenszeichen«, sagte Zacharias Shackleton. »Was mich jedoch wundert: Warum hat der Suchtrupp sie nicht gesehen? Ich hatte doch ein paar Beamte auf die Insel geschickt. Merkwürdig.«

Er nahm sein Handy und wählte eine Nummer. Doch niemand meldete sich.

»Höchst seltsam ...«, murmelte er. »Aber wie auch immer: Die Spur ist wieder warm.«

Er klopfte sich den Schmutz vom Mantel und nahm einen Schluck aus seiner silbernen Flasche. »Und? Gut geschlafen?«

»Hm, ja«, murmelte Greg, auch wenn das nicht ganz der Wahrheit entsprach.

Er hatte grässliche Dinge geträumt und war mehr als einmal in der Nacht aufgeschreckt, überzeugt, dass ihm jemand an die Gurgel gehen wollte. Auch von Apollonia hatte er geträumt, wie sie gefesselt und geknebelt irgendwo gefangen gehalten wurde.

Zacharias Shackleton saß im Schneidersitz vor ihm und lächelte ihn ungewöhnlich freundlich an. »Du bist nicht untalentiert, Dr. Watson. Es scheint ganz so, als gingen hier in der Wetterstation verdächtige Dinge vor. Der Fall wird immer interessanter, und ohne Zweifel hängt das alles irgendwie zusammen: Apollonias Entführung und das Verschwinden ihrer Eltern.«

Stöhnend richtete Greg sich auf. Sein ganzer Körper schlotterte vor Kälte.

»Wer ist Dr. Watson?«, fragte er.

»Der Assistent von Sherlock Holmes, meinem berühmten

Vorgänger von Scotland Yard«, schmunzelte der Kommissar. Er zeigte auf die undichte Stelle im Dach, aus der es beharrlich tropfte. »Ich bin heute Nacht ein paar Mal wachgeworden und habe durch den kleinen Spalt dort einiges gesehen, was uns weiterbringen könnte.«

»Ach ja?« Greg zwinkerte sich die Müdigkeit aus den Augen. »Meinen Sie die Flugzeuge, Herr Kommissar?«

»Nenn mich einfach Zac«, antwortete Zacharias Shackleton gutmütig. »Ja, ich spreche von den Flugzeugen. Ich habe einiges beobachtet, was verdächtig wirkte. Soweit ich es sehen konnte, werden die Flugzeuge hier nicht nur betankt, sondern auch mit etwas beladen. Immer wieder, etwa einmal pro Stunde. Keine Ahnung, was das ist. Drogen oder Hehlerware vielleicht. Fisch auf keinen Fall. Das Zeug lagert in den Tanks da drüben.«

Neugierig krabbelte Greg auf allen vieren zu dem Loch im Dach und warf einen Blick nach draußen. Auf dem Rollfeld standen Männer in langen schwarzen Ledermänteln, die zum Himmel starrten. Sie warteten offenbar auf die Flugzeuge.

»Lange Ledermäntel«, stellte Greg fest, und ein Lächeln huschte über sein blasses, schlaftrunkenes Gesicht. »Dr. Watson würde sagen: Das ist dieselbe Truppe, die Apollonia entführt hat.«

»Schlaues Kerlchen«, grinste der Kommissar.

»Und was machen wir als nächstes, Mr. Sha... – äh, Zac?«

Zacharias Shackleton langte zu seiner silbernen Flasche und nahm einen weiteren kräftigen Schluck. So kann man auch frühstücken, dachte Greg, dessen Magen knurrte.

»Wir müssen rauskriegen, womit die ihre Flieger beladen«, sagte der Kommissar. »Ich kann da nicht runter, das wäre viel zu auffällig. Aber ein Junge, der ›rein zufällig hier spielt‹, könnte unverdächtig wirken.«

Greg spürte, wie ihm das Herz in die Hose rutschte. Das

war brandgefährlich, was Zac da vorschlug. Die Männer hatten sich nicht gescheut, Apollonia zu entführen, warum sollten sie einen Jungen wie ihn verschonen?

»Du musst es nicht tun, kein Mensch auf der Welt zwingt dich dazu«, brummte der Kommissar, dem Gregs Panik nicht entging. »Aber hilfreich wäre es schon. Pass auf. Nach der nächsten Landeaktion hast du etwa eine halbe Stunde Zeit. Die Männer fahren dann manchmal in einem Jeep weg. Vermutlich gehen sie in einen Pub im nächsten Dorf. Das ist unsere Chance.«

Zitternd verknotete Greg seine schweißnassen Hände ineinander. Er wollte nicht da raus. Aber war er es Apollonia nicht schuldig? Es wäre alles umsonst gewesen, wenn ich jetzt aufgebe, sprach er sich Mut zu.

»Okay«, flüsterte er. »Und was soll ich sagen, wenn sie mich erwischen?«

Der Kommissar überlegte kurz. »Irgendein harmloses Zeug. Dass du ein Flugzeugfan bist und dich ein bisschen umsiehst. Dass du später Pilot werden willst. Was Jungs in deinem Alter eben so sagen würden. Lass dir was einfallen.«

Das Summen von Flugzeugmotoren dröhnte in Gregs Ohren. Da waren sie. Er spähte aus dem Spalt und sah, wie die Männer zu den Tanks liefen und sie öffneten. In Windeseile wurden die Flugzeuge beladen. Als sie wieder abhoben, stiegen die Ledermäntel in einen Jeep und fuhren davon, so wie es der Kommissar vorausgesagt hatte. Der hatte schon die Bodenluke geöffnet und sah Greg auffordernd an.

»Eins noch«, fragte Greg. »Wie komme ich hier wieder rein?«

»Gar nicht«, erwiderte Zacharias Shackleton. »wenn du die Tanks gecheckt hast, lauf zum nächsten Dorf, so schnell du kannst. Ich telefoniere inzwischen Verstärkung herbei, falls nötig. Besser wäre es allerdings, wenn die Typen keinen Verdacht schöpften. Wir müssen erst herausbekommen, was hier eigentlich läuft, bevor wir mit Pauken und Trompeten einreiten. Viel Glück, Dr. Watson!«

»Danke, Zac, kann ich gebrauchen!«

Mit weichen Knien zwängte sich Greg durch die Luke, landete mit einem waghalsigen Sprung auf dem Toilettendeckel und stieg über die Reste der geborstenen Tür hinweg. Geduckt lief er den Flur entlang ins Büro. Hastig öffnete er das Fenster und entfernte den Draht vom Fensterladen. Dann stieg er nach draußen.

Der Regen hatte den Boden vollständig durchweicht. Greg stapfte durch den Schlamm ums Haus herum und warf einen Blick zur Asphaltpiste.

Niemand war zu sehen. Betont langsam schlenderte er zu den Tanks. Das war bestimmt besser als zu rennen. Wer rennt, macht sich verdächtig, überlegte er.

Als er an der Piste angelangt war, drehte er sich um. Er meinte, das Gesicht des Kommissars oben im Spalt zwischen den nassen grauen Schindeln der Wetterstation zu erkennen. Dann steckte er die Hände in die Taschen seiner Jacke und ging wie absichtslos in großen Bögen auf die Tanks zu.

Es waren zylindrische, schwarze Metalltanks, die mit Totenköpfen gekennzeichnet waren und die Aufschrift: *»Vorsicht! Leicht entflammbar und hochgiftig«* trugen. An der Schmalseite eines der Tanks entdeckte er einen Schraubverschluss, den er hastig öffnete.

Ein stechender Geruch stieg ihm in die Nase. Er zog ein Taschentuch hervor, wickelte es um seine Hand und griff in den Tank. Als er es wieder hervorzog, war es mit einem gelben Pulver bestäubt, das sich im Regen sofort mit heftigen Blasen auflöste.

Nun aber nichts wie weg! Greg steckte das Taschentuch ein, schraubte eilig den Deckel wieder zu und ging gemächlich, als sei nichts gewesen, in die Richtung, aus der sie in der vorhergehenden Nacht gekommen waren.

»Hey, Rotznase, was schnüffelst du hier rum?«

Die Stimme klang rau und böse. Es war, als hätte ihm jemand einen Schlag versetzt. Greg widerstand der Versuchung wegzulaufen und drehte sich um.

Vor ihm stand im strömenden Regen einer der Ledermäntel. Er hatte ein Gesicht wie eine Bulldogge, ein ekelerregendes Grinsen überzog es, tiefe Bartschatten ließen es noch verwüsteter aussehen.

»Oh, guten Morgen, Sir«, sagte Greg mit seiner unschuldigsten Unschuldsmiene. »Bitte verraten Sie mich nicht, ich bin heimlich hier, meine Eltern dürfen es nicht wissen. Ich wollte mir nur – die, äh, Flugzeuge ansehen. Ich will nämlich Pilot werden, später, wissen Sie ...«

Misstrauisch sah der Mann ihn an. »Was faselst du da? Pilot? Freundchen, so leicht kommst du mir nicht davon.« Er machte einen Schritt auf Greg zu und fasste ihn grob am Kragen.

»Was hast du hier zu suchen, du kleiner Mistkäfer?«

Greg wand sich ängstlich unter dem brutalen Griff des Mannes. Er wollte nur noch weg. Aber wie? Den Bärenkräften dieses Typen war er nicht gewachsen.

»Soll nicht wieder vorkommen«, krächzte er heiser. »Ganz bestimmt. Lassen Sie mich laufen, bitte.«

Er wischte sich den Regen vom Gesicht. Das Taschentuch in seiner Tasche brannte wie Feuer. Hatte der Mann gesehen, dass er den Tankdeckel aufgeschraubt hatte?

Mit einem abschätzigen Grinsen zog der Ledermantel ihn näher zu sich heran. Er roch unsäglich nach üblen Speisen und billigem Fusel. Seine verkniffenen Augen musterten den Jungen, als könnte er jeden einzelnen seiner Gedanken lesen.

»Klar lasse ich dich laufen«, knurrte er. »Aber vorher werden wir uns ein bisschen unterhalten.«

Er zerrte Greg zum Haus, vor dem jetzt der Jeep stand. Greg hatte ihn gar nicht kommen hören. Eine ganze Gruppe von Männern stand plötzlich da und sah ihn erstaunt an. Ihre Ledermäntel glänzten nass.

»Hey, Dan the Dog hat uns einen Gast mitgebracht!«, rief einer der Männer aus und lachte roh. »Wie kommt denn der Kurze hierher?«

»Der kleine Satansbraten hat hier rumgeschnüffelt«, erklärte Dan the Dog. Er packte Greg und setzte ihn auf die Kühlerhaube. Die Männer umringten ihn und betrachteten ihn feindselig.

»Kannst du nicht lesen?«, fragte einer der Ledermäntel. »Das hier ist Privatgelände! Betreten verboten!«

Greg brachte kein Wort heraus. Er starb fast vor Furcht und musste sich höllisch konzentrieren, um nicht in Tränen auszubrechen. Wo war Zac? Hatte er mitangesehen, was passiert war? Würde er seine Leute rufen?

»Bring ihn erstmal ins Büro«, ordnete einer der Männer an. »Besser, wir halten ihn hier fest, bis Raviels Operation Sintflut läuft. Bald ist hier sowieso Land unter. Dann kommt es auf einen Toten mehr oder weniger auch nicht mehr an.«

Raviel? Operation Sintflut? Greg war starr vor Schreck. Was hatten diese Kerle vor? Was auch immer es war, es musste eine Katastrophe bedeuten. Sie sprachen von Toten wie von zerquetschten Fliegen. Hatte es mit den Flugzeugen zu tun?

»Ja, das ist eine saubere Lösung«, bekräftigte einer der Männer und zündete sich eine Zigarette an. »Und vergiss nicht, ihn zu fesseln und zu knebeln. Ist ein gewieftes Bürschchen, so wie's aussieht. Der schreit uns sonst noch die ganze Küste zusammen. Einen Fehler wie mit dieser verdammten Apollonia Cox können wir uns nicht noch mal leisten!«

Wenn es noch einen letzten Zweifel gegeben hatte, dass diese Typen mit Apollonias Verschwinden zu tun hatten, so waren sie jetzt zerstreut. Was aber meinten sie mit dem »Fehler«? Hatten sie sie getötet? Die gingen über Leichen, so viel stand fest.

Hätte er nicht die SMS bekommen, Greg wäre in diesem Moment davon überzeugt gewesen, dass Apollonia tot war. Doch sie lebte. Das war alles, was er jetzt denken konnte.

Dan the Dog riss Greg von der Kühlerhaube, warf ihn wie einen Sack Mehl über seine Schulter und trug ihn ins Haus. Im Büro setzte er ihn auf einen Stuhl und hielt mit einer Hand seine Kehle umfasst, während er mit der anderen eine Rolle Klebeband aus der Schreibtischschublade nahm.

Mit schnellen, geübten Griffen fesselte er Gregs Hände und Beine an den Stuhl und verschloss auch seinen Mund mit einem Klebestreifen.

»So. Hier kannst du warten, bis die große Welle kommt«, grinste er höhnisch.

Draußen näherten sich die Flugzeuge unter lautem Getöse.

»Tja, Pech gehabt. Warst ein bisschen zu neugierig, Schlaumeier«, sagte Dan the Dog und ging hinaus.

Hilflos blieb Greg zurück. Er versuchte sich zu bewegen, doch die Klebestreifen umschlossen seine Glieder mit unbarmherziger Starre. Hol mich hier raus, Zac!, dachte er verzweifelt. War der Kommissar überhaupt noch auf dem Dachboden? Was, wenn er unbemerkt geflohen war, im Glauben, Greg hätte sich längst zum nächsten Dorf durchgeschlagen? Wollte er nicht Hilfe holen? Aber bis die Polizei aus Norrington anrückte, konnte schon alles zu spät sein.

Gregs Kopf sank kraftlos auf die Brust, Tränen liefen ihm über die Wangen und über den Klebestreifen auf seinem Mund.

Apollonia begriff sofort, dass es sinnlos war, sich gegen den Flugdrachen zu wehren. Mit seinen scharfen Klauen und dem dolchscharfen Schnabel war er eine lebende Waffe, gegen die sie machtlos war.

Jetzt konnte ihr nur noch das magische Wort helfen. Doch sie dachte an Shashas Warnung und wagte nicht, es auszusprechen. Dafür war Okami Dragon zu nah. Und wie nah er war! Mit heftigen Schlägen seiner stacheligen Schwingen flog der Drache ihm und seiner Truppe entgegen.

Und jetzt? Okami war nur ein paar Hundert Meter entfernt, schon konnte sie seine Krone im Meer funkeln sehen.

Blitzschnell zog Apollonia den Pullover über den Kopf und raste im Steilflug aufs Meer zu. Aus dem Augenwinkel sah sie, wie der Flugdrache mit dem Pullover in den Klauen noch einen kurzen Moment weiterflog, bis er den Verlust bemerkte.

Mit einem Schrei sah er sich um. Doch er hatte ein paar Sekunden zu spät reagiert. Apollonia war bereits ins Wasser abgetaucht, unsichtbar für die scharfen Augen des Drachens.

Sie versuchte zu schwimmen, so gut es ging. Leider war das nun wirklich nicht ihre Stärke. Plump wie eine Seekuh paddelte sie vorwärts. Hier im Wasser würden die Meergeister leichtes Spiel mit ihr haben, und das wusste sie.

Ein Korallenriff leuchtete vor ihr auf. Ohne Zögern schwamm Apollonia hinein und versteckte sich in dem Gewirr aus hellroten Ästen und rosa Schwämmen. Schon rauschten ein paar Trolle heran und stocherten mit ihren Harpunen in dem Geäst herum.

»Duck dich!«, zischte es plötzlich neben ihr.

Apollonia zuckte zusammen, doch da war nur ein Tintenfisch, der sich neben sie in den Spalt zwischen Riff und Meeresboden klemmte. Seit wann konnten Tintenfische sprechen? Mit triefenden Augen starrte das schleimig glänzende Ding sie an.

»Hallo? Jemand zu Hause?« Es war Shasha, die sich zur Tarnung einen Oktopus auf den Kopf gesetzt hatte und Apollonia in dieser seltsamen Verkleidung zum Lachen brachte, obwohl die Situation alles andere als lustig war. Mit beiden Händen riss Shasha sich die Harpunen aus dem Gewand, das ihr in Fetzen vom Leib hing.

»Das ist wohl der neue Tiefseestyle«, gluckste Apollonia und zeigte auf die braunweiß gefleckten Tintenfischarme, die Shashas Schultern umzüngelten.

»Haha. Wir gehen hier fast drauf, und du machst blöde Witze«, schnaubte Shasha. Vorsichtig lugte sie unter dem Riff hervor, während sie sich den Tintenfisch vom Kopf zog, der sie nur widerwillig freigab.

»Auf drei gehen wir nach oben«, erklärte sie hastig. »Und dann Kurs auf Süden.«

Apollonia zählte mit. Eins, zwei – drei. Shasha umschlang sie mit allen sieben Armen, und schon sausten sie pfeilschnell durch das aufgewühlte Meer. Wie von einem Katapult abgefeuert, durchbrachen sie die Wasseroberfläche und rasten himmelwärts.

»Da! Da sind sie!«, brüllte Okami Dragon. »Wo sind diese verdammten Flugdrachen? Holt sie zurück!«

Die Flugdrachen aber waren schon fortgeflogen und suchten weit entfernt den Himmel ab.

»Fang mich, wenn du kannst!«, schrie Shasha übermütig dem Herrscher der Meere entgegen, dann flog sie weiter in Richtung Süden. Unendlich erstreckte sich der Ozean vor ihnen.

Nach einer Weile wurden die Schreie der Flugdrachen leiser. Shasha aber drosselte ihr Tempo nicht, sondern raste immer noch mit Höchstgeschwindigkeit über das Meer.

Die Sonne hing bereits tief am Himmel, als sie im graublauen Dunst über der Meeresoberfläche eine Insel entdeckten. Oder war es eine Fata Morgana? Heißer Wind versengte Apollonias brennende Wangen, sie glaubte förmlich Land zu riechen, so wie sie es in den Piratenbüchern gelesen hatte.

»Sieh doch, Okami gibt auf!«, schrie Shasha und zeigte hinter sich.

Apollonia konnte deutlich erkennen, wie die Flutwelle kleiner wurde und sich in viele einzelne Wogen zerteilte, bis das Meer schließlich so glatt dalag wie ein Spiegel. Die Flugdrachen waren nur noch dunkle Punkte in der Ferne.

Unter ihnen aber erstreckte sich ein felsiges Eiland, auf dem ein paar staubige Palmen vor sich hinkümmerten.

»Wer ist Faluga?«, fragte Apollonia, während sie eine große Schleife über der Insel zogen und sich dann dem Strand näherten.

»Faluga ist eine weise Schildkröte, die viele tausend Jahre alt ist«, erklärte Shasha. »Manche sagen, sie sei so alt wie die Welt. Eine Audienz bei ihr zu bekommen ist das Begehrenswerteste überhaupt. Jeder träumt davon. Und doch kenne ich niemanden, der es jemals geschafft hätte. Man erzählt sich die unglaublichsten Geschichten über sie. Dass sie den Weltenlauf kennt, und dass sie ziemlich wunderlich ist.«

Sie landeten sacht im heißen Sand. Apollonia ließ sich sofort nach hinten fallen und streckte alle viere von sich. Und wenn diese Faluga Millionen Jahre alt war, sie musste sich erst einmal ausruhen nach diesem Teufelsritt. Jede Faser ihres Körpers glühte, ein eigenartiges Wohlgefühl durchströmte sie.

»Wir nennen es den Nachbrenner«, sagte Shasha, die ihre Gefährtin aufmerksam betrachtete. »Fühlt sich gut an, was? Du hast mich echt überrascht. Ich dachte nicht, dass es so schnell gehen würde.«

»Dass – was so schnell gehen würde?«, fragte Apollonia träge und blinzelte in den endlos blauen Himmel.

»Na, der Feuerstoß!« Shasha lächelte anerkennend. »Dafür, dass du erst gerade deine magischen Kräfte entdeckst, bist du schon ganz schön weit, werte Enya. Respekt.«

Eine Weile sahen sie aufs Meer hinaus, das immer noch spiegelglatt war. Jetzt erst bemerkte Apollonia, was so seltsam war an dieser Insel: Es gab keine Wellen, keine Wolken und keinen Wind. Auch Seevögel waren nicht zu entdecken. Völlig still war es hier. Nicht einmal die Palmwedel bewegten sich.

Apollonia strich gedankenverloren über einen Kratzer auf ihrem Arm, der von einer Harpune herrührte. Eine feine Blutkruste hatte sich darauf gebildet.

»Irgendwie ist es hier unheimlich«, sagte sie. »Warum ist alles so still?«

Shasha sah sich unsicher um. »Weil sich niemand hierherwagt. Weder Wellenkobolde noch Regenschrate trauen sich auf die Insel, selbst die Windgeister meiden sie. Dies hier ist Falugas Reich. Wer es ungebeten betritt, muss mit dem Tod rechnen.«

»Mit dem – Tod?« Plötzlich wurde es Apollonia kalt. Eiskalt. »Aber du bist eine Windsbraut. Hast du denn gar keine Angst?«

»Ehrlich gesagt habe ich eine Riesenangst«, flüsterte Shasha. »Aber wenn uns überhaupt noch jemand helfen kann, dann Faluga.«

Sie begutachtete ihr Gewand, das die Harpunen zerfetzt hatten. »Du hast eine Bestimmung, Apollonia. Und du hast ein Problem. Vielleicht hängt beides miteinander zusammen.«

»Und dafür riskierst du dein Leben?«, fragte Apollonia ehrlich beeindruckt. »Für mich?«

Unwillig zuckte Shasha mit den Schultern. »Im Gegensatz zu diesem feinen Charakterkopf Rattrappono halte ich eine ganze Menge von Freundschaft.«

Während sie die letzten Worte sprach, begann der Sand unter ihnen zu beben. Die ganze Insel erzitterte plötzlich mit grollendem Donnern, Steine und Felsbrocken rollten auf den Strand zu. Die Luft färbte sich grünlich, wie Blei lastete sie auf den Schultern der beiden Eindringlinge.

»Das ist Faluga«, hauchte Shasha. »Tu nichts. Sie wird uns holen.«

Kaum hatte sie den Satz beendet, als Tausende winziger Schildkröten auf sie zugekrabbelt kamen. Ihre grauschwarzen Leiber glänzten in der fahlen Sonne, von allen Seiten strömten sie auf Apollonia und Shasha zu.

»Ich – will – hier – weg«, flüsterte Apollonia angstvoll und versuchte aufzustehen.

»Bleib, wo du bist«, befahl Shasha. »Jetzt ist es sowieso zu spät.«

Eine Gänsehaut überzog Apollonia. Der Strand war jetzt schwarz von Schildkröten, die sich zielstrebig auf sie zubewegten. Es waren nicht Tausende, es mussten Millionen sein. Das leise Geraschel ihrer gepanzerten Körper steigerte sich zu einem hämmernden Geräusch, so als würden unzählige Kastagnetten aneinander geschlagen.

Sie schrie leise auf, als sie spürte, wie sich die Schildkrötenpanzer unter sie schoben und sie vom Strand wegtrugen, auf eine felsige Anhöhe zu. Auch Shasha wurde auf diese seltsame Weise fortgetragen. Hilflos wie Käfer, die auf den Rücken gefallen waren und nun von Ameisen in ihren Bau geschleppt wurden, ließen sie es geschehen.

Apollonia erschauerte. Das Gekrabbel und Gewusel unter ihr machte sie nervös. Wie ferngesteuert bewegten sich die Tiere, die zweifellos einer geheimen Macht gehorchten.

Als sie die felsige Anhöhe erklommen hatten, liefen die Schildkröten wie auf Kommando blitzschnell in alle Himmelsrichtungen davon. Vor Apollonia und Shasha öffnete sich ein Felsspalt, aus dem merkwürdig dumpfe, gluckernde Geräusche kamen.

Apollonia war vor Schreck wie gelähmt. »Also, da geh ich nicht rein«, protestierte sie. »Nie im Leben.«

»Wart's ab«, sagte Shasha mit tonloser Stimme.

Das Gluckern wurde lauter. »Tritt ein«, hörten sie eine tiefe Stimme, die so dunkel und hallend klang, als käme sie aus dem Bauch der Welt.

Apollonia sah Shasha verzweifelt an. »Ich will aber nicht«, flehte sie. »Bitte Shasha!«

»Tritt ein!«, wiederholte die Stimme drohend.

»Äh, tut mir leid, ich habe noch was vergessen«, wisperte Shasha. »Ohne Faluga kommen wir nie wieder von hier weg. Wir werden verhungern und verdursten, so wie schon viele andere vor uns, wenn du Faluga nicht besänftigst. All unsere Kräfte sind hier wirkungslos.«

»Das heißt ...¿«, fragte Apollonia bang.

»... dass du der weisen Faluga deine Aufwartung machen musst«, ergänzte Shasha den Satz. »Ob du willst oder nicht.«

Sie legte einen Arm um Apollonias Schultern und schob sie sanft zu dem Felsspalt. Ein kühler, modriger Geruch drang daraus hervor, der Atem von etwas, was Apollonia lieber nicht kennenlernen wollte. Nur widerstrebend ließ sie sich zu der Öffnung drängen. Ihr Herz raste, ihre Hände fühlten sich taub an, ihre Stirn war heiß, wie im Fieber.

»Wird schon schief gehen«, sagte Shasha und stupste Apollonia leicht an. »Los doch. Denk an Okami. Denk an deine Eltern!«

»Also gut.«

Apollonia hatte nur einen Schritt in den Spalt hinein getan, als sie auch schon auf dem moosigen Untergrund den Halt verlor, hinfiel und wie auf einer Wasserrutsche abwärts in den Felsen gesogen wurde. Bizarr geformte Stalagmiten ragten neben ihr auf, nass schimmerten die blaugrünen Wände. Immer schneller sauste sie durch ein gewaltiges Labyrinth unterirdischer Tropfsteinhöhlen.

»Hiiiilfeee«, kreischte sie, obwohl sie wusste, dass es niemanden gab, der ihr zu Hilfe kommen konnte.

Das Echo ihrer Schreie hallte unwirklich von den Wänden wider. Shasha war oben an der Öffnung zurückgeblieben, und spätestens jetzt wurde Apollonia klar, in welcher Gefahr sie sich befand. Wenn selbst Shasha sich nicht zu dieser geheimnisvollen Faluga traute, dann musste sie das mächtigste und furchterregendste Geschöpf der Welt sein.

Apollonia schlang die Arme um die Knie und zog sie bis ans Kinn. Sie war nur noch eine kleine Kugel, die immer tiefer in das Tunnelsystem eines unheimlichen Universums rollte. Schließlich raste sie über einen Felsvorsprung hinweg und landete hart am steinigen Ufer eines unterirdischen Sees, der geisterhaft leuchtete.

In der Mitte des Sees erhob sich ein schartiger Felsen. Und dort, mitten auf dem Felsen, thronte eine Schildkröte, die größte, die Apollonia jemals gesehen hatte. Ihr Panzer war so groß wie zehn Tischtennisplatten, und ihr runzeliger Kopf hatte die Ausmaße von zwanzig Fußbällen.

Unfähig zu jeder Bewegung blieb Apollonia liegen, so, wie sie aufgeschlagen war. Gebannt starrte sie auf das unfassbar große Wesen, das sie völlig bewegungslos und ohne einen Laut betrachtete. Man hörte nur ein lautes, regelmäßiges Tropfen, das von den Wänden widerhallte wie Pistolenschüsse.

Sie sah sich um. Überall waren Zeichnungen in die Wände der gigantisch großen Höhle geritzt, gestrichelte Kurven und die Konturen merkwürdiger Wesen.

Allmählich erkannte Apollonia die Umrisse der Kontinente und Tierfiguren, die über die gezackten Linien von Wetterfronten spazierten. Oder waren es die Bahnen der Sterne? Es schien ein eigener Kosmos zu sein, der sie umgab. Als hätte die ganze Welt Platz in dieser Höhle.

»Bevor du sterben musst, sag mir, warum du meine Ruhe gestört hast«, ergriff die Schildkröte nach langem Schweigen das Wort.

Apollonia ging auf die Knie und verbeugte sich so tief, bis ihre Nasenspitze den feuchten Felsen berührte.

»Nichts läge mir ferner, als Euch mutwillig zu stören«, sagte sie ehrerbietig, ohne den Blick zu heben.

Sie hatte durch ihren verpatzten Auftritt bei Okami Dragon gelernt. Noch einmal wollte sie nicht durch unbedachte Aufsässigkeit alles verderben. Sei klug, sei demütig, nimm dich zusammen, ermahnte sie sich.

»Ich weiß, dass es unbotmäßig war, Euch aufzusuchen«, fuhr sie mit gesenkten Augen fort. »Doch niemand anderes als Ihr, weise Faluga, kann mir Auskunft geben über das, was ich tun soll. Man hat mir gesagt, dass ich eine Bestimmung habe. Aus diesem Grund bin ich als Eure untertänigste Dienerin hergekommen.«

Apollonia zählte die Sekunden. Sie konnte kaum still auf ihren Knien hocken bleiben vor lauter Ungeduld. Doch nur ein leises Schnauben war zu hören, der schwere Atem einer uralten Kreatur, für die Zeit keine Bedeutung mehr hatte. Alles hier atmete Ewigkeit.

»Bestimmung?«, wiederholte die Schildkröte schließlich. »Wer bist du?«

Vorsichtig richtete Apollonia sich auf. »Mein Name ist Apollonia Cox. Ich bin eine Enya und habe mir den Zorn des großen Okami Dragon zugezogen, weil ich ihn um Hilfe bat.«

Ohne die geringste Bewegung hörte Faluga zu und verfiel

wieder in brütendes Schweigen. Unsicher sah Apollonia sie an. Hatte sie etwas Falsches gesagt? Wie in Zeitlupe schloss die Schildkröte ihre faltigen Lider und öffnete sie wieder.

»Sag dein magisches Wort«, befahl sie nach einer Ewigkeit.

»Grannus Belenus«, erwiderte Apollonia.

Nichts geschah. Kein Orgelklang, kein Beben, keine Blitze. Shasha hatte recht gehabt: Hier war ihre Magie völlig wirkungslos. Wieder hüllte sich die Schildkröte minutenlang in Schweigen, nur ein leichtes Schnaufen war zu hören.

»Apollon Grannus Belenus«, sagte Faluga schließlich, jede einzelne Silbe betonend. »Jemand hat seinen Tempel entweiht. Es ist deine Bestimmung ihn zu suchen, im Auge des Taifuns. Den Schlüssel trägst du in dir.«

Apollonia hob die Augenbrauen. Apollon Grannus Belenus? Wer war das? Und was ging dieser Typ sie an?

»Weise Faluga, ich muss meine Eltern finden«, sagte sie schnell. »Sie sind entführt worden! Und außerdem verändert irgendwer das Wetter in meiner Heimat. Es regnet dort seit Wochen! Da sind diese Flugzeuge …«

»Schweig!«, gebot ihr die Schildkröte.

Die Kraft ihrer Stimme ließ die Höhle erzittern, ein paar Stalaktiten brachen von der Decke ab und landeten krachend neben Apollonia, die ihnen erschrocken auswich.

»Du trägst den Schlüssel in dir«, wiederholte die Schildkröte mit erhobener Stimme. »Du hast drei Tage Zeit. Sonst wird Fäulnis und Verderben deine Heimat verschlingen. Und du wirst vergehen in der Unendlichkeit.« Die Nasenlöcher der weisen Faluga bebten leicht, kleine Dampfwölkchen quollen daraus hervor, während sie ihren Kopf unendlich langsam unter ihren Panzer zog, bis er ganz darunter verschwunden war.

»Nur drei Tage? Aber …«, wollte Apollonia einwenden, doch der Dampf erfüllte mittlerweile die ganze Höhle, kroch träge auf sie zu und machte sie völlig benommen.

Alles verschwamm vor ihren Augen, der riesenhafte Panzer von Faluga, der schartige Felsen, der Unterwassersee. Die Stalaktiten schienen mit einem Mal wie aus Gummi zu sein, sie bogen und dehnten sich, während Apollonia betäubt zur Seite sank.

»Aber…«, murmelte sie, dann schwanden ihr die Sinne.

Wo um Himmels willen war Zac? Mit aller Kraft zerrte Greg an den Klebestreifen, die ihn zur Bewegungslosigkeit verdammten. Es war sinnlos. Dan the Dog hatte ganze Arbeit geleistet. Wie in Folie eingeschweißt saß Greg auf seinem Stuhl.

Es war mindestens eine Stunde vergangen, seit der brutale Ledermantel ihn hier zurückgelassen hatte, und er war vor Angst und Erschöpfung halb ohnmächtig.

Was hatten die Männer vor? Was war das für eine Flutwelle, von der sie gesprochen hatten? Operation Sintflut, das klang nach Zerstörung, nach etwas unvorstellbar Gewalttätigem.

Er sah sich um. Durch das angelehnte Fenster fiel ein schwacher Lichtschein in das verlassene Büro. Die Monitore der Computer waren dunkel, nur die Messgeräte waren aktiviert.

Plötzlich öffnete sich die Tür. Greg wollte einen Schrei ausstoßen, der jedoch in einem gurgelnden Grunzen erstarb, so fest verschloss der Klebestreifen seinen Mund. Kamen sie jetzt, um ihn zu töten?

Als er den wirren Lockenkopf von Zacharias Shackleton sah, der zur Tür hereinschaute, schluchzte er auf. Zac hatte sich also doch nicht sang- und klanglos aus dem Staub gemacht.

»Oh je, was haben diese miesen Hunde bloß mit dir angestellt?«, sagte der Kommissar mit gedämpfter Stimme, während er vorsichtig den Klebestreifen auf Gregs Gesicht lockerte und ihn dann mit einem schnellen Ruck abzog.

»Au!«, schrie Greg leise auf. Seine Haut brannte so höllisch, als hätte der Kommissar mit dem elenden Klebezeug ein paar Hautfetzen abgerissen.

Zac legte einen Finger auf die Lippen, dann holte er sein Taschenmesser heraus und befreite Greg von den Fesseln.

»Geht's?«, erkundigte er sich teilnahmsvoll.

»Ich will nur noch weg«, schluchzte Greg, der sich die geröteten Handgelenke massierte. »Und ich habe etwas Schreckliches herausgefunden. Warum haben Sie mich so lange hier sitzen lassen, Zac?«

»Die Kerle haben die Dachluke abgeschlossen. Ich musste sie mit meinem Taschenmesser Zentimeter für Zentimeter aufbohren«, flüsterte Zacharias Shackleton. »Den Rest später.«

Er zeigte auf das Fenster mit dem losen Fensterladen, aus dem Greg herausgeklettert war. Lautlos schlichen sie darauf zu. Es war alles still, bis auf den Sturm, der an dem Cottage rüttelte. Dann heulte der Jeep auf, und das Motorengeräusch entfernte sich.

Wieselflink stiegen sie aufs Fensterbrett und sprangen hinaus. In geduckter Haltung sahen sie sich um, ob auch wirklich keiner der Männer zurückgeblieben war. Dann rannten sie um ihr Leben.

Wind und Regen machten ihre Flucht nicht gerade leichter. Mit gesenkten Köpfen stemmten sie sich gegen Windböen und Wassermassen. Immer wieder suchten sie Deckung in den wenigen Büschen auf dem schlammigen Gelände, um nach einer kurzen Pause weiter durch den Regen zu hasten.

Schon kam der Metallzaun in Sicht. Der Kommissar fand mühelos die Stelle, an der sie tags zuvor hindurchgekrochen waren, dann stolperten sie durch den aufspritzenden Matsch auf das Polizeiauto zu, mit dem sie gekommen waren.

»Warte«, zischte der Kommissar. »Ist sicher kein schöner Anblick.«

Er öffnete den Wagenschlag, sah hinein und schloss schwer atmend die Augen. Die Männer hatten dem Fahrer die Kehle durchgeschnitten. Blut klebte an seinem Hals, Blut klebte an seiner Uniform, die starren weißen Finger waren ins Lenkrad verkrallt.

Es gab Momente, in denen Zacharias Shackleton seinen Beruf hasste. Dies war so ein Moment. In sein Entsetzen mischte sich kalte Wut. Solch ein brutaler Mord trug die Handschrift von gewissenlosen Profis. Längst ging es nicht mehr nur um eine Kindesentführung, dieser Fall nahm Dimensionen an, die selbst ihn erschreckten.

Er sah sich nach Greg um, der vor Nässe und Kälte schlotternd in ein paar Metern Abstand wartete. Am liebsten hätte der Kommissar die Leiche im Kofferraum verstaut, um dem Jungen den schockierenden Anblick zu ersparen, doch schon hörte man von Ferne die Flugzeuge kommen.

»Schnell! Steig hinten ein und leg dich auf die Rückbank!«, schrie er. »Und mach die Augen zu!«

Dann löste er die Finger des toten Polizeibeamten vom Lenkrad, schob ihn stöhnend auf den Beifahrersitz und setzte sich selbst ans Steuer. Während Greg sich auf dem Rücksitz zusammenkauerte wie eine kleine Katze, ließ Zac den Motor an und gab Gas. Doch die Räder drehten durch, so wie in der Nacht zuvor.

Fluchend stieg er wieder aus. Das erste Flugzeug war bereits von weitem zu erkennen. Jede Sekunde zählte jetzt. Seufzend schälte er sich aus seinem Trenchcoat, seinem geliebten alten Trenchcoat.

Doch es musste sein. Er holte sein Taschenmesser aus der

Manteltasche und steckte es ein, dann breitete er den Mantel hinter dem Wagen aus, direkt an den Hinterrädern. Er sprang ins Auto und legte den Rückwärtsgang ein. Langsam rollten die Räder über den Stoff hinweg. Das genügte, um aus dem Matschloch herauszukommen.

Zacharias Shackleton wendete, fuhr einen großen Bogen und versuchte zu beschleunigen. Doch der Wagen holperte weiter lachhaft langsam über die Schlammpiste. Man sah kaum ein paar Meter weit, so heftig stürzten die Regenmassen zur Erde.

»Schneller, schneller, schneller«, murmelte der Kommissar ungeduldig vor sich hin.

»Haben sie uns entdeckt?«, wimmerte Greg. »Und was ist mit dem Fahrer passiert?«

Der Kommissar schwieg, völlig konzentriert darauf, nicht noch einmal in einem der mit Wasser gefüllten Löcher zu versinken. Wie ein Rennfahrer bei einer Querfeldein-Rallye riss er das Steuer hin und her, wich Pfützen und tiefen Reifenspuren aus, bis sie endlich die Straße erreichten.

»Bleib unten«, knurrte er, während er das Gaspedal ganz durchtrat und alle Geschwindigkeitsbegrenzungen missachtend durch die verregnete Landschaft raste.

Eine Viertelstunde später erreichten sie Norrington. Wie beschaulich dieser kleine Ort aussieht, dachte Zacharias Shackleton. Wie idyllisch und harmlos. Er warf einen kurzen Blick auf den toten Beamten neben sich, der während der wilden Fahrt zur Seite gekippt war.

Du hast ihn auf dem Gewissen, schoss es ihm durch den Kopf. Was für ein sinnloser Tod. Und fast wäre auch der Kleine draufgegangen. Der Preis war zu hoch, Zac!

Er brachte den Wagen vor dem »Swan« zum Stehen. Eine Weile saß er unschlüssig da. Greg musste zurück zu seinen Eltern. Doch er konnte ihnen den Sohn unmöglich in diesem Zustand präsentieren. Im Rückspiegel sah er den zusammengekrümmten Körper des Jungen, der noch immer zitterte.

»Äh, Greg?«, brummte er.

»Ja?«, kam es mit dünner Stimme zurück.

»Was ist eigentlich dein Lieblingsessen?«

Verblüfft hob Greg den Kopf. »Mein – was?«

»Na, dein Lieblingsessen! Pfannkuchen, Würstchen, Hamburger?«

Greg schluckte. »Hamburger, wieso?«

»Du kriegst fünf, wenn du willst. Komm.«

Bevor er ausstieg, trennte sich Zacharias Shackleton auch noch von seinem Jackett. Er legte es über den toten Beamten, damit man bei einem flüchtigen Blick in den Wagen keinen Verdacht schöpfen konnte.

Tot ist tot, dachte er, um den kümmere ich mich später. Jetzt geht es um die Lebenden.

Nur in Hose und Hemd betrat er völlig durchnässt zusammen mit Greg den Pub. Die Wirtin wischte gerade den Boden.

»Ist noch nicht geöffnet«, sagte sie ohne aufzublicken. »Erst um zehn.«

»Sie marschieren jetzt sofort in Ihre verdammte Küche und machen diesem Jungen ein paar anständige Hamburger und eine heiße Schokolade, klar?« polterte der Kommissar los. »Und zwar dalli. Dies ist ein polizeilicher Befehl!«

Sofort hörte die Wirtin auf zu wischen. »Ach, Sie sind's«, rief sie aus. »Meine Güte, haben Sie mich erschreckt!«

»Geschenkt«, knurrte Zacharias Shackleton. »Und für mich zaubern Sie prestissimo drei Spiegeleier mit Speck, eine große Kanne Tee und eine Flasche Whiskey auf den Tisch. Sonst lasse ich Sie verhaften!«

Kopfschüttelnd ging Mrs. Smithson in die Küche. »Früher sagte man noch bitte und danke«, schimpfte sie vor sich hin. »Was sind das bloß für Manieren?«

Der Kommissar sah ihr entnervt nach: »Jaja, was ist nur aus Danke und Bitte geworden? Vermutlich haben sie sich gegenseitig umgebracht.«

Greg hatte sich in eine Eckbank gedrückt und starrte die rotkarierte Tischdecke an. »Der Fahrer – ist er tot?«

»Hm.« Der Kommissar setzte sich zu ihm. »Wenigstens ist es schnell gegangen, er musste nicht lange leiden.«

»Verstehe.«

Nein, verstehen konnte Greg das alles nicht, dafür war er viel zu durcheinander. Am liebsten hätte er jetzt den Kopf auf den Tisch gelegt und geweint. Aber so sehr ihn auch der Tod des Beamten mitnahm, aufgeben durfte er sich nicht. Es ging um Apollonia. Und vielleicht noch um sehr viel mehr.

»Ich habe ein paar wichtige Informationen, Zac.«

Die vertraute Anrede kam ihm überraschend leicht über die Lippen. Sicher, er war nur ein Schüler, doch er spürte, dass er in den letzten vierundzwanzig Stunden über sich hinausgewachsen war. Er war nicht mehr der kleine, schüchterne Junge, dem man nichts zutrauen konnte. Er hatte Dinge durchgestanden, gegen die die üblichen Mutproben der anderen Jungs einfach nur noch lächerlich wirkten.

»Spuck's aus,«, ermunterte ihn Zac.

In diesem Moment erschien die Wirtin mit den Getränken. Greg nippte an der heißen Schokolade, und der Kommissar trank direkt aus der Flasche einen großen Schluck Whiskey.

»Die Männer ..., sie planen – etwas Schlimmes«, erzählte Greg stockend, als Mrs. Smithson sich wieder zurückgezogen hatte. »Sie nennen es die Operation Sintflut. Es muss so was wie eine riesige Flutwelle sein, und sie rechnen mit jeder Menge Toten. Sie haben auch Apollonia erwähnt, aber wo sie ist, haben sie nicht gesagt.«

Operation Sintflut? Irritiert sah der Kommissar den Jungen an. War er jetzt vollkommen übergeschnappt?

»Und ich habe noch etwas für Sie«, fügte Greg hinzu. Er wühlte in seiner Hosentasche und förderte das Taschentuch zutage. »Sehen Sie das gelbe Pulver? Das ist aus den Tanks.«

»Zeig mal her.«

Neugierig griff der Kommissar nach dem Taschentuch. Er schnupperte fachmännisch daran. Drogen waren das nicht. Warum zum Teufel wurden die Flugzeuge damit beladen?

Er zog sein Handy heraus und wählte die Nummer von William O'Hara. »Ich bin's. Zackzack in den ›Swan‹. Ja, uns geht's gut. Einigermaßen jedenfalls. Hör zu: Wir brauchen einen Hubschrauber, der etwas ins Labor nach London bringt. Ich erklär's dir später.«

Als er das Gespräch beendet hatte, sah er Greg anerkennend an. »Von mir aus könntest du gleich morgen bei Scotland Yard anfangen. Bist ein unglaubliches Bürschchen. Andere an deiner Stelle hätten sich vor Angst in die Hosen gepinkelt und nach ihrer Mami geschrien. Starke Nummer, die du da hingelegt hast.«

Greg verzog den Mund zu einem winzigen Lächeln. Das Lob tat ihm gut. Doch wenn er auch alles gegeben hatte, Apollonia hatten sie immer noch nicht gefunden. Stattdessen hatte ein freundlicher, unschuldiger Beamter sterben müssen.

»Bitte sehr, die Herren!« Die Wirtin stellte ihnen mit beleidigter Miene die dampfenden Teller auf den Tisch. »Aber das nächste Mal erwarte ich einen anderen Ton!«

»Schon gut«, beschwichtigte der Kommissar sie. »Wir hatten eine harte Nacht.«

»Soso. Ist ja auch ein scheußliches Wetter.« Lauernd betrachtete Mrs. Smithson ihre beiden seltsamen Gäste – den völlig verstörten Jungen und den ziemlich verknitterten Kommissar. Dann wurde sie bleich.

»Um Gottes willen!«, schrie sie auf. »Ist das etwa Blut?«

Ihr ausgestreckter Finger zeigte auf das Hemd des Kommissars. Dort, wo sich die Knopfleiste über dem Bauch spannte, klebten rötliche Krusten.

Peinlich berührt sah Zac an sich herab. »Och das«, erwiderte er geistesgegenwärtig. »Das ist bloß Himbeermarmelade vom Frühstück.«

Die Wirtin atmete auf. »Und ich dachte schon ...«

»Sie sehen zu viele Krimis«, scherzte der Kommissar. »Das wahre Leben ist bei weitem nicht so blutrünstig.«

Wenn die wüsste ..., dachte Greg. Die Wirklichkeit übertraf mittlerweile alles, was er überhaupt für vorstellbar gehalten hatte. War das ein grässlicher Albtraum, oder hatte er es tatsächlich erlebt?

»Nun iss schon«, sagte Zac.

»Ich kann nicht«, protestierte Greg. »Draußen im Auto – Sie wissen schon ...«

»Glaubst du etwa, ich hätte Hunger?«, entgegnete der Kommissar gereizt und zündete sich eine Zigarette an. »Aber keine Fastenkur der Welt macht den armen Mann da draußen wieder lebendig. Wenn wir uns nicht bald was hinter die Kiemen klemmen, kippen wir um wie die Fliegen. Also los, rein damit.«

Sie hatten gerade begonnen, lustlos in ihrem Essen zu stochern, als William O'Hara in den Pub stürmte.

»Zac? Wo wart ihr? Was ist passiert?«

»Eine ganze Menge«, knurrte der Kommissar. »Wir stecken tief drin, diese Geschichte ist ein einziger Horror. Hast du den Hubschrauber organisiert?«

»Ja. Wieso brauchen Sie ihn?«

»Ach, vergiss es«, knurrte der Kommissar. »Sorg lieber dafür, dass die Leiche draußen im Auto unauffällig verschwindet.«

»Die L...« Mit einem dumpfen Knall landete William O'Hara auf dem frisch gewischten Boden des Pubs.

»Sehr schön, sehr, sehr schön«, sagte Raviel McMillan und lehnte sich zufrieden in seinem Drehstuhl zurück, während er auf einem Monitor ein Gewirr von Zahlen betrachtete. Alle Messgeräte und Monitore der Kommandozentrale waren aktiviert, wie ein Wetterleuchten durchzuckte ihr farbiges Licht den dunklen Raum.

Es war früher Abend. Den ganzen Tag hatten Apollonias Eltern an den Berechnungen gearbeitet. Müde und abgespannt standen sie vor ihm.

»Endlich sind Sie fertig. Wurde auch höchste Zeit. Ein geschlagenes halbes Jahr habe ich drauf gewartet, dass Sie das letzte Mosaiksteinchen beisteuern, das mir noch fehlte. Dann erzählen Sie mal!«

»Die Sprengkraft der Detonationen muss Beben erzeugen, die eine Magnitude von mindestens sieben auf der Richterskala aufweisen«, sagte Gordon Heartfield mit brüchiger Stimme. »Das ist die Bedingung für einen Tsunami.«

»Und die Sprengladungen müssen so im Methanhydrat positioniert werden, dass sich Erdrutsche unter See bilden, quasi Lawinen«, ergänzte Liane Cox. »Nur so gerät die Wassersäule darüber in starke Bewegung, und das gesamte Wasservolumen formt sich zu einer großen Welle. Wir haben genaue Karten und Zeitpläne angefertigt, die sich Ihre Leute herunterladen können.«

Raviel McMillan konnte sich kaum halten vor Begeisterung. »Ich bin entzückt! Großartig! Gleich heute starten wir die Aktion. Meine Taucher sind schon an allen wichtigen Punkten. Sie warten auf ihren Schiffen nur noch auf genaue Anweisungen.«

»Gleich heute?«, wiederholte Liane Cox ungläubig.

»Aber ja!« Selbstgefällig lächelte Raviel McMillan sie an. »Fast Tausend Flugzeuge sind schon landesweit im Einsatz für Wolkenbrüche wie aus dem Bilderbuch. Im Atlantik und in der Nordsee beginnen meine Leute mit den unterirdischen Sprengungen, sobald ich das Zeichen gebe!«

Damit hatten Apollonais Eltern offenbar nicht gerechnet. Als Wissenschaftler waren sie es nicht gewohnt, dass so rasch gehandelt wurde.

»Ich habe Ihre Zwischenergebnisse immer sofort in das Programm eingegeben. Die Methanhydratvorkommen in der Nordsee und im Atlantik sind bis an den Rand voll mit Sprengsätzen. Jetzt kommt es nur noch darauf an, sie in der richtigen Reihenfolge zu zünden. Die Druckwellen werden immens sein.«

Raviel McMillan lachte leise auf und zeigte auf einen roten Knopf auf der Tastatur vor ihm. »Ein großer Moment, meine Herrschaften. Und Sie sind Zeuge! Betrachten Sie es als eine Ehre, meinem Masterplan gedient zu haben!«

Liane Cox und Gordon Heartfield standen mit hängenden Schultern vor ihm. Sie hatten alles genau berechnet, jedes einzelne Detail der künstlichen Katastrophe. Die Regenmenge, die Platzierung der Sprengladungen, die Höhe der Flutwellen. Eine Nacht und einen Tag hatten sie daran gearbeitet, Raviel McMillans teuflischem Plan den letzten Schliff zu geben.

Jeder Täuschungsversuch wäre sinnlos gewesen. Und doch hatten sie die Hoffnung noch nicht aufgegeben, Raviel McMillan von seinem wahnsinnigen Vorhaben abzubringen.

»Mr. McMillan«, flehte Apollonias Mutter. »Überlegen Sie es sich noch einmal. Noch gibt es ein Zurück. Ich versuche ja zu verstehen, warum Sie das alles tun, doch ...«

»Halten Sie den Mund«, herrschte Raviel McMillan sie an. »Schwachmaten wie Sie haben noch nie die Welt bewegt. Ich dagegen werde in die Geschichte eingehen!«

Er stand auf und wanderte wie ein Feldherr vor seinen Monitoren auf und ab, warf hin und wieder einen Blick auf die Diagramme und Anzeigen und ließ sich dann erneut auf seinen Stuhl fallen.

»Warum testen Sie das Ganze nicht erst einmal in unbewohnten Gebieten?«, versuchte es nun Gordon Heartfield. »Es gibt jede Menge menschenleerer Inselgruppen in der Südsee, wo wir ausprobieren könnten, ob unsere Berechnungen auch wirklich funktionieren.«

Unwillig winkte Raviel McMillan ab. »Die Testreihen habe ich längst hinter mir. Sie wollen Zeit gewinnen, was? Leider eine sehr durchschaubare Strategie. Nein, mein Lieber, Zeit ist Geld. Außerdem wollen Sie doch sicher so schnell wie möglich Ihre geliebte kleine Polly wiedersehen, oder?«

Ein Zittern durchlief den Körper von Liane Cox. »Wann dürfen wir zu ihr?«, fragte sie. »Jetzt gleich?«

»Sie werden sie früh genug zu Gesicht bekommen«, knurrte Raviel McMillan. »Solange meine Operation Sintflut läuft, muss ich sicher gehen, dass Sie mir nicht dazwischenfunken. Die merkwürdige Flutwelle von gestern hat mir gereicht. Und heute gab es schon wieder eine. Sie sind zwar wie von Zauberhand wieder verschwunden, doch man kann nie wissen ...«

Gordon Heartfield wurde hellhörig. »Sie meinen doch wohl nicht, diese Monsterwelle von gestern ist mitsamt dem Sturm einfach so abgeebbt?«

Unwirsch schlug Raviel McMillan mit der Hand auf das Pult. »Ganz genau, und eine Erklärung dafür haben wir bis jetzt nicht. Aber was auch immer da passiert ist, meine Flutwelle wird alles überbieten, was dieses Land jemals gesehen hat!«

»Sir? Scatto the Scarface möchte Sie sprechen«, erklang die Stimme von Carina Cottonmill, die wie immer lautlos eingetreten war. Ihr schmales Gesicht war noch blasser als sonst. »Es hat offenbar einen Zwischenfall gegeben.«

»Ich kann jetzt keine schlechten Nachrichten gebrauchen«, knurrte Raviel McMillan. »Na gut, lassen Sie ihn rein. Und bereiten Sie das Dinner vor.«

Apollonias Eltern sahen erwartungsvoll den hageren Narbenmann an, der kreidebleich hereingestolpert kam. Jede Störung war ihnen willkommen, jedes noch so kleine Problem, das diesen verrückten McMillan vielleicht noch von seinem Plan abbringen konnte.

Scatto the Scarface räusperte sich. »Chef, der Tag lief soweit okay. Aber unsere Leute haben heute morgen einen Jungen aufgestöbert, der in Wishham rumgeschnüffelt hat«, berichtete er, den Blick auf den Boden geheftet. Man sah ihm an, dass er höchst ungern der Überbringer schlechter Nachrichten war.

Raviel McMillan blitzte ihn wütend an. »Und mit so einem Kleinkram belästigst du mich? Ich hoffe doch, unsere Männer haben ihn unschädlich gemacht.«

Apollonias Eltern tauschten einen entsetzten Blick.

»Sie haben ihn gefesselt und in die Wetterstation gebracht«, sagte Scatto the Scarface und zog hörbar die Nase hoch. »Sie dachten, wenn die Flutwelle kommt, erledigt sich das Problem sowieso von selbst. Richtig so?«

»Goldrichtig. Und ab jetzt will ich nicht mehr gestört werden, klar?«

Wortlos trat Scatto the Scarface den Rückzug an.

»Was hat ein unschuldiger Junge damit zu tun?«, begehrte Liane Cox auf. »Sie können doch nicht ...«

Raviel McMillan wischte ihren Einwand mit einer knappen Handbewegung weg. »Dummes Zeug! Er ist nur einer von vielen, die dran glauben müssen. Für Sentimentalitäten ist es zu spät. Ich habe Hunger bekommen. Machen Sie mir die Freude, und speisen Sie mit mir! Aber vorher ...«

Er hob theatralisch seine rechte Hand und ließ sie über dem

roten Knopf schweben. »Der Augenblick ist gekommen. Die Operation beginnt in wenigen Sekunden!«

Unwillkürlich sprang Gordon Heartfield auf, als wollte er Raviel McMillan in den Arm fallen. Liane Cox konnte ihn nur mit Mühe zurückhalten.

Das schauderhafte Lachen Raviel McMillans hallte durch die Kommandozentrale wie Schreie in einer Geisterbahn.

»Sie elender Idiot!«, brüllte er. »Ich kann Sie jederzeit umbringen, jetzt, wo Sie wertlos für mich geworden sind! Glauben Sie etwa, Sie könnten mich stoppen? Niemand wird mich daran hindern, diesen Knopf zu betätigen!«

Er hob beide Hände, die zu Fäusten geballt waren, und schlug krachend auf den roten Knopf. Einen Augenblick lang wurden alle Monitore dunkel, dann begannen Zahlenreihen darüber hinwegzurasen.

»Die Operation Sintflut beginnt!«, schrie Raviel McMillan wie von Sinnen. »Das wird der Sturm aller Stürme! Der größte Taifun aller Zeiten!«

»Und wir befinden uns im Auge des Taifuns«, flüsterte Liane Cox, während sich ihre Finger in die Arme ihres Mannes gruben.

»Ja, beste Frau Professor«, sagte Raviel McMillan. »Wie immer haben Sie den Nagel auf den Kopf getroffen. Wir haben einen Logenplatz. Und werden trocken und gemütlich zusehen, wie halb England versinkt. Selbst ihre Majestät die Königin wird nasse Füße bekommen! Jetzt aber lassen wir uns das Dinner schmecken!«

»Sie glauben doch wohl nicht, dass wir auch nur einen Bissen runterkriegen«, sagte Gordon Heartfield.

»Aber, aber, der Appetit kommt beim Essen«, erwiderte Raviel McMillan bester Laune. »Dies ist übrigens keine Einladung, dies ist ein Befehl. Betrachten Sie sich als meine persönlichen Pausenclowns.«

Er ging voran in den Speisesaal und pfiff vergnügt vor sich hin, während Apollonias Eltern ihm völlig durcheinander folgten.

Der Tisch war bereits gedeckt, als sie den Rittersaal betraten, dennoch wirkte er seltsam unwirtlich und verlassen. Die Ahnenporträts leuchteten düster im flackernden Licht des Kamins und der Kerzen. Fast sah es so aus, als würden die Grafen und Herzöge darauf missbilligend Raviel McMillans Treiben beobachten.

Mit einem Klicken seiner Fernbedienung aktivierte er einen verborgenen CD-Player, und seine schaurige Hymne erfüllte den Raum.

»Raviels Triumph«, sagte er und ließ sich mit einem Seufzer tiefster Befriedigung auf seinen Stuhl fallen. Er dirigierte ein paar Takte mit, selig wie ein Kleinkind, das einen neuen Kasten Bauklötze bekommen hatte. Dann war die Musik vorbei, er goss sein Weinglas randvoll und stürzte es mit einem Zug hinunter.

»Wie sind Sie eigentlich darauf gekommen, ausgerechnet hier Ihre Kommandozentrale einzurichten?«, erkundigte sich Liane Cox, nachdem sie sich gesetzt hatten.

Raviel McMillan musterte sie verblüfft. »Was ist denn das für eine Frage?«

»Nun ja«, Apollonias Mutter tat so, als betrachtete sie ihr Weinglas, »wenn ich mich nicht täusche, ist dies ein ganz besonderer Ort.«

»Ach …« Überrascht sah Raviel McMillan sie an. »Wie meinen Sie das?«

»Es hat den Anschein, dass dies einmal eine Burg war«, kam Gordon Heartfield seiner Frau zur Hilfe. »Und solche Burgen sind bestimmt schwer zu bekommen, oder? Ich meine – der Denkmalschutz und so weiter.«

»War eine Kleinigkeit«, erklärte Raviel McMillan selbstzufrieden. Er schenkte sich erneut Wein ein und schlürfte ihn geräuschvoll. »Okay, ich musste ein paar örtliche Behörden schmieren. Geschenkt. Außerdem sind die Leute hier lachhaft abergläubisch. Faseln was von Gespenstern. Als ich das Ding hier kaufte, war es nur noch eine Ruine. Seit hundert Jahren hatte sich keiner mehr hergetraut.«

In den Augen von Liane Cox glimmte es auf. »Liegt etwa ein Fluch auf der Burg?«, fragte sie.

»Natürlich«, erwiderte Raviel McMillan sarkastisch. »Ein böser, böser Fluch, der Ihnen beiden zum Verhängnis werden wird.«

Er grinste verschlagen, dann brach er in Gelächter aus. »Wenn Sie nicht artig sind, schicke ich Ihnen lauter gruselige Geister, die den Kopf unterm Arm tragen!«

Ein Poltern ließ ihn innehalten. Liane Cox stieß einen Schrei aus, und Gordon Heartfield zuckte zusammen. Eines der Ahnenporträts hatte sich von der Wand gelöst und war krachend auf dem Boden aufgeschlagen. Selbst Raviel McMillan war kalkweiß im Gesicht, doch schon im nächsten Moment gewann er seine Fassung wieder.

»Total verrottet, die Bude«, knurrte er. »Ich werde das ganze abgewrackte Zeug rausreißen lassen, wenn meine Aktion vorbei ist.«

Liane Cox sah ihn kühl an. »Erst die rätselhaften Flutwellen, jetzt das heruntergefallene Bild – haben Sie schon mal darüber nachgedacht, dass Sie Mächte herausfordern, die Sie nicht einschätzen und noch weniger beherrschen können?«

Es wurde totenstill. Nur das Kaminfeuer knackte.

»Ich bin die Macht«, sagte Raviel McMillan nach langem Schweigen. »Ich bin der Herrscher. Und jetzt verschwinden Sie. Sie langweilen mich allmählich.«

Nachdem Apollonias Eltern den Speisesaal verlassen hatten, trat er unbeherrscht gegen den Tisch, sodass ein paar Gläser umfielen.

»Ihr armseligen Würmer«, zischte er. »Früher oder später werdet ihr sowieso verrecken.«

Die Welt war ein einziger Kreisel. Himmel und Erde drehten sich immer schneller, und Apollonia war so schwindelig, dass sie die Augen fest zusammenkniff, um nicht vollends in die kreisende Bewegung hineingesogen zu werden.

Sobald sie die Augen schloss, wurde sie in tiefste Schwärze eingehüllt, in der sie sich verlor, in der sie sich vollkommen auflöste. Ah, so war es besser. Willenlos gab sie sich dieser Schwärze hin.

»Apollonia? Hörst du mich?«

Ängstlich betrachtete Shasha ihre Freundin, die nun schon seit mehr als einer Stunde völlig apathisch am Strand lag, nachdem sie wie aus dem Nichts in einer seltsam riechenden Dampfwolke aufgetaucht war.

»Lass mich ... Fäulnis und Verderben ... nur drei Tage«, murmelte Apollonia zusammenhanglos vor sich hin.

Ratlos strich Shasha ihr über die heißen Wangen. Es wurde schon dunkel, und sie mussten dringend zurück. Faluga duldete niemanden länger als für die Dauer einer Audienz in ihrem Reich. Es war ohnehin ein Wunder, dass sie Apollonia empfangen hatte – und dass ihr ungebetener Gast überhaupt noch lebte.

»Was hast du denn bloß? Wir müssen weg von hier!«, drängte Shasha sie. »Warum öffnest du nicht die Augen? So komm doch!«

»K-kann n-icht ...«, stammelte Apollonia. »Tempel ... Unendlichkeit ...«

Jetzt war Shasha mit ihrem Latein am Ende. Sie hatte schon eine ganze Weile vergeblich versucht, Apollonia aus ihren wirren Träumen zu befreien. Und wie sollten sie jemals von hier wegkommen?

Sie streckte ihre Arme aus. Sofort bauschte sich ihr Gewand, und mit einem Seufzer der Erleichterung stellte sie fest, dass sie wieder fliegen konnte. Also ließ Faluga sie beide ziehen.

Behutsam nahm Shasha den leblosen Körper in ihre Arme. Warum war Apollonia so schrecklich verwirrt? Was hatte sie von Faluga erfahren? Es musste etwas Furchtbares gewesen sein.

Als sie sich vom Strand abstieß, spürte die Windsbraut plötzlich einen starken Auftrieb, so, als würde sie von unsichtbaren Händen emporgetragen. Sie brauchte gar nichts zu tun, wie von selbst sauste sie durch die Luft und wurde immer rascher davongewirbelt.

Faluga!, durchzuckte es sie. Es ist Faluga, die uns hilft! Staunend schaute sie über die Schulter zurück.

Die Insel lag im fahlen Abendlicht der untergehenden Sonne, ein letzter Lichtschein ließ den Felsen aufglühen, in dem Faluga seit Urzeiten ihre Orakel sprach. Hatte der Felsen nicht die Form einer Schildkröte? Bewegte er sich?

Doch in diesem Moment versank die Sonne im Meer, ihr Widerschein auf dem Felsen erlosch, und Falugas Insel war nur noch ein eisgrauer Fleck im weiten Ozean.

Fest umschloss Shasha Apollonias reglosen Körper und ließ sich forttragen, über das spiegelglatte Meer hinweg, über kleine Atolle und größere Inseln, die nur noch schemenhaft zu erkennen waren, so rasch zogen sie unter ihnen vorbei. Die Winde, die sie erfasst hatten, wurden immer heftiger.

»Danke, Faluga«, flüsterte Shasha.

»Faluga?« Apollonia schlug die Augen auf. »Ich trage den

Schlüssel in mir«, sagte sie mit ersterbender Stimme, dann sackte sie wieder in sich zusammen.

Ein gigantischer Blitz durchschnitt plötzlich den Abendhimmel, und ein jähes Wetterleuchten blendete Shasha. Das ganze Firmament war taghell erleuchtet, farbige Schlieren zogen in schnellem Wechsel darüber hinweg, ein atemberaubendes Schauspiel, das sie völlig in seinen Bann zog.

Dann setzte ein ohrenbetäubendes Donnern ein, und Shasha fand sich unversehens in Foggy Fogs Höhle wieder. Überrascht rieb sie sich die Augen.

Was war passiert? Es war ihr zwar völlig unbegreiflich, doch offenbar konnte Faluga Zeit und Raum außer Kraft setzen. Es waren nur wenige Minuten vergangen, seit sie sich am anderen Ende der Welt auf den Weg gemacht hatte.

Behutsam legte sie Apollonia auf das Nebelbett. Noch immer gab sie kein Lebenszeichen von sich, ihr Atem ging flach und unregelmäßig, und ihre Lider flatterten.

»Was um alles in der Welt ist mit der Enya passiert?«, wisperte es aus einer Ecke.

Peach Pitchou hatte schon auf sie gewartet. Besorgt musterte sie Apollonias bleiche Wangen und die tiefen, dunklen Schatten unter ihren Augen.

»Sie war bei der weisen Faluga«, erklärte Shasha knapp.

»Bei Faluga?« Freude und Schreck zugleich malten sich auf den lieblichen Zügen der Nixe. »Eine Audienz bei Faluga bedeutet die größte Ehre, aber auch die größte Gefahr! Die Enya braucht das magische Elixier! Sonst wird sie uns für immer entgleiten! Sie hat die Unendlichkeit geschaut ...«

Ehrfürchtig betrachtete sie Apollonia und formte ihre Hände zu einer Schale, während sie leise eine unverständliche Formel sprach. Ihr ganzer Körper bebte vor Anstrengung, das silberne Haar umwehte sie, als sei es von einem Sturm erfasst worden.

Shasha wich unwillkürlich zurück. »Wirst du sie zurückholen?«, fragte sie, während sich ihre Augen mit Tränen füllten. »Ich hatte ja keine Ahnung, dass ein Besuch bei Faluga so gefährlich ist …«

Peach Pitchou antwortete nicht, stattdessen fuhr sie fort, beschwörende Silben vor sich hin zu murmeln.

Die Höhle war mit einem Mal erfüllt von geisterhaften Klängen, überirdische Harfenmusik mischte sich mit dem Wutgeheul unsichtbarer Höllengeschöpfe. Es war, als ob Himmel und Hölle um das Mädchen rangen, das wie von einer schweren Krankheit niedergeworfen auf dem Nebelbett lag.

Die Luft vibrierte, farbige, nach Schwefel riechende Funken stoben umher, die ganze Höhle erzitterte. Jetzt erst begriff Shasha, dass die Nixe um Apollonias Leben kämpfte. Der Hauch des Todes hatte das Mädchen gestreift, eine unheilvolle Kraft, die aus der Unendlichkeit schöpfte und jedes Lebewesen so leicht zerstören konnte, wie ein Messer durch Butter glitt.

Noch immer hielt Peach Pitchou ihre Hände über Apollonia. Das Gesicht der Nixe hatte sich grau gefärbt, sie schien in Sekundenschnelle um Jahre gealtert, so, als sei sie selbst in Gefahr, in das Schattenreich gezogen zu werden, das Apollonia mit aller Macht an sich zu reißen versuchte.

»Hol Verstärkung«, befahl Peach Pitchou mit der gebrochenen Stimme einer Greisin. »Wir sind zu wenige.«

Schluchzend flog Shasha aus der Höhle. Was hatte sie angerichtet? Verzweifelt hielt sie im Dunkel der Nacht Ausschau nach den Wettergeistern. Wo war Foggy Fog? Wo war Joe McDaggerloe? Voller Panik suchte sie das Meer ab, die Küstenstreifen, jede Höhle, jede Bucht.

Eine Viertelstunde später rauschte sie mit den beiden zurück in die Höhle. Der Schwefelgeruch war mittlerweile unerträglich. Apollonia bewegte sich nicht. Atmete sie überhaupt noch?

»Tretet ein in den magischen Zirkel und haltet eure Hände über sie«, krächzte Peach Pitchou heiser.

Gebeugt wie eine Hundertjährige harrte sie am Nebelbett aus und hielt die schwerer werdenden Arme über Apollonia. Ihr Haar war schlohweiß geworden, die kleinen Fische darin wirkten grau und tot.

Foggy Fog und Joe McDaggerloe sahen sie bestürzt an. Mit versteinerten Gesichtern gehorchten sie der Anweisung der Nixe und stellten sich im Kreis um Apollonia auf. Auch sie war ein schrecklicher Anblick. Ihre Haut hatte sich grünlich gefärbt, ihre blutleeren Lippen bebten wie im Todeskampf.

»Werte Enya«, murmelte Peach Pitchou. »Wir rufen an die Macht der Ozeane, das Toben der Wellen, die Gewalt der Stürme. Alles Leben der Erde und des Wassers möge in dich strömen, und die Kraft unserer Herzen, die dir tief ergeben sind. Dir, dem Wasser des Lebens.«

Stumm umstanden sie Apollonia.

»Faluga kalam guranga«, raunte Peach Pitchou und sah ihre Gefährten auffordernd an

»Faluga kalam guranga«, wiederholten die Wettergeister.

Ein Donnern erschütterte die Höhle, der schweflige Funkenregen verebbte.

»Apollon Grannus Belenus«, flüsterte Apollonia plötzlich fast unhörbar.

Nun füllten sich Peach Pitchous Hände mit einer hellgrünen Flüssigkeit, langsam, Tropfen für Tropfen.

Vorsichtig versuchte die Nixe, Apollonia das Elixier einzuflößen, obwohl deren Lippen fest geschlossen waren. Doch sobald der erste Tropfen darauf gefallen war, stöhnte Apollonia auf und begann zu trinken.

Das Todesgeheul verstummte, nur noch die zarte Harfenmusik war zu hören. Ermattet sank Peach Pitchou neben Apollonia auf das Nebelbett.

»Sie ist gerettet«, hauchte sie. Dann verdrehte sie die Augen und verlor das Bewusstsein.

Apollonia aber schlug die Augen auf und sah verwirrt vom einen zum anderen. »Was ist geschehen?«, fragte sie schläfrig. »Wo bin ich?«

Shasha umarmte sie überglücklich, während ihr heiße Tränen über das Gesicht liefen. »In Sicherheit«, schluchzte sie. »Bei deinen Freunden.«

Erschrocken betrachtete Apollonia Peach Pitchou, die reglos neben ihr lag. Ohne nachzudenken, berührte sie die Nixe leicht an der Wange. Shasha sah, dass Apollonias Hände auf rätselhafte Weise zu leuchten begannen.

Sofort ging eine wundersame Verwandlung mit der Nixe vor sich. Ihre Züge, gerade noch tief zerfurcht, glätteten sich, ihr schlohweißes Haar nahm wieder die Farbe polierten Silbers an, und die Fischchen darin begannen quicklebendig zu zappeln.

Foggy Fog ließ sich ächzend auf dem Boden nieder. »Mich haut's vom Deck, in fünfhundert Jahren habe ich so was noch nicht erlebt«, brummte er. »Ich bin total fertig!«

Auch Joe McDaggerloe wirkte mitgenommen. Seine Wasserschläuche hingen kraftlos herab, von seinem Gesicht und seiner Glatze perlte Schweiß. »Hagelschlag und Wolkenbruch noch mal, was geht hier eigentlich vor?«

»Faluga!«, brach es aus Apollonia heraus. »Ich war bei Faluga!« Seufzend richtete sie sich auf. »Ihr habt mich zurückgeholt. Ich danke euch von ganzem Herzen, dass ihr um mich gekämpft habt.«

Während ihre Haut sich allmählich wieder rosig färbte, erzählt sie, was sie von Faluga erfahren hatte.

Shasha hörte ihr mit gerunzelter Stirn zu. »Eine Gebrauchsanweisung ist das nicht gerade – das klingt eher wie ein superkompliziertes Puzzle«, überlegte sie.

»Das haben Orakel nun mal so an sich«, entgegnete Foggy Fog trocken. »Sonst wären's ja keine.«

»Der Tempel eines gewissen Apollon Grannus Belenus

wurde entweiht«, sagte Shasha. »Gut. Ich habe keinen Schimmer, wer das ist und wo sich dieser Tempel befindet. Außerdem ist irgendeine Katastrophe im Anmarsch, die Apollonia in lächerlichen drei Tagen aufhalten soll, wenn ich es richtig verstanden habe. Auch gut. Das heißt, auch schlecht. Und wo ist dieser komische Schlüssel, bitteschön?«

Apollonia zuckte mit den Schultern und lehnte sich erschöpft zurück. »Wir müssen das Puzzle zusammensetzen«, erklärte sie. »Als erstes werde ich diesen Tempel googeln. Wir haben keine Zeit mehr zu verlieren. Die Uhr tickt. Noch weiß ich nicht, wie das alles zusammenhängt, aber wir müssen eben mit einem Puzzleteil beginnen.«

Sie warf einen Blick auf Peach Pitchou, die ihre schmerzenden Glieder dehnte und sich über die gesträubten Schuppen ihres Fischschwanzes strich. »Ich werde dir nie vergessen, was du für mich getan hast, Peach. Ruh dich aus. Shasha und ich werden eine Weile nicht mehr in diese Höhle zurückkehren.«

»Nein«, widersprach die Nixe. »Deine Berührung hat Wunder gewirkt. Ich fühle mich besser als je zuvor.« Sie verschränkte ihre weißen Arme vor dem silbernen Brustpanzer. Plötzlich wirkte sie nicht mehr so weich und zart wie sonst, stattdessen lag ein Ausdruck größter Entschlossenheit auf ihren feinen Zügen.

»Wenn wir etwas lernen sollten aus dieser Nacht, dann, dass wir von nun an zusammenbleiben müssen. Nur gemeinsam sind wir stark. Was Apollonia erfahren hat, geht uns alle an. Hier ist unsere Heimat. Hier ist unser Platz. Lasst ihn uns gemeinsam verteidigen. «

»Verdammt, die Kleine hat recht«, brummte Joe McDaggerloe.

Foggy Fog paffte erregt. »Wir hauen jedem was auf die Glocke, der uns von hier vertreiben will. Heringsdreck und Austernkot noch mal!«

Auch Shasha nickte. »Als Team sind wir unschlagbar.«

Peach Pitchou sah Apollonia fest an. »Was immer du vorhast, wir stehen dir bei. Es geht nicht nur um dich, es geht um uns alle. Wenn diesem Landstrich Fäulnis und Verderben droht, wie die weise Faluga gesagt hat, dann haben wir jetzt eine gemeinsame Aufgabe.«

Nur widerwillig gab Apollonia zu, dass dies ausgesprochen vernünftig klang.

»Wie ihr wollt«, sagte sie achselzuckend. »Aber ich warne euch: Ein Spaziergang wird das nicht.«

Langsam kam ihr zu Bewusstsein, dass sie nur knapp dem Tode entronnen war. Wie glücklich wäre Grandma, wenn sie wüsste, dass es ihr gut ging, trotz allem!

Apollonia suchte nach ihrem Handy, das sie unter der Nebelbank fand. Erwartungsvoll drückte sie auf die Tasten. Doch das Display blieb dunkel. Der Akku war leer.

»Schade«, sagte sie. »Das war's dann. Woher soll ich hier ein Ladegerät bekommen?«

»Ach, Apollonia, wer braucht denn ein Ladegerät, wenn er magische Kräfte hat?«, lachte Shasha. »Dummerchen, du hast doch alles, was du brauchst!«

Skeptisch sah Apollonia sie an, dann legte sie einen Finger an die Stelle, wo sie sonst immer das Aufladekabel anschloss. Etwas Wundersames geschah: Ihr Finger begann zu leuchten, das Handy piepte, und ein grünes Licht zeigte an, dass es sich mit Elektrizität auflud.

»Oh, nee«, flüsterte Apollonia. »Wie krass ist das denn?«

»So krass wie du, werte Enya«, kicherte Shasha, »Du solltest dich allmählich daran gewöhnen, dass du kein normales Menschenkind bist!«

Nach ein paar Sekunden schon erschien auf dem Display die Ansage: »Ladevorgang abgeschlossen.«

Sofort wählte Apollonia die Nummer des Leuchtturms. Ihr

Gesicht hellte sich auf. »Grandma! Endlich! Liebste Grandma! Hier ist Apollonia! Ja, es geht mir gut! Sind die Männer weg?«

Doch bevor ihre Großmutter antworten konnte, meldete sich wieder eine Männerstimme. Offenbar hatte ihr jemand den Telefonhörer entrissen.

»Polizei. Wer ist da?«

Apollonia drückte das Gespräch weg und ließ das Handy sinken. Wieso war noch immer ein Polizist bei ihrer Großmutter? Dachten die im Ernst, sie käme einfach so zurück? Mit Polizeigewalt ins Kinderheim, nein, das kam überhaupt nicht in Frage. Aber zumindest hatte Grandma ihre Stimme gehört.

Draußen wurde mit einem Mal eine ungewöhnlich starke Brandung hörbar. Bedrohlich klatschten die Wellen an die Felsen von Dead Men's Sand. Alle lauschten gebannt auf das ungewohnte Brausen. Ein Spritzer Gischt schwappte mit dem ersten Morgenlicht in die Höhle.

Foggy Fog sprang auf. »Da braut sich was zusammen!«, rief er. »Tang und Tau noch mal! Man erzählt sich, dass weit draußen auf den Meeren die Erde wackelt, und dass große Flutwellen von dort kommen werden. Riesige Flutwellen, hoch genug, um hier alles unter sich zu begraben!«

»Wir können nicht länger hierbleiben«, erklärte Shasha. »Lasst uns aufbrechen.«

»Wir fliegen nach Norrington«, beschloss Apollonia, die ihr Handy einsteckte und sich ebenfalls erhob. »Mal sehen, was Gregs alter Computer hergibt.«

Peach Pitchou reichte ihr das silbern durchwirkte Tuch, das Apollonia in den Nächten gewärmt hatte.

»Leg es dir um«, sagte sie. »Du wirst es brauchen, dir ist ja nur noch dein T-Shirt geblieben. Das Tuch wird dich warm und trocken halten, auch im schlimmsten Sturm.«

Folgsam wickelte sich Apollonia in das Tuch. Sofort durchströmte sie eine wohlige Wärme. Sie fühlte sich stark, stark genug für eine Aufgabe, bei der es nicht nur um ihr eigenes Leben ging, sondern um das Leben so vieler Anderer.

Als die Gefährten einer nach dem anderen die Höhle verließen, sahen sie ein paar Polizisten schlafend auf den Klippen liegen. Die Augen fest geschlossen, schnarchten sie leise vor sich hin.

»Wer sind denn die?«, fragte Apollonia. »Und was ist mit ihnen?«

»Die Jungs hat unsere süße kleine Peach ins Koma geschickt«, grummelte Foggy Fog. »Wenn ich dir einen guten Rat geben soll: Leg dich nie mit einer Nixe an. So schnuckelig die Dinger aussehen, in Wahrheit können sie knallhart sein.«

»Vermisst die denn keiner?«, fragte Shasha.

»Ich glaube, dass die Polizei alle Hände voll damit zu tun hat, sich um den Sturm zu kümmern«, erwiderte Foggy Fog.

Peach Pitchou lächelte vor sich hin. »Sobald wir weg sind, werden sie aufwachen und sich an nichts erinnern. Nur an schöne, bunte Träume von einer Meerjungfrau.«

Apollonia straffte sich. »Drei Tage«, murmelte sie. »Drei Tage und drei Nächte. Wir werden es schaffen. Nein, wir müssen es schaffen!«

Ein Rauschen lag in der Luft, als sie losflogen.

»Geht ein Stück runter! Die Flugzeuge!« schrie Joe McDaggerloe.

Sie ließen sich ein paar Meter fallen und sahen das Geschwader über sich hinwegrasen. Neun Flugzeuge zählte Apollonia, sie flogen in Formation wie ein Vogelschwarm. Eins bildete die Spitze, dahinter flogen zwei weitere, und dann folgten zwei Dreierreihen. Das waren Profis.

»Teufel noch mal, die Kerle haben es aber eilig«, brummte Foggy Fog. »Wird Zeit, dass denen mal einer die Petersilie verhagelt!«

»Meinst du etwa ...«, fragte Apollonia.

»Genau«, rief Shasha entschlossen. »Denen würgen wir die volle Packung rein!«

Sie änderten die Richtung, und bald schon kamen die Wetterstation und die Asphaltpiste in Sicht. Die Flugzeuge waren bereits gelandet, Männer in langen Ledermänteln rannten eilig auf die Maschinen zu.

Gerade machten sich die Männer an den großen Tanks neben der Piste zu schaffen, als sie plötzlich von heftigen Sturmböen erfasst wurden. Gleichzeitig zog eine riesige Nebelwand auf sie zu, und ihre Füße versanken mit einem Mal im Wasser.

Joe McDaggerloe hatte seine Schläuche direkt auf die Männer gerichtet und das gesamte Areal innerhalb von Sekunden in einen See verwandelt. Shasha blies ihnen so heftig Wind um die Ohren, dass sie keine Chance mehr hatten, sich auf den Beinen zu halten. Und Foggy Fog paffte wie zehn Schornsteine, sodass man nicht mehr die Hand vor Augen sah.

»Hilfe!« »Was ist passiert?« »Ist das schon Raviels Sintflut?«, brüllten die Männer durcheinander.

Wie Dominosteine fielen sie einer nach dem anderen um und krochen fluchend durch das mittlerweile kniehohe Wasser.

»Hast du gehört?« keuchte Apollonia. »Raviels Sintflut. Raviel heißt also der Oberverbrecher! Und das da sind seine Leute!«

Sie zeigte auf einen Mann, der jünger war als die anderen, und dem gerade die Zigarette aus dem Mund fiel.

»Los! Wir müssen ins Haus!«, schrie Dan the Dog. »Sonst saufen wir noch ab!«

»Wie denn?«, fragte Jack the Crack mit erbärmlich wimmernder Stimme. »Siehst du etwa irgendwas? Verdammt, Raviel wird uns alle ins Grab bringen!«

Panisch arbeiteten sich die Ledermäntel in die Richtung

vor, in der sie die Wetterstation vermuteten. Nur mit Mühe hielten sie die Köpfe über Wasser, während sie kriechend und prustend auf allen vieren versuchten, ins Trockene zu gelangen.

Doch zu allem Überfluss gellten jetzt auch noch seltsame Laute durch die Luft – ein hohes Zirpen, ein pfeifender Gesang, seidenfeine Glockentöne, die sie restlos verwirrten. Keiner konnte mehr einen klaren Gedanken fassen, zu übermächtig war diese süße und doch peinigende Sphärenmusik.

»Wie kann das sein?«, schrie einer der Piloten, die aus ihren Kanzeln ausstiegen. »Regen und Nebel gleichzeitig, das ist doch vollkommen unmöglich!«

»Egal! Wenn das so weitergeht, können wir heute nicht mehr starten!«, rief ein zweiter.

Ungeheure Windstöße trieben sie von den Flugzeugen weg. Aus dem Augenwinkel beobachteten sie entsetzt, wie ihre Maschinen von den gewaltigen Windböen umgekippt wurden. Krachend zersplitterten die Tragflächen, die gläsernen Kanzeln zerbarsten

»Wahnsinn!«, schrie Apollonia, die aufgeregt durch Nebel und Regen hin und her schoss. »Wir haben sie erledigt!«

»War mir ein innerer Vorbeimarsch!«, rief Joe McDaggerloe ihr zu. »Die Typen hatten längst eine Abreibung verdient. Niemand mischt sich ungestraft in meinen Job ein!«

Als auch das letzte Flugzeug zerstört war, drehten sie ab und ließen sich in einer nahen Bucht nieder. Alle waren sie ein wenig außer Atem, denn die Attacke war nicht spurlos an ihnen vorbeigegangen. Shasha schnaubte kurzatmig, Joe McDaggerloe ordnete stöhnend seine Wasserschläuche, und Foggy Fog ächzte, war aber sichtlich guter Dinge.

»Diese Suppe war nicht von schlechten Eltern, was?«, fragte der Nebelgeist stolz.

»Ja, da wird Vati wieder jung«, kicherte Shasha.

»Und ich habe das Konzert meines Lebens gegeben«, lächelte Peach Pitchou. »Mit meinem Sirenengesang, der schon Tausende von Seefahrern um den Verstand gebracht hat.«

»Hammer«, sagte Apollonia. »Hier wird es so schnell nicht wieder regnen!«

Ein Sonnenstrahl traf sie, und sie blinzelte vergnügt zum Himmel, dessen Blau seit Wochen erstmals wieder zu sehen war. Sie war hungrig, doch sie hatte nicht mal mehr das kleinste Stückchen Lakritz.

»Und jetzt fliegen wir endlich zu Greg«, sagte sie.

Raviel McMillan hockte ungeduldig auf dem Rücksitz eines Hubschraubers, der mit Höchstgeschwindigkeit auf London zuflog. Jetzt, wo die Aktion begonnen hatte, wollte er persönlich den Fortgang seiner Operation Sintflut überwachen. Jedenfalls so lange, wie der Sturm sich in Grenzen hielt.

»Sir«, meldete sich der Pilot bei ihm, »ich bekomme gerade Nachricht, dass die Flugzeugflotte in Wishham zerstört wurde. Die Maschinen sind von einem Sturm erfasst worden und allesamt flugunfähig.«

»Wie – der Sturm hat sie zerstört?«, brüllte Raviel McMillan in das Mikrofon, das in seinen Helm eingebaut war. »Das sind ehemalige Militärflugzeuge, die absolut wettertauglich sind. Die gehen doch nicht einfach so zu Bruch!«

»Ich habe keine Ahnung, wie das passieren konnte, Sir«, war die Antwort des Piloten. »Die Verbindung wurde unterbrochen.«

Raviel McMillan ballte die Fäuste. Ausgerechnet Wishham!

Dort, wo er seine Experimente so erfolgreich begonnen hatte! Wütend hieb er auf den leeren Sitz neben sich ein.

Wenigstens lief alles andere planmäßig. Seit dem frühen Morgen wurde England landauf, landab von Sturmwarnungen überzogen. Die Fernsehsender und die Radiostationen hatten nur noch ein Thema: die Jahrhundertwelle, die die Meteorologen vorausgesagt hatten.

Die Kommentatoren überboten sich gegenseitig mit erregten Erklärungen. Der Klimawandel sei schuld, glaubten die einen, die vielen Bohrinseln in der Nordsee hätten den Meeresgrund in gefährliche Erschütterungen versetzt, behaupteten andere, und reputierte Wissenschaftler sagten, es sei die natürliche Erderwärmung, die nun auch in Europa zu tropischen Stürmen führen würde.

Auch über das Ausmaß des bevorstehenden Sturms waren sich die Wetterforscher noch nicht einig. Die einen meinten, es sei eine überschaubare Sturmflut im Anmarsch, andere sprachen von vernichtenden Tsunamis.

Nur dass selbst die Hauptstadt betroffen sein würde, darüber herrschte Einigkeit. Sogar die Queen sei beunruhigt, hieß es aus gut unterrichteten Hofkreisen.

»Geht das nicht schneller?«, schrie Raviel McMillan »Dies ist kein verdammter Sightseeing-Rundflug!«

»Sir, wir müssen vorsichtig sein«, erklang die Stimme des Piloten in Raviels Helm. »Die Windböen und der Regen machen es äußerst schwierig zu navigieren. Außerdem ist der Luftraum über London total überfüllt. Sie sehen ja, es sind jede Menge Polizeiflugzeuge und Helikopter unterwegs.«

Raviel McMillan sah aus dem Fenster. Der Pilot hatte Recht. Wie bedrohliche Insekten schwirrten auffallend viele Helikopter und kleine Flugzeuge an ihnen vorbei. London tief unter ihm war in einen dichten Regenschleier gehüllt. Man konnte kaum die bekannten Wahrzeichen erkennen, doch Raviel hatte die Stadt so oft aus der Luft gesehen, dass er sich ohne Mühe zurechtfand.

»Fliegen Sie die Themse entlang direkt zur Tower Bridge!«, befahl er, während er mit einem Fernglas versuchte, die Lage in der Hauptstadt einzuschätzen. Doch sie waren noch zu hoch.

In den Nachrichten hatte es geheißen, dass schon einige Straßen von den heftigen Regengüssen überflutet seien. Offenbar waren viele Keller vollgelaufen, die Feuerwehr war pausenlos im Einsatz. Und das nicht nur in London, sondern im gesamten Süden Englands.

Als sie über die Tower Bridge hinwegflogen, sah er, dass sich unzählige Autos darauf stauten. Die ersten Flüchtenden machten sich auf den Weg nach Norden. Halb London schien unterwegs zu sein.

»Ha, die Ratten verlassen das sinkende Schiff!«, knurrte Raviel McMillan zufrieden. »Jaja, ihr Dummköpfe, nur weg mit euch, dann habe ich freie Bahn!«

»Sir, wir landen gleich!«, meldete sich der Pilot erneut.

Sie schwebten eine Weile über dem flachen Dach eines Hochhauses an der Themse, auf das ein großes Kreuz gemalt war. Der Hubschrauber schwankte gefährlich hin und her, immer wieder wurde er vom Wind zur Seite gedrückt. Dann, in einem kurzen Moment der Windstille, ging der Pilot vorsichtig runter, und die Kufen berührten ein paar Sekunden später den harten Beton.

Sobald die Rotorblätter sich nur noch langsam drehten, stieg Raviel McMillan aus. Von hier oben hatte er gute Sicht, trotz des Regens, der die Gebäude ringsum grau in grau erscheinen ließ. Alle Straßen waren verstopft, das Hupkonzert war bis hinauf zum Dach des Hochhauses zu hören.

Er griff zu seinem Handy. »Hallo? Ja, bin gerade gelandet. Wie sieht es mit den Evakuierungsplänen aus? Gibt es schon was Offizielles? Nein? Wie lange wollen die denn noch warten?«

Ungeduldig mit den Fußspitzen wippend hörte er sich die Antwort an. Schließlich klappte er sein Handy zu, umrundete die vielen tiefen Pfützen, die sich gebildet hatten, und schlüpfte in einen hölzernen Aufbau am Rand des Daches.

Ein paar dämmrig beleuchtete Stufen führten ihn hinab zu einer Eisentür, neben der ein Zahlenfeld angebracht war. Wachsam sah er sich um, dann gab er einen Code ein, und die Tür sprang auf.

»Hi, Chef«, empfing ihn ein vierschrötig aussehender Mann in Anglerweste, der ein fleckiges Käppi trug und sich nervös das unrasierte, fette Kinn massierte. Seine kleinen, in Speckfalten verborgenen Augen glänzten ungesund. »Ganz schön was los hier, was?«

»Und das ist erst Stufe eins, Sweeney, wir haben noch mehr auf Lager«, grinste Raviel McMillan.

Das oberste Stockwerk des Hochhauses war ein einziger großer, niedriger Raum, in dessen gedämpftem Licht etwa zwanzig Männer vor Computern saßen und stumm ihre Eingaben machten.

Die Jalousien vor den Fenstern waren geschlossen. Ein muffiger Geruch nach abgestandenem Kaffee und ungelüfteten Klamotten durchzog den Raum, in dem man nur dann und wann das Klacken der Tastaturen hörte. Niemand blickte auf, als Raviel McMillan eintrat, jeder starrte nur auf seinen Monitor.

»Habe gerade mit unserem Mann bei der Polizeizentrale telefoniert«, sagte Raviel McMillan. »Noch haben sie keinen offiziellen Evakuierungsbefehl gegeben. Aber wer schlau ist, setzt sich natürlich ins Auto und haut ab.«

Der vierschrötige Mann lachte verschlagen. »Sollen wir die Plünderungstrupps losschicken? Ich schätze, jede zweite Villa in Kensington steht schon leer.«

»Nein, wartet noch«, widersprach Raviel McMillan. »Und wer jetzt ohne Befehl irgendwelche Villen ausräumt, wird abgeknallt. Ich kann mir nicht leisten, dass unsere Leute in den Knast wandern, bevor der große Beutezug beginnt.«

Der Mann, den er Sweeney genannt hatte, kratzte sich unbehaglich den riesigen Bauch, der aus seiner offenen Anglerweste hervorstand.

»Okay, okay, Chef, die werden es schon nicht verdaddeln. Sie haben alle ihre Befehle, immer zehn Mann für jedes Objekt. Hier«, er zeigte auf einen großen Stadtplan, der an der Wand hing, »wir haben sie eingeteilt, so wie Sie es gesagt haben. Sind gute Leute dabei, spezialisiert auf Tresore und Sicherheitsanlagen. Genau richtig für Banken, Museen und ein paar ausgesuchte Privathäuser.«

»Hast du nicht etwas vergessen?«, fragte Raviel McMillan.

»Sie meinen – den Buckingham Palace?« Sweeney verzog das Gesicht. »Ich dachte, das ist'n Scherz.«

»Ich mache keine Scherze. Buckingham Palace ist genauso auf der Liste wie das Museum an der Tower Bridge. Wenn ich schon London flute, dann will ich auch die Kronjuwelen«, sagte Raviel McMillan überheblich. »Ich häng sie mir dann an die Wand. Als Souvenir.«

»Wie Sie meinen.« Sweeney nahm einen Stift und kreiste auf dem Stadtplan zwei weitere Gebäude ein.

»Sehr gut«, nickte Raviel McMillan. »Nicht vergessen: Alles wird hier gesammelt, Bargeld, Gold, Schmuck, Gemälde. Die Hubschrauber fliegen das Zeug dann im Viertelstundentakt raus. Zwischen dem Evakuierungsbefehl und der Welle werden uns einige Stunden bleiben. Zeit genug für den Beutezug des Jahrhunderts!«

Sweeney sah schnell zu den Männern an ihren Computern hinüber, dann zog er Raviel McMillan etwas zur Seite. »Chef, die Leute hier werden allmählich unruhig. Heute kam in den

Nachrichten, dass bei einer Flutwelle die Fundamente der Hochhäuser unterspült werden und dass sie dann zusammenkrachen wie Kartenhäuser.«

Raviel McMillan betrachtete ihn wie ein lästiges Insekt. »Sag ihnen, dass sie ausgeflogen werden, sobald die Beute in Sicherheit ist. Keine Sorge, es sind genug Hubschrauber für alle da.«

Misstrauisch sah Sweeney zu dem Mann auf, für den er nun schon seit vielen Jahren arbeitete. Raviel McMillan galt als unschlagbarer Stratege, als brillanter Kopf, wenn es um Raubzüge im ganz großen Stil ging. Schon so manches Ding hatten sie zusammen gedreht. Doch als mildtätig galt Raviel McMillan nicht. Eher als jemand, der ohne Wimpernzucken über Leichen ging.

»Wirklich?«, fragte er. »Geben Sie mir Ihr Wort?«

»Mein Ehrenwort«, sagte Raviel McMillan etwas zu theatralisch und hob zum Schwur zwei Finger in die Luft. »Was ist los? Machst du dir etwa in die Hosen, nur weil das Wetter spinnt?«

»Nee, nee«, wiegelte Sweeney ab. »War nur so ne Frage.«

Raviel McMillan lachte heiser in sich hinein und schritt dann die Schreibtische ab, an denen seine Untergebenen saßen wie festgewachsen. Hin und wieder schaute er einem über die Schulter und begutachtete die Diagramme und Satellitenbilder, die darauf liefen.

»Na, dann ist ja alles bestens«, sagte er, als er wieder bei Sweeney anlangte, der sich in einem alten, abgewetzten Sessel niedergelassen hatte und kalten Kaffee aus einem schmutzigen Becher trank.

»Sonst noch was?«, fragte er.

»Damals haben Sie mich hops nehmen lassen«, flüsterte Sweeney. »Als wir alle in den Knast gegangen sind. Noch mal machen Sie das nicht mit mir. Ich lasse die Sache auffliegen, wenn Sie uns hängen lassen, klar?«

»Wozu die Aufregung?«, entgegnete Raviel McMillan achselzuckend. »In wenigen Tagen schwimmen wir alle in Geld. Und nicht im Wasser, du Angsthase.«

Plötzlich kam Bewegung in den Raum. Zwei junge Männer in schmuddeligen Jeans hatten sich von ihren Computertischen erhoben und liefen auf die beiden zu.

»Wir haben große Verluste an der Südküste«, sagte der eine aufgeregt. »Und zwar unter völlig ungeklärten Umständen!«

Der andere strich sich nervös durchs wirre Haar. »In Wishham sind neun Flieger zerbröselt, in Hastings sind fünf ins Meer gestürzt, nachdem sich die Piloten mit dem Schleudersitz gerettet haben. Und in Torramoore ist ein ganzer Hangar geflutet worden, zwanzig Flugzeuge sind dabei draufgegangen.«

Mit wutverzerrtem Gesicht sah Raviel McMillan die beiden an. »Diese verdammten Wetterforscher!«, stieß er hervor. »Sind ihre Berechnungen etwa falsch? Ist der Regen zu stark?«

»Das ist es ja, Sir«, presste der erste hervor. »An dem Regen kann es eigentlich nicht liegen. Wir sind noch bei Stufe eins. Viel zu wenig für solche Vorkommnisse. Es muss etwas anderes sein ...«

»Etwas – anderes?«, schrie Raviel McMillan. »Was?«

Ratlos standen die beiden jungen Männer da, bis der mit dem wirren Haar zaghaft wieder das Wort ergriff. »Was da passiert, ist mit nichts zu erklären. Es sei denn ...«, er stockte, »... dass irgendwer ein Gegenprogramm laufen hat.«

»Sabotage also«, flüsterte Raviel McMillan. Er war kreideweiß.

»Sabotage?« Sweeney rutschte auf seinem Sessel hin und her.

»Ich bring jeden persönlich um, der hier gegen mich arbeitet, klar?«, explodierte Raviel McMillan. »Ihr seid als nächstes dran, wenn Ihr auch den kleinsten Fehler macht! Aber als erstes werde ich diese Liane Cox und ihren feinen Gatten über die Klinge springen lassen.«

Er hielt die gestreckte Hand vor seine Kehle. »Ex und hopp.«

Dann verließ er mit schnellen Schritten den Raum, hastete die Stufen hoch und sprang in den Helikopter, der auf dem Dach gewartet hatte.

»Wir sehen uns jetzt mal die Wellen von oben an!«, schrie er dem Piloten zu. »Morgen geht es zurück! Ich habe in Schottland einen dreckigen Job zu erledigen!«

»Was für ein irrer Sturm!«, schrie Apollonia.

Sie hatte Mühe, Kurs auf Norrington zu halten, obwohl sie neuerdings mit gewaltigen Feuerstößen flog, die ihr Tempo merklich steigerten. Der Wind peitschte ihr die nassen Haarsträhnen ins Gesicht, und sie war froh, dass sie Peach Pitchous Tuch hatte. Trotz des Regens und der Kälte hielt es sie auf wundersame Weise warm.

»Seht euch diese Wellen an! Mörderisch!« Shasha deutete auf das aufgewühlte Meer. Ein Segelboot tief unter ihnen war in Seenot geraten und schaukelte auf den Wogen wie ein Papierschnipsel. Insektenklein waren zwei Menschen zu sehen, die sich an den Mast klammerten.

»Sie werden ertrinken!«, rief Apollonia. »Können wir denn gar nichts für sie tun?«

»Bin gleich wieder da!« Mit diesen Worten ließ Shasha sich im Steilflug fallen, genau über der Stelle, wo das Segelboot gerade in den Wellen zu versinken drohte. Ihre Arme hatte sie weit ausgebreitet.

Sobald sie dicht über dem Meer schwebte, füllte sich das nasse Segel plötzlich mit Wind, und das Boot schoss geradewegs über die aufgetürmten Wogen hinweg auf einen Hafen zu, der durch den Regenschleier in der Ferne erkennbar war. Wenige Minuten später kehrte Shasha zu ihren Freunden zurück.

»Respekt. Bist'n kleiner Teufelskerl«, grummelte Foggy Fog, dem die Anstrengung ins Gesicht geschrieben war, mit der rasanten Geschwindigkeit der anderen mitzuhalten. »Die wären garantiert abgesoffen.«

»Das ist erst der Anfang«, erwiderte Shasha atemlos. »Wenn du Recht behältst mit den Flutwellen, wird bald alles flüchten müssen, was hier an der Küste unterwegs ist.«

»Walfischdreck und Muschelschrot noch mal.«, rief Joe McDaggerloe. »Was ist denn los? Wird Okami etwa zurückkommen?«

»Nein«, widersprach Peach Pitchou, die sich als eine höchst talentierte Fliegerin erwies und mit größter Leichtigkeit durch den Sturm lavierte. »Man sagt, dass der Herrscher der Meere gerade im Tiefseepalast einen neuen Angriff gegen Apollonia ausheckt. Die Schmach ist fürchterlich für ihn. Er sammelt die schlimmsten Schurken der Ozeane um sich, und die besten Berater aller Meere sind bei ihm.«

»Dann sind es die Wetterfritzen«, stellte Apollonia fest. »Mir ist zwar schleierhaft, wie sie die Flutwellen hinkriegen, aber wir müssen sie stoppen. Jetzt werde ich erst mal den Computer anschmeißen. Seht ihr den kleinen Ort dort drüben? Das ist Norrington. Ich fliege voraus!«

Was für ein merkwürdiges Gefühl es war, ihre alte, kleine Welt von oben zu betrachten. Sie erkannte die Schule, den Pub, den kleinen Lebensmittelladen, in dem sie immer für sich und Grandma eingekauft hatte. Es schien hundert Jahre her zu sein, seit sie das letzte Mal durch die Straßen von Norrington spaziert war.

Sie machte den Wettergeistern ein Zeichen und ging tiefer. Ob man sie sehen konnte? Vermutlich nicht. Schon zu lange hielt sie sich in der Welt der Wettergeister auf, für die Augen normaler Menschen war sie mittlerweile bestimmt unsichtbar.

Aber selbst wenn sie sichtbar sein sollte – wer suchte bei diesem Sturm schon den Himmel nach unbekannten Flugobjekten ab? Und wer würde seinen Augen trauen, wenn er ein fliegendes Mädchen hoch über den Dächern entdeckte? Sie lachte leise in sich hinein.

Wo war Gregs Haus? Sie suchte mit den Augen die wenigen Straßenzüge ab, an denen sich wie verstreutes Spielzeug ein paar niedrige Häuser hinduckten. Dann entdeckte sie ein kleines, rotes Klinkergebäude.

»Da vorn, das ist das Haus, in dem Greg wohnt!«, rief sie.

»Bin ja mal gespannt, ob deine elektronische Magie funktioniert, dieses googeln oder wie das heißt«, schrie Shasha ihr zu.

»Was ist, wenn Leute in dem Haus sind?«, gab Peach Pitchou zu bedenken.

Apollonia wandte sich zu ihr um. »Sturmfreie Bude. Die Mutter arbeitet, und Greg ist bestimmt in der Schule.«

Leider, dachte sie. Komisch, sie verspürte nicht die geringste Sehnsucht nach dem Leben, dass sie hinter sich gelassen hatte. Nur ihre Grandma vermisste sie, und natürlich ihre Eltern. Aber ein kleines bisschen eben auch Greg. Sie ging noch ein Stück tiefer, bis sie fast den Dachfirst berühren konnte.

»Vorsicht, da steht ein Polizeiauto vor dem Haus«, warnte Shasha sie.

Tatsächlich. Apollonia sah einen untersetzten Mann aus dem Auto steigen, der nur mit Hemd und Hose bekleidet war. An seiner Seite tauchte Greg auf.

Ihr Herz setzte für einen Atemzug aus. War das wirklich der Greg, den sie kannte? Er wirkte auf unerklärliche Weise größer, erwachsener, obwohl er blass und erschöpft aussah.

»Joe? Könntest du die beiden da mal etwas ablenken?«, fragte sie.

Joe McDaggerloe grinste. »Wie hättest du's denn gern? Ein sanfter Landregen, ein zackiger Platzregen oder das ganze Programm?«

»Volle Kanne Wolkenbruch«, rief Apollonia. »Hindere sie einfach daran, ins Haus zu gehen.«

»Ich werde sie mit meiner Musik verwirren«, schlug Peach Pitchou vor. »Meine Sphärenmusik hat noch immer Wunder gewirkt!«

»Und ich puste sie eins, zwei, drei von der Bildfläche«, rief Shasha.

Die Wettergeister stoben davon, und im nächsten Moment wurden Greg und der Kommissar wie welkes Laub von der Straße gefegt. Verdutzt fanden sie sich im Vorgarten des Nachbarhauses wieder, in dem sie ziemlich unsanft gelandet waren. Vergeblich versuchten sie aufzustehen, der Wind und der Regen waren zu stark. Joe McDaggerloe und Shasha trieben sie immer weiter vor sich her.

»Komm, Foggy«, sagte Apollonia.

Die Häuser in Norrington ähnelten sich alle, überlegte sie. Unten waren meist Wohnzimmer und Küche, oben die Schlafzimmer. Es sprach also viel dafür, dass Gregs Zimmer im ersten Stock lag. Und sie würde vor ihm da sein, so, wie es aussah.

Apollonia schwebte zu einem Fenster im ersten Stock, hinter dem sie Gregs Zimmer vermutete. Hinter den Scheiben erspähte sie ein Doppelbett und einen schweren dunklen Kleiderschrank. Das musste das Elternschlafzimmer sein. Sie probierte es beim nächsten Fenster. Bingo. Ein schmales Bett und ein paar Poster an der Wand verrieten, dass dies Gregs Zimmer war.

Sie versuchte das Fenster aufzudrücken, doch es war fest

verschlossen. Klar, niemand ließ bei diesem Wetter ein Fenster offen stehen.

»Lass mich mal ran«, flüsterte Foggy Fog.

Er zog einen silbernen Dolch aus seinem Regenmantel und schob ihn wie einen Hebel unter den Fensterrahmen. Dann drückte er mit aller Kraft darauf. Das mürbe Holz splitterte, und schon war der Weg frei. Das Ganze hatte keine drei Sekunden gedauert.

»Hey, Foggy, du bist ja der geborene Einbrecher«, wunderte sich Apollonia.

»Na ja, seit kaum noch Schiffe auf Dead Men's Sand stranden, muss ich mir die eine oder andere Kleinigkeit eben woanders holen«, griente der Nebelgeist.

Apollonia drohte ihm scherzhaft mit dem Finger und kletterte in den kleinen Raum. Das also war Gregs Reich. Sie sah sich neugierig um. Das waren ja Justin-Timberlake-Poster! Offenbar mochte er die Musik. Hm. Wie wenig sie doch von Greg wusste ...

Auf dem Schreibtisch stand zwischen Stapeln von Mangaheften ein ziemlich altersschwaches Exemplar der frühen Computergeneration. Sie drückte auf den Anschaltknopf, während Foggy Fog sich auf dem Bett niederließ und seine Pfeife entzündete.

Unendlich langsam fuhr der Computer hoch. Er gab dabei rollende und knackende Geräusche von sich, als würde er im nächsten Moment abstürzen. Als er schließlich bereit war, klickte Apollonia das blaue »e« für Internet an.

»Apollon Grannus Belenus«, gab sie in die Suchmaschine ein.

Es dauerte ein bisschen, dann erschien ein einziger Eintrag. Auf Französisch. Es hätte genauso gut Suaheli sein können, Apollonia verstand kein einziges Wort. Dann gab sie nur »Apollon« ein, und eine unendlich lange Liste von Einträgen erschien. Sie klickte den nächstbesten an.

Mit leiser Stimme las sie vor, Foggys Nebelschwaden wegwedelnd, die sich im Zimmer ausbreiteten: »Verkünder, Zerstörer, Vernichter. Mit dem Beinamen Boedromios, ›der unter Schlachtruf helfend Herbeieilende‹. Beschützer der Künste und der Musik, Beschützer der Herden vor den Wölfen, der Gott der Heilkunst. Hat die Gabe der Weissagung. Bei den Kelten auch der Gott der heißen Quellen. Mit Beinamen wie – Moment mal – Grannus und Belenus!«

Apollonias Finger, die in Windeseile über die Tastatur gehuscht waren, waren plötzlich kalt wie Eiswürfel. Schlagartig wurde ihr bewusst, was sie da gerade gelesen hatte. So, als ob ein Vorhang weggezogen würde, hinter dem nun endlich die Wahrheit erschien, nach der sie gesucht hatte.

Apollon Grannus Belenus! Das war der Name eines keltischen Gottes! Und sie war eine keltische Enya und hieß – Apollonia! Die plötzliche Erkenntnis durchzuckte sie wie ein Blitz. War das jenes Puzzlestück, das gefehlt hatte?

Du trägst den Schlüssel in dir, hatte Faluga gesagt. Sie selbst war der Schlüssel! Jetzt musste sie das Schloss finden, in das er passte.

Ihre Gedanken rasten wie auf einem Highway dahin. Alles lief auf den Tempel des Apollon Grannus Belenus zu. Dort mussten ihre Eltern sein. Und dort war auch das Zentrum des Bösen, das ihre Heimat bedrohte.

Sie dachte an die Flutwellen, von denen Peach Pitchou gesprochen hatte, und an das aufgewühlte Meer. Auf Okami Dragons Konto ging das nicht.

Apollonia biss sich auf die Lippen, so schockhaft traf sie die Erkenntnis. Der Tempel war entweiht, und das hieß, dass weder ein Gott noch ein Geist ihn bewohnte, sondern ein Mensch. Einer, der alles vernichten wollte, wie Faluga gesagt hatte. Einer, der große Flutwellen schickte. Die Puzzlestücke passten auf einmal zusammen.

»Ich höre Stimmen«, sagte Foggy Fog warnend. »Und Alarmsirenen! Lass uns das sinkende Schiff verlassen!«

Wie durch einen Nebel sah Apollonia ihn an. Wie durch einen Nebel? Nein, es war echter, dickster, wattigster Nebel, der durch das Zimmer waberte und die Möbel darin vollständig eingehüllt hatte. Dichte Schwaden krochen bereits zum geöffneten Fenster hinaus.

Apollonia sah auf die Straße. Vor dem Haus stoppte gerade ein Feuerwehrauto mit Blaulicht und heulender Sirene. Ein Trupp Feuerwehrleute sprang heraus, kurbelte eine Leiter hoch und riss Schläuche aus dem Wagen.

»Die denken, es brennt hier«, brummte Foggy Fog schuldbewusst, der sich neben Apollonia gestellt hatte und die Bescherung betrachtete. »Hab's wohl ein bisschen übertrieben mit meiner Qualmerei.«

Fassungslos starrte Apollonia auf das Durcheinander, das sie angerichtet hatten. Armer Greg. Er musste denken, dass gerade sein Haus abgefackelt wurde!

Schon erschienen Joe McDaggerloe, Peach Pitchou und Shasha, die in einiger Entfernung vor dem Fenster schwebten und ihnen fragend Zeichen machten.

So schnell sie konnte, lief Apollonia zum Computer. Sie nahm einen Zettel, angelte sich einen Stift und schrieb in aller Eile eine Nachricht für Greg darauf. Dann legte sie den Zettel auf ein Mangaheft und folgte Foggy Fog nach draußen, wobei sie eine kräftige Dusche Löschwasser abbekam. Angewidert verzog sie das Gesicht. Igitt! Das war brackiges, modriges Wasser aus dem Löschteich von Norrington, eine dunkle, stinkende Brühe. Sie schüttelte sich wie ein nasser Hund.

»Alles klar?«, schrie Shasha.

»Ja, wir haben, was wir brauchen«, rief Apollonia den Wettergeistern zu.

Sie stiegen auf und ließen die wuselnde Menge aus Feuerwehrleuten und Schaulustigen hinter sich. Shasha flog direkt neben Apollonia durch Regen und Wind.

»Ist ja ein echtes Cremeschnittchen, dein Greg«, kicherte sie. »Falls du ihn heiratest, will ich Trauzeugin sein, süße Polly!«

»Nenn mich nicht Polly! Und lass mich bloß in Ruhe mit diesem Quatsch«, schnaubte Apollonia. »Heiraten! Geht's noch?«

»Hast du denn was rausgefunden?«, wechselte Shasha das Thema, während sie einen Arm um Apollonia schlang, die ihr Tempo beschleunigt hatte, um nicht weiter von peinlichen Fragen belästigt zu werden.

»Ja!«, antwortete Apollonia, froh, dass Shasha sie nicht mehr mit Greg aufzog. »Mein magisches Wort ist Teil eines Namens und gehört einem keltischen Gott! Apollon Grannus Belenus. Schon mal gehört?«

Auch hier, in luftiger Höhe, beantworteten Blitze und Orgelklang die Nennung des magischen Worts, doch Apollonia ließ sich dadurch nicht mehr aus der Fassung bringen.

»Apollon – wer? Da habe ich in der Elfenschule wohl nicht richtig aufgepasst«, rief Shasha. »Aber jetzt wird mir einiges klar!«

»Wir müssen seinen Tempel finden«, schrie Apollonia gegen den Sturm an. »Dort finden wir den Urheber der Flutwellen, von dort hat er auch die Flugzeuge gesteuert! Und ich bin sicher, dass er meine Eltern gefangen hält!«

»Apollon – Apollonia«, rief Shasha. »Niemand sonst konnte berufen werden, den entweihten Tempel zu finden!«

»Apollon ist der Gott der heißen Quellen – kennst du solche Quellen?«, fragte Apollonia.

Shasha dachte nach, während sie das Meer fest im Blick behielt, auf der Suche nach weiteren Booten und Schiffen, denen dieser ungeheure Sturm zum Verhängnis werden könnte.

»Im Winter fliege ich manchmal nach Island zum Baden, da

gibt es Geysire«, erklärte sie. »Aber auch in Japan, in Süditalien und auf Neuseeland brodelt die Erde.«

»Danke für die präzise Auskunft«, sagte Apollonia enttäuscht.

Sie ließen sich in einer kleinen Bucht nieder, um sich zu beratschlagen. Die Aufgabe, die vor ihnen lag, bereitete ihnen ziemliches Kopfzerbrechen.

»Ich finde, wir sollten noch ein paar Flugzeuge auf den Meeresgrund schicken«, sagte Foggy Fog, der offenbar auf den Geschmack gekommen war.

»Klar können wir noch ein paar von den Dingern knicken. Das Dumme ist nur – es sind jede Menge Flugzeuge an der Küste unterwegs«, gab Joe McDaggerloe zu bedenken. »Hunderte! Vielleicht sogar Tausende! Sie sind überall. Wir bräuchten Jahre, um alle zu Kleinholz zu machen.«

Eine Weile schwiegen sie. Leider hatte Joe McDaggerloe die Wahrheit gesprochen. Die Aktion in Wishham war nur ein Etappensieg gewesen. Diese Einsicht verpasste ihnen einen kräftigen Dämpfer.

»Wir müssen die Quelle des Übels finden«, sagte Apollonia. »Hat einer von euch schon mal vom Tempel des Apollon Grannus Belenus gehört?«

»Ein Tempel, nö«, erwiderte Joe McDaggerloe. »Aber wenn da der Gestörte drin sitzt, der hier die Welle machen will, gibt's was auf die Mütze!«

»Denk nach«, sagte Shasha. »Was hast du noch über diesen komischen Apollon Grannus Belenus erfahren?«

Apollonia kauerte sich in eine kleine Mulde und zog Peach Pitchous Tuch fester um die Schultern. »Er ist der Gott der Heilkunst, der Retter vor Gefahren, der Beschützer der Künste und der Musik – und bei den Kelten eben auch der Gott der heißen Quellen.«

»Denk bitte genau nach, verehrte Enya«, meldete sich Peach

Pitchou zu Wort, die sich anmutig an einen Felsen schmiegte und mit den Händen ihren zerzausten Schuppenschwanz glättete. »Faluga hat doch gesagt, dass du den Schlüssel in dir trägst. Was kann das sein?«

»Das Medaillon!« Shasha ruderte so unvermittelt mit ihren sieben Armen, dass sich alle unter ihren Windböen bogen. »Lass uns noch mal das Medaillon ansehen! Da stand doch auch das magische Wort drin!«

Apollonia hatte das Medaillon schon fast vergessen. Sie kramte es aus ihrer Hosentasche hervor und klappte es auf. Das Foto ihrer Eltern schien ihr neue Kraft zu geben. Liebevoll strich sie mit einem Finger darüber. Dann heftete sie ihren Blick auf die andere Hälfte des Medaillons.

Neugierig starrten auch die Wettergeister darauf.

»Komisches Gekritzel«, murmelte Joe McDaggerloe. »Wer soll denn aus dem wirren Zeug schlau werden?«

»Das ist kein Gekritzel, das ist eine Landkarte«, sagte Foggy Fog fachmännisch. »Wenn auch eine höchst merkwürdige. Diese Linien da müssten Flüsse sein. Was meinst du, werte Enya?«

»Vielleicht«, erwiderte Apollonia.

Jetzt erst sah sie, dass die Zeichnung über dem Schriftzug weiterging – wenn man ganz genau hinschaute, entdeckte man, dass darüber noch andere Buchstaben begannen, die vom Rahmen des Medaillons verdeckt wurden.

»Hat jemand ein Messer dabei?«, fragte sie.

Foggy Fog reichte ihr seinen silbernen Dolch. Vorsichtig hob Apollonia den Rahmen ein Stück an und lockerte den kleinen Zettel, bis sie ihn ganz herausziehen konnte. Er war weit größer, als sie angenommen hatte, denn er war mehrmals geknickt worden, bevor er seinen Platz im Medaillon gefunden hatte. Staunend entfaltete sie ihn.

Eine unregelmäßige Küstenlinie wurde sichtbar, die von

Nord nach Süd verlief, im Westen erstreckte sich eine Inselkette. Nun, wo sie die ganze Zeichnung vor Augen hatte, war der vollständige Schriftzug sichtbar, der genau im Zentrum der Karte lag: Apollon Grannus Belenus.

»Freunde, das ist Schottland!«, rief Joe McDaggerloe aufgeregt. »Ich erkenne es ganz genau! Mein Clan stammt von dort. Die McDaggerloes leben seit Jahrhunderten in den Highlands. Ist ja ein sprichwörtliches Regenloch. Ich bin dort aufgewachsen, bis ich eines Tages von Okami Dragon nach England abkommandiert wurde.«

»Gibt es da irgendwo heiße Quellen?«, erkundigte sich Apollonia.

»Eigentlich nicht«, antwortete Joe. »Eher weiter westlich, auf Island. Aber wir könnten meinen Onkel fragen, er wohnt in der Nähe von Loch Ness. Der kennt Schottland wie seine Westentasche.«

»Loch Ness?« Apollonia musste lachen. »Da veranstalten sie doch immer einen Trubel um so ein Ungeheuer, als Gag für Touristen.«

Joe McDaggerloe sah sie beleidigt an. »Ach ja? Und was macht dich da so sicher? Gibt es mich wirklich? Shasha? Foggy? Peach? Oder sind wir alle Touristengags?«

Das Lachen erstarb auf Apollonias Lippen. Wie unverzeihlich, dass sie sich über Dinge lustig machte, die doch einfach nur den menschlichen Verstand überstiegen. Schuldbewusst betrachtete sie ihre sechs Zehen. »Natürlich nicht. Äh, sorry, ich glaube, ich muss mich erst daran gewöhnen, dass die Welt etwas anders tickt, als die Menschen so glauben.«

»Dann fang mal gleich damit an«, sagte JoeMcDaggerloe unwirsch.

Peach Pitchou hob beschwichtigend die Hände. »Wir dürfen nicht streiten. Ohne die Enya werden wir unsere Heimat verlieren! Wir sollten ihr mit Freuden dienen und nicht jedes ihrer

Worte auf die Goldwaage legen. Lasst uns den Tempel suchen. Die Zeit drängt!«

»Ah, Schottland«, schwärmte Foggy Fog. »Ein Nebelparadies …! Ich nehme die Karte an mich, denn mit dem Kartenlesen kenne ich mich nun wirklich aus. Ich finde alles, auch im dicksten Nebel.«

Apollonia nickte.

»Seid ihr startklar?«, rief Shasha.

Apollonia schloss die Augen. Eine neue Reise stand ihr bevor. Würde es die letzte sein? Und würde sie am Ende dieser Reise endlich wieder ihre Eltern in die Arme schließen?

Unbemerkt von Apollonia und ihren Freunden schob sich ein nassglänzender Helm ganz in der Nähe zwischen den Felsen hoch. Darunter erschien das grüne Algenhaar und das grinsende Gesicht von Rattrappono, der sie belauscht hatte.

»Schottland also«, grummelte er unhörbar in sich hinein. »Okami Dragon wird mich reich belohnen für diese Nachricht. Er wird vor euch da sein. Und ich werde euch alle einzeln dem Herrscher der Meere zum Fraß vorwerfen.«

Der Tiefseepalast wimmelte von Meergeistern. Okami Dragon hatte eine noch größere Konferenz einberufen als zwei Tage zuvor, die größte, die sein Palast je gesehen hatte. Ein Strom von Trollen, Regengeistern und Wellenkobolden wälzte sich durch das Portal, glitt die Gänge entlang und ergoss sich in die Arena.

Monströse Einzeller mit stacheligen Wimpern schwammen heran, Riesenkrabben mit Augen wie schwarze Perlen staksten auf hohen Beinen über die Stufen, sogar unförmige Napfschnecken mit zuckenden Fühlern krochen in die Arena. Schwärme von Anglerfischen ließen hoch oben ihre Leuchtorgane aufblitzen.

»Setzt euch, setzt euch«, gurgelte Quannalonga, die wie ein aus der Form geratener Luftballon umherwaberte und die Gäste platzierte. »Okami Dragon will jeden Moment beginnen!«

»Was ist mit dem Tintenfischwein, den du mir versprochen hast?«, begehrte ein sechsbeiniger Troll auf, der einen Panzer aus harter, genoppter Fischhaut trug. »Ich komme den ganzen Weg von den Malediven und habe riesigen Durst!«

Quannalonga brachte ihn mit einer kurzen Berührung ihrer giftigen Tentakel zum Schweigen.

»Wird gleich serviert«, sagte sie mit gespielter Liebenswürdigkeit. »Ich bitte noch um einen Hauch Geduld! Die Nixen haben alle Hände voll zu tun.«

»Und was ist mit mir?«, brüllte ein blaugrauer Rochen, der seinen Stachel drohend auf die Qualle richtete. »Ich musste extra von Neuseeland hierher schwimmen! Was ist überhaupt los? Warum ruft uns der Herrscher der Meere?«

»Nur nicht so ungeduldig«, gluckste Quannalonga, während sie geschickt dem Stachelrochen auswich. »Er wird es euch schon selbst sagen.«

Neben dem leeren Thron hockten Okami Dragons Berater und debattierten halblaut.

»Es sind wieder Flutwellen gesichtet worden«, sagte gerade ein Wellenkobold. Seine Rüstung war kaum zu erkennen unter der dicken Schicht aus Muscheln und Algen, sogar sein Gesicht verschwand fast unter kleinen Seeschnecken, die sich in seiner faltigen Haut eingenistet hatten. Er musste uralt sein.

»Und im Atlantik und in der Nordsee sind jede Menge Taucher unterwegs«, brummte ein gewaltiger Troll, dessen ledrige Haut mit Narben übersät war, zweifellos die Spuren vieler siegreicher Kämpfe. Sein Haar war grau, in langen Strähnen hing es ihm in das zerfurchte Gesicht. Auch er gehörte zweifellos zu den Ältesten hier.

Der Wellenkobold neben ihm reckte seinen Dreizack. »Sie lassen ständig was explodieren!«

»Diese Apollonia ist schuld«, mischte sich Rattrappono ins Gespräch, der seit seinem Verrat in den engsten Kreis um Okami Dragon aufgestiegen war. »Ich habe es ja schon immer gesagt. Seit sie geflohen ist, ist alles nur noch schlimmer geworden.«

»Aber sie ist eine Enya«, widersprach der alte Troll. »Sie gehört in unsere Welt. Oder etwa nicht?«

Rattrappono lachte unfroh auf. »Das war nicht immer so. Bis vor wenigen Tagen lebte sie in einem Leuchtturm und führte ein ganz normales Menschenleben. Aber es kommt noch besser: Ihre Eltern ...«

»Ruhe!« Mit seinem markerschütternden Gebrüll schwebte Okami Dragon aus der geöffneten Kuppel herab. Angriffslustig stießen seine Fangarme in alle Richtungen, als wollte er jeden, der seinem Befehl nicht gehorchte, im Vorbeischweben erwürgen.

Es dauerte eine Weile, bis er seinen schweren, massigen Körper auf den Thron gehievt hatte, der unter dem Gewicht ächzte und knackte. Dann schob er seine Krone gerade. Aus seinem Maul hingen ein paar Fischschwänze, die er mit einem schlürfenden Geräusch in sich hineinsog.

»Wünsche wohl gespeist zu haben«, sagte Rattrappono und deutete eine Verbeugung an.

»Schleimer«, zischte Quannalonga, die sich in der Nähe des Throns hielt.

»Musst du gerade sagen«, fuhr Rattrappono sie an, »du hast das Schleimen doch erfunden.«

Okami Dragon nahm die beiden gar nicht wahr, wachsam beäugte er die völlig überfüllte Arena, in der die Meergeister dicht gedrängt auf seine Rede warteten. Überall waren Nixen zu sehen, die Tintenfischwein in großen rosa Fischblasen servierten.

Die Stimmung war aufgewühlt, die meisten wussten bereits von den seltsamen Explosionen, die Okamis Reich erschütterten.

»Ruhe!«, wiederholte der Herrscher der Meere. Seine blutrote Halskrause vibrierte. »Um es kurz zu machen: Unsere schlimmsten Befürchtungen haben sich bestätigt. Unzählige Taucher sind auf dem Meeresgrund gesichtet worden. Sie sprengen das heilige Unterwassereis. Es gibt Erdrutsche von nie gekanntem Ausmaß. Werden wir das hinnehmen?«

»Nein«, schrien die Meergeister aufgebracht.

»Wir sollten sie mit Dreizack und Harpunen erstechen!«, schlug der alte Troll vor, der dem Thron am nächsten saß.

»Vergiften!«, gluckste Quannalonga, die neben Okami Dragon herumwaberte.

»In Netzen fangen und dann ab in die Tiefseevulkane mit ihnen!«, rief Rattrappono.

Okami Dragon hörte sich alles stumm an. Sein ungeschlachter Leib pulsierte. Dann peitschten seine Fangarme in den Sand.

»Und das ist alles?«, brüllte er. »Habt ihr noch einen Rest Grips im Kopf? Wie dämlich seid ihr eigentlich? Wir müssen herausfinden, wer dahinter steckt, sonst hört das nie auf!«

Stille kehrte ein. Betreten kratzten sich die Meergeister am Kopf, scharrten mit Füßen und Flossen im Sand, auf den höheren Stufen boxten sie sich gegenseitig und rasselten mit ihren Waffen. Der Wein hatte sie aufgeputscht, und sie konnten es kaum erwarten, endlich in irgendeinen Krieg aufzubrechen. Nur der Feind musste noch benannt werden.

»Wenn ich einen Vorschlag machen dürfte ...« Rattrappono erhob sich vom Boden und verbeugte sich ein weiteres Mal.

»Was denn?« Irritiert sah Okami Dragon ihn an. Der Wellenkobold gehörte noch nicht lange zum inneren Kreis, und es war üblich, dass zuerst die altgedienten Berater sprachen.

»Nun, diese Apollonia Cox hat uns lange genug an der Nase herumgeführt. Sie war es, die es gewagt hat, Eure Macht in Frage zu stellen. Dass Sie Eure Aufmerksamkeit auf die Flugzeuge lenken wollte, war nur ein durchsichtiges Ablenkungsmanöver. Niemand anderes als sie war es, die zusammen mit ihren Eltern alles geplant hat. Zweimal ist sie uns entwischt, aber ein drittes Mal wird es ihr nicht gelingen. Ich kenne sie und ihre verräterischen Freunde. Sie muss sterben!«

Begeistert sprangen die Meergeister auf und brüllten wüste Verwünschungen durch die Arena. Als sich das Geschrei gelegt hatte, trat der Troll mit dem grauen Haar vor.

»Majestät«, sagte er, »dieser junge Wellenkobold ist etwas vorschnell. Enyas haben viele Jahrhunderte lang nur Gutes in die Welt gebracht. Ich kenne ihre Eltern nicht, aber eine Enya würde selbst niemals so etwas tun. Enya bedeutet ›Wasser des Lebens‹. Selbst wenn sie wollte, wäre sie nicht zur Zerstörung fähig.«

»So ein Blödsinn«, murmelte Rattrappono.

»Und weiter?«, fragte Okami Dragon ungeduldig. »Was schlägst du vor?«

»Wir müssen mit ihr sprechen«, erwiderte der Troll und strich sich seine graue Mähne aus dem Gesicht. »Schon lange hat es keine Enya mehr in Eurem Reich gegeben. Wenn jetzt eine erschienen ist, so ist das ein Zeichen.«

»Und zwar ein ganz schlechtes«, giftete Rattrappono.

Als nächstes meldete sich der alte Wellenkobold zu Wort. Er erhob sich ebenfalls und schleppte sich schwerfällig vor den Thron.

»Eine Enya ist das Bindeglied zwischen der Welt der Geister und der Menschenwelt«, erklärte er mit heiserer Stimme.

»Wir sollten sie anhören. Nur sie kann uns Auskunft geben, wer hinter dieser heimtückischen Attacke auf Euer Reich steckt.«

Rattrappono wühlte ärgerlich mit seiner Harpune im Sand herum. Alle Augen waren auf Okami Dragon gerichtet, der vom einen zum anderen sah und offenbar nicht recht wusste, wem er Glauben schenken sollte.

»Ich werde euch meine Entscheidung später bekanntgeben«, sagte er schließlich. »Nun schwärmt aus und sucht diese Enya. Sobald wir wissen, wo sie ist, machen wir uns auf den Weg!«

»... und putzen sie weg«, kicherte Rattrappono, was ihm einen strafenden Blick der beiden anderen Berater eintrug.

»Beeilt euch!«, schrie Okami Dragon. »Wer sie findet, wird mit Gold überhäuft!«

Die Meergeister stoben auseinander, auch Rattrappono stürmte davon. »Tja, ich weiß als Einziger, wo ich sie suchen muss«, murmelte er siegesgewiss. »Das Gold gehört mir!«

Nur der alte Troll und der alte Wellenkobold blieben zurück.

»Dieser Rattrappono gefällt mir nicht«, raunte der Wellenkobold missbilligend, während er seinem jungen Kollegen hinterhersah.

Halb zur Seite gesunken hing Okami Dragon auf seinem Thron, die Fangarme weit gespreizt, damit er nicht herunterfiel.

»Großer Okami, wie werdet Ihr Euch entscheiden?«, fragte der Troll.

»Erst verhandeln, dann vernichten«, grollte der Herrscher der Meere. »So habe ich es eigentlich immer gemacht.«

Es dämmerte schon, als Apollonia und ihre Gefährten Schottland erreichten. Ein langer, anstrengender Flug lag hinter ihnen, und sie hatten länger gebraucht als geplant, weil Foggy und Joe noch ein paar Flugzeuge »geknickt« hatten, wie sie es nannten. Sie spürten schon ihre Kräfte merklich schwinden, als Joe McDaggerloe endlich verkündete, dass sie ihr Ziel erreicht hätten.

»Willkommen in meiner Heimat!«, rief er. »Mannomann, Apollonia, wenn du etwas älter wärst, könntest du dich auf einen Schluck echten schottischen Whiskeys freuen!«

»Whiskey? Willst du mich vergiften?«, protestierte Apollonia.

»Oha, gleich zieht er seinen Schottenrock an«, kicherte Shasha. »In einem karierten Röckchen siehst du bestimmt reizend aus, Joe!«

Der Regengeist beantwortete ihre freche Bemerkung mit einem Sprühregen, dann gab er ein Zeichen und setzte zur Landung an. Apollonia erspähte einen See, der von sanftem Hügelland umgeben war.

»Jetzt sag nicht, dass das Loch Ness ist!«, rief sie aufgeregt.

»Lebensecht und in Farbe«, erwiderte Joe McDaggerloe. »Und mein Onkel ist auch nicht weit.«

Sie ließen sich außer Atem am Ufer nieder und betrachteten die Landschaft, die so ganz anders aussah als die Südküste Englands. So weit das Auge blickte, zogen sich grüne Hügelketten bis zum Horizont. Es gab kaum Bäume und Sträucher, nur Grasbüschel, die sich leicht im Wind bewegten.

Foggy Fog zündete seine Pfeife an und blies vergnügt langgezogene Nebelschwaden über den See, während Peach Pitchou in das Wasser glitt.

»Puuuh, eiskalt«, rief sie den anderen zu. »Aber kristallklar. Es ist eine Ewigkeit her, seit ich in Süßwasser gebadet habe.«

»Pass auf, dass das Ungeheuer dir nicht den Schwanz abbeißt«, schmunzelte Joe McDaggerloe. »Es ist ziemlich gefräßig!«

»Und wo wohnt dein Onkel?«, fragte Shasha, während sie sich umsah. »Hier gibt es ja nichts als Felder und Wiesen. Versteckt er sich in einem Erdloch?«

»Weit gefehlt«, erwiderte Joe McDaggerloe. »Douglas McDaggerloe ist unser Familienoberhaupt, er residiert seit Jahrhunderten im Schloss des Clans. Du wirst Augen machen!«

Er deutete auf einen entfernten Hügel, der sich durch nichts von den anderen unterschied. Und dort sollte sich ein Schloss befinden? Eine Höhle vielleicht. Von einem Gebäude jedoch sah man keine Spur, nicht mal die kleinste Mauer.

»Na, jetzt bin ich aber mal gespannt«, kicherte Shasha.

»Ich fliege vor!«, rief Joe McDaggerloe und stob in einem Wasserwirbel davon. Die anderen folgten ihm neugierig.

Am Fuß des Hügels stand ein verkrüppelter Baum, dessen kahle Äste sich bizarr in den Himmel reckten. Er sah aus wie ein Lebewesen, das mitten in einem verrückten Tanz erstarrt war.

Joe McDaggerloe grub in der Erde neben den Baumwurzeln und förderte einen silbernen Schlüssel zutage. Vorsichtig säuberte er ihn mit einer kleinen Fontäne von Erdklumpen und verdorrtem Laub, dann steckte er ihn in ein Astloch.

Ein Brausen ging plötzlich durch die Luft. Unwillkürlich trat Apollonia ein paar Schritte zurück, als sich direkt vor ihr eine gewaltige Wasserkuppel aufwölbte. Immer höher wurde das flüssige Gebilde und nahm nach und nach die Form eines Schlosses an.

Vier Türme ragten in den Himmel, durchsichtig wie Glas, Fenster und Zinnen formten sich darunter, und in der Mitte öffnete sich ein Portal, das zu beiden Seiten von wasserfallartigen Säulen flankiert wurde.

»Was – ist – das?«, flüsterte Apollonia zutiefst beeindruckt.

»Das Schloss meines Clans. Seit Generationen bewohnen es die McDaggerloes«, erwiderte Joe. »Wir sind schließlich nicht irgendwer.«

»Hat auch keiner behauptet«, murmelte Foggy Fog, der voller Ehrfurcht den Wasserpalast bestaunte.

»Das ist wunderschön!«, wisperte Peach Pitchou, die aufgeregt ihr silbernes Haar schüttelte.

Immer noch wuchs der Palast, Mauern bauten sich auf, ein Wehrgang formte sich hoch oben.

»Und wo ist dein Onkel?«, fragte Shasha ungerührt.

Ein Sprühregen war die Antwort, der sich über die Wartenden ergoss. Aus Millionen von Wassertropfen schälte sich ein Wesen heraus, das auf den ersten Blick als ein naher Verwandter Joe McDaggerloes erkennbar war.

Schäumende Wogen umgaben ihn wie ein quecksilbriger Umhang, und seine Wasserrohre, die den Schläuchen von Joe ähnelten, waren aus purem Silber, so wie sein reich verzierter Brustpanzer. Hinten an seinem kahlen Kopf trug er wie Joe einen blonden Zopf, doch war dieser länger und dicker und mit silbernen Fäden durchflochten.

Überhaupt war der Wettergeist wesentlich größer als Joe, gespenstisch groß, er überragte sie alle um zwei Hauptеslängen.

»Wer wagt es, ungerufen Douglas McDaggerloes Palast zu beschwören?«, brüllte das Wesen wasserspeiend. Misstrauisch sah der riesenhafte Glatzkopf auf die kleine Truppe herab.

»Erkennst du mich denn nicht?«, rief Joe. »Ich bin's, dein Neffe, der vor vielen Jahren von Okami Dragon in den Süden berufen wurde. Joe McDaggerloe – äh, Joey!«

»Ach, der kleine Joey?«, wiederholte der Regengeist etwas freundlicher. »Was treibt dich hierher? Warum bist du nicht dort, wo Okami Dragon dich hinbeordert hat?«

»Das ist eine lange Geschichte«, sagte Joe McDaggerloe. »Meine Freunde und ich sind müde von der Reise. Wir würden gern deine Gastfreundschaft in Anspruch nehmen.«

»Das sind deine Freunde?« Joes Onkel beäugte etwas skeptisch Apollonia, Foggy, Peach und Shasha. »Nun gut. Deine Freunde sind auch meine Freunde. Es soll euch an nichts fehlen!«

Ein wässriger Nebel hüllte sie alle ein, und ohne dass sie einen Fuß vor den anderen setzen mussten, wurden sie ins Innere des Schlosses getragen. Die Pracht ließ ihnen die Augen übergehen. Gläserne Wappen und Schwerter schmückten die durchsichtigen Wände, zarte Regenbögen wölbten sich über den Fenstern, die aussahen wie aus flüssigem Silber.

Douglas McDaggerloe führte sie in eine weitläufige Halle, in deren Mitte ein gigantischer Springbrunnen Wasserfälle in allen Regenbogenfarben verströmte. Blau, lila und gelb sprangen die Kaskaden über große und kleine gläserne Schalen, dann wieder rosa und grün.

»Es ist ein Wunder«, raunte Apollonia. »Ein einziges Wunder! Ein ganzer Palast aus Wasser!«

»Diese Regengeister sind ganz nett«, flüsterte Shasha nicht ohne Neid. »Aber wir Luftwesen haben einen Palast der Winde, und der ist weit beeindruckender.«

Klimpernde Töne wie von einem Glockenspiel erfüllten den Raum, und bunt schillernde transparente Wesen schwebten heran, die entfernt an etwas zu groß geratene Seifenblasen erinnerten. Ihre blassblauen Augen rollten in den durchsichtigen Körpern hin und her wie Murmeln. Sie trugen silberne Becher, die sie den Gästen reichten.

»Trinkt«, sagte das Clan-Oberhaupt. »Es ist heilkräftiges Wasser aus einer geheimen Quelle, das euch stärken wird!«

Gehorsam nahmen alle einen Schluck. Wie ein Energiestoß floss das Getränk durch ihre Adern.

»Setzt euch und macht es euch bequem«, forderte Douglas McDaggerloe seine Gäste auf. Er zeigte auf einige durchsichtige Wasserkissen, die sich um den Springbrunnen gruppierten.

Vorsichtig nahm Apollonia Platz, überzeugt, dass sie im nächsten Moment auf dem Boden landen würde. Doch das Kissen trug sie wie ein Daunenbett und gluckerte nur leise, als sie sich darauf niederließ. Auch die anderen ließen sich auf die Wasserkissen fallen.

»Ehrwürdiger Sir Douglas«, erhob Peach Pitchou ihr zartes Stimmchen, »wir schätzen uns glücklich, die Gastfreundschaft eines so mächtigen Regengeistes genießen zu dürfen. Euer Neffe hat nicht übertrieben: Dieses Schloss übertrifft alles, was wir bisher gesehen haben. Nur Okami Dragons Palast kann es mit dieser Pracht aufnehmen.«

»Ihr wart im Palast des Herrschers der Meere?«, fragte Douglas McDaggerloe überrascht. »Was hattet ihr dort zu suchen?«

Sein Neffe rutschte unbehaglich auf seinem Kissen herum, dann räusperte er sich. »Äh, werter Onkel, es gibt da ein kleines Problem.«

»Nach deinem Gesichtsausdruck zu schließen, handelt es sich eher um ein großes Problem«, sagte Douglas McDaggerloe und entzündete eine Wasserpfeife, die sofort die Aufmerksamkeit von Foggy Fog erregte.

»Ein Riesenproblem«, seufzte Shasha.

»Vielleicht sollte ich die Sache erklären«, ergriff Apollonia das Wort. Erstaunt musterte Douglas MacDaggerloe sie von oben bis unten. Als sein Blick ihre Fükßen erreichte, pfiff er durch die Zähne. »Eine Enya, sieh an«, sagte er und zog an seiner Pfeife. »Nun gut, sprich.«

»Es ist meine Bestimmung, meine Heimat vor einer Katastrophe zu retten«, fuhr Apollonia fort. »Ich habe nur noch zwei Tage Zeit. Die weise Faluga hat mir den Weg gewiesen. Sie sprach von einem entweihten Tempel. Dem Tempel von Apollon Grannus Belenus.«

Kaum hatte sie die Worte gesprochen, als die hohe Kuppel mit einem donnernden Schwall zusammenstürzte. Als hätte sich der Himmel geöffnet, ergossen sich unerschöpfliche Wassermassen in die Halle, die sich von einem Moment zum anderen auflöste. Alle schrien. Unter dröhenden Orgelklängen schwappte das Wasser über sie hinweg und schwemmte sie mit einem Strudel davon.

Es dauerte eine Weile, bis sich das Wasser beruhigt hatte und wieder seine ursprüngliche Form annahmen. Völlig durchnässt rappelte Apollonia sich auf und zog die Schultern ein, in Erwartung eines vernichtenden Donnerwetters.

Wer ließ sich schon so mir nichts dir nichts mal kurz sein Schloss zerstören? Auch die anderen suchten kleinlaut den Blick ihres Gastgebers.

»Was war das?«, brüllte Dougals McDaggerloe, der seine umgekippte Wasserpfeife aufrichtete und Apollonia wütend anstarrte.

»Mein – magisches Wort«, flüsterte Apollonia. Wie hatte sie nur vergessen können, dass es solche Kräfte freisetzte?

Joes Onkel betrachtete sie verdutzt, dann fing er an zu lachen. Es war ein wahrer Lachsturm, der ihn schüttelte, Ströme von Tränen rannen ihm über das feiste Gesicht, während seine silbernen Röhren durch die Luft surrten. Erleichtert fielen Apollonia und ihre Freunde in das Lachen ein.

»Du hast wirklich Mut, mir deine Macht in meinem eigenen Palast zu beweisen«, ächzte Douglas McDaggerloe unter Lachsalven. »Hast du bei Okami auch so eine Show abgezogen?«

»Sie hat ihn total zum Ausrasten gebracht, weil sie ihm prophezeite, dass sein Reich untergehen würde«, erklärte Shasha.

»Dabei hat sie nix als die Wahrheit gesprochen«, sagte Foggy Fog. »An der Südküste Englands sind Flugzeuge unterwegs, die es unentwegt regnen lassen. Und nicht nur dort.«

»Sie pfuschen uns ins Handwerk, diese elenden Typen!«, rief Joe McDaggerloe.

»Und werden bald alles überschwemmen, wenn niemand sie daran hindert«, erklärte Peach Pitchou. »Es ist ein Drama!«

»Jemand manipuliert das Wetter«, ergänzte Apollonia. »Er hat vermutlich sogar meine Eltern entführt, weil sie ihm auf die Schliche gekommen sind!«

Douglas McDaggerloe hatte inzwischen wieder seine Wasserpfeife angezündet und hüllte sich in die würzigen Dämpfe, die daraus hervorquollen.

»Onkel Douglas, es ist unsere Pflicht, Apollonia zu helfen, schon deshalb, weil sie eine Enya ist«, brach Joe McDaggerloe das Schweigen. »Doch es gibt noch einen weiteren Grund: Wenn das Wetter erst einmal in Menschenhand ist, werden wir entmachtet. Wir werden völlig bedeutungslos sein!«

»Bedeutungslos?« Douglas McDaggerloe schob die Pfeife von sich. Nachdenklich sah er vom einen zum anderen. »Und die Wurzel des Übels liegt in diesem Tempel, sagt ihr?«

»So deuten wir den Orakelspruch der weisen Faluga«, bekräftigte Apollonia.

»Hm.« Joes Onkel sah sie brütend an. Seine wasserhellen Augen verdunkelten sich.

»Wirst du uns helfen?«, fragte Joe McDaggerloe.

»Ohne Frage wäre ich mächtig genug«, erwiderte der Regengeist nicht ohne Stolz. »Doch es ist eine gefährliche Sache, sich mit den Feinden von Okami Dragon zu verbünden – und seine Freunde seid ihr offensichtlich nicht. Hier in Schottland bin zwar ich der Herrscher, doch Okami mag keine Eigenmächtigkeiten. Seine Rache würde furchtbar sein.«

»Okami Dragon ist weit weg«, versuchte Shasha den Einwand zu zerstreuen. »Und am Ende wird er Euch auf Knien danken, dass Ihr den Menschen gezeigt habt, wer die wahre Macht hat: die Wettergeister!«

Douglas McDaggerloe richtete sich zu seiner vollen Größe auf und schüttelte sich, als könne er auf diese Weise seine Bedenken vertreiben. Gedankenverloren betrachtete er erst Apollonias zwölf Zehen, dann seinen Neffen, der zusammengekauert vor ihm hockte.

»Lasst uns eine Nacht darüber schlafen«, sagte er. »Hier im Norden sind wir nicht so hitzig. Ich muss nachdenken, morgen früh werde ich euch meinen Entschluss mitteilen.«

»Aber der erste Tag ist schon fast vorbei, und ich habe nur noch zwei Tage übrig!«, protestierte Apollonia.

»Alles wird geschehen, wie es geschehen soll«, erwiderte Douglas McDaggerloe gemessen. »Nun ruht euch aus, die Aquaservantes werden euch zu euren Schlaflagern geleiten.«

»Die Aqua – wer?«, fragte Shasha.

»Meine flüssigen Diener«, antwortete Douglas McDaggerloe und zeigte auf die schillernden Wesen, die wie unförmig große Wassertropfen durch den Raum schwebten.

»Zu gütig«, hauchte Peach Pitchou. »Es ist uns eine Ehre, von Euch so huldvoll beherbergt zu werden!«

Erfreut sah der Wettergeist sie an. »Die Ehre ist ganz auf meiner Seite«, murmelte er. »Fühlt euch wie zu Hause.«

Wieder wurden Apollonia und ihre Gefährten angehoben und weggetragen. Jetzt erst sahen sie, dass viele kleine Gelasse von der Halle abgingen. Jeder wurde einzeln in ein solches Gelass gebracht, das mit funkelnden Wassertropfen ausgekleidet war, die wie Diamanten funkelten.

Todmüde fiel Apollonia auf das Wasserbett, das einladend in einer Nische stand. Würde Douglas McDaggerloe ihnen beistehen? Während ihr schon fast die Augen zufielen, betrachtete sie die Decke über sich, auf der sich Millionen von Tröpfchen zu immer neuen Gestalten formten, zu Drachen und Trollen, zu luftigen Geistern und durchsichtigen Schemen.

»Die haben hier sogar Wasserfernsehen«, murmelte sie, dann schlief sie auf der Stelle ein.

Zacharias Shackleton hatte eine schlechte Nacht gehabt. Es war früher Morgen, eine Weile schon stand er im strömenden Regen vor Gregs Haus. Der Wind blies ihm unbarmherzig ins Gesicht, und ihn fröstelte, während er versuchte, seine Gedanken zu sortieren.

Einerseits wusste er, dass er dem Jungen mehr zugemutet hatte, als gut für ihn war. Andererseits hatte Gregs kleine Spürnase ihn schon einmal auf die richtige Fährte gebracht.

Die Situation war vollkommen verfahren. Die beiden Tage zuvor hatte er mit allen möglichen Leuten gesprochen und weitere Zeugen gesucht, doch vergebens. Als Einzelkämpfer vor Ort konnte er nichts mehr erreichen.

In London dagegen standen ihm erfahrene Spezialisten und die gesamte Technik von Scotland Yard zur Verfügung. All das würde er brauchen, um Licht in den rätselhaften Fall zu bringen.

Regen und Wind hatten sich zu einem wilden Sturm gesteigert. Die Flutwarnungen, die von früh bis spät in Radio und Fernsehen verbreitet wurden, klangen beängstigend, und nicht einmal London würde verschont werden. In Norrington beluden die ersten Familien ihre Autos mit dem Nötigsten und machten sich auf den Weg landeinwärts.

»Operation Sintflut«, murmelte er vor sich hin. Durfte er Greg noch einmal behelligen?

Der Kommissar seufzte tief, dann drückte er auf die Klingel. Ein letztes Mal musste er seinen Dr. Watson sprechen.

»Wer ist da?«, fragte eine abweisende Frauenstimme.

»Zacharias Shackleton, Scotland Yard«, antwortete er.

Die Tür wurde einen Spalt weit geöffnet, und ein blasses, verweintes Frauengesicht erschien. »Sie? Wie können Sie die Stirn haben, hier noch einmal aufzukreuzen? Wenn auch nur die Hälfte stimmt von dem, was Greg mir erzählt hat, wäre er fast gestorben! Verschwinden Sie!«

Die Tür knallte ins Schloss. Betreten zupfte der Kommissar an dem Mantel herum, den der Schuldirektor ihm geliehen hatte, und der ihm viel zu klein war. Sie hat ja Recht, die gute Frau, dachte er. Wenn das mein Sohn wäre, wäre ich genauso geladen.

Trotzdem drückte er ein weiteres Mal auf die Klingel. Diesmal war es Greg, der öffnete. »Aber nur fünf Minuten«, flüsterte er. »Meine Mutter sagt, dass sie Ihnen sonst eine Anzeige anhängt.«

»Soso.« Zacharias Shackleton schob sich durch die Tür in den dunklen, engen Flur. In der Ecke schlug eine altmodische Standuhr, es roch nach Eintopf und frisch gebügelter Wäsche.

»Wir gehen am besten in mein Zimmer«, sagte Greg leise und lief auf Strümpfen die schmale Treppe hoch. Der Kommissar zog seine nassen Schuhe aus, stellte sie ordentlich neben dem Fuß der Treppe ab und folgte Greg in das obere Stockwerk.

Er kannte das alles. In einem ganz ähnlichen Haus war auch er aufgewachsen. In einem kleinen, bescheidenen Haus, wo das Geld knapp war, mit einer Mutter, die sich den ganzen Tag abrackerte, um ihre kleine Familie durchzubringen.

»Du hast keinen Vater, stimmt's?«, fragte er unvermittelt, als er sich in Gregs Zimmer auf dem Bett niederließ.

Greg wurde rot. »Woher wissen Sie das?«

»Reine Intuition.«

Verlegen wandte Greg sich ab. »Er hat uns verlassen, als ich vier war. Ging auf ein Schiff und kam nie wieder. Mutter arbeitet ein paar Meilen von hier in einer Wurstfabrik. Und abends bügelt sie die Wäsche anderer Leute. Sie dürfen ihr nicht böse sein, dass sie so unfreundlich ist. Ich bin ihr einziges Kind. Für mich schuftet sie sich ab. Keine Ahnung, warum ich Ihnen das erzähle ...«

Zacharias Shackleton betrachtete die Poster an der Wand. »Weil wir die gleiche Geschichte haben«, sagte er leise. »Bei mir war's genauso. Einen Vater habe ich nie gekannt. Meine Mutter hat von morgens bis abends bei fremden Leuten geputzt, damit ich auf eine gute Schule gehen konnte. Sie wollte, dass ich studiere. Dass was aus mir wird.«

»Und – ist was aus Ihnen geworden?«

Vor lauter Verblüffung konnte der Kommissar nicht antworten. Was war denn das für eine Frage? Jedenfalls nicht die eines Kindes. Dieser Greg war wirklich erstaunlich. Ahnte er, dass Zacs Leben bei Weitem nicht so gradlinig verlaufen war, wie man es bei einem Beamten von Scotland Yard vermuten sollte?

»Ist ja nicht so wichtig«, beendete Greg das Thema. »Ich bin froh, dass Sie noch mal gekommen sind. Apollonia war gestern hier, gerade habe ich diesen Zettel gefunden, er lag unter dem Schreibtisch.«

«Was?« Der Kommissar richtete sich auf. Kerzengerade saß er auf dem Bett. »Hier? Wie kann das sein? Wann denn?«

»Gestern morgen«, antwortete Greg. »Als wir durch die Vorgärten gerutscht sind. Sie war an meinem Computer. Ich habe die Suchmaschine gecheckt und gesehen, dass sie etwas über einen gewissen Apollon Grannus Belenus erfahren wollte. Und sie hat mir eine Nachricht hinterlassen.«

Er reichte dem Kommissar den Zettel und setzte sich auf seinen Schreibtischstuhl.

»Das ist – kaum zu glauben«, krächzte der Kommissar und gab Greg den Zettel zurück.

Der Junge lachte bitter auf. »Was muss denn noch geschehen, damit Sie endlich aufwachen, Zac? Haben Sie nicht die Sturmwarnungen gehört? Manche reden sogar von einem Tsunami! Das ist doch irre! So was hat es hier noch nie gegeben!«

Zacharias Shackleton starrte auf ein Justin-Timberlake-Poster, das direkt vor ihm hing. Alles in ihm lehnte sich dagegen auf, Apollonias Brief für bare Münze zu nehmen. Tempel und Wettergeister waren überhaupt nicht sein Ding. Andererseits waren sie und ihre Eltern verschwunden – Eltern, die zufällig genau dort gearbeitet hatten, wo die Ledermäntel ihr Unwesen trieben.

»Du solltest wissen, dass ich eben aus London die Analyse des gelben Pulvers bekommen habe«, sagte er schließlich.

»Und? Was ist es?«, fragte Greg.

»Eine chemische Verbindung, in der bestimmte Salze gebunden sind, unter anderem Silberjodid. Es sind Salze, die Wolken abregnen lassen, wenn man sie damit besprüht.«

Gregs Augen begannen zu leuchten. Seine gedrückte Stimmung war verflogen. »Das ist es!«, rief er lebhaft. »Apollonias Eltern waren jemandem im Weg, der die Flieger geschickt hat! Und Apollonia ...« Er verstummte.

»Weiß der Teufel, wofür sie Apollonia brauchten«, brummte der Kommissar. »Aber eins ist klar: Der Fall bekommt allmählich Kontur. Wenn ich bloß wüsste, wer hinter der ganzen Schweinerei steckt.«

»Kind, du kommst sofort runter!«, hörte man in diesem Augenblick Gregs Mutter rufen.

»Ich halte sie noch ein bisschen hin«, flüsterte Greg und lief aus dem Zimmer.

Der Kommissar stöhnte. Die Lady würde ihn gleich rausschmeißen, und Ärger konnte er keinen gebrauchen, nach allem, was geschehen war. Sein Chef in London tobte ohnehin schon, weil er den Jungen in Gefahr gebracht hatte. Dabei gab es noch so vieles, was er mit Greg besprechen wollte. Unten hörte man die Stimmen von Mutter und Sohn, die lautstark debattierten.

Zacharias Shackleton zog das schwarze Notizbuch aus der Hosentasche, das er in der Wetterstation hatte mitgehen lassen. Wieder und wieder überflog er die eng beschriebenen Seiten, wie schon die ganze Nacht zuvor. Plötzlich stutzte er.

»Noch mal fünf Minuten, dann ist endgültig Zapfenstreich«, sagte Greg, der wieder ins Zimmer kam. »Sonst wird sie ungemütlich.«

»Schon okay«, erwiderte der Kommissar. »Sieh mal Greg, hinter den letzten Eintrag hat jemand drei große Buchstaben geschrieben. RMM. Was könnte das sein?«

»Hm.« Greg überlegte. »Irgendeine Abkürzung im Fachchinesisch der Wetterforscher?«

Der Kommissar kratzte sich am Kopf. »Oder Initialen – die Anfangsbuchstaben eines Namens. R? Das könnte Robert heißen, oder Richard.«

Wie aus einem tiefen Traum erwacht sah Greg ihn an. »Raviel!«, sagte er. »Die Ledermäntel haben von einem Raviel gesprochen. Ich bin mir ganz sicher! ›Raviels Operation Sintflut‹, sagten sie.«

Überrascht bemerkte er, wie sich die Züge des Kommissars von einem Augenblick zum anderen verhärteten. So, als hätte jemand den Namen seines schlimmsten Feindes ausgesprochen.

Mit zitternden Fingern strich Zacharias Shackleton über die Initialen. »RMM. Raviel McMillan«, flüsterte er.

Nun sah er alles glasklar vor sich. Raviel, der glücklose Wissenschaftler, der auf Abwege geraten war. Der König der Londoner Unterwelt. Der gewissenloseste, mörderischste Verbrecher, den er jemals hinter Gitter gebracht hatte. Sein Leben hatte er damals riskiert, um diesem Ungeheuer das Handwerk zu legen.

»Raviel McMillan?«, echote Greg. »Wer ist das?«

Der Kommissar begann lautlos zu rechnen. Zehn Jahre Gefängnis hatten die Richter ihm damals aufgebrummt. Zehn lächerliche Jahre, viel zu wenig, gemessen an den Taten, die Raviel auf dem Kerbholz hatte. Seit drei Jahren war er wieder auf freiem Fuß. Vorzeitig, wegen guter Führung. War Raviel McMillan auf die Bühne des Verbrechens zurückgekehrt?

»Sie stehen kurz vor der Aufklärung des Falls, stimmt's, Zac?«, fragte Greg.

»Mag durchaus sein«, wich Zacharias Shackleton aus.

»Und jetzt?« Erwartungsvoll sah Greg ihn an. Seine Wangen glühten. Er schöpfte neue Hoffnung, dass Apollonia doch noch gerettet werden könnte.

»Jetzt bleibst du erst einmal bei deiner Mutter«, erwiderte der Kommissar, »und ich kümmere mich um den Rest. Ich danke dir für alles. Warst ein Spitzenpolizist, der beste Dr. Watson aller Zeiten.«

Er stand auf und ging schnell hinaus, damit Greg seine feuchten Augen nicht sah. Der Abschied fiel ihm schwer, er wollte ihn so sang- und klanglos wie möglich hinter sich bringen.

Eine Minute später saß er in einem Polizeiauto und ließ sich zur Schule fahren, vor der ein paar Kinder im Regen herumtobten. Es war gerade Pause, die nasse Schulfahne war auf Halbmast geflaggt.

William O'Hara empfing ihn mit besorgter Miene in der Eingangshalle. »Da sind Sie ja endlich, Sir. Der Pilot ist sehr verärgert, weil sich die Wetterbedingungen immer mehr verschlechtern. Wir müssen dringend losfliegen. Eben kam eine neue Sturmwarnung. Aber nicht irgendeine. Windstärke zwölf, mindestens. Man spricht sogar davon, dass die ganze Küste evakuiert werden muss.«

Ein Schauer lief über den Rücken des Kommissars. »Operation Sintflut«, flüsterte er.

»Was?« Verdutzt betrachtete William O'Hara seinen Chef. »Eine Operation?«

Zacharias Shackleton sah aus, als würde er im nächsten Moment sein Frühstück wieder herauswürgen. »Ich weiß noch nicht genau, was hier läuft, aber wenn wir jetzt die Nerven verlieren, sind wir dran.«

William O'Hara sah ihn verständnislos an. »Wie meinen Sie das, Zac?«

»Einen Moment noch.« Zacharias Shackleton hastete an spielenden Kindern in Schuluniform vorbei die Flure entlang, sprang die Treppe hoch und klopfte an die Tür des Direktors. Wie ein Häufchen Elend saß Harold F. Scott an seinem Tisch und rührte abwesend in einer Tasse Tee. Sein Gesicht war aschfahl, seine Bewegungen waren fahrig.

»Sie reisen ab?«, fragte er, als er den Kommissar eintreten sah.

»Leider. Aber wir werden die Ermittlungen fortsetzen«, versprach Zacharias Shackleton.

Der Direktor winkte ab. »Apollonia Cox wird nie wieder diese Schule betreten. Sie ist tot, das wissen Sie so gut wie ich. Heute Nachmittag werden wir eine Gedenkfeier für sie veranstalten.«

Er stützte den Kopf in seine Hände. »Und ich trage die Schuld an allem, ich ganz allein. Wenigstens werde ich hart betraft. Ich werde versetzt, wohin, weiß ich noch nicht. Aber ich muss mein geliebtes Norrington verlassen, so viel steht fest.«

»Unsinn. Sie bleiben hier. Apollonia lebt«, sagte der Kommissar. »Geben Sie die Hoffnung nicht auf.« Dann lief er einfach hinaus, durch die Schule, in der die Kinder sich lärmend auf den Fluren balgten.

»Sie haben Nerven!«, schimpfte der Pilot, als Zacharias Shackleton am Helikopter erschien. »Wollen Sie, dass wir ins Meer stürzen?«

»Fliegen Sie schon los, Unkraut vergeht nicht«, brummte der Kommissar, während er einstieg und sich anschnallte. Eine sich überschlagende Stimme riss ihn aus seinen düsteren Gedanken.

»Zac! Zac! Wartet auf mich!«

Es war Greg, der in einem viel zu großen Regenmantel auf den Hubschrauber zugerannt kam und wild gestikulierte.

»Was soll der Blödsinn, lauf nach Hause, aber dalli«, fuhr der Kommissar den Jungen an, als der den Hubschrauber erreichte.

»Nein! Ich fliege mit«, keuchte Greg und kletterte hurtig wie ein Äffchen in den Helikopter. Blitzschnell zwängte er sich zwischen Zacharias Shackleton und William O'Hara, der ihn anstarrte, als wäre er ein Geist.

»Raus mit dir!«, brüllte der Kommissar. »Wird's bald?«

»Wir haben keine Zeit mehr für Diskussionen«, sagte der Pilot resolut und schloss mit einem Ruck die Tür. »Wir müssen schleunigst weg von hier!«

In Windeseile umrundete er den Hubschrauber, setzte sich vorn in die gläserne Kanzel und startete den Motor. Der Lärm der Rotorblätter übertönte die Schimpfkanonaden, mit denen Zacharias Shackleton den Jungen überzog. Der lächelte nur selig. Schwankend erhob sich der Hubschrauber und flog davon, über die Häuser von Norrington hinweg auf die Küste zu.

»Du kostest mich meinen Job!«, brüllte Zacharias Shackleton, während er Greg unsanft in die Seite knuffte.

»Nee, ich helfe Ihnen bei Ihrer Beförderung«, schrie Greg. »Ihre Mutter soll schließlich nicht sagen, dass nichts aus Ihnen geworden ist!«

Der Silberklang eines feinen Tropfgeräuschs weckte Apollonia. Sie streckte sich wohlig und öffnete die Augen. Noch nie hatte sie in einem so bequemen Bett gelegen wie in diesem hier. Es passte sich jeder ihrer Bewegungen an und umfing sie so sanft, als würde sie vom Wasser umarmt.

Ah, wie angenehm das war, nach all den Strapazen! Tagelang in solch einem Bett herumzulümmeln musste das Paradies sein. Und das Wasserkino über ihr würde keine Langeweile aufkommen lassen.

Sie verschränkte die Arme hinter dem Kopf und betrachtete die Gestalten, die hoch oben über die Decke hinweghuschten und doch aus nichts als Wasser bestanden. Sie leuchteten in allen Regenbogenfarben, so wie der Springbrunnen in der Halle. Immer neue Figuren formten sich aus dem quirlig perlenden Wasser.

»Werte Enya? Bist du wach?«

Es war Peach Pitchou, die ein Frühstückstablett in den Händen trug. Ein Duft von Tee und Toast stieg Apollonia in die Nase. Wie lange hatte sie eigentlich schon nichts mehr gegessen? Sie hatte keine Ahnung. Und wenn sie auch einen gewissen Appetit verspürte, so war es doch offensichtlich, dass solche irdischen Bedürfnisse allmählich ihre Bedeutung verloren.

»Ach, Peach, ich weiß zwar nicht, wie du das machst, aber ich danke dir«, seufzte Apollonia. Sie setzte sich auf. »Ich habe großartig geschlafen.«

»Es ist herrlich hier, nicht wahr?«, wisperte Peach Pitchou. Ihre Augen glänzten, und ihre Wangen leuchteten wie nie zuvor. »In diesem Palast könnte ich mein ganzes Leben verbringen. Wasser ist mein Element. Doch niemals habe ich es in solcher Pracht angetroffen.«

Apollonia sah sie verschmitzt an. »Wer weiß, vielleicht findet Joes Onkel Gefallen an dir, und du kannst für immer hierbleiben!«

Eine ganz und gar ungewohnte Röte überzog Peach Pitchous sonst so muschelweißes Gesicht. »Er ist eine echte Persönlichkeit, findest du nicht auch? So groß, so stark, so ... ach, ich weiß nicht.«

»Sag mal, bist du etwa verliebt?«, fragte Apollonia.

Die Nixe lächelte verlegen. »Meine Aufgabe ist es, männliche Wesen zu verwirren. Dass ich selbst verwirrt werde, ist eigentlich nicht vorgesehen ...«

Auch Apollonia lächelte. Sie musste plötzlich an Greg denken. An den schüchternen Greg, der am Tag zuvor mit einem Mal so selbstbewusst und fast ein bisschen erwachsen ausgesehen hatte. Sie atmete tief ein.

Ach, Greg. Hatte er ihre Nachricht gelesen? Hatte er die Warnung darin verstanden? Es würde ihm schwer fallen, andere von der Wahrheit zu überzeugen, doch Apollonia hoffte inständig, dass es ihm gelingen würde. Zuviel stand auf dem Spiel.

»Wie ist es mit dir, werte Enya? Wenn die Frage erlaubt ist: Warst du schon einmal verliebt?«, fragte Peach Pitchou neugierig.

»Verliebt? Verknallt ist sie, bis über beide Ohren!« Mit einer Windbö rauschte Shasha ein, die ausgelassen kicherte. »Störe ich etwa beim Austauschen süßer Geheimnisse, Polly?«

»Nenn mich nicht Polly! Also wirklich, Shasha, du solltest dich schämen, uns heimlich zu belauschen«, rief Apollonia der Windsbraut zu.

»Ich hätte ja gern angeklopft, aber wo, bitteschön? Hier sind die Wände aus Wasser!«, verteidigte sich Shasha. »Und ich konnte ja nicht ahnen …«

»Ach nein? Sag mir lieber: Ist Douglas McDaggerloe schon auf?«, lenkte Apollonia ab.

»Der qualmt mit Foggy Fog eine Wasserpfeife zum Frühstück«, lachte Shasha. »Die zwei haben sich gesucht und gefunden. Joe ist auch mit von der Partie. Ich glaube, der ganze Loch Ness ist schon im Nebel versunken! Die Touristen werden fluchen, weil sie heute keine anständigen Fotos machen können!«

»Denkst du, dass er uns hilft?«, fragte Apollonia.

»Sobald du gegessen hast, sollten wir ihn fragen«, erwiderte die Windsbraut.

Hastig butterte Apollonia ihren Toast, bestrich ihn mit Orangenmarmelade und schloss kauend die Augen. Zwei Tage blieben ihnen noch, das war so viel wie nichts. Auch wenn das Puzzle allmählich Gestalt annahm, so tappten sie doch noch weitgehend im Dunkeln.

»Douglas McDaggerloe ist ein Ehrenmann«, wisperte Peach Pitchou. »Er wird uns nicht im Stich lassen.«

Apollonia stopfte sich einen zweiten Toast in den Mund, trank ihren Tee und sprang auf. Selten hatte sie sich so kräftig gefühlt, so unbesiegbar. Doch sie hatte auch nicht die Warnung Falugas vergessen: Sie würde vergehen in der Unendlichkeit, wenn sie ihre Aufgabe nicht erfüllte.

Ein kalter Schauer überlief ihren Körper. Sie hatte nach dem Besuch bei Faluga an der Schwelle des Todes gestanden, eine Erfahrung, die sie von nun an in sich tragen würde. Und noch immer spürte sie den schwarzen Abgrund. Wenn sie glücklos blieb, dann würde sie es mit dem Leben bezahlen.

»Apollonia? Alles klar?« Shasha klang besorgt. Sie fasste Apollonia am Arm und sah ihr forschend ins Gesicht.

»Wir gehen jetzt da raus und tun alles, um Joes Onkel zu

überzeugen«, sagte Apollonia, entschlossen, die dunklen Mächte zu verscheuchen, die sie doch mit jeder Faser fühlte.

Sie nahm Peach Pitchous Tuch vom Wasserbett, das ihr in der Nacht als wärmende Decke gedient hatte, und schlang es um die Schultern. Dann gingen sie nach draußen.

Tatsächlich saßen Douglas McDaggerloe, sein Neffe und Foggy Fog einträchtig nebeneinander auf einer sanften Anhöhe und pafften, was das Zeug hielt. Irgendwo hinter dem dichten Nebel ging gerade die Sonne auf, eine blasse Scheibe, deren schwache Strahlen soeben den Palast erreichten und ihn matt aufschimmern ließen.

Als sie auf der Anhöhe angelangt waren, sahen sie, dass sich die Wettergeister über die Karte aus dem Medaillon beugten. Douglas McDaggerloe zeigte gerade mit seinen dicken Fingern auf den Schriftzug, der ihnen so viel Kopfzerbrechen bereitete.

Apollon Grannus Belenus. Ein Name. Ein Gott. Und immer noch ein einziges Rätsel.

»Der Tempel muss etwa eine halbe Tagesreise entfernt sein«, murmelte Sir Douglas. »Seht, dies ist der Daggon, unser Hausfluss, und dort ist der Schriftzug. Ich kenne eine Stelle an der Küste, wo es heiße Quellen gibt. Dort stehen die Ruinen einer Burg, wenn ich mich recht erinnere. Wir Regengeister sind selten dort, weil es ein unheiliger Ort ist.«

»Ein entweihter Ort«, ergänzte Apollonia. »Guten Morgen, die Herren!«

Die drei wandten sich um. »Hat die Enya ein angemessenes Nachtlager vorgefunden?«, erkundigte sich Douglas McDaggerloe und richtete sich zu seiner vollen Größe auf. »War alles zu ihrer Zufriedenheit?«

»Mehr als das«, bedankte sich Apollonia. »Ich könnte Wochen hier verbringen. Und Peach Pitchou möchte gar nicht wieder weg!«

Die Nixe errötete tief und verneigte sich, nicht ohne Apollonia einen vorwurfsvollen Blick zuzuwerfen.

»Aha, nun, es freut mich, wenn auch der verehrten Nixe meine bescheidene Behausung zusagt«, erwiderte Douglas McDaggerloe. Wohlgefällig betrachtete er die liebliche Erscheinung Peach Pitchous, die sich verlegen unter seinen Augen wand und ihr silbernes Haar schüttelte.

»Ich will ja nicht unromantisch sein«, drängelte Shasha, »aber gibt es schon so was wie eine Entscheidung, werter Sir Douglas? Ich meine – sind Sie im Team oder nicht?«

Typisch Shasha, dachte Apollonia. Sie kannte niemanden, der so herzerfrischend direkt war wie diese Windsbraut, und keiner von ihnen hätte es wohl gewagt, ihrem Gastgeber derart unumwunden die Pistole auf die Brust zu setzen.

»Ich werde euch den Weg zeigen«, antwortete Douglas McDaggerloe. »Doch dann müsst ihr allein weiter sehen. Ich respektiere die Gesetze von Okami Dragon, deshalb hat er uns hier oben bisher immer verschont. Ich trage eine große Verantwortung. Und ich hoffe, dass ihr das akzeptieren könnt.«

»Aber natürlich«, versicherte Joe McDaggerloe. »Wir würden niemals etwas verlangen, was dich in Schwierigkeiten bringt, Onkel Douglas.«

»Dann lasst uns diesen Tempel suchen«, erklärte das Clan-Oberhaupt und fuhr sich nervös mit den Wasserrohren über seinen silbernen Brustpanzer. Es schien ihn einige Überwindung zu kosten, an einer Unternehmung teilzunehmen, die den Zorn Okami Dragons auf sich ziehen könnte.

»Ist mir eine Ehre«, sagte Apollonia. Sie verneigte sich.

Douglas McDaggerloe nickte ihr ernst zu, dann zog er den silbernen Schlüssel aus dem Astloch, und der Palast mit all seinen Türmen und Zinnen löste sich buchstäblich in Luft auf. Zuerst verschwanden die Türme, dann die Wände, als letztes das Portal. Nicht das kleinste Tröpfchen blieb zurück.

»Das ist einfach magisch«, flüsterte Apollonia.

»Das ist einfach Wasser«, verbesserte Shasha ihre Freundin. »Du solltest erst mal unsere Luftschlösser sehen.«

Joes Onkel grub bereits mit seinen silbernen Wasserröhren ein Loch neben den Baumwurzeln und legte den Schlüssel hinein. Nachdem er ihn im Erdreich verscharrt hatte, erhob er sich in die Luft, und die anderen folgten ihm.

»Cooler Typ«, rief Shasha Apollonia zu, die längst ohne ihre Hilfe durch die Luft raste und wie im Rausch die Funken beobachtete, die aus ihren Fingerspitzen hervorstoben. »Ich kann verstehen, dass unsere kleine Peach ihn anhimmelt.«

Peach Pitchou, die neben ihnen flog, verdrehte die Augen.

»Ich finde ihn auch beeindruckend«, sagte Apollonia und senkte den Kopf, um den Luftwiderstand zu verringern und noch schneller durch den leichten, feinen Regen fliegen zu können, den die beiden McDaggerloes versprühten. »Aber trotzdem habe ich Angst.«

»Angst wovor?«, fragte Shasha.

»Wenn ich das wüsste«, seufzte Apollonia. Irgendetwas sagte ihr, dass der Tempel des Apollon Unheil bedeutete.

»Hör mal, wir sind die schrägste Truppe unter der Sonne, uns kriegt so leicht keiner klein«, versuchte Shasha sie zu beruhigen.

Apollonia antwortete nicht, stattdessen ließ sie ihre Blicke über die grüne Hügellandschaft unter sich schweifen, in der dann und wann ein See aufblinkte. Die reine Schönheit dieses Landstrichs berührte sie. Im milden Sonnenlicht wirkte er so idyllisch, als wäre er gerade erst erschaffen worden. Und als gäbe es niemanden auf der Welt, der Böses im Sinn hatte.

»Seht ihr den Nebel in den Mulden?«, schrie Foggy Fog ihnen zu. »Das ist beste Arbeit! Zart wie allerfeinste Merinoschafwolle und doch so fest wie ein Schiffstau. Oh Mann, dieses Schottland haut mich um!«

»Tja, meine Heimat hat eben mehr zu bieten als Schottenröcke und Whiskey!«, rief Joe McDaggerloe stolz.

Es dauerte Stunden, bis sie das Meer erreichten. Unwirklich blau sah es aus, tiefblau, und seine hohen Wellen rollten kraftvoll an das Ufer. Darüber segelten Schwärme von Möwen.

Douglas McDaggerloe deutete auf einen zerklüfteten Felsen am Strand, und sie ließen sich zu einer kurzen Rast nieder. Die Brandung brach sich aufschäumend an den Felsen und glitzerte in der Herbstsonne.

Foggy Fog zog die Karte aus der Tasche. »Wir sind hier entlang geflogen«, erläuterte er fachmännisch das Liniengeflecht. »Das bedeutet, dass wir weiter nach Norden müssen. Stimmt's, Sir Douglas?«

»Richtig«, erwiderte Douglas McDaggerloe. »Die Ruine ist nicht mehr weit entfernt. Ich begleite euch noch ein Stück, dann kehre ich um. Seid auf der Hut! Ihr fordert starke Mächte heraus!«

Sein Tonfall ließ Apollonia aufhorchen. Ihr ungutes Gefühl war nicht verflogen, im Gegenteil, sie konnte förmlich spüren, wie sich ihr die Nackenhaare sträubten.

»Wartet noch«, hielt sie ihre Freunde zurück. »Irgendetwas stimmt hier nicht!«

Alle sahen sie überrascht an. Dieser Küstenabschnitt schien das friedlichste Plätzchen der Welt zu sein. Ein paar dunstige Federwölkchen zogen über den blassblauen Himmel, und die Sonne tauchte alles in ein heiteres Licht.

Plötzlich hörte man ein Donnergrollen. Es kam von weit her und war nur schwach zu hören, doch es näherte sich unaufhaltsam und schwoll dabei immer mehr an.

»Algenschleim und Muschelkot, was ist das?«, fragte Joe McDaggerloe.

Alle spähten auf die See hinaus, in die Richtung, aus der das Donnern kam.

»Seltsam«, sagte Shasha. »Seht ihr die Wale? Die kommen doch sonst nicht so nahe ans Ufer.«

Mit ihren scharfen Augen hatte sie die Tiere als erste entdeckt, doch jetzt sahen auch die anderen die riesigen Wasserfontänen und die graublau glänzenden Rücken der gigantischen Tiere draußen auf dem Meer. Mit gemächlichen Bewegungen hoben sie ihre schweren Leiber aus den Fluten und versanken wieder darin.

»Oh, Wale sind ein Zeichen«, wisperte Peach Pitchou. »Sie sind seit ewigen Zeiten die treuesten Verbündeten von Okami Dragon. Und sie sind die Wesen der Weisheit und der Versöhnung. Man sagt, dass sie bei den Hebriden einen Palast haben.«

»Bei den Hebriden?«, fragte Apollonia, während sie gebannt die mächtigen Tiere beobachtete.

»Die Hebriden, das ist eine Inselkette, die etwas nördlich von hier liegt«, erklärte Douglas McDaggerloe. »Okami schützt die Wale, ohne ihn wären sie längst ausgestorben. Zu viele Walfänger sind hier unterwegs, die rücksichtslos Jagd auf sie machen. Aber der Herrscher der Meere lässt die Schiffe der Walfänger regelmäßig untergehen.«

»Okami Dragon«, flüsterte Apollonia mit zitternden Lippen. »Ich wusste es. Er wird hier aufkreuzen und nicht eher Ruhe geben, bis er uns vernichtet hat.«

Sie legte die Hand über die Augen und suchte den Horizont ab. War da nicht eine Erhebung im Meer? So etwas wie eine Flutwelle? Ihr Herzschlag setzte aus. Oder waren das die Rücken der Wale?

»Dann müssen wir zurückfliegen«, schlug Foggy Fog vor. »Bis zum Loch Ness ist es weit, zu weit für einen Kraken. Der schafft es vielleicht noch den einen oder anderen Fluss rauf, aber dann ist Ende.«

Ratlos hockten alle auf dem Felsen, ohne die Augen von den Walen abzuwenden. Bedeutete ihr Erscheinen Unheil?

»Du meinst, wir sollten fliehen?« Mit blitzenden Augen sah Apollonia Foggy Fog an.

»Es ist eure Entscheidung«, sagte Douglas McDaggerloe. »Bedenkt, was Peach Pitchou gesagt hat: Das Auftauchen der Wale ist ein Friedenszeichen. Doch was immer ihr tut: Ihr seid mir stets willkommen.«

»Nein!«, rief Apollonia. »Es gibt Momente im Leben, in denen Weglaufen keine Lösung ist. Klar, wir können fliehen, immer wieder. Aber dann werden wir unsere Mission verfehlen!«

Sie kniff die Augen zusammen, um besser sehen zu können, was auf dem Meer passierte. Eine Weile noch bliesen die Wale ihre Fontänen in die Luft, dann drehten sie ab und entfernten sich mit großer Geschwindigkeit.

»Na, also«, sagte Shasha erleichtert, »wozu regt ihr euch auf? Sind schon wieder weg, die Biester.«

»Das waren Späher«, erklärte Foggy Fog düster. »Sie werden Okami Dragon berichten, dass sie uns gesehen haben. Und dann ...«

Ein Hubschrauber raste über ihr Köpfe hinweg, schwarz, wendig und atemberaubend schnell. Er flog nach Norden.

»Da!«, schrie Apollonia, die sich schon wieder dem Meer zugewandt hatte. »Das ist Okami Dragon!«

Kein Zweifel. Eine riesige Flutwelle kam von Weitem auf sie zu. So gewaltig war sie, dass sie das Wasser vom Ufer fortsog. Mit Macht wurde es zum Horizont gezogen und gab den nassen, nackten Meerboden preis, auf dem ein paar Fische, die es nicht schnell genug geschafft hatten, mit ihren Flossen um sich schlugen.

»Sir Douglas, fliegt bitte zurück!«, rief Apollonia, die bereits aufgestanden war und ihre Arme ausstreckte, um abzuheben. »Ich möchte Euch nicht in Gefahr bringen. Wir müssen allein zum Tempel des Apollon weiterfliegen!«

»Vergesst nicht, ihr habt immer eine Zuflucht in meinem Wasserpalast«, sagte Douglas McDaggerloe. Dann erhob er sich und sauste landeinwärts davon.

Die Flutwelle war nun deutlich zu sehen, eine Wand aus Wasser, deren Donnergrollen die Luft vibrieren ließ.

Apollonia stieß sich vom Boden ab, und ohne ein weiteres Wort machten sie sich auf den Weg. Es war keine Zeit mehr zum Lamentieren.

Mit aller Kraft konzentrierte sich Apollonia auf den Feuerstoß. Schon flammten die Funken in ihren Händen auf, und auch ihre Füße begannen zu glühen. Wie ein Pfeil stob sie durch die Luft, gefolgt von den Wettergeistern, die so schnell flogen, dass der Flugwind hohe, sirrende Geräusche erzeugte.

Sie wagten nicht, zum Meer zu schauen. Mit halsbrecherischem Tempo rasten sie an der Küstenlinie entlang, während sie Ausschau nach Ruinen und irgendwelchen Dämpfen hielten.

Es dauerte keine Viertelstunde, bis sie viele dünne Schwaden entdeckten, die aus dem Erdreich gestoßen wurden. Sie hatten die heißen Quellen erreicht. Mitten in den Dämpfen ragte zwischen eigenartig zerklüfteten Felsen ein Gebäude auf, das wie eine Festung aussah.

Der Tempel! An dieser Stelle musste der Tempel gestanden haben! Doch die Ruinen, von denen Joes Onkel gesprochen hatte, waren verschwunden, stattdessen hatte jemand diese Festung darauf gebaut, halb Burg, halb Bunker. Der Tempel war entweiht.

Auf dem Vorplatz stand der schwarze Hubschrauber, dessen Rotorblätter sich noch ein wenig bewegten. Etwas seitlich erstreckte sich ein Flugplatz, auf dem etwa hundert Maschinen parkten, eine ganze Flotte.

Die Erkenntnis durchschoss Apollonia wie ein Stromstoß. Sie hatte gefunden, was sie suchte. Genau hier musste derjenige residieren, der das Land mit seinen Flugzeugen überzog. Sie erkannte genau die Bauart der schwarzen Maschinen.

Gellende Schreie ließen sie zusammenfahren. Es waren die Flugdrachen, die sich näherten, die Vorhut von Okami Dragon, der ihnen mit einigem Abstand folgte.

Was sollte sie tun? Wenn das tatsächlich der Tempel des Apollon Grannus Belenus war, durfte sie ihn dann der Wassergewalt des Herrschers der Meere preisgeben? Oder würde mit dem Tempel auch ihre Mission untergehen? Verzweifelt sah sie sich nach Shasha um.

Doch Apollonia war plötzlich allein. Keiner der Wettergeister war zu sehen. Gerade noch waren sie alle beisammen gewesen, jetzt schienen die anderen wie vom Erdboden verschluckt.

Apollonia konnte kaum atmen, so sehr schnürte die Angst ihr den Brustkorb ein. Schon spürte sie den geifernden Atem der Flugdrachen.

»Hilfe!«, schrie Apollonia. »Wo seid ihr denn alle? Warum lasst ihr mich allein?«

Raviel McMillan durchquerte im Laufschritt die Eingangshalle und rannte durch die düsteren Gänge zur Kommandostation. Sein Ärger über die verlorenen Flugzeuge war noch nicht verraucht, im Gegenteil: Seit er am Tag zuvor erfahren hatte, dass jemand seinen Plan sabotierte, hatte er unentwegt darüber nachgedacht, wie er sich an Apollonias Eltern rächen sollte.

Sollte er sie im Verlies verhungern lassen oder wie geplant

auf einer einsamen Insel aussetzen? Beides erschien ihm wesentlich zu milde.

Dass sie an den zerstörten Flugzeugen Schuld trugen, das jedenfalls stand für ihn fest.

Es war Mittag, aber in diesen Gängen spürte man keine Tageszeiten. Hier brannten immer nur trübe Neonröhren, rund um die Uhr. Auch die technischen Räume und Forschungseinrichtungen waren vierundzwanzig Stunden besetzt.

Als Raviel McMillan an den Wetterlaboren vorbeikam, stutzte er. Hinter den gläsernen Türen war alles anders als sonst. Normalerweise saßen seine Leute dort immer ruhig und schweigend und kontrollierten die Messgeräte, doch jetzt herrschte in den Räumen ein unerklärlicher Tumult. Alle stolperten aufgeregt durcheinander und brüllten sich unverständliche Kommandos zu.

Er riss die nächstbeste Tür auf. »Was ist hier los, zum Teufel?«

Ein Wissenschaftler, dessen Gesicht so weiß war wie sein Laborkittel, sah ihn aufgeschreckt an.

»Eine Flutwelle!«, japste er. Dann lief er davon.

Raviel McMillan hielt einen anderen vorbeilaufenden Wissenschaftler am Kragen fest. »Was soll der Blödsinn? Wir haben die Flutwellen unter Kontrolle, Herrgott!«

»Oh nein, Sir, es ist eine, eine F-Flutwelle hier, direkt vor unserer Nase, noch zwei Minuten, und wir saufen alle ab!«, stammelte der Mann verzweifelt.

Ein anderer stieß ihn grob beiseite und blieb mit schweißnassem Gesicht vor Raviel McMillan stehen. »Sir, Sie müssen die Schotten schließen!«, keuchte er. »Den Befehl können nur Sie von der Kommandozentrale aus aktivieren, schnell, ich flehe Sie an!«

Wie von Furien getrieben, rannte Raviel McMillan los. Irgendetwas ging hier gewaltig schief, und in seine Bestürzung mischte sich unbändiger Zorn. »Ich bringe sie um, ich bringe sie eigenhändig um«, murmelte er, während er durch die engen Gänge lief, zwei Treppen hochraste und endlich seine Kommandozentrale erreichte.

Vor der Tür stieß er mit dem alten Butler zusammen, der völlig verstört umherirrte. Das schüttere weiße Haar stand ihm zu Berge, seine Livree war in Unordnung geraten. Wie ein Ertrinkender schnappte er sich Raviel McMillans Jackenärmel und hielt sich daran fest.

»Sir, es ist etwas Unheilvolles geschehen«, keuchte er. »Alle Gemälde im Speisesaal sind von der Wand gefallen, und das Feuer im Kamin ist erloschen, ohne dass man es wieder anzünden könnte.«

»Ja, und?«, fragte Raviel McMillan ungeduldig. »Was ist das für ein armseliges Gewäsch, das du mir da auftischst?«

Mit einem Ausdruck höchster Panik hob der alte Diener die Hände. »Das ist der Fluch!«, kreischte er mit hoher, dünner Greisenstimme. »Wir waren hier nie willkommen! Die Geister der Burgruine sind zurückgekehrt! Wir werden alle umkommen!«

»Alter Idiot«, knurrte Raviel McMillan und versetzte dem alten Mann einen groben Hieb vor die Brust.

Der Butler taumelte und versuchte sich irgendwo festzuhalten, doch er griff ins Leere. Mit einem dumpfen Aufprall stürzte er zu Boden.

Mitleidslos sah Raviel McMillan auf ihn herunter. »Du bist entlassen! Ihr seid alle entlassen! Sag Carina, dass sie ihre Sachen packen soll! Ich will euch widerliche Kriecher nicht mehr sehen!«

Ohne sich weiter um den alten Diener zu kümmern, der röchelnd am Boden lag, stürzte er in seine Kommandozentrale.

Das hohe Pfeifen ohrenbetäubender Warntöne zerschnitt die Luft. Die Messgeräte schlugen wie wild aus und blinkten rot. Entsetzt starrte Raviel McMillan auf die Überwachungsmonitore, die das Ufer vor der Festung zeigten. Dort, wo sonst die Dünung gleichmäßig an den Strand rollte, gab es mit einem Mal kein Wasser mehr. Der Horizont aber wurde völlig verdeckt von der größten Flutwelle, die er je gesehen hatte.

»Oh, nein«, flüsterte er.

»Wir müssen landen, verflixt noch mal«, rief Zacharias Shackleton und klopfte dem Piloten ungeduldig auf die Schulter.

Der Hubschrauber wurde vom Regen und von den Windstößen hin und her geworfen. William O'Hara hing mehr tot als lebendig in der Ecke, den Kopf über eine Tüte gebeugt, und auch Greg sah schon ziemlich grünlich aus.

Der Flug war eine einzige Zitterpartie gewesen, und die auffällig vielen Flugzeuge, die unterwegs waren, hatten das Manövrieren noch schwieriger gemacht. Sie hatten zeitraubende Umwege nehmen müssen, um überhaupt mit heiler Haut den Luftraum über London zu erreichen.

Die Stadt schien ein einziger Wasserstrudel zu sein, so weit sie durch die dicken Wolken überhaupt zu erkennen war. Der Regen prasselte so heftig nieder, dass die Kanalisation längst nicht mehr die Wassermassen aufnehmen konnte, wie der Kommissar über Funk erfahren hatte. Halb London stand unter Wasser.

»Mein Gott, worauf warten Sie?«

»Sir, ich kann nicht einfach runtergehen, ich muss das Polizeipräsidium in großen Bögen anfliegen«, antwortete der Pilot. »Oder wollen Sie, dass wir alle draufgehen?«

»Natürlich nicht«, brüllte der Kommissar. »Aber beeilen Sie sich, Mann!«

Es dauerte quälend lange, bis sie endlich auf dem Helikopterplatz neben dem Präsidium aufsetzten. Kostbare Zeit wurde vergeudet, Zeit, die sie nicht mehr hatten. Immer wieder musste Zacharias Shackleton an die Botschaft denken, die Apollonia bei Greg hinterlassen hatte. Sein Verstand begehrte dagegen auf, doch er hatte es längst begriffen: Diese Wetterkatastrophe war kein natürliches Phänomen, es war eine Katastrophe aus Menschenhand. Und wenn er auch keine Erklärung hatte, wie so etwas möglich war, siegte doch die Gewissheit, dass Raviel dahintersteckte. Nie hätte er gedacht, dass er noch einmal mit seinem alten Widersacher Raviel McMillan zu tun haben würde.

»Sie rühren sich nicht von der Stelle, vielleicht wartet noch ein Einsatz auf Sie«, sagte er dem Piloten, der von diesem Befehl alles andere als begeistert war.

»Muss das sein?«, fragte er. »Bei dem Wetter können wir sowieso kaum noch starten.«

»Das werden wir dann ja sehen«, knurrte der Kommissar. »Also – halten Sie sich bereit!«

Sobald sie aussteigen konnten, rannten sie über den Landeplatz in das Gebäude hinein, vorbei am Pförtner, der dem Kommissar zuwinkte, und in eine Eingangshalle hinein. Vor den Aufzügen standen Trauben von Menschen.

»Was ist hier denn los?«, rief der Kommissar. »Wo kommen die Leute her?« Er zögerte kurz, dann dirigierte er Greg und William O'Hara zum Treppenhaus und arbeitete sich ächzend drei Stockwerke hoch.

Nichts erinnerte mehr an die ruhige Polizeizentrale, die er vor Kurzem verlassen hatte. Überall auf den Gängen standen aufgeregte Polizisten und diskutierten, aus den Büros drangen laute Stimmen, und wimmernde Zivilisten berichteten, wie sie vom Wasser überrascht worden waren.

Greg und O'Hara im Schlepptau, bahnte sich Zacharias Shackleton einen Weg durch die Menschenansammlungen.

Er war noch nicht weit gekommen, als sein Chef ihm entgegenrannte. Leonard Alistair war ein Schatten seiner selbst. Er war unrasiert, sein Hemd war zerknittert und mit Schweißflecken übersät. Hohlwangig und aschfahl stellte er sich dem Kommissar in den Weg.

»Über Ihre skandalösen Ermittlungsfehler sprechen wir später«, bellte er. »Und wer ist dieser Junge da? Etwa der Kleine, den Sie unter Missachtung aller Vorschriften in den Fall hineingezogen haben?«

Zacharias Shackleton wich keinen Millimeter zurück. Wie Kampfhähne fixierten die Männer einander, die Arme an den Körper gepresst, mit funkelnden Augen. Greg konnte sehen, wie ein Zittern den massigen Körper des Kommissars überlief.

»Mein Gott, Leonard, Sie und Ihre Luxusprobleme«, brach es schließlich aus Zac heraus. »Ich habe in drei Tagen mehr herausgefunden, als Ihnen lieb sein kann. Jetzt lassen Sie mich durch. Ich muss erst mal wissen, was hier der Stand der Dinge ist.«

»Der – Stand der – Dinge?«, äffte sein Vorgesetzter ihn nach und brach in hysterisches Gelächter aus. »Hier gehen bald die Lichter aus! Der verdammte Regen hat schon die meisten Straßen überflutet, Tausende sind obdachlos, die Sanitäter und die Feuerwehr kommen gar nicht mehr nach! Und etwa hundert Meilen vor der Mündung der Themse rückt eine Flutwelle an, die Sie hoffentlich unter sich begräbt!«

»Ist mir bereits bekannt«, antwortete der Kommissar kalt. »Und? Haben Sie schon mal darüber nachgedacht, warum das alles passiert?«

Mit verzerrter Miene starrte sein Chef ihn an. »Warum? Was ist denn das für eine alberne Frage? Seit wann ermitteln wir gegen Naturkatastrophen?«

Nun konnte Greg nicht mehr an sich halten. »Sir, das ist keine Naturkatastrophe! Das alles wurde von einem gewissen Raviel McMillan geplant. Wir müssen ihn unbedingt stoppen!«

»Was?« Sprachlos stand Leonard Alistair da, während feine Schweißperlen auf seiner Stirn erschienen. »Ist das Kind komplett verrückt? Wieso ...«

»Egal«, unterbrach ihn Zacharias Shackleton. »Lassen Sie mich gefälligst durch, ich muss sofort zum Fahndungscomputer.«

Er schob seinen Chef einfach beiseite und stürmte den Flur entlang zu einem großen Raum, der bis zur Decke voller Rechner stand. Sofort schnappte er sich den nächstbesten Beamten und schleifte ihn zu einem Monitor.

»Geben Sie Raviel McMillan ein«, befahl er.

Eilig tippte der Beamte den Namen auf die Tastatur ein, dann erschien das Fahndungsfoto eines mageren, schwarzhaarigen Mannes, der sie verschlagen anstarrte.

»Oh Gott, das ist er also«, flüsterte Greg, der dem Kommissar zusammen mit William O'Hara gefolgt war.

»Ja, das ist Raviel McMillan, das Böse unter der Sonne«, knurrte Zacharias Shackleton. Er blinzelte angestrengt, um die Informationen zu lesen, die nun langsam über den Monitor rollten.

»... gilt als extrem gewalttätig. War geständig und zeigte Reue. Wurde nach verbüßter Haftstrafe entlassen. Hat eine Firma gegründet, die sich der Wetterforschung widmet. Hält sich vermutlich in Schottland auf«, las Greg halblaut vor.

»Na, Zac? Was wird das hier? Ein Privatkrieg gegen Ihren alten Kumpel? Haben Sie nichts Besseres zu tun?«, höhnte die Stimme Leonard Alistairs, der unbemerkt eingetreten war.

Verwundert sah Greg den Kommissar an. Wieso »alter Kumpel«? Raviel McMillan schien doch Zacs Erzfeind zu sein.

»Oder stecken Sie am Ende beide unter einer Decke?«,

giftete der Vorgesetzte. »Ich sag's ja immer: Einmal Gauner, immer Gauner.«

Mit der Schnelligkeit eines Boxers fuhr Zacharias Shackleton herum, den Kopf gesenkt, die Fäuste geballt. Für einen Augenblick sah es so aus, als wollte er seinem eigenen Chef einen Kinnhaken verpassen. Doch dann entspannten sich seine Glieder.

»Stimmt, ich habe keinen Lebenslauf wie aus dem Bilderbuch«, zischte er. »Ich war auf der schiefen Bahn. Und habe mit diesem elenden Raviel ein paar miese Dinger gedreht. Doch das ist lange her. Ich selbst habe ihn hinter Gitter gebracht, und Sie wissen es.«

Sein Vorgesetzter rollte entnervt mit den Augen.

»Genauso wie Sie wissen«, fuhr Zac fort, »dass ich mich besser als jeder dieser blutarmen Typen in Scotland Yard in die Logik des Verbrechens hineinversetzen kann. Das ist das Geheimnis meines Erfolgs, verdammt noch mal!«

Betroffen standen alle da. Der Kommissar atmete schwer, während er die entgeisterten Blicke von William O'Hara und Greg auf sich spürte.

»Das war das Geheimnis Ihres Erfolgs«, erwiderte Leonard Alistair ruhig. »Sie sind vom Dienst suspendiert, Zac. Sie haben den Bogen überspannt. Beim Pförtner können Sie Ihren Dienstausweis abgeben. Ich will Sie hier nie wieder sehen!«

Alle Energie wich aus dem Körper des Kommissars. Kraftlos sank er auf das Computerpult und senkte den Kopf auf die Brust.

Nein, dachte Greg. Jetz bloß nicht aufgeben! Wir sind doch so kurz vorm Ziel!

»Zac! Sagen Sie ihm, was wir rausgekriegt haben, bitte!«, rief er.

Mit erloschenen Augen sah der Kommissar ihn an. Dann wühlte er in seiner Hosentasche, zog einen in Plastik eingeschweißten Dienstausweis hervor und warf ihn seinem Chef vor die Füße.

»Ciao, Leonard«, sagte er leise. »Und nicht vergessen: Man trifft sich immer zweimal im Leben.«

»Darauf kann ich leicht verzichten«, ätzte Leonard Alistair. »Oder war das etwa eine Drohung?«

Ohne zu antworten, verließ Zacharias Shackleton mit hängenden Schultern den Raum und schlurfte davon.

Greg nahm allen Mut zusammen. »Das wird Ihnen noch leidtun!«, schleuderte er Zacs Chef ins Gesicht. Dann lief er dem Kommissar hinterher, während William O'Hara stocksteif stehen blieb.

»Lassen Sie sich das nicht gefallen«, flehte Greg. »Wir müssen weitermachen!«

Der Kommissar beachtete ihn gar nicht. Während er sich eine Zigarette anzündete, ging er weiter schleppenden Schrittes den Flur entlang.

»Rauchen verboten!«, sagte ungehalten ein Polizist, der ihm entgegenkam. Zacharias Shackleton würdigte ihn keines Blicks.

Greg war den Tränen nah. Konnte es einen besseren Polizisten geben als Zac? Warum behandelte sein Chef ihn so mies? Weil er eine dunkle Vergangenheit hatte? Das war doch lange her!

Zacharias Shackleton hatte sich offenbar in sein Schicksal gefügt. Wortlos drängte er sich durch die Leute, die überall herumstanden, und öffnete die Tür zum Treppenhaus. Schweigend hievte er seinen schweren Körper Stufe für Stufe die Treppen hinunter und durchquerte die Eingangshalle.

»Zac!« In Gregs Stimme mischte sich pure Verzweiflung.

Der Kommissar trat seine Zigarette aus, dann lenkte er seine Schritte in die Richtung des Hubschrauberlandeplatzes. Nach ein paar Metern drehte er sich um.

»Mach's gut, Greg«, flüsterte er. »Das hier, das ist jetzt mein ganz persönliches Ding. Will wird dafür sorgen, dass du nach Norrington gebracht wirst. Oder sonst wohin, wo du sicher bist.«

»Sie kapern den Hubschrauber, oder?«, fragte Greg. »Und fliegen nach Schottland?«

Der Anflug eines Lächelns huschte über das verknautschte Gesicht des Kommissars. »Bist eben ein schlaues Kerlchen.«

»Ich bin ja so froh«, schluchzte Greg und warf sich an Zacs Brust, der ihn unbeholfen in die Arme nahm. »Ich wusste, dass Sie sich von diesem gemeinen Chef nicht einschüchtern lassen.«

»Schon gut«, seufzte Zacharias Shackleton. »Geh jetzt. Du kannst dich auf mich verlassen. Ich krieg das schon hin.«

»Aber nicht ohne Dr. Watson«, widersprach Greg. »Klar, es ist gegen die Vorschrift. Aber was haben Sie jetzt noch zu verlieren?«

»Dich!« Die Stimme des Kommissars klang rau. »Dich habe ich zu verlieren! Bist mir ans Herz gewachsen, Greg. Und da, wo ich jetzt hinfliege, kann ich dich vor gar nichts mehr beschützen. Du hast genug mitgemacht. Lass es gut sein. Wenn alles vorbei ist, komme ich auf eine Tasse Tee vorbei, versprochen.«

Über Gregs Wangen liefen Tränen. »Sie nehmen mich also doch nicht für voll, oder? War alles nur ein doofes Gesülze mit Dr. Watson?«

Zacharias Shackleton schob den schluchzenden Jungen von sich. »Ich muss los«, sagte er.

»Und ich stürze mich von diesem Haus, wenn Sie mich nicht mitnehmen!«, schrie Greg.

Zaudernd stand der Kommissar vor ihm. Sein Gesicht sah noch zerfurchter aus als sonst. So, als hätten sich die Erlebnisse der vergangenen Tage tief darin eingegraben.

»Verflixt noch mal, du bist die wandelnde Landplage!«, rief er schließlich und zog Greg mit zum Hubschrauber, der schon auf sie wartete.

Wütendes Gebell ließ Apollonia aufhorchen, während sie hektisch über dem festungsartigen Gebäude kreiste, auf der Suche nach einem Unterschlupf, wo sie sich vor den Flugdrachen verstecken konnte.

Uniformierte Männer rannten von allen Seiten laut schreiend mit ihren Hunden auf die Festung zu.

Sie flohen. Das Donnern der Flutwelle war zu einem grässlichen Tosen angeschwollen, und die Flugdrachen waren überall ausgeschwärmt. Mit gellenden Schreien machten sie Jagd auf alles, was sich bewegte.

Apollonia schoss auf die heißen Quellen neben der Festung zu, um sich im Schutz der Dämpfe zu verbergen. Brühheiße Schwaden versengten ihr das Gesicht, als sie die Quellen erreichte. Unwillkürlich schloss sie die Augen. Bleiben konnte sie hier nicht, sonst würde sie gekocht werden wie ein Suppenhuhn. Aber wenn sie höher ging, war sie eine Zielscheibe.

Es war, als sollte sie sich zwischen Pest und Cholera entscheiden. In den Quellen würde sie verbrennen, in der Luft warteten die Flugdrachen nur darauf, ihr die Augen auszuhacken.

Verzweifelt ruderte sie mit den Armen und japste nach Luft. Meine Eltern!, durchzuckte es sie. Meine Eltern sind in der Festung! Wenn Okamis Flutwelle kommt, ertrinken sie!

Betäubt von den Dämpfen streckte sie ihre Arme aus und

versuchte aufzusteigen, doch es war, als ob der heiße Dunst sie mit festem Griff zurückhielt. Eine seltsame Mattigkeit befiel sie. Dann erkannte sie den Geruch. Es waren genau die gleichen Dämpfe, die sie in der Höhle von Faluga bewusstlos gemacht hatten.

Angestrengt ruderte sie mit den Armen, beschwor den rettenden Feuerstoß, doch nichts geschah. Hilflos zappelte sie in dem tödlichen Nebel wie eine Fliege im Spinnennetz. Sie konnte kaum die Augen offen halten, so unerbittlich ergriff eine lähmende Müdigkeit von ihr Besitz.

»Rochenkot und Haifischdreck noch mal, seid Ihr zum Sterben hergekommen?«, schrie plötzlich eine Stimme über ihr.

Wie von einem unsichtbaren Kran wurde sie emporgezogen, raus aus den Dämpfen und hoch in die Luft. Mit allergrößter Willenskraft riss sie die Augen auf und sah ein Gewirr silberner Röhren, das sie davontrug.

»Was macht Ihr denn ...«

»Erst mal weg hier!«, schrie Douglas McDaggerloe gegen das Wasserdonnern an. Sein Zopf flog Apollonia ins Gesicht.

Sie sah halb benommen, dass die Flutwelle schon direkt vor der Bucht angelangt war und sich in jedem Moment darüber ergießen würde. Wie ein Gebirge bäumte sich die gigantische Wasserwand auf, blauschwarz und gespickt mit Meergeistern.

Doch statt ihr auszuweichen, flog Douglas McDaggerloe direkt auf die Welle zu. Apollonia zog den Kopf ein. Hatte dieser schottische Regenfürst komplett den Verstand verloren?

»Herrscher der Meere!«, brüllte er. »Großer Okami Dragon! Haltet ein! Hört mich an! Ich bin es, Euer getreuer Vasall!«

Niemand antwortete. Mit zerstörerischer Kraft raste die Welle heran. Gleich würde sie alles in den Untergang reißen, Mensch und Tier, Mann und Maus – und Apollonias Eltern.

»Nein!«, kreischte Apollonia, die immer noch in den silbernen Rohren eingeklemmt war.

Sie musste zur Festung! Doch die Wasserrohre hielten sie fest wie Eisenzangen. Jetzt blieb ihr nur noch ein letzter Ausweg. Aber durfte sie das magische Wort aussprechen? Hatte Shasha nicht gesagt, dass sich die Macht des magischen Wortes gegen sie richten würde, wenn Okami stärker war? Dann würde es ihren sicheren Tod bedeuten.

War Okami stärker als sie? Ich muss es probieren, dachte sie verzweifelt. Ich muss!

Apollonia holte tief Luft und schrie wie von Sinnen: »Ich rufe Apollon Grannus Belenus!«

Sie hatte das Wort noch nicht ganz ausgesprochen, als ein gleißendheller Schein sie blendete. Das Licht rührte von einem riesigen Feuerball her, der aus Tausenden von Flammen bestand, die der Welle entgegenzüngelten. Dicker Qualm stieg auf, und ein markerschütterndes Wutgeheul erscholl, das von den Felsen widerhallte.

Ein zweiter Feuerball folgte. Jetzt erst begriff Apollonia, was passierte. Aus ihren Händen und Füßen schossen lodernde Flammen, die sich zusammenballten und wie brennende Wurfgeschosse auf die Welle abgefeuert wurden.

Überall, wo sie einschlugen, verdampfte das Meerwasser zischend, bis von der großen Welle nur noch eine Woge übriggeblieben war, die über den Strand schwappte und aufschäumend an den Mauern der Festung leckte, sie aber nicht mehr überrollen konnte.

Im nächsten Moment plumpste sie ohne Vorwarnung ins Meer, und die Wellen schlugen über ihrem Kopf zusammen. Douglas McDaggerloe hatte sich ins Wasser fallengelassen und kühlte fluchend seine Silberrohre.

»Das nächste Mal sagt Ihr Bescheid, bevor Ihr mich wie einen Hummer abkocht, werte Enya«, schrie er, während er um sich schlug und seine dampfenden Wasserrohre sortierte.

»Oh, ich habe gar nicht gedacht, dass es so heiß zugehen

wird«, entschuldigte sich Apollonia, die prustend auftauchte. Staunend sah sie, dass einige der Rohre in dem Feuerinferno geschmolzen waren. Von Okami Dragon war nichts zu sehen, genausowenig wie von seinen Trollen und Wellenschraten. Auch die Flugdrachen waren verschwunden.

Betroffen betrachtete sie ihre Hände. Sie erschrak vor ihrer eigenen Macht. Diese Hände konnten sich in tödliche Waffen verwandeln, und sie wusste noch nicht, was sie davon halten sollte. Auch wenn diese Macht sie gerettet hatte – dass sie dermaßen vernichtende Kräfte besaß, war ihr dennoch unheimlich. Dies waren nicht die Waffen, mit denen sie kämpfen wollte.

Immer noch etwas benebelt ließ sie sich von den Wellen schaukeln und versuchte, einen klaren Gedanken zu fassen.

»Wo sind die anderen?«, fragte sie.

»Die haben mich auf dem Weg in meinen Palast abgefangen und zurückgeholt. Und ich kann nur hoffen, dass sie meinem Rat gefolgt sind und sich in meinen Wasserpalast geflüchtet haben. Wenn deine kleine Rebellentruppe auf die dumme Idee kommt und Okami Dragon verfolgt, ist sie verloren!«

Erschrocken sah Apollonia ihn an. Es sah ihren Freunden überhaupt nicht ähnlich, dass sie sich in den Wasserpalast verzogen, um sich einen gemütlichen Nachmittag zu machen. Nein, am Loch Ness waren sie ganz bestimmt nicht.

»Wie konntest du nur gegen Okami kämpfen? Warum hast du nicht auf mich gehört?«, fragte Douglas McDaggerloe kopfschüttelnd. »Ich sagte dir doch, dass die Wale ein Friedenszeichen sind. Der große Okami wollte zu dir, daran besteht kein Zweifel, aber vernichten wollte er dich nicht.«

Wie vor den Kopf geschlagen saß Apollonia da.

»Wir müssen zu den Hebriden«, sagte Joes Onkel, »zum Palast der Walfische. Wir brauchen Okamis Segen, sonst werden wir nichts ausrichten können. Und selbst wenn wir es versuchen: Wir können unmöglich an zwei Fronten kämpfen.«

»Oh, nee.« Apollonia rieb sich die immer noch glühenden Wangen mit Meerwasser ab. »Auf ein Wiedersehen mit diesem Killerkraken kann ich gern verzichten.«

»Werte Enya«, begann Douglas McDaggerloe zu sprechen, während er seinen silbernen Brustpanzer von verbrannten Muschelresten säuberte. »In unserer Welt ist es oberstes Gesetz, im Einklang mit allen Kräften zu leben. So wie bei den Menschen auch, gibt es natürlich Kampf und Streit. Doch anders als in Eurer Welt bemühen wir uns stets, solche Fehden beizulegen.«

»Ihr meint – ich soll mich mit Okami Dragon aussöhnen?«, fragte Apollonia.

Der Regenfürst nickte. »Ihr habt mehr Kraft als Klugheit. Ihr denkt noch wie ein Mensch. Aber Ihr seid ein Teil der magischen Welt.«

Apollonais Miene hellte sich auf. »Wenn ich ein Teil seiner magischen Welt bin, muss ich alles daran setzen, in Harmonie mit ihr zu leben. Weil ich sonst gegen mich selbst kämpfe. Stimmt's?«

»So lautet die Regel, die uns seit Jahrhunderten und Jahrtausenden stark macht«, nickte Joes Onkel. »Alles ist mit allem verbunden. Wenn wir gegeneinander arbeiten, verschleudern wir unsere Energie. Aufbauende und vernichtende Kräfte gehören zusammen. Sie sind kein Widerspruch, sondern Teile des Ganzen.«

Apollonia hörte ihm gebannt zu.

»Okami Dragon schützt und zerstört, und damit folgt er dem Gesetz der Natur«, erklärte Douglas McDaggerloe weiter. »Die Wettergeister sind weder gut noch böse, auch wenn die Menschen das Wetter mal als angenehm und mal als zerstörerisch erleben.«

Douglas McDaggerloe sah zum Horizont, seine Augen hefteten sich an einen weit entfernten Möwenschwarm, der sich die Fische holte, die von den Feuerbällen gegrillt worden waren und mit den Bäuchen nach oben auf den Wellen trieben.

»Es ist ein ewiges Gesetz, dass die Natur gibt und nimmt. Das ist der große, unverrückbare Kreislauf von Leben und Sterben, das ist das heilige Prinzip. Du hast Okami Dragon als das Dunkle, das Böse erlebt. Doch wenn du das heilige Prinzip begreifst, dann kannst du durch das Dunkel ins Helle gelangen.«

Das klang rätselhaft, aber auch wie die Offenbarung tiefster Weisheit. Apollonia durchflutete mit einemmal ein Glücksgefühl.

Langsam begann sie, den Sinn der Worte zu verstehen. Auch sie besaß beide Seiten. Hatte sie nicht gerade noch darüber nachgedacht, dass ihr die eigenen zerstörerischen Kräfte unheimlich waren?

»Ich habe deine Botschaft verstanden«, sagte sie ernst.

Sie warf einen bedauernden Blick auf die Festung. Der zweite Tag neigte sich dem Ende zu, es dämmerte schon, und ihre Frist lief am kommenden Tag unwiderruflich ab.

»Ich freue mich, dass Ihr so klug seid, meine Worte anzunehmen«, sagte der Wetterfürst. »Also lasst uns Kurs auf die Hebriden nehmen. Die Wale werden uns den Weg weisen. Seid Ihr wieder kräftig genug?«

Apollonia horchte in sich hinein. Ja, das Gift der Dämpfe war verflogen, und sie spürte, dass sie jetzt alles erreichen konnte.

Eine Wasserfontäne wurde weit draußen auf dem Meer sichtbar. Das war das Zeichen, Apollonia wusste es. Jetzt ging es um alles oder nichts.

»Eine Frage noch, Sir Douglas, warum seid Ihr zurückgekommen?«, wollte sie wissen.

»Weil auch wir miteinander verbunden sind«, erwiderte

Douglas McDaggerloe. »Und …«, er stockte, »nun, ich habe Gefallen an euch gefunden. Ihr seid eine bemerkenswerte kleine Truppe.«

Ob er damit auch Peach Pitchou meinte? Apollonia suchte sein Gesicht nach irgendwelchen Gefühlswallungen ab, doch Joes Onkel hatte eine undurchdringliche Miene aufgesetzt.

Ein Hubschrauber glitt mit lautem Geknatter über sie hinweg. Diesmal war es kein schwarzer Hubschrauber. Deutlich konnte Apollonia den Schriftzug »Police« erkennen, der mit weißen Buchstaben auf den grauen Grund gemalt war.

Polizei? Suchte man sie etwa hier? In Schottland?

»Was geht da draußen vor?« Liane Cox hatte ein Ohr an die Tür gelegt und horchte auf das Getrappel und die Schreie, die vom Flur zu ihr drangen.

Seit einer halben Stunde hörte sie nun schon diese seltsamen Geräusche und einen pfeifenden Alarmton, ohne dass sie sich einen Reim darauf machen konnte.

»Hört sich nicht gut an«, antwortete Gordon Heartfield besorgt. »Nach einer Panik, würde ich sagen.«

»Apollonia!« In größter Verzweiflung schrie Liane Cox den Namen ihrer Tochter. »Bist du da draußen?«

»Du weißt doch, dieser Schuft wird sie uns erst wiedergeben, wenn seine Sintflut halb England vernichtet hat«, antwortete Gordon Heartfield.

Stöhnend beugte er sich wieder über seine Bücher und verglich die Zahlen darin mit einem Computerausdruck, der auf dem Schreibtisch lag.

»London muss mittlerweile im Regen versinken«, murmelte er. »Wenn unsere Berechnungen stimmen, stehen schon sämtliche Straßen unter Wasser. Und spätestens morgen Nachmittag wird die Flutwelle die Themse aufwärts steigen. Oh mein Gott, was haben wir bloß getan?«

Er raufte sich die Haare und schlug die Bücher zu. »Dass ein Mensch mich mal so weit bringen würde, so etwas zu tun ... ich hätte schwören können ...«

»McMillan hat uns erpresst«, schnitt Liane Cox ihm das Wort ab. »Er wird dafür bezahlen, so viel ist sicher. Auch wenn das keinen einzigen Ertrunkenen wieder lebendig macht.«

Gordon Heartfield betrachtete sie beklommen. »Wir laden große Schuld auf unsere Schultern. Der Preis dafür, dass wir Apollonia wiederbekommen, ist fast zu hoch. Meinst du, dass McMillan wenigstens Wort hält?«

Liane Cox legte eine Hand an ihren Hals. Der Raum war fensterlos, und sie hatte das Gefühl zu ersticken. Es war, als ob die Decke sich über ihr absenkte und die Wände näherrückten.

»Er muss«, presste sie hervor.

Wieder legte sie ein Ohr an die Tür. Nur noch die Alarmsirene war zu hören, die schrill zu ihnen hereingellte.

Gordon Heartfield stand auf und nahm seine Frau in die Arme. Aufgebracht machte Liane Cox sich von ihm los. »Dieser widerliche Kerl!«, rief sie. »Ich könnte ihn mit meinen eigenen Händen umbringen. Und wenn er Apollonia auch nur das geringste angetan hat, dann ...« Sie begann zu schluchzen.

Gordon Heartfield führte sie zum Bett, und sie ließen sich beide darauf niedersinken. Sie hatten keinen Trumpf mehr in der Hand, das wussten sie, obwohl keiner von beiden wagte, es auszusprechen. Es hing nun ganz von der Laune Raviel McMillans ab, was mit ihnen geschehen würde. Er brauchte sie nicht mehr, und dieser Gedanke machte ihnen mehr Angst, als sie zugeben mochten.

»Apollonia wird das Ganze schon irgendwie überstehen«, tröstete Gordon seine Frau. »Das Mädchen ist stark, sehr stark.«

Liane Cox lehnte sich leicht an ihn. »Ja, sie ist eine unglaubliche kleine Person. Und wenn sie auch nur ein bisschen von ihrem Vater geerbt hat, dann wird sie stärker sein, als wir alle gedacht haben.«

Eine unbehagliche Stille folgte. Liane Cox hatte es immer vermieden, über Apollonias Vater zu sprechen, obwohl Gordon Heartfield anfangs öfter nach ihm gefragt hatte – damals, als sie sich auf einer Meteorologen-Konferenz kennengelernt hatten. Und auch später, als sie bereits zusammen im Leuchtturm lebten. Ein Geheimnis lag über Apollonias Herkunft.

»Was – was könnte sie denn von ihrem Vater geerbt haben?«, fragte Gordon Heartfield vorsichtig.

Der Blick von Liane Cox verschleierte sich. Sie schien weit weg zu sein, in einer Vergangenheit, zu der er keinen Zutritt hatte. Oder war jetzt der Augenblick gekommen, in dem er alles erfahren würde?

Ein träumerischer Ausdruck trat in ihre Augen. »Kräfte«, flüsterte sie. »Besondere Kräfte. Sie ist anders als wir. Ganz anders. Sie trägt etwas in sich, was ihr selbst nie bewusst war, aber vielleicht hat sie es entdeckt, jetzt, wo sie es so dringend braucht.«

Schweigend sah ihr Mann sie an. Das klang so geheimnisvoll, ja, überspannt, dass er ernstlich am Geisteszustand seiner Frau zu zweifeln begann. Hatte die lange Haft sie verrückt werden lassen? Die Sorge um Apollonia? Und die Schuldgefühle, weil sie an Raviel McMillans teuflischem Plan mitgearbeitet hatte? Es sah ganz danach aus.

»Viele Jahre ist es her«, begann Liane Cox leise zu erzählen. »Es geschah hier, in dieser Bucht. Ich erinnere mich genau. Es war eine sternklare Nacht, und ich konnte nicht schlafen. Ganz allein wanderte ich am Strand entlang und setzte mich auf einen Felsen. Es war ungewöhnlich mild, nur ein leichter Wind wehte, so leicht, dass er mich zu streicheln schien. Plötzlich …«

In diesem Moment klopfte es. Liane Cox sprang auf und lief zur Tür. Sie hörte das metallische Klappern des Vorhängeschlosses, dann wurde der Riegel zurückgeschoben und Carina Cottonmill erschien im Türspalt, begleitet von Samuel, dem alten Butler.

»Schnell!«, wisperte die Haushälterin. »Ich bringe Sie hinaus! Beeilen Sie sich! Dies ist Ihre letzte Chance!«

Der Butler reichte ihnen schwarze Ledermäntel. »Ziehen Sie das an«, sagte er heiser. »Und setzen Sie die Hüte auf.« Er gab ihnen zwei altmodische Tweedhüte, die nach Mottenpulver rochen und vermutlich während der Regentschaft von Queen Victoria modern gewesen waren. Also vor locker hundert Jahren.

»Was ist passiert?«, erkundigte sich Liane Cox aufgeregt, während sie sich einen der Mäntel überwarf.

»Der Fluch«, ächzte Samuel, »es ist der Fluch der Geister!«

Gordon Heartfield streifte ihn mit einem skeptischen Blick. »Was ist denn das für ein Unsinn? Ein Fluch?«

»Hier bricht alles zusammen«, flüsterte Carina Cottonmill. Ihre stets ordentliche Frisur hatte sich in dünne Strähnen aufgelöst, auf ihren sonst so blassen Wangen erschienen hektische rote Flecken. »Fast wäre die Festung von einer Flutwelle vernichtet worden! Sie hat sich zwar wieder zurückgezogen, aber wer weiß, wann sie wiederkommt. Seit Stunden knackt es im Gebälk, als ob das ganze Gebäude einstürzt. So beeilen Sie sich doch, wir haben nur ein paar Minuten!«

»Das werde ich Ihnen nie vergessen!«, raunte Liane Cox der Haushälterin zu. »Aber wo ist Apollonia? Haben Sie sie auch befreit?«

Die Haushälterin stutzte. »Apollonia? Wer soll das sein?«

»Unsere Tochter! McMillan hält sie gefangen! Ein Mädchen,

grüne Augen, rotbraune Haare!« Liane Cox klammerte sich verzweifelt an den Arm der Frau.

»Hier ist kein Mädchen«, erwiderte Carina Cottonmill. »Ich erinnere mich zwar, dass McMillan von solch einem Kind sprach, doch es ist nie hier angekommen.«

Gordon Heartfield konnte seine Frau gerade noch auffangen, die mit einem Schrei zusammenbrach. »Wo ist sie? Wo ist Apollonia?«, fragte sie immer wieder.

»Hier jedenfalls nicht. Er hat uns eiskalt hintergangen«, zischte Gordon Heartfield. »Dieses Schwein!«

»Bestimmt hat er nur geblufft, das sähe ihm ähnlich«, erklärte die Haushälterin. »Und jetzt schnell!«

Sobald die Gefangenen ihre Verkleidung angelegt hatten, schob Carina Cottonmill sie auf den Flur, verriegelte die Tür und klickte das Vorhängeschloss ein.

Dann huschte sie auch schon den engen Gang entlang. Stöhnend hinkte der Butler hinter ihr her, in einigem Abstand folgten Apollonias Eltern. Liane Cox konnte kaum einen Fuß vor den anderen setzen. All ihre Willenskraft war gebrochen, und Gordon Heartfield musste sie stützen, damit sie nicht zusammenbrach. Ihr Blick war leer.

Wissenschaftler kamen ihnen mit fliegenden weißen Kitteln entgegen, Männer mit den gleichen Ledermänteln, die auch sie trugen. Niemand achtete auf sie.

Endlich erreichten sie die Eingangshalle. Carina Cottonmill zog eilig einen kleinen Zettel aus ihrer Handtasche und tippte den Code in die Tastatur neben dem Portal ein. Ihr Atem ging stoßweise, sie wischte sich ein paar Schweißtröpfchen von der Stirn. Doch die Tür öffnete sich nicht. Sie stutzte und versuchte es erneut.

»Für wie blöd haltet ihr mich eigentlich?«

Alle fuhren herum, doch es war keine Menschenseele weit und breit zu sehen.

»Lebend kommt ihr hier nicht mehr raus«, höhnte die Stimme. Sie kam aus der Richtung, wo das große Porträt Raviel McMillans an der Wand hing. Wenn man genau hinschaute, sah man, dass direkt darüber ein Lautsprecher in die Wand eingelassen war.

»Lassen Sie uns gehen!«, schrie Gordon Heartfield.

»Wir haben getan, was Sie wollten«, wimmerte Liane Cox. »Dabei haben Sie uns belogen und betrogen!«

Das Porträt des Hausherrn starrte sie unbeweglich an. »Es gibt überhaupt keinen Grund, lästige Zeugen fliehen zu lassen«, sagte Raviel McMillans Stimme schneidend. »Ich bin bekannt dafür, dass ich keine Spuren hinterlasse!«

Ein meckerndes Gelächter kam aus dem Lautsprecher, dann knackte es, und eine schwere, pelzige Stille breitete sich in dem Raum aus.

»Wir werden sterben«, flüsterte Liane Cox. »Es war alles umsonst.«

Wie ein graues Tuch legte sich die Abenddämmerung über das Meer. Immer undeutlicher waren die Wale zu erkennen, denen Apollonia und Douglas McDaggerloe nun schon eine ganze Weile folgten. Die Wogen türmten sich immer höher, weit entfernt waren im rötlichen Abendlicht Inseln zu sehen.

»Es ist nicht mehr weit«, rief Joes Onkel. »Seht Ihr das Wasserleuchten, werte Enya?«

Apollonia riss die Augen auf. Ja, am Horizont schien das Meer schwach zu glühen. Je näher sie auf das Leuchten zuflogen, desto deutlicher sah sie es. Es war, als ob Millionen von

Glühwürmchen in den Wellen herumschwammen und darüber schwebten.

»Was – was ist das?«, fragte sie. Wasser und Licht verschmolzen zu einem irisierenden Dunst, der so lebendig wirkte, als sei das ganze Meer ein einziges irrlichterndes Lebewesen.

»Dort unten befindet sich der Palast der Wale«, erklärte Douglas McDaggerloe. »Denkt an meine Worte: Wenn Ihr kämpft, dann bekämpft Ihr Euch selbst. Alles ist mit allem verbunden. Ihr werdet Großes erreichen, wenn Ihr Euch mit diesem Prinzip vertraut macht.«

Apollonia hob den Daumen. »Schon gespeichert, Sir Douglas. Fragt sich nur: Passt soviel Weisheit auch in Okami Dragons Krakenbirne? Ich schätze mal, dass er mich auf der Stelle erwürgt, wenn er mich sieht.«

»Aber vorher wird er Euch noch von den Haien zerfetzen lassen, mit Harpunen durchbohren und in ein Verlies stecken«, grinste der Regengeist.

»Hört sich nach einem netten Kaffeekränzchen an«, erwiderte Apollonia. »Ich kann's kaum erwarten.«

»So gefallt Ihr mir, kleine Enya«, lächelte Douglas McDaggerloe.

Im Sturzflug ließ er sich fallen und tauchte in die wogende leuchtende Masse ein. Seine silbernen Rohre blitzten auf im Widerschein des Lichts, das taghell war, dann war er verschwunden.

Auch Apollonia glitt nun in die leuchtende Masse, die sich anfühlte wie ein gigantischer Wackelpudding. Das Meer war überhaupt nicht kalt, es hatte ziemlich genau Hauttemperatur, obwohl das so hoch im Norden einigermaßen verwunderlich war. Weich umfloss es ihren Körper und zog sie sanft in die Tiefe.

Ein hoher, klagender Gesang drang an ihr Ohr, unwirkliche

Stimmen von eigenartiger Schönheit, die einander antworteten, sich überlagerten und zu einem vielstimmigen Chor verschmolzen.

Dann sah sie die Wale. Mit majestätischer Eleganz wanden sie sich durch das helle Wasser, drehten sich um sich selbst, wie in einem rätselhaften Tanz. Und wenn es auch immer mehr Tiere wurden, so berührte doch kein Flossenschlag Apollonias Körper, keines der riesigen Tiere streifte sie auch nur.

Apollonia schloss die Augen. Sie hätte sich nicht gewundert, wenn sie festgestellt hätte, dass sie durch das All flog, ein Gefühl unendlicher Weite und Größe durchflutete sie. Oh ja, sie war eins mit dem Universum, ganz deutlich spürte sie es. Auch die Wale waren ein Teil von ihr, und sie konnte auf einmal mühelos deren Sprache verstehen.

»Komm«, sangen sie mit verführerischen Lauten, »teile mit uns das große Geheimnis, lass dich führen, um zu deiner Bestimmung zu gelangen.«

Als Apollonia die Augen wieder öffnete, fand sie sich vor einer kreisrunden Öffnung wieder, deren Ränder ein einziger Strahlenkranz waren. Sie hatte den Palast der Wale erreicht. Vielleicht war es ein Ort ohne Wiederkehr.

»Komm«, sangen die Wale, »komm mit uns!«

Ohne zu zögern schwamm Apollonia durch das hellgleißende Tor. Wenn noch ein letzter Funken Furcht in ihr gewesen war, so verflüchtigte er sich jetzt und wich einer unerklärlichen Ruhe. Sie war am Ziel.

»Sehen Sie, was ich sehe, Zac?«

Greg zeigte auf eine Asphaltbahn, die neben einem seltsam geformten Felsen lag. Unzählige kleine schwarze Flugzeuge standen dort, aufgereiht wie die Glieder einer Kette, angestrahlt vom Flutlicht starker Scheinwerfer.

»Es sind genau die gleichen, die wir in Wishham gesehen haben«, rief er aufgeregt.

»Hier also hat er seine Flotte stationiert«, sagte der Kommissar und betrachtete entgeistert den weitläufigen Flugplatz, der sich unter ihnen erstreckte. »Sieht so aus, als hätten wir tatsächlich seinen Stützpunkt gefunden. Du liebes Bisschen, das sind weit mehr als hundert Maschinen! Raviel war immer schon größenwahnsinnig.«

»Was ist das daneben, eine Festung? Eine Burg?«, fragte Greg. »Wie sind Sie überhaupt darauf gekommen, hier nach ihm zu suchen?

»In der Bucht da drüben ging Raviel früher immer angeln. War sein verdammter Lieblingsplatz. Und mitten in das schönste Fleckchen Schottlands hat er einen Betonklotz gesetzt. Das sieht ihm ähnlich, die Landschaft zu verschandeln. Naja, mein Gefühl hat mich nicht getrogen. Hier sind wir richtig.«

Zacharias Shackleton machte dem Piloten ein Zeichen, und der Helikopter landete. Während die Rotorblätter sich noch drehten, spähten sie zu den Felsen hinüber. Unheimlich ragten sie im Dämmerlicht auf, eine schwarze Silhouette, deren Konturen von dunstigen Dämpfen umspielt wurde.

Greg sah den Kommissar von der Seite an. »Zac, darf ich Sie was fragen?«

»Was denn?«

»Was ist da zwischen Ihnen und diesem Raviel gelaufen? Waren Sie wirklich mal – Kumpels, wie Ihr Chef gesagt hat?«

»Komplizen wäre wohl das bessere Wort«, brummte Zacharias Shackleton. »Ist lange her, ich war noch ein junger Kerl.« Er lehnte sich zurück und steckte die Hände in die Manteltaschen. »Alles fing damit an, dass ich im Laden an der Ecke eine Dose Bohnen mitgehen ließ, auch mal ein paar Äpfel. Ich hab das für meine Mutter getan, das Geld reichte hinten und vorne nicht.«

Sprachlos hörte Greg ihm zu.

Der Kommissar seufzte. »Ich war geschickt, es ging so lachhaft leicht. Erwischt hat man mich nie. Allmählich wurde ich mutiger. Ein Transistorradio, eine Bluse für meine Mutter ... Naja, und eines Tages lernte ich in einem billigen Pub Raviel kennen. Er schmiss nur so mit Geld um sich, lud mich zu einem Bier ein. Ich fragte ihn, woher er das ganze Geld hätte. Er lachte nur. Noch in derselben Nacht knackten wir ein Auto.«

»Sie haben ...?« Ungläubig starrte Greg den Kommissar an.

»Die Polizei hätte uns fast geschnappt. Es war verdammt knapp. Was, wenn meine Mutter das erfuhr? Ich war am Boden zerstört. Auf einmal hatte ich so was wie eine Erleuchtung – von da an wusste ich, dass ich Polizist werden wollte.«

»Und weiter?«, fragte Greg.

»Unsere Wege kreuzten sich erst viele Jahre später wieder, ich war gerade ins Raubdezernat befördert worden. Raviel hatte eine Bank überfallen. Ich erkannte ihn sofort auf dem Film der Überwachungskameras, obwohl er sich maskiert hatte. Bei der Vernehmung brüllte er mich an, ich hätte ihn verraten. Er wanderte für eine Weile ins Gefängnis. Dummerweise hat man ihn wegen guter Führung vorzeitig entlassen. Er hat alle getäuscht. So, jetzt kennst du die ganze Geschichte.«

In Erinnerungen versunken sah Zac wieder zur Festung hinüber.

»Sir, ich habe den Polizeifunk abgehört«, berichtete der Pilot. »London wird gerade evakuiert. Man rechnet für morgen mit einer riesigen Flutwelle.«

»Sie meinen – diese Millionenstadt soll geräumt werden?« Zacharias Shackleton schüttelte den Kopf. »Das werden sie nicht schaffen. Selbst wenn sie aus dem ganzen Land Busse zusammenholen und alle Züge einsetzen, reicht das nicht!«

»Die Leute werden alle ertrinken«, sagte Greg mit kläglicher Stimme. »Warum sollte jemand so etwas Abscheuliches planen?«

Der Kommissar boxte wütend auf den Vordersitz ein. »Verrecken soll er, dieser Verbrecher! Jetzt ergibt alles einen Sinn! Wahrscheinlich hat er nur auf den Evakuierungsbefehl gewartet, und nun plündert er alles, was zurückgelassen wurde! Aber ich kriege ihn, und wenn es das Letzte ist, was ich tue!«

Der Pilot zuckte die Achseln, dann warteten sie voller Anspannung darauf, dass sie aussteigen konnten. Das rhythmische Geräusch der Rotorblätter wurde langsamer. Greg sah sich nach allen Seiten um. Auf dem Rollfeld ließ sich niemand blicken, kein Pilot, kein Ledermantel, nichts.

»Ich schätze mal, ich kann dich nicht überreden, hier zu warten, oder?«, brummte der Kommissar, als er die Tür öffnete und ausstieg.

»Reine Zeitverschwendung«, erwiderte Greg.

Sie kletterten aus dem Helikopter und sahen sich wachsam um. In einiger Entfernung rollte das Meer in gleichmäßigen Wellen an den Strand.

Das Rauschen der Brandung war alles, was sie hörten. Kein Laut drang aus dem düsteren Bunker, und noch immer zeigte sich keine Menschenseele. Vorsichtig schlichen sie auf die Festung zu. Der Bau war einem Bunker ähnlicher als einem Gebäude, das für Menschen gedacht war.

Vor einem hohen Gitter blieben sie stehen und betrachteten

mit gemischten Gefühlen das Anwesen, das wie ausgestorben wirkte.

»Verdammt, wenn dieser unselige Leonard nicht so dickköpfig wäre, könnten wir das Gemäuer mit einer bestens ausgebildeten Sturmtruppe ausheben«, knurrte Zacharias Shackleton.

Greg sah, dass er in die Tasche seines viel zu kleinen Mantels fasste und mit irgendetwas hantierte. Dann hörte er ein metallisches Klacken, und Greg hatte genug Krimis gesehen um zu wissen, dass Zac soeben eine Waffe entsichert hatte.

Den Blick lauernd auf die Festung gerichtet, liefen sie geduckt an dem Gitterzaun entlang, bis sie zu einem Tor gelangten. Von hier aus hatte man gute Sicht auf einen hell erleuchteten Vorplatz voller Statuen und auf eine eiserne Tür, die das abweisende Mauerwerk durchbrach. Der Boden war nass, als hätte jemand einen Rieseneimer Wasser darüber ausgekippt.

»Raviel hat sich seinen eigenen Hochsicherheitstrakt gebaut«, lachte Zacharias Shackleton grimmig. »Eigentlich müsste man nur einen Stacheldrahtzaun drum herum ziehen, ein paar Wachen aufstellen, und diese Gefahr auf zwei Beinen wäre unschädlich gemacht.«

»Vielleicht ist er gar nicht zu Hause?«, flüsterte Greg.

»Er ist da, das sagt mir mein Bauchgefühl«, antwortete der Kommissar.

»Und Apollonia? Was sagt Ihr Bauch über Apollonia?«, fragte Greg. »Ist sie auch da drin?«

»Schon möglich.« Der Kommissar untersuchte bereits das Schloss der Pforte, die keine Klinke hatte und sich auch nicht aufstoßen ließ. Stattdessen entdeckte er ein Zahlenfeld am Pfosten daneben.

»Siehst du irgendwelche Kameras?«, knurrte er.

Greg spähte über den Zaun. Das Flutlicht auf dem Vorplatz blendete ihn.

»Nein, aber ich kann kaum was sehen.«

»Bestimmt gibt es hier Kameras, sieht ja aus wie Fort Knox. Aber wir müssen es trotzdem versuchen«, erwiderte der Kommissar und deutete auf das Zahlenfeld.

»Oha, ein Code«, stöhnte Greg. »Wenn wir den knacken wollen, sind wir morgen noch nicht fertig.«

»Raviel ist schlau, sehr schlau«, entgegnete Zacharias Shackleton. »Aber er ist auch so verdammt selbstverliebt, dass seine Codes immer mit ihm selbst zu tun haben. Probieren wir es mal mit seinem Geburtsdatum.«

Er tippte eine Zahlenkombination ein und wartete. Doch die Pforte bewegte sich keinen Millimeter.

»Hm«, Zacharias Shackleton kratzte sich nachdenklich den Kopf, »was könnte es sonst noch sein?«

Greg runzelte die Stirn. »Sein Name vielleicht?«

Missmutig sah Zac ihn an. »Hey, Superbrain, das sind Zahlen, keine Buchstaben!«

»Aber jeder Buchstabe hat eine Nummer im Alphabet«, wandte Greg ein. »R-A-V-I-E-L.« Er begann lautlos mit den Fingern zu zählen, dann diktierte er: »18-1-22-9-5-12!«

Der Kommissar gab Zahl für Zahl ein, und nachdem er die letzte eingetippt hatte, öffnete sich das Tor mit leisem Surren.

»Hiermit bist du zu meinem Oberassistenten mit Sternchen befördert, Dr. Watson«, grinste er und schlüpfte durch die offene Pforte. Dann drückten sie sich am Rand des Vorplatzes entlang, dort, wo das Licht der Scheinwerfer nicht hinreichte. Meter für Meter arbeiteten sie sich auf die eiserne Tür zu.

»Was sind das für komische Statuen?«, wisperte Greg, während sie von Schatten zu Schatten liefen und sich immer wieder hinkauerten, um nach Wächtern Ausschau zu halten.

Der Kommissar betrachtete die Skulpturen mit einem abfälligen Blick. »Raviel hat sich selbst in Stein meißeln lassen, dieser Kindskopf. Der hält sich wohl für Cäsar oder so was.«

Nur noch wenige Schritte trennten sie von der Tür, die in taghelles Scheinwerferlicht getaucht war. Sie mussten ihre Deckung aufgeben, wenn sie dorthin gelangen wollten, und diese Vorstellung war wenig verlockend. Doch so aufmerksam sie auch die Fassade nach anderen Eingängen absuchten, diese Eisentür war und blieb der einzige Zugang.

»Ich laufe vor und versuche reinzukommen. Wenn die Tür aufgeht, kommst du nach!«, befahl der Kommissar halblaut.

Er holte seinen Revolver aus der Manteltasche und rannte los. Keuchend erreichte er die Tür. Zu seinem allergrößten Entsetzen öffnete sie sich von selbst. Eine Falle! Dies war eine Falle! Sie waren entdeckt! Sie mussten fliehen!

Doch es war zu spät. Greg war bereits auf dem Weg zu ihm, und im nächsten Moment wurden sie auch schon von Männern in Ledermänteln umzingelt, die drohend ihre Maschinenpistolen auf sie richteten. Einer der Männer tastete Greg und den Kommissar in Sekundenschnelle ab. Grinsend holte er die Pistole aus der Manteltasche, die Zac eilig wieder eingesteckt hatte, dann fand er Gregs Handy und schleuderte es in eine Ecke.

»McMillan erwartet Sie«, lachte einer der Männer wiehernd. »Immer nur reinspaziert!«

Mit den Läufen ihrer Waffen stießen sie die beiden Eindringlinge vor sich her in die Eingangshalle, während sich die schwere Eisentür krachend hinter ihnen schloss.

»Ich wusste gar nicht, dass Scotland Yard neuerdings einen Kindergarten hat!«, krächzte eine elektronisch verzerrte Stimme triumphierend. »Was ist los, Zac? Ich dachte, du bist ein Profi! Und dann kommst du hier mit einer halben Portion an? Huhuhh, ich habe ja solche Angst!«

Hasserfüllt starrte Zacharias Shackleton auf das große Ölgemälde an der Stirnwand, das Raviel McMillan zeigte. Er ärgerte sich über sich selbst. Es war der reine Wahnsinn gewesen anzunehmen, dass sie unbemerkt in diese Festung spazieren könnten. An allen vier Ecken der Eingangshalle hingen Kameras, und auch draußen mussten jede Menge davon installiert sein.

»Ich habe ein hübsches Verlies für euch«, donnerte die Stimme. »Bald werden nur noch bleiche Skelette von euch übrig sein!«

Der Sog wurde stärker. Ohne Widerstand ließ Apollonia sich von der Strömung immer tiefer in das große Leuchten hineinziehen. Rhythmisch aufflammende Lichtblitze blendeten sie, während die Wale ihr in einigem Abstand folgten.

War dies wirklich der Palast der Wale? Ein Bauwerk jedenfalls war es nicht. Die Wände der hellen Räume schienen aus nichts als Licht zu bestehen, hoch ragten sie auf und verloren sich im Nirgendwo. Tor um Tor öffnete sich und gab den Blick auf weitere Räume frei, ohne dass ein Ende absehbar war.

Jedes Tor wurde von Meergeistern bewacht. Stumm, die Waffen gereckt, ließen sie Apollonia passieren. Dennoch verfolgten sie das Mädchen mit begehrlichen Augen, zweifellos bereit, sie auf das winzigste Zeichen ihres Herrschers hin mit Harpune und Dreizack aufzuspießen.

Seltsam furchtlos glitt Apollonia an ihnen vorbei. Wenn man die Welt nicht mehr in Freunde und Feinde einteilte, verloren selbst diese Ungeheuer ihren Schrecken, stellte sie staunend fest.

Weiter wagte sie sich vor. Schwärme winziger, silbriger Fische glitten an ihr vorbei, und wie riesige Schatten begleiteten sie die Wale, deren dunkle Umrisse sich deutlich von den hellen Wänden abhoben.

Apollonia hatte das Gefühl, eine unendliche Kathedrale aus Licht zu durchqueren. Wo aber war Okami Dragon? Wo waren ihre Freunde?

Plötzlich nahm die Helligkeit Gestalt an. Die Wände verdichteten sich, doch es waren keine Wände aus Stein, sondern sie bestanden aus Millionen von Fischen, deren Leiber Säulen und Gewölbe bildeten. Sprachlos beobachtete Apollonia das Schauspiel, das sich ihren Augen bot.

Wie von einem genialen Architekten befehligt, gruppierten sich die Fischschwärme zu einer exakten Halbkugel, die über dem Raum schwebte.

Sie gelangte in ein weiteres Gewölbe, das von großen, graurosa schimmernden Lachsen geformt wurde. Durch einen Nebel aus Licht entdeckte Apollonia schemenhafte Gestalten, die im Kreis auf dem Meeresboden hockten.

Als sie näher kam, sah sie, dass es ihre Freunde waren.

»Shasha! Peach! Da seid ihr ja endlich!«

Mit einem Freudenschrei schwamm Apollonia auf die Wettergeister zu. Doch sie reagierten nicht. Jetzt erst sah Apollonia, dass sie an tonnenschwere Anker gekettet waren und verbundene Augen hatten. Völlig reglos saßen sie da, und selbst Apollonias Stimme schien sie nicht zu erreichen. Es musste ein Bann sein, der auf ihnen lag. Sie lebten, sie atmeten und waren doch wie erloschen. Entsetzt betrachtete Apollonia ihre teilnahmslosen Gefährten. Sie versuchte, sie zu wecken, rüttelte an Shashas Schultern, strich Foggy Fog durchs Gesicht.

»Lass sie, sie sind weit weg«, sagte Douglas McDaggerloe, der unversehens erschien. »Das haben sie einzig und allein ihrem unüberlegten Zorn zu verdanken. Aber sei beruhigt, es wird ihnen nichts passieren. Okami Dragon hat sie in einen tiefen Schlaf versetzt. Er erwartet dich.«

Ohne weitere Erklärung schwamm der Regengeist voraus und führte Apollonia zu einem niedrigen Gang. Auch dessen Wände bestanden aus unzähligen kleinen Fischen, die in ständiger Bewegung waren. Ihre glänzenden Leiber flossen wie flüssiges Quecksilber ineinander, und doch veränderte der Gang nicht seine Form.

Douglas McDaggerloe schien zu wissen, was er tat, trotzdem war Apollonia mehr als nervös. Der Anblick ihrer Freunde hatte ihr einen Schock versetzt, ihre Zuversicht schwand. War Okami Dragon immer noch derselbe? Brutal, rücksichtslos und nur darauf bedacht, alles in seine Gewalt zu bringen?

Als sie das Ende des Gangs erreichten, tat sich ein gigantischer Saal vor ihnen auf. Sie waren im Zentrum dieses atemberaubenden Palastes angekommen. Doch während bisher kleinere Fische im Dienste des unsichtbaren Baumeisters gestanden hatten, waren es nun die Wale selbst, die mit ihren schweren Leibern einen Thronsaal von unfassbarer Größe erschufen.

Apollonia schluckte. Ihre Augen konnten kaum erfassen, was sie sah. Ihr Verstand weigerte sich zu glauben, dass so etwas überhaupt möglich war. Und doch befand sie sich in einem Kuppelsaal, groß wie ein Fußballfeld, dem die größten Lebewesen der Erde Form und Gestalt verliehen.

Langsam und ruhig schoben sich ihre urzeitlichen Körper ineinander, schwammen stetig im Kreis und formierten sich zu einer runden, hohen Kuppel. Immer, wenn einer der Wale zum Luftholen auftauchte, füllte sofort ein anderer die entstandene Lücke.

Im gleißenden Licht der Arena erkannte Apollonia den Herrscher der Meere, umgeben von seinem Hofstaat. Haie kreisten über seinem Kopf, bis an die Zähne bewaffnete Trolle mit wirrem Algenhaar standen bereit, jeden unerwünschten Besucher zu töten. Mit unheilvoll brütenden Gesichtern saßen seine Berater neben ihm, der alte Wellenschrat und der grauhaarige Troll.

Der Gesang der Wale verstummte. Douglas McDaggerloe schob Apollonia auf Okami Dragon zu. Nun lag alles in ihren Händen.

Der Herrscher der Meere schien noch größer zu sein, als sie ihn in Erinnerung hatte. Wie ein Berg lagerte er auf einem Thron aus Fischen und bewegte träge seine Fangarme. Sobald er Apollonia sah, kam Leben in den massigen Körper.

»Apollonia Cox!«, schrie er donnernd. »Du hast es gewagt, mich anzugreifen! Du hast meine Welle zerstört!«

Aus glühenden Augen schleuderte er zornige Blicke auf Apollonia, die sich mit erhobenem Kopf näherte.

»Ich habe dich unterschätzt«, fuhr Okami Dragon gefährlich leise fort. »Dir stehen geheime Mächte zur Verfügung, die ungewöhnlich sind. Meine Berater sind sich uneins. Die einen sagen, dass wir unsere Kräfte in einem letzten Kampf messen sollten!«

Apollonia schwankte leicht, entsetzt über diese Aufforderung zum Duell. Sie spürte, wie sich ihr Herzschlag beschleunigte. Musste sie das Dunkel besiegen, um zum Licht zu finden? Oder gab es einen anderen Weg?

Sie verneigte sich tief, obwohl sie so weiche Knie hatte, dass es sie große Mühe kostete, nicht auf der Stelle in den Meeressand zu sinken.

»Großer Okami Dragon«, sagte sie langsam, jedes einzelne Wort abwägend. »Ich bin der Sprache Eurer Wale gefolgt, weil ich sie als ein Friedenszeichen verstanden habe. Und ich weiß jetzt, dass meine Kräfte größer sind, als ich selbst es vermutet hätte. Aber ich bin eine Enya. Ich bin nicht hierhergekommen, um zu kämpfen.«

Ein Fangarm schlängelte sich heran, wickelte sich um Apollonias Körper und hob ihn auf wie ein Spielzeug. Die Saugnäpfe pulsierten nervös. Nur eine einzige leichte Kontraktion dieses muskulösen Arms, und er würde Apollonia alle Rippen brechen.

Aus triefenden Augen starrte Okami Dragon sie an. Die Fische und Seesterne in seiner Krone vibrierten.

Mit einem abgefeimten Grinsen näherte sich Quannalonga und streifte Apollonias T-Shirt mit ihren giftigen Fäden. »Man sieht sich immer zweimal im Leben«, gluckste sie. »Die Haie freuen sich schon auf dich!«

Hilfesuchend sah sich Apollonia nach Douglas McDaggerloe um, der respektvoll am Eingang des Thronsaals verharrte und ihr unmerklich zunickte.

»Wenn Ihr mich beseitigen wollt, nur zu«, rief Apollonia trotzig, während sie sich wieder Okami Dragon zuwandte. »Aber dann müsst Ihr mich an Ort und Stelle töten. Kämpfen werde ich nicht! Ich gehöre in Eure Welt. Klüger wäre es daher, Ihr würdet mich leben lassen. Dann hättet Ihr eine starke Verbündete an Eurer Seite. Meine Fähigkeiten könnten Euch von großem Nutzen sein!«

Okami Dragon sah sie ausdruckslos an. Dann sagte er: »Ich war noch nicht zu Ende mit meiner Rede. Die anderen Berater meinen, dass es besser sei, wenn ich mich mit dir aussöhne.«

Verblüfft starrte Apollonia in seine hervorquellenden Krakenaugen. Der Griff des Fangarms lockerte sich plötzlich, und sie war frei. Lauernd umkreiste Quannalonga sie, wagte aber nicht, sie ein weiteres Mal zu berühren.

»Hört nicht auf das Mädchen!«, erhob sich plötzlich eine Stimme. »Ich kenne sie. Sie gehört zur Menschenwelt. Sie ist eine Verräterin!«

Jetzt entdeckte Apollonia den Wellenkobold zwischen den anderen Meergeistern, die zum Hofstaat des Herrschers der Meere gehörten. Wild stand sein Algenhaar unter dem Helm hervor, sein Gesicht war zu einer feindseligen Grimasse verzerrt.

»Wer spricht da?«, fragte Okami Dragon drohend.

Rattrappono trat vor und verschränkte die Arme vor seiner silbernen Rüstung. »Ich bin es, Euer treuer Diener.« Er deutete eine kurze Verbeugung an. »Dieses Mädchen hat uns nur Unglück gebracht. Seit sie in unsere Welt eingedrungen ist, ist Euer Reich in Gefahr. Je eher Ihr sie ins Vergessen schickt, desto besser.«

Herausfordernd sah er Apollonia an. »Deine feinen Freunde sind schon auf dem Weg in das unendliche Nichts. Und auch du wirst bald dort sein.«

»So wie es sich gehört!«, feixte Quannalonga, die sich an der Situation weidete.

»Schweig, Nichtswürdiger!«, fuhr Okami Dragon Rattrappono an. »Niemand hat hier das Recht, Befehle zu erteilen, es sei denn, ich selbst!«

»Aber, großer Okami ...«, wollte Rattrappono einwenden, doch der Herrscher der Meere fegte ihn mit einem einzigen Schlag seiner Krakenarme beiseite, sodass er quer durch die Arena flog und hart auf dem Meeresboden landete.

»Du bist der Verräter!«, brüllte er. »Noch vor ein paar Tagen hast du mir eingeredet, dass diese Enya unser Verderben will. Noch bevor sie auch nur einen Fuß in meinen Tiefseepalast gesetzt hatte!«

»Aber ...«

»›Sie ist ein hinterhältiges Menschenkind! Sie will deine Krone!‹ Das hast du mir erzählt«, schrie Okami Dragon wütend.

Keuchend richtete Rattrappono sich auf. »Ich hielt es für meine Pflicht ...«

»Du hieltest es für deine Pflicht, deine Gier zu befriedigen!«, herrschte Okami Dragon ihn an. »Ich habe dich reich belohnt für deine Ränkespiele! Und während du die Schätze zusammenrafftest, hast du uns alle belogen! Dafür wirst du büßen, du armselige Kreatur!«

Schuldbewusst senkte Rattrappono den Kopf. Er hatte nichts mehr zu seiner Verteidigung vorzubringen. Auf ihn wartete ein qualvoller Tod, dessen konnte er sich sicher sein. Schon stürzten aufgebrachte Wachen auf ihn zu und zwangen ihn in die Knie. Ein Troll richtete einen Dreizack auf seine Kehle.

»Großer Okami«, sagte Apollonia, »Ich kenne Rattrappono. Er war immer ein Freund. Zugegeben, er hat Fehler gemacht. Keine Ahnung, warum er zum Intriganten wurde, aber ich will nicht, dass Ihr ihn tötet. Lasst ihn in seine Heimat zurückkehren, und er wird Euch dienen wie zuvor.«

Ein Raunen ging durch den Hofstaat. Wie vom Donner gerührt sah Rattrappono sie an. Mit allem hatte er gerechnet, aber nicht damit, dass ausgerechnet Apollonia sich für ihn stark machte.

»Du sprichst weiser als deine Jugend es vermuten ließe«, ergriff Okami Dragon nach langem Überlegen das Wort. »Es soll geschehen, wie du sagst. Rattrappono wird an seine Küste zurückkehren, mein Palast aber wird ihm für immer verschlossen bleiben.«

Aufatmend verbeugte sich Apollonia. »Ich danke Euch, großer Okami. Aber jetzt geht es um etwas Wichtigeres: Jemand will meine Heimat zerstören. Halb England, genauer gesagt. Mit riesigen Flutwellen. Bitte helft mir, allein schaffe ich es nicht. Ich brauche Euch, ich brauche jeden Wettergeist! Und auch meine Freunde, die Ihr mit einem Bann belegt habt!«

Unruhig zuckten die Krakenarme, und Okami Dragon wiegte den Kopf hin und her, unschlüssig, was er tun sollte. »Bevor ich mich entscheide, sag mir erst: Was ist es, das dich treibt? Wieso meinst du, dass ausgerechnet ich dir helfen soll?«

Apollonia räusperte sich. «Ich war bei der weisen Faluga,

großer Okami, und sie hat mir ein Orakel offenbart. Meine Bestimmung ist es, dass ich meine Heimat rette. Drei Tage hat sie mir dafür gegeben. Jetzt ist nur noch ein Tag übrig, und alles hängt davon ab, dass ich den entweihten Tempel des Apollon Grannus Belenus ...«

Ein gewaltiger Strudel entstand, der jeden im Saal mit sich riss. Hin und her wurden die Wettergeister gewirbelt und an die lebenden Wände geschmettert, Ströme von Luftblasen schossen durch das Wasser, und die Mauer aus Walen löste sich auf.

Auch Okami Dragon war weit fortgeschleudert worden.

Als sich das Wasser wieder beruhigt hatte und die Wale an ihre Plätze zurückgekehrt waren, kroch er ächzend auf Apollonia zu.

»Lerne, deine Kräfte zu zügeln«, schrie er ihr entgegen. Dann schloss er die Augen. »Faluga«, murmelte er. »Die weise Faluga also.«

Schwerfällig glitt er zurück auf seinen Fischthron und blickte in die Runde. Die Spannung war unerträglich. Wütend blitzten die Trolle Apollonia an, die Haie öffneten ihre Mäuler, ihre leicht gebogenen Kiemenspalten zuckten. Ohne jede Regung stand Douglas McDaggerloe am Eingang des Thronsaals. Alles wartete. Selbst das leiseste Flüstern war verstummt.

»Du hast mich überzeugt«, sprach Okami Dragon schließlich mit gewichtiger Stimme. »Und jetzt erzähl mir alles, was du weißt.«

»Aufstehen! Mitkommen!«

Ungeduldig standen Raviels Männer in ihren langen Ledermänteln vor dem Verlies, Maschinenpistolen im Anschlag.

»Was?« Greg rieb sich schlaftrunken die Augen, während der Kommissar schon von seiner Pritsche aufsprang und instinktiv die Fäuste ballte wie ein Boxer, der einen Angriff pariert. Sie hatten eine schlimme Nacht hinter sich. Die feuchte Kälte des unterirdischen Verlieses war tief in ihre Glieder gekrochen, und große Ratten mit langen nackten Schwänzen hatten in dem Abfall auf dem Boden pausenlos nach Essbarem gesucht.

»Hände hoch und hinter den Kopf!«, brüllte einer der Ledermäntel, dem eine erkaltete Zigarette im Mundwinkel klebte. Er öffnete die Zellentür.

»Und jetzt zackzack zur Hinrichtung! Aber erst wird gebeichtet, wie sich's gehört!«

Jack the Crack bereitete es unübersehbar Vergnügen, den Neuankömmlingen einen gehörigen Schrecken einzujagen. Mit seiner Maschinenpistole trieb er sie aus dem Verlies und schubste sie die feuchten Gänge entlang.

»Raviel McMillan wird kurzen Prozess mit euch machen«, sagte er, während er den Lauf seiner Waffe abwechselnd Greg und dem Kommissar in den Rücken stieß. »Und wenn ihr nicht spurt, erledige ich euch gleich an Ort und Stelle. Schießbefehl nennt man so was.«

Weder Greg noch Zacharias Shackleton sagten ein Wort. Sie verständigten sich nur mit Blicken, die so viel besagen sollten wie: Ganz ruhig, nicht provozieren lassen, noch gibt es vielleicht einen Ausweg.

Sie gelangten durch die Eingangshalle in ein Labyrinth düster beleuchteter Flure. Hinter Glastüren arbeiteten Leute in weißen Kitteln an überdimensionalen Rechnern.

Staunend betrachtete Zacharias Shackleton das Reich seines größten Widersachers. Und wenn er auch nichts als Verachtung für seinen alten Kumpel aus früheren Tagen übrig hatte, so war er doch beeindruckt, welch riesige Festung sie durchwanderten. Es musste Jahre gedauert haben, dieses wehrhafte Bauwerk zu errichten.

Nach einer schier endlosen Odyssee durch immer neue Gänge und Flure erreichten sie eine schwere Tür aus Metall.

»Rein da«, befahl Jack the Crack und stieß seine beiden Gefangenen roh in den Raum dahinter.

Zögernd betraten sie die fensterlose Kommandozentrale mit ihren elektronischen Geräten und Monitoren, den Computern und Messgeräten. Selbst die Computerzentrale von Scotland Yard wirkte dagegen nur wie ein drittklassiges Internetcafé.

Mitten vor einem gigantischen Pult hockte Raviel McMillan und paffte eine Zigarre. Er war umringt von einigen Leuten seiner Ledermanteltruppe.

»Einen schönen guten Abend«, sagte er. »Willkommen in meiner Kommandozentrale, Zac, du alte Wanze.«

»Charme war noch nie deine hervorstechendste Eigenschaft«, knurrte Zacharias Shackleton. Er sah sich um. »Netter Elektronikschrottplatz, mein Lieber. Damals hattest du nur ein vergammeltes Notebook, das regelmäßig seinen Geist aufgab, weißt du noch?«

»Halt den Mund! Oder ich lasse dich sofort erschießen!«

Raviel MacMillan war aufgesprungen. Sein bleiches Gesicht war nur noch eine verzerrte Fratze, die Greg einen Schauer über den Rücken trieb.

Das also war Zacs ehemaliger Kumpan. Die Polizeiakte fiel ihm ein: *»... gilt als extrem gewalttätig. War geständig und zeigte*

Reue.« Nein, Reue zeigte dieser verschlagen aussehende Mann überhaupt nicht. Vielmehr schien er entschlossen, seinen Verbrechen noch ein paar weitere hinzuzufügen.

»Verpack sie«, schrie er Jack the Crack zu.

Ohne sich zu wehren, ließen sich Greg und der Kommissar die Hände auf den Rücken binden.

»Bist du nicht Greg Gregorian? Der Junge aus Apollonias Klasse?«

Die beiden fuhren herum. Es war Liane Cox, die die Frage gestellt hatte. Sie und ihr Mann saßen etwas abseits in einer dunklen Ecke, ihre Hände waren ebenfalls gefesselt. Apollonias Mutter stand etwas wackelig auf und musterte Greg mit angstvollen Blicken.

»Mrs. Cox!«, rief Greg mit erstickter Stimme. »Mr. Heartfield! Ich hatte Sie gar nicht bemerkt! Was tun Sie hier? Und wo ist Apollonia?«

Hinter Apollonias Eltern entdeckte er nun auch noch zwei weitere Gestalten, eine ältere, magere Frau und einen kleinen Greis, der nervös zitterte.

»Hast du sie gesehen? Lebt sie?«, fragte Liane Cox in Tränen aufgelöst.

»Ruhe!«, brüllte Raviel McMillan. »Ihr werdet noch genug Gelegenheit haben, euch herzwärmende Gutenacht-Geschichten zu erzählen. Dann, wenn ihr im Verlies verhungert!«

Die Ledermäntel lachten. Wie eine Raubkatze schlich sich ihr Boss an Greg und den Kommissar heran, bis er direkt vor ihnen stand. Sein gegeltes Haar stand stachelig von dem totenschädelartigen Kopf ab, sein Mund war nur noch ein Strich, die Augen hinter der schwarzen Sonnenbrille konnte man lediglich erahnen.

»Du solltest mal wieder in die Sonne gehen«, ätzte Zacharias Shackleton. »Siehst ja aus wie ein Westentaschenvampir.«

Unbeherrscht verpasste Raviel McMillan ihm einen Haken in den Bauch, sodass der Kommissar sich vor Schmerz krümmte.

»Du schmierige Ratte, das wird dir auch nichts mehr nützen«, stöhnte Zacharias Shackleton. »Da draußen wartet eine Hundertschaft Polizisten darauf, dich hochzunehmen. Zehn Minuten noch, und du hörst die Handschellen klicken.«

Raviel McMillan ließ sein meckerndes Lachen hören. »Du bluffst, alter Idiot! Da draußen ist nicht ein einziger Bulle. Das Gelände ist im Umkreis von fünf Meilen abgeriegelt, und der nächste Polizeihubschrauber, der angeschwirrt kommt, wird abgeschossen. Für wie blöd hältst du mich eigentlich?«

»Für saublöd«, ächzte der Kommissar.

Ein weiterer Magenhaken war die Antwort. Zacharias Shackleton klappte zusammen wie ein Taschenmesser und fiel zu Boden.

Entsetzt verfolgte Greg den Wortwechsel. Das war nicht der Zac, den er kannte, ruhig, überlegt, stets Herr der Lage. Warum ließ er sich von seinen Gefühlen hinreißen? Warum kickte er sich selbst ins Aus? Die beiden Männer hatten eine Rechnung offen, und das machte die Situation nicht gerade erfreulicher.

»Mr. McMillan!«, schrie Greg mit sich überschlagender Stimme. »Lassen Sie Zac in Ruhe! Es stimmt, wir sind ganz allein hier. Aber bei Scotland Yard weiß man Bescheid. Früher oder später wird man uns suchen.«

Abfällig fixierte Raviel McMillan den Jungen. »Sieh an, der Zwerg hat auch was zu sagen. Dumm nur, dass mein Spitzel bei Scotland Yard mir geflüstert hat, was Sache ist. Dein toller Freund ist gar kein Polizist mehr. Oder hast du etwa noch einen Bullenausweis, Zac?«

Er tippte den am Boden Liegenden mit der Fußspitze an. »Na?«

»Der Pilot«, röchelte Zacharias Shackelton, »er hat bestimmt längst nach London gefunkt, wo wir sind.«

Mit einem gespielt mitleidigen Blick sah Raviel McMillan auf ihn herab. »Euer Pilot befindet sich längst unten im Verlies. Schade eigentlich, wir hätten das Ding zusammen drehen können, Zac. Aber du wolltest ja unbedingt Räuber und Gendarm spielen.«

Er holte aus und versetzte dem Kommissar einen Tritt in den Bauch.

»Schluss jetzt!«, rief Gordon Heartfield erregt. »Finden Sie es etwa mutig, einen wehrlosen Mann zu misshandeln?«

Raviel McMillan begann wieder zu lachen, so als habe Gordon Heartfield einen besonders einfältigen Witz gemacht. Betont lässig, die Hände in den Hosentaschen vergraben, spazierte er durch den Raum und blieb vor den Monitoren stehen.

Das hier, das war sein Triumph über den Mann, der ihn einst ins Gefängnis gebracht hatte. Und er kostete diesen Triumph in vollen Zügen aus.

»Siehst du das, Zac? London wird evakuiert. Sogar die Queen wurde schon ausgeflogen! Meine Leute haben leichtes Spiel. Sie räumen gerade alles aus, was das Herz begehrt. Kein Mensch hindert sie daran. Bald bin ich reich, unermesslich reich!«

Mit schreckgeweiteten Augen starrte Greg ihn an. Nie hätte er für möglich gehalten, dass ein Mensch so skrupellos sein könnte und dabei auch noch eine derartige Genugtuung empfand. Dann sah er zum Kommissar, der mit geschlossenen Augen am Boden lag und stumm gegen die Schmerzen ankämpfte.

Zac, dachte er, halte durch! Du bedeutest mir so viel!

»Bald wird London im Wasser versinken«, schluchzte Liane Cox. »Und alle, die es bis dahin nicht geschafft haben zu fliehen, werden in der Flutwelle ertrinken!«

Sie zerrte heftig an ihren Fesseln. Ein paar Haarsträhnen fielen ihr in das gerötete Gesicht, Tränen liefen über ihre fiebrigen Wangen.

Grinsend stolzierte Raviel McMillan auf sie zu und hob mit zwei Fingern ihr Kinn hoch. »Du hast das alles doch erst möglich gemacht, Süße«, sagte er perfide sanft. »Ohne dich und deinen dämlichen Mann wäre doch gar nichts passiert.«

Er streichelte ihre Wange, und Liane Cox schloss angewidert die Augen.

»Hände weg! Hören Sie sofort auf damit«, fuhr Gordon Heartfield ihn an.

Raviel McMillan betrachtete ihn irritiert, dann schlug er ihm ohne Vorwarnung mitten ins Gesicht. Gordon Heartfield taumelte, verlor das Gleichgewicht und schlug krachend auf dem Boden auf. Als er sich stöhnend wieder aufrichtete, floss ein rotes Rinnsal aus seiner Nase.

Als sei nichts geschehen, wandte sich Raviel McMillan wieder den beiden anderen Gefangenen zu. »Tja, die Unterhaltung wird langsam etwas öde, finde ich. Die Heulsuse und das Wrack langweilen mich schon seit langem. Und du wirst alt, Zac.« Er machte seinen Leuten ein Zeichen. »Bringt sie zurück ins Verlies. Mal sehen, vielleicht fressen sie sich ja gegenseitig auf!«

Apollonia gähnte verstohlen. Die ganze Nacht hatte sie mit Okami Dragon und Douglas McDaggerloe Kriegsrat gehalten. Wieder und wieder hatten sie die Möglichkeiten erwogen, die ihnen noch geblieben waren. Sie mussten klug sein und ihre

Kräfte so sinnvoll wie möglich einsetzen. Und sie wussten, dass sie nur einen einzigen Versuch hatten.

Immer noch umkreisten sie die Wale, immer noch leuchtete das Meer taghell. Fasziniert betrachtete Apollonia die riesigen Tiere, die eine eigenartige Würde ausstrahlten. Ruhig und gemessen zogen sie ihre Bahnen, als vollführten sie ein rätselhaftes Unterwasserballett.

Die Zeit lief langsam ab. Der dritte Tag brach an, und Falugas Orakel ließ keinen Zweifel daran, dass es unwiderruflich der letzte Tag sein würde, um das Schicksal noch zu wenden.

»Ich danke Euch, Okami Dragon«, sagte Apollonia. »Betrachtet mich als Eure treue Dienerin. Und, wenn ich die Bitte äußern dürfte – gefährdet kein Menschenleben. Ich weiß, dass es in Eurer Macht steht, nach Belieben zu vernichten und zu zerstören. Doch heute ...«

»So soll es geschehen«, erwiderte Okami Dragon.

Apollonia stand auf und dehnte ihre Glieder. Der Boden war hart und unbequem gewesen, und sie brannte darauf, endlich wieder zu fliegen und die frische Luft auf ihrer Haut zu spüren. Immer besser konnte sie Shasha verstehen, die es nie lange an einem Fleck aushielt.

»Und meine Freunde?«, fragte sie.

»Deine Freunde?«, wiederholte Okami Dragon. »Was soll mit ihnen sein?«

»Apollonia wird sie brauchen, großer Herrscher«, gab Douglas McDaggerloe zu bedenken.

Okami Dragon überlegte kurz, dann rollte er seine langen Fangarme zu ihrer ganzen Länge aus und ließ sie knallend auf den Boden sausen. »Der Bann ist gebrochen«, erklärte er. »Und mit dem Bann ist auch ihr Zorn verflogen. Sie sind frei.«

Erleichtert wandte sich Apollonia Joes Onkel zu, der ihr aufmunternd zuzwinkerte.

»Sir Douglas, in all den Schuljahren habe ich nicht so viel gelernt wie von Euch, und ich danke Euch aus tiefstem Herzen. Was werdet Ihr jetzt tun?«

»Ich werde Okami Dragon begleiten. Schottland muss eben eine Weile ohne Regen auskommen«, erwiderte der Regenschrat. »Keine Sorge, wir werden uns wiedersehen.«

Er streckte seine Silberröhren nach ihr aus. Glatt und kühl berührten sie Apollonias Gesicht. »Du weißt, wo du mich findest.«

»Ich werde auf jeden Fall Peach Pitchou mitbringen, falls ich den heutigen Tag überlebe«, versprach Apollonia.

»Geh jetzt«, sagte er verlegen.

Mit einer tiefen Verbeugung verabschiedete sich Apollonia vom Herrscher der Meere, der sich wie durch ein Wunder von ihrem erbittertsten Feind in ihren stärksten Verbündeten verwandelt hatte. Sein Hofstaat, der weit verstreut in der Arena gelagert hatte, drängte sich schon um ihn und wartete ungeduldig auf Befehle.

»Nach Süden!«, rief Okami Dragon dröhnend.

Es klang wie ein Schlachtruf. Wild durcheinander schreiend hoben die Meergeister ihre Waffen. »Nach Süden! Nach Süden!«, wiederholten sie.

Apollonias Blick streifte die Trolle und die Regenschrate, die Wellenkobolde, die Flugdrachen. Es waren so viele, dass der ganze Thronsaal von ihnen ausgefüllt wurde. Doch die Aufgabe, die sie zu meistern hatten, war immens. Es ging immerhin um Flutwellen und Wolkenbrüche, die ganz England bedrohten. Und um den Leuchtturm, ihren Leuchtturm.

Ob Grandma schon in Sicherheit war? Hatte Greg sie gewarnt? Während sie den Palast der Wale durchquerte, suchte sie in der Hosentasche nach ihrem Handy. Das Display funktionierte noch, auch hier im Wasser. Ob das Magie war? Oder ganz einfach ein wasserfestes Exemplar?

Unwillkürlich musste sie lächeln. Die Grenzen zwischen Realität und Magie hatten sich längst verwischt. Alles schien möglich, und es war müßig, nach den Gründen zu forschen.

Sie steckte das Handy wieder ein. Sobald sie an Land war, würde sie Greg anrufen. Plötzlich freute sie sich unbändig darauf, seine Stimme zu hören.

Rings um sie her ging mit einem Mal eine Veränderung vor sich. Unmerklich begann der Palast sich aufzulösen. Die Fische fanden sich wieder zu ihren vertrauten Schwärmen, die in alle Richtungen davonschwammen, und auch das Licht wurde schwächer. Nach und nach zerfloss dieser grandiose lebende Palast, und all die weitläufigen Säle mit ihren hohen Kuppeln verschwanden, als hätten sie nie existiert.

Übrig blieb nur ein Sprudeln von Millionen Luftbläschen, die in schnellen Wirbeln auf sie zurasten. Apollonia stutzte. Dann warf sie die Arme hoch und schoss mitten in das Blubbern hinein.

»Shasha! Hier bin ich!«, schrie sie.

»Was ist passiert?« Aufgeregt kam die Windsbraut ihr entgegen.

»Erzähle ich dir später! Wo sind die anderen?«

»Die sind noch ziemlich platt«, antwortete Shasha. »Okami hat uns ganz schön ins Nirwana geschickt. Wie hast du es bloß geschafft, den Bann zu lösen und die tonnenschweren Ankerketten zu sprengen?«

»Ich habe Okami mit Güte fertiggemacht«, lachte Apollonia vergnügt. »Alter Trick von Douglas McDaggerloe. Aber im Ernst: Okami Dragon wird uns helfen. Noch kann ich es selbst kaum fassen.«

»Du bist eben eine Enya.« Shasha klang ungewohnt ernst. »Weißt du noch, was ich dir nach der ersten Nacht in Foggy Fogs Höhle gesagt habe? Du kannst Großes erreichen. Aber dass du den Herrscher der Meere auf deine Seite ziehst, nach allem, was geschehen ist, das hätte selbst ich nicht gedacht. Respekt!«

»Schon gut«, winkte Apollonia ab. »Spar dir die Komplimente. Noch steht alles auf Messers Schneide. Wer weiß, ob ich überhaupt den Abend erlebe. Komm, wir müssen schnellstens die anderen finden!«

Zusammen suchten sie den Meeresgrund ab, tauchten dann auf und sahen im grauen Dämmerlicht des hereinbrechenden Morgens Foggy Fog, Peach Pitchou und Joe McDaggerloe etwas entfernt auf der Dünung treiben.

»Da bist du ja!« Mit weit geöffneten Armen glitt die Nixe auf Apollonia zu und umarmte sie freudig. »Hat Douglas McDaggerloe dich gefunden? Wir hatten ihn um seine Hilfe gebeten!«

»Sonst wäre ich wohl nicht hier«, seufzte Apollonia. »Er war großartig. Ohne seine Weisheit wäre ich nicht weit gekommen.«

Peach Pitchou strahlte, sagte aber nichts. Nun kamen auch Foggy Fog und Joe McDaggerloe näher, die ziemlich mitgenommen wirkten. Apollonia konnte es ihnen nachfühlen. Sie selbst hatte ja erlebt, was es bedeutet, unter einem Bann zu stehen, und Falugas Bann hatte sie fast das Leben gekostet.

»Seid ihr soweit okay?«, fragte sie.

»Nun mach mal halblang! Wir sind doch keine schwächelnden Einzeller. Ein Pfeifchen, und ich bin wieder an Deck«, murmelte Foggy Fog, und im nächsten Moment waberten auch schon Nebelschwaden über die Wellen.

Joe McDaggerloe strich sich über den blonden Zopf. »Ein bisschen abgehalftert sind wir allerdings, aber nach einem kleinen erfrischenden Regenschauer wird's schon gehen.«

Er ließ sich von den Wellen schaukeln und spritzte ein paar Fontänen in die Luft, die auch einem Wal alle Ehre gemacht hätten.

Am Horizont ging die Sonne auf, ihre ersten Strahlen tauchten das Meer in ein rosiges Licht und ließen die Schläuche von Joe McDaggerloe wie Flammen aufblitzen.

Der letzte Tag, dachte Apollonia. Vielleicht der letzte Tag meines Lebens.

»Genug geplanscht«, sagte Shasha resolut. »Wir können hier nicht ewig abhängen!«

»Auf zum Tempel«, rief Apollonia, erhob sich aus den Wellen und flog davon. Der Feuerstoß ließ sie wie ein Katapult vorwärts schnellen, und sie genoss den Rausch der Geschwindigkeit, während sie dicht über dem Wasser dahin raste.

»Wenn du so weitermachst, erreichst du eines Tages noch Schallgeschwindigkeit«, schrie Shasha ihr zu, die sich sichtlich anstrengen musste, um Apollonia einzuholen. »Kaum zu glauben, wenn man bedenkt, wie trödelig du noch vor Kurzem angefangen hast!«

»Warst eben eine gute Lehrerin«, erwiderte Apollonia und sah sich nach Foggy, Joe und Peach um, die ihnen nur mit Mühe folgten.

Schon nach wenigen Minuten zeichnete sich die Silhouette der Festung düster vor dem hellen Morgenhimmel ab. Wie ein hässlicher schwarzer Klecks auf einem idyllischen Landschaftsgemälde lag sie da, eingefasst in die dunklen Felsen, umweht von den Dämpfen der heißen Quellen.

Ein Kerker, dachte Apollonia mit bangem Herzen. Das Ding sieht aus wie ein Kerker!

Mit einem eleganten Schwung landete sie in der Bucht. Sofort wählte sie Gregs Nummer. Doch er ging nicht ran. Schlief er noch? Oder war er schon in der Schule? Gab es überhaupt noch eine Schule in Norrington?

Wenig später versammelten sich auch ihre Freunde am Strand. Alle sahen sie hinüber zur Festung. Wie sollten sie bloß diesen Klotz bezwingen? Außer einer großen Tür war kein anderer Eingang zu erkennen, kein Fenster, kein Balkon, nicht einmal eine Schießscharte unterbrach die abweisende Fassade.

»Tja, wir müssen irgendwie da rein«, ergriff Apollonia das Wort.

»Sehr witzig«, entgegnete Shasha. »Wie stellst du dir das vor? Sollen wir etwa klingeln? So nach dem Motto: Die Post ist da?«

»Checken wir das Ding erst mal«, beschloss Apollonia.

In großen Bögen umflogen sie den seltsamen Bau, suchten ihn nach irgendwelchen Öffnungen ab, doch so sorgfältig sie auch jede Mauerspalte und jeden kleinsten Riss im Gestein untersuchten, die Festung erwies sich als völlig unzugänglich. Fugenlos schmiegte sie sich an die Felsen, ein uneinnehmbares Bollwerk.

»Algenschleim und Muscheldreck noch mal«, fluchte Joe McDaggerloe und schob sich die blaue Taucherbrille auf die Stirn, um besser sehen zu können. »Die Bude ist komplett einbruchsicher.« Ärgerlich schleuderte er einen Wasserstrahl an die Wand.

Foggy Fog schüttelte den Kopf. Mit seinem silbernen Dolch schwebte er an der Fassade auf und ab, lockerte hier einen Stein, bohrte dort im Gemäuer. »Komplett einbruchssicher gibt's nicht«, widersprach er. »Ich bin noch überall reingekommen.«

»Dann zeig mal, was du drauf hast«, forderte Shasha ihn heraus.

Foggy Fog blinzelte sie entnervt an, dann schwebte er höher, bis zum Dach.

»Seht mal, was ich gefunden habe!«, rief er wenig später, und die anderen folgten ihm nach oben.

Das flache Dach bestand aus granithartem Stein. Ein paar Satellitenschüsseln standen darauf, dicke Kabel führten von ihnen weg zu einer quadratischen Klappe aus Eisen, in der sie allesamt verschwanden.

»Man muss eben immer den Überblick behalten«, griente Foggy Fog in seinen Bart hinein. »Von oben betrachtet, sieht die Welt doch gleich ganz anders aus.«

»Du bist einfach genial«, zirpte Peach Pitchou anerkennend. Gespannt sah sie zu, wie Foggy mit seinem Dolch in den haarfeinen Spalten zwischen der Eisenklappe und dem Beton stocherte.

»Aha«, brummte er nach einer Weile. »Dachte ich's mir doch, dass man den Mechanismus irgendwie austricksen kann.«

Geschickt bewegte er seinen Dolch hin und her, wie ein chirurgisches Instrument. Ein fast unhörbares metallisches Klicken begleitete seine Versuche, während sich Schweißperlen auf seiner runzligen Stirn bildeten. Die Pfeife zwischen seinen Zähnen wippte auf und nieder, so heftig kaute er darauf herum.

Apollonia sah sich um. Die Aussicht hier oben war überwältigend. Man überblickte die ganze Küste mit ihren Buchten und Klippen, landeinwärts erstreckten sich grüne Hügelketten. Überall in dem Gelände rund um die Festung patrouillierten Wachleute mit Suchhunden, deren Gebell gedämpft zu ihnen drang.

Apollonia zählte die Sekunden. Die Sonne war schon ein gutes Stück himmelwärts geklettert.

Die Zeit verrann, unerbittlich tickte die Uhr. Alle wussten es, doch keiner sagte ein Wort. Schweigend saßen sie im Kreis um Foggy Fog und ließen den Dolch nicht aus den Augen, mit dem er beharrlich den verborgenen Mechanismus bearbeitete.

Dann, von einem Moment auf den anderen, sprang die Klappe auf. Surrend glitt sie hoch und blieb im rechten Winkel zum Dach stehen.

»Bingo! Geschafft! Du bist der Größte!«, jubelten seine Freunde.

»War ne harte Nuss«, sagte Foggy Fog stolz. »Aber die Nuss, die ich nicht knacken kann, muss erst noch erfunden werden!«

Neugierig spähte Apollonia in die Öffnung. Eine Leiter aus Metall führte hinab in die Festung. Vor Aufregung begannen ihre Hände zu zittern.

»Vorsichtig«, sagte Joe McDaggerloe. »Wenn da drin auch nur halb so viele Leute rumtoben wie hier draußen, dann wird's gefährlich.«

Apollonia nickte. »Der Weg zur Höhle des Löwen ist frei«, erklärte sie mit belegter Stimme. »Ich gehe als erstes rein.«

Dann setzte sie einen Fuß auf die Leiter.

Die Hauptstadt des British Empire war nicht wiederzuerkennen. Dort, wo sonst dichter Verkehr die Straßen verstopfte, schwappte schmutziges Wasser durch die verregneten Häuserschluchten. Abfall und aufgeweichter Hausrat dümpelte in den Wassermassen herum. Hier und da sah man jemanden in Todesangst die Fluten durchschwimmen, auf der Suche nach einem trockenen Fluchtort.

In Schlauchbooten und auf selbstgezimmerten Flößen ruderten ganze Familien hektisch umher, die das Wenige, was sie gerettet hatten, an sich pressten.

London war ein einziges Chaos, jetzt schon, aber die Fernsehsender und Radiostationen warnten pausenlos vor einer noch größeren Bedrohung: vor der gigantischen Flutwelle, die sich bereits kurz vor der Mündung der Themse befinden sollte.

Verzweifelte Menschen hingen in den Fenstern, jene, die gezögert hatten zu fliehen und für die es nun zu spät war. Sie schwenkten Tischdecken und Bettücher, um die vielen kleinen Boote, die durch die Kanäle flitzten, auf sich aufmerksam zu machen.

Doch es waren keine Rettungsboote, und die Besatzungen bestanden weder aus Polizisten noch aus Sanitätern. Es waren die Leute von Raviel McMillan, die seelenruhig in Banken, Museen und Luxusläden einbrachen und schwer beladen zu Raviels Einsatzzentrale zurückkehrten, wo ihre Beute in Empfang genommen wurde.

Ohne Unterbrechung starteten und landeten Hubschrauber auf dem Dach des Hochhauses. Sie schafften alles weg, Schmuck, Bargeld, wertvolle Gemälde, sogar venezianische Spiegel und vergoldete Kaminuhren, die in durchsichtige Folie verpackt im strömenden Regen auf dem Dach standen.

»Schneller! Oder wollt ihr alle absaufen?«, schrie Sweeney, der im obersten Stockwerk schwitzend das Anliefern und Verpacken der Beute überwachte und seine Leute zum Dach hinauf trieb, wo die Piloten ungeduldig auf die nächste Ladung warteten.

Der Raum glich einer Schatzhöhle. An den Wänden lehnten goldgerahmte Bilder, Plastiksäcke mit Preziosen aller Art standen herum, Schmuckschatullen stapelten sich, übereinander geschichtete Goldbarren schimmerten matt im fahlen Licht der Computermonitore.

Sweeney setzte sich an einen der Rechner. Er hatte sich schon in der Nacht zuvor in das Sicherheitssystem des Museums an der Towerbridge eingehackt und klickte nun hastig die Bilder der Überwachungskameras durch. Gerade stürmten ein paar Männer in den zentralen Raum des Museums und zerbrachen die Glasvitrine, in der die Kronjuwelen lagen.

Kein Wächter hinderte sie daran, völlig ungestört nahmen

sie den unschätzbar kostbaren Schmuck von seinem Samtkissen und stopften ihn in eine Stofftasche, die bereits prall gefüllt war.

»... sind die ersten Ertrunkenen zu beklagen«, erklang leise die neutrale Stimme eines Nachrichtensprechers aus einem Fernseher, der in einer Ecke der Computerzentrale stand. *»Die Polizei ist machtlos, es fehlt an Booten und Personal, auch die Rettungsdienste sind restlos überfordert.«*

Schwer atmend drehte Sweeney sich um und stierte auf den Fernseher, dann lief er zu dem Gerät und stellte den Ton lauter.

»Viele Hochhäuser, in die sich die Menschen flüchten könnten, sind verschlossen«, fuhr der Sprecher fort. *»Dramatische Szenen spielen sich in der Londoner Innenstadt ab. Noch schlimmer ist es in den Außenbezirken, wo Zehntausende auf die Dächer ihrer Häuser geklettert sind, ohne Wasser, ohne Essen, ohne medizinische Versorgung. In Cornwall sind bereits große Teile des Landes überflutet, dort haben die ersten Ausläufer einer atlantischen Flutwelle bereits zahlreiche Orte unter Wasser gesetzt.«*

Ein Film wurde eingespielt, der ein paar Kinder zeigte, die sich mit ihrem Lehrer auf das Schulhaus gerettet hatten. Schluchzend klammerten sie sich im strömenden Regen am Dachfirst fest, auf dem rittlings der Lehrer saß und mit den Beinen strampelte. Wenn Sweeney jemals in Norrington gewesen wäre, dann hätte er Harold F. Scott erkannt, der verstört in die Kamera winkte.

»Nach den neuesten Berechnungen wird die erwartete Riesenwelle, die sich in der Nordsee gebildet hat, etwa gegen siebzehn Uhr die Hauptstadt erreichen. Dann herrscht Alarmstufe eins, weil man befürchtet, dass selbst Hochhäuser unterspült werden und einstürzen könnten.«

Sweeney stellte den Fernseher aus. Sein Blick streifte das Durcheinander der Männer, die wie Ameisen durcheinander liefen, schwer bepackt mit den Schätzen, die bald schon ihre Reise nach Schottland antreten würden.

Es war ihm deutlich anzusehen, dass er kaum noch die Nerven hatte, das Ende der Aktion durchzustehen. Aus Raviels Mund hatte der Plan für die »Operation Sintflut« immer unwiderstehlich sauber und perfekt geklungen, wie ein besonders intelligent ausgeklügeltes Schachspiel. Doch was diese kalt berechnete Katastrophe wirklich bedeutete, das wurde ihm jetzt erst richtig klar.

»Tote«, flüsterte er vor sich hin. »Kinder. Himmel, was tun wir hier?«

Als sein Handy klingelte, war es, als erwachte er aus einem Albtraum. Hastig suchte er die Taschen seiner Anglerweste ab, dann fingerte er das Handy heraus und drückte mit schweißnassen Fingern auf den grünen Hörer.

»Raviel? Ja, bis jetzt läuft alles wie geölt. Aber es ist eine verdammt schmutzige Sache. Mein Gott, hier ist die Hölle los! Die ersten Leute sind ertrunken ...«

Er verstummte und hörte stöhnend seinem Boss zu, der so laut schrie, dass sogar ein junger Mann, der gerade vorbeihastete, die kreischende Stimme hören konnte.

»Ja, g-gut, m-mache ich«, stotterte Sweeney nun, und alle Farbe wich aus seinem Gesicht. »Und d-du bist ganz äh sicher, d-dass ...?«

Das Gespräch war beendet. Obwohl der vierschrötige Mann schon manch brutales Schurkenstück erlebt hatte, war er vollkommen fassungslos. Mit steifen Bewegungen ließ er sich in seinen Sessel fallen.

Eine Träne erschien in Sweeneys Augenwinkel, rann über seine derben Gesichtszüge und mischte sich mit den Schweißtröpfchen auf seiner Haut. Er hatte sich nicht getäuscht. Raviel würde niemanden hier ausfliegen lassen. Er hatte es nie vorgehabt.

Eine halbe Stunde, bevor die Flutwelle London erreichte, würde Sweeney mit der letzten Ladung per Hubschrauber die Stadt verlassen. Die unzähligen Leute aber, die für Raviel geschuftet hatten, würden der Katastrophe preisgegeben werden.

»Halt, stopp«, rief Greg. »So geht das nicht, Mr. McMillan! Zac ist verletzt! Lassen Sie ihn wenigstens ein paar Minuten hier ausruhen, bevor er ins Verlies kommt. Der Mann ist am Ende, sehen Sie das denn nicht?«

Die anderen Gefangenen hatten bereits im Gänsemarsch die Kommandozentrale verlassen, von den Ledermänteln mit Tritten und Gewehrkolben rücksichtslos angetrieben.

»Das hat er eben davon, dass er die Seiten gewechselt hat«, höhnte Raviel McMillan und betrachtete zufrieden die gekrümmte Gestalt Zacharias Shackletons, die sich noch immer am Boden wand.

Er steckte das Handy, mit dem er gerade telefoniert hatte, in die Hosentasche und setzte einen Fuß auf den Nacken des Kommissars, wie ein römischer Gladiator, der einen Bären erlegt hat. »Der elende Jammerlappen hätte den Gnadenschuss verdient, wenn überhaupt.«

»Soll ich das für Sie erledigen, Chef?«, fragte Dan the Dog, der als einziger von den Ledermänteln in der Kommandozentrale geblieben war. »Wär mir ein Vergnügen!« Seine heimtückischen Augen flackerten freudig auf.

»Nein, das gibt eine Riesensauerei, ich will keine ekligen Blutflecken in meinem Allerheiligsten«, erwiderte Raviel

McMillan. »Sobald die anderen zurück sind, tragt ihr ihn zusammen ins Verlies. Da kann der gute alte Zac dann in Ruhe verenden, wie ein abgestochenes Schwein.«

Er lachte hysterisch auf und wendete den Blick zu den Überwachungsmonitoren. Darauf sah man, wie Apollonias Eltern und die beiden Bediensteten gerade in ihre Zellen gestoßen wurden.

Verzweifelt kniete sich Greg neben den Kommissar, der die Augen geschlossen hatte und flach atmete. Aus seinem Mund sickerte Blut, ein dünnes Rinnsal, das ihm langsam übers Kinn lief.

Innere Verletzungen, dachte Greg, er hat innere Verletzungen! Zac braucht einen Arzt! Doch er wagte erst gar nicht, Raviel McMillan darum zu bitten, weil er die Antwort bereits kannte. Nicht einen einzigen Finger würde Raviel rühren, um die Leiden seines erbitterten Feinds zu lindern.

Greg hätte dem Kommissar so gern beruhigend übers Haar gestrichen, so wie seine Mutter es immer tat, wenn er Bauchweh hatte. Doch seine Hände waren gefesselt, nicht einmal das konnte er für seinen Freund tun.

»Zac!«, flüsterte er. »Hörst du mich?«

Die Lider des Kommissars bebten leicht, kein Laut kam von seinen Lippen.

»Der krepiert«, sagte Raviel McMillan mitleidslos, ohne die Augen von den Monitoren zu lösen. »Ist nicht schade um den verkrachten Typen. Ein Parasit weniger, um den ich mich kümmern muss. Gleich ...«

Sein Handy klingelte.

»Ja? Was denn?«, brüllte er. Nachdem er eine Weile zugehört hatte, lief er zum Pult, drehte den Lautstärkeregler des Wetterkanals lauter und aktivierte hektisch einige weitere Monitore.

»Was soll das heißen? Wurden die Flugzeuge abgeschossen? Wie? Bist du gestört oder was? Jetzt erzähl mir nichts von rätselhaften Phänomenen! Wir sind hier nicht in der Märchenstunde!«

Mit verkniffenem Mund starrte er auf die Monitore, verglich immer wieder die Bilder und Zahlen, während er sein Handy so fest umklammerte, dass seine Fingerknöchel weiß wurden.

Greg hob den Kopf. Elektrisiert beobachtete er Raviel McMillan, der wie ein Gummiball vor seinem Pult hin und her sprang und scheinbar wahllos alle möglichen Knöpfe und Regler betätigte, als könnte er damit noch irgendetwas bewirken.

Rätselhafte Phänomene ... Diese Worte waren Musik in Gregs Ohren. Hatte Apollonia in ihrer Botschaft nicht geschrieben, sie sei mit ihren Freunden, den Wettergeistern unterwegs? Waren das etwa Apollonias Freunde, die Raviel McMillan gerade völlig ausrasten ließen?

»Mmmmh«, stöhnte der Kommissar.

Er schien allmählich wieder zu Bewusstsein zu kommen. Greg beugte sich zu ihm hinunter. Mit einem Mal wirkte Zac gar nicht mehr so leblos, wie noch kurz zuvor. Seine Augen waren klar, mit erhobenen Brauen sah er Greg an und versuchte offenbar, ihm etwas mitzuteilen.

»Mmmme ...«.

Schnell sah Greg zu Raviel McMillan und Dan the Dog, doch beide waren abgelenkt durch die Bilder, die auf den Monitoren liefen, graue, verschwommene Bilder von Wellen, die sich aufbäumten und im nächsten Moment auf rätselhafte Weise geglättet wurden.

»Was denn?«, raunte er.

»Mmmmess ...«, ächzte Zac unter Qualen. Greg formte lautlos das Wort nach, das dem Kommissar nicht über die blassen Lippen gehen wollte.

»Mes – Messer!«, flüsterte Greg, denn im selben Moment

wusste er, was Zac da mit letzter Kraft herauspresste. Er hatte ein Messer dabei! Zac hatte immer ein Messer dabei!

Ohne die beiden Männer aus den Augen zu lassen, drehte Greg sich langsam um und schob wie in Zeitlupe eine seiner gefesselten Hände in die Manteltasche von Zacharias Shackleton.

Doch es reichte nicht. Seine Hand kam nicht tief genug, um das Messer zu erwischen.

Ohne eine Miene zu verziehen, versuchte er seine Fessel zu lockern. Es war ein grober Strick, tief schnitt er in die Haut ein, und der brennende Schmerz trieb ihm helle Tränen in die Augen.

»Mmmm«, stöhnte Zac wieder, flehentlich blickte er in Gregs Gesicht.

Mit einer letzten Anstrengung lockerte Greg den Knoten des Stricks, ohne auf das höllische Brennen zu achten, dann rutschte seine Hand ein paar wenige Millimeter aus der Fessel, und er ertastete das Messer. Fest umklammerte er es mit den Fingern, holte es heraus und klappte es auf.

Der Kommissar schloss die Augen. So ist es richtig, sollte das heißen, gut gemacht.

Langsam, mit winzigen Bewegungen, begann Greg, an Zacs Fessel herumzusäbeln. Zwischendurch legte er immer wieder kleine Pausen ein und vergewisserte sich, dass Raviel und Dan the Dog keinen Verdacht schöpften. Die aber waren vollauf damit beschäftigt zu begreifen, was Hunderte von Meilen entfernt vor sich ging.

»Chef, verdammt – was ist das?«, fragte Dan the Dog und zeigte auf das schäumende Meer, das aussah, als kämpften die Wellen miteinander. Sobald sich irgendwo eine Welle auftürmte, bildete sich direkt davor eine zweite, dann prallten sie aufeinander und stürzten in sich zusammen.

»Das gibt es doch nicht«, zischte Raviel McMillan und nahm

seine Sonnenbrille ab. Heftig rieb er sich die entzündeten Augen und starrte dann wieder auf die Monitore.

Greg machte sich aufs Neue an die Arbeit, auch wenn seine Handgelenke dabei völlig durchgescheuert wurden. Etwas Warmes, Flüssiges kroch über seine Finger. War es Blut? Er biss sich auf die Lippen. Weiter, befahl er sich, weiter, weiter, achte nicht auf den Schmerz!

Mit einem leise reißenden Geräusch gab Zacs Strick nach und fiel zu Boden. Der Kommissar brummte etwas Unverständliches, doch Greg kannte ihn gut genug um zu verstehen, dass er zufrieden mit seinem Dr. Watson war.

Obwohl seine Hände nun befreit waren, behielt der Kommissar sie weiter auf dem Rücken. Er angelte sich das Messer, und obwohl es ihn sichtlich eine unmenschliche Kraft kostete, versuchte er nun seinerseits, Gregs Fesseln zu durchschneiden.

»Teufel aber auch, ich werde nicht schlau aus den Bildern!«, schrie Raviel McMillan, der immer hektischer an seinem Kommandopult herumschraubte. »Wir brauchen weitere Sprengungen, das reicht so nicht!«

Dan the Dog beobachtete mit offenem Mund, wie sein stets so selbstsicherer Boss immer mehr die Fassung verlor. Mit wütender Falsettstimme krähte er Befehle in sein Handy. »Ja! Legt nach! Wieso? Nein, nein, nein! Keine Leute mehr? Wo sind diese Kerle? Mehr als hundert Taucher sind allein in der Nordsee unterwegs!«

»Geschafft!«, flüsterte Greg. Auch seine Fessel hatte der scharfen Klinge nachgegeben. Er warf einen Blick über die Schulter und sah, dass der Strick mit Blut verschmiert war. Mit seinem Blut.

Nur nicht ohnmächtig werden, ermahnte er sich, kipp jetzt bloß nicht um!

Vorsichtig spähte er zur Tür, die offen stand. Es waren nur

wenige Schritte bis zum Flur, durch den sie entwischen konnten. Doch wie sollte Zac das schaffen in seinem Zustand?

»Halbsoschlimm«, keuchte der Kommissar, der ohne Frage Gregs Gedanken erriet.

Er richtete sich halb auf und begann, in Richtung Tür zu kriechen. Dann erhob er sich schwankend. Schwer auf Greg gestützt, schleppte er sich Stück für Stück vorwärts. Sie hatten schon die Türschwelle erreicht, als Zacs rasselnder Atem sie verriet.

»Stehen bleiben, oder ich schieße!«, brüllte Dan the Dog. Raviel McMillan fuhr herum. »Jetzt reicht's! Niete sie um, sofort!«, schrie er.

Das Böse hat gewonnen, durchzuckte es Greg. Nun ist alles aus. Unwillkürlich zog er den Kopf ein, auch wenn das sinnlos war. Das Feuer der Maschinenpistole würde sie niedermähen wie reifes Getreide. Zac röchelte. Dan the Dog legte an und zielte.

Plötzlich flog die Tür auf, und ein gewaltiger Wasserstrahl ergoss sich quer durch den Raum, der Raviel McMillan und Dan the Dog auf der Stelle zu Boden schleuderte. Hoch flog die Maschinenpistole in die Luft und landete krachend auf dem Pult.

Windböen rasten mit einem Mal durch die Kommandozentrale und fegten Nebelschwaden herein, ein hoher, sirenenartiger Gesang peinigte die Ohren.

Wie von Sinnen kroch Raviel McMillan durch die Wasserlachen, die sich überall bildeten, und kreischte auf, als ein neuer Windstoß ihn traf und seinen mageren Körper über den Boden fegte wie ein Stück Zeitungspapier.

»Greg, bist du in Ordnung?«

Das war Apollonias Stimme! Eine Gänsehaut überlief den Jungen. Er riss die Augen auf. Wo war sie? Er hörte sie doch ganz deutlich! Aber er sah sie nicht!

»Apollonia!«, schrie er. »Wo bist du?«

Okami Dragon war in seinem Element. Keine Frage: Stürme und Monsterwellen waren seine unbestrittene Lieblingsdisziplin, in der er es zu beeindruckender Meisterschaft gebracht hatte. Doch diesmal war alles anders als sonst. Statt Flutwellen zu erzeugen, musste er sie mit der ganzen Gewalt seiner Wettermagie brechen. Statt eine Katastrophe heraufzubeschwören, versuchte er, sie zu verhindern. Eine ungewohnte Mission, die ihm einige Überwindung abverlangte.

Weiß schäumende Gischt spritzte rings um ihn auf, während er sich durch die Fluten arbeitete, tiefe Strudel bildeten sich und rissen alles mit sich. Ganze Schwärme von Fischen schossen orientierungslos hin und her und sprangen zappelnd über die Wellen.

Die Luft und das Wasser wimmelten von Wettergeistern, überall waren sie ausgeschwärmt, von Skandinavien bis zum Atlantik. Die Armee des großen Herrschers der Meere wütete mit aller Kraft gegen die Flutwellen, die sich nach jeder Eruption aufs Neue bildeten.

»Habt ihr die Taucher erledigt?«, schrie Okami Dragon ein paar Trollen zu, die prustend neben ihm auftauchten.

»Wir haben sie an die Küste gespült!«, antwortete ein sechsbeiniger, stachelig behaarter Veteran und schwenkte die schuppigen Arme. Mit beiden Händen umklammerte er seine silberne Harpune, an der sich schwarzgrüner Tang verfangen hatte. »Ein paar Taucher sind noch übrig. Dürfen wir sie aufschlitzen?«

»Nein!«, rief der Herrscher der Meere. »Keine Toten heute! So hat es die Enya gewünscht!«

Es war später Nachmittag. Seit dem Morgen waren sie unterwegs, von Schottland südwärts an den Küsten entlang und durch den Ärmelkanal bis hin zur Nordsee. Es war ein knochenharter Job, in den sie eingewilligt hatten. Überall spürten sie verdächtige Flugzeuge und Taucher auf und kämpften gegen die Wellen an, die stetig Nachschub aus den unerschöpflichen Fluten der Weltmeere erhielten.

Mittlerweile hatten sie sich bis hundert Meilen vor der Mündung der Themse vorgekämpft. Doch es war längst noch nicht vorbei. Die vielen Detonationen im Meeresboden hatten die Nordsee in eine Wasserhölle verwandelt, und die Wucht, mit der sich unablässig hohe Wellen bildeten und sich zu größeren vereinigten, übertraf alles, was die Wettergeister bisher gesehen hatten.

Auch in der Luft gab es noch einiges zu tun. Mit grauenerregenden Schreien jagten die Flugdrachen hinter immer neuen Flugzeugen her und zwangen sie landeinwärts zur Landung.

»Verdoppelt eure Kräfte!«, brüllte Okami Dragon. Ohne Pause rollte er seine Fangarme zusammen und ließ sie wieder auseinander schnellen, die rote Halskrause war angeschwollen, seine Augen traten glasig aus dem unförmigen Kopf hervor.

»Wir sind kurz vor der Flussmündung! Wenn die ganz große Welle es bis dahin schafft, können wir nichts mehr tun! Ihr müsst ...«

Der Rest ging unter in einem Platzregen, der ihn aus silbernen Röhren übergoss. Okami Dragon blinzelte in die Richtung, aus der der Regen kam. Mit weit ausgebreiteten Armen segelte Douglas McDaggerloe auf ihn zu, sein Zopf knatterte im Wind, die Glatze war tief gerötet.

»An der Südküste ist alles einigermaßen ruhig«, berichtete er atemlos. »Habt Ihr hier schon etwas ausrichten können?«

Okami Dragon reckte seinen Kopf aus dem Wasser. Von Osten her näherte sich etwas. Zunächst mochte man es für eine dunkle Wolke halten, doch je näher es herankam, desto deutlicher wurde, dass es sich weder um eine Wolke noch um eine Nebelbank handelte. Es war eine Welle. Nicht irgendeine. Dies war Raviels Meisterstück. Höher als jede Flutwelle zuvor, breit wie der Horizont, gewaltig wie ein Gebirge.

»Bei allen Ungeheuern von Loch Ness ...«, rief Douglas McDaggerloe aus. »Und das Ding sollen wir stoppen?«

»Wartet auf mich!« Etwas entfernt blitzte eine silberne Rüstung auf, grünes Algenhaar umfloss den runden Helm eines Wellenkobolds, der sich mit aller Kraft gegen die Wogen stemmte, sich wie ein Aal unter den Schaumkronen hindurchschlängelte und dabei ein heiseres Gebrüll ausstieß.

»Rattrappono!«, schrie Okami Dragon. »Du wagst es, hierher zu kommen? Geh mir aus den Augen! Sonst zerquetsche ich dich!«

Mit ein paar schnellen Schwimmstößen war der Wellenkobold bei ihm. »Großer Okami! Lasst mich dabei sein!«, rief er gegen das klatschende Tosen der Wellen an. »Ich kenne mich hier bestens aus! Und ich werde Euch helfen!«

Die Saugnäpfe eines Fangarms klebten sich an Rattropponos Rüstung, hielten ihn fest und schüttelten ihn so kräftig durch, dass die losen Metallteile der Rüstung schepperten.

»Du kannst Apollonia danken, dass sie für dich um Gnade gebeten hat! Aber in meiner Nähe hast du nichts zu suchen! Verschwinde, oder ich drehe dir den Saft ab!«

Rattrappono konnte nur noch krächzen. »Großer Herrscher! Hört mich an! Wir müssen eine Kette vor der Flussmündung bilden! Es gibt dort starke Strömungen, die wir nutzen können!«

»Klingt doch ganz vernünftig«, brummte Douglas McDaggerloe, der nervös mit seinen Silberrohren im Wasser herumrührte und dabei die Riesenwelle nicht eine Sekunde aus den Augen ließ.

»Vertraut mir«, japste Rattrappono, »es kommt nur darauf an, dass wir die richtige Stelle finden! Wenn wir die Strömungen beachten, vervielfacht sich unsere Kraft!«

Okami Dragon hob Rattrappono hoch in die Luft, dann schleuderte er ihn ins Meer zurück, so, wie ein Angler einen zu mickrigen Fisch wieder ins Wasser wirft. »Also gut. Ich folge dem Rat. Aber wehe, du täuscht mich ein weiteres Mal!«

An den Enden seiner Krakenarme leuchtete es bläulich auf, und wie auf ein geheimes Kommando hin kamen von überall her Wettergeister angeschwommen. Es mochten viele Tausend sein, vielleicht auch Hunderttausende. Okami hatte sie nie gezählt.

Stolz überblickte er seine Armee, die größte Armee zwischen Himmel und Meeresboden. Wellenschrate und Regengeister versammelten sich, durchsichtige Salzwasserzwerge und riesenhafte Trolle, dazu bis an die Zähne bewaffnete Nixenmänner, halb Fisch, halb Mensch. Sie alle folgten Okami Dragons Ruf und rauschten mit geisterhafter Geschwindigkeit heran. Man sah kaum noch Wasser zwischen all den Köpfen, Armen und Waffen.

Mit erhobener Stimme befahl der Herrscher der Meere, dass man ihm geschlossen zur Flussmündung folgen solle. »Jeder hört auf mein Kommando!«, fügte er hinzu. »Alleingänge werden mit hundert Jahren Strafkolonie in der Wüste bestraft. Klar?«

Ein Schrei aus Tausenden Kehlen war die Antwort. Dann setzte sich die Armee in Bewegung.

Allen voran glitt Rattrappono durch die Fluten. Mit beiden Armen hieb er rechts und links auf die Wellenkämme ein und schlug wilde Haken, um so viele wie möglich zu erwischen. Überall, wo er das Meer durchquert hatte, hinterließ er eine spiegelglatte Spur, auf der sich nur noch harmlose kleine Schaumkronen kräuselten.

Es dauerte nicht lange, bis sie in der Ferne Land entdeckten. Sie waren an der Mündung der Themse angekommen.

»Wir müssen uns überkreuz formieren, immer schräg zur Linie der Welle«, rief Rattrappono. »Genauso, wie hier die Strömungen verlaufen!«

Wieder leuchteten die Tentakel von Okami Dragon bläulich auf. Wie von selbst nahmen die Wettergeister ihre Position ein, zwei sich überkreuzende Linien wurden gebildet, vor die sich sofort schon parallel die nächsten schoben. Flatternd kreisten die Flugdrachen über den Köpfen und stießen einer nach dem anderen hinunter ins Wasser, um die letzten Lücken zu füllen.

Innerhalb von Sekunden war eine Barriere entstanden, die das gesamte Mündungsgebiet wie ein dicht geknüpftes Netz überzog.

Schon hörte man ein Donnern, als ob die ganze nördliche Erdhalbkugel gesprengt würde. Das Meer wich zurück, angesogen von einer Wasserwand, die es selbst Okami Dragon mulmig werden ließ, wenn er insgeheim auch mit einem klitzekleinen Anflug von Neid auf das gewaltige Werk aus Menschenhand starrte. Bis zu den Wolken schien diese Welle zu reichen, und der Himmel verdunkelte sich.

»Es möge gelingen«, murmelte Douglas McDaggerloe.

»Bei allen Geistern der Meere, mir wird grottenschlecht«, wimmerte Rattrappono.

Dann brach die Monsterwelle mit ohrenbetäubendem Krachen über sie herein.

Der Moderator des Wetterkanals war außer sich. Mit einem Schrei reckte er den rechten Arm hoch und spreizte zwei Finger zum Siegeszeichen.

»Es ist ein Wunder! Ein Wunder! Unsere Gebete wurden erhört! Die Welle ist zum Stillstand gekommen! Südengland und unsere geliebte Hauptstadt wurden vom Schlimmsten verschont! Meine Damen und Herren, ich finde keine Worte, um meine Freude auszudrücken! Wir halten Sie auf dem Laufenden, vorher aber wird ihre Majestät die Königin zu Ihnen sprechen. In wenigen Minuten …«

»Sie haben es geschafft!«, rief Peach Pitchou. »Okami Dragon und seine Armee haben die Flutwelle gestoppt! Und Sir Douglas!«

Verzückt zeigte sie auf den Monitor, auf dem Raviel McMillan und Dan the Dog nichts weiter sehen konnten als die ruhige Meeresoberfläche der Nordsee vor der Mündung der Themse. Die Nixe jedoch erkannte deutlich die Wettergeister, die sich erschöpft auf dem glatten Meer treiben ließen. Sogar Douglas McDaggerloes Silberrohre meinte sie in dem Durcheinander aus Köpfen und Körpern auszumachen.

»Die Welle ist zum Still…«, sprach der Kommissar tonlos den Text nach. Fassungslos stand er an der Türschwelle und hielt sich am Rahmen fest, während Raviel McMillan und Dan the Dog sich unter dem Kommandopult wälzten. Jammernd hielten sie ihre Hände vors Gesicht, um sich vor den Wasserfontänen zu schützen.

»Verstehst du das, Greg?«, fragte der Kommissar.

»Könnte was mit Magie zu tun haben«, erwiderte der Junge und grinste.

»Greg!« Das war wieder Apollonias Stimme.

Etwas berührte ihn, obwohl niemand zu sehen war. Verdutzt fuhr Greg herum. Was war das? Eine Halluzination? Ein Trick? War es eine Stimme ohne Körper? Warum hörte und spürte er Apollonia, aber sah sie nicht? Völlig verwirrt drehte er sich um sich selbst wie ein Kinderkreisel.

»A-Apollonia?«

»Du kannst mich nicht sehen, aber ich bin da. Alle sind wir da!«, ertönte Apollonias Stimme dicht an seinem Ohr.

»Seht doch mal«, sagte Shasha und umschwirrte Greg mit einem glucksenden Kichern. »Ist das nicht herzwärmend? Die Liebenden sind vereint!«

»Du liebe Güte, Shasha«, rief Apollonia entnervt. »Schon mal was von Taktgefühl gehört?«

»Nö, bin total unmusikalisch«, erwiderte Shasha frech. »Für den romantischen Soundtrack ist wohl eher Peach zuständig!«

»Oh Mann, ist diese Hütte abgefahren«, brummte Joe McDaggerloe, der mit Foggy Fog vor dem Kommandopult stand und die beiden Männer darunter mit Wasserladungen in Schach hielt, während sie interessiert die Messgeräte und Monitore begutachteten.

»Wofür brauchen die dieses ganze glänzende Zeug?«, fragte Foggy Fog. Begehrlich betrachtete er die blinkenden Knöpfe und die verchromten Armaturen. Schon hatte er seine Hand ausgestreckt und ließ einen silbernen Regler in seiner Tasche verschwinden. »Nur als Andenken«, verteidigte er sich, als er Peach Pitchous missbilligenden Blick spürte.

»Die brauchen den ganzen Kram, um das zu tun, was uns gerade mal ein Achselzucken kostet«, erklärte Joe McDaggerloe. »Ist wohl so was wie eine Wettermaschine. Von hier aus hat der schwarze Stinkwurm da unten alles gesteuert!«

Er bedachte Raviel McMilllan mit einer großzügigen Wassersalve.

»Was ist hier eigentlich los?« Die Stimme des Kommissars klang brüchig, er konnte sich kaum auf den Beinen halten. »Wer spricht da? Woher kommt das Wasser? Der Wind? Der Nebel?«

»Das sind höchst reale Geschöpfe, die für die meisten Menschen leider ins Reich der Wahnvorstellungen gehören!«, erwiderte Apollonia.

Sie hatte Gregs Hand ergriffen, und je länger ihre Haut die seine berührte, desto mehr nahm sie wieder Farbe an. Noch war Apollonia halb durchsichtig, doch nach und nach verwandelte sich ihre transparente Gestalt zurück in ein menschliches Wesen aus Fleisch und Blut, das barfuß im knöcheltiefen Wasser stand und Greg mit leuchtenden Augen ansah.

»Bist du ein Hologramm, oder bist du es wirklich?«, flüsterte Greg.

»Bestimmt ein Hologramm«, kicherte Shasha. »Kneif sie doch mal, dann weißt du's.«

»Greg«, seufzte Apollonia, die ganz nebenbei Shasha mit einer Handbewegung verscheuchte, »du glaubst nicht, was alles passiert ist. Doch als erstes muss ich wissen: Sind meine Eltern hier?«

»Raviel McMillan hat sie gerade ins Verlies gesperrt«, antwortete Greg, der etwas verlegen neben dem Mädchen stand, das seine Gedanken in den letzten Tagen mehr beschäftigt hatte als alles andere.

»Ich muss sofort zu ihnen!«, rief Apollonia.

«Und die da?«, wollte Joe McDaggerloe wissen. Er zeigte auf Raviel McMillan und Dan the Dog, die klatschnass unter dem Kommandopult kauerten und immer noch schützend ihre Arme vors Gesicht hielten.

»Wir fesseln sie! Hier, ich habe Stricke«, schlug Greg vor.

Entgeistert sah er zu, wie die Stricke von unsichtbaren Händen aufgehoben wurden und sich um die Handgelenke der beiden Gefangenen wickelten.

»Is 'n obersuperkomplizierter Seemannsknoten«, murmelte Foggy Fog, während er die beiden Männer fesselte. »Der hält ewig und drei Tage.«

Zacharias Shackleton war baff. Von seiner Position an der Tür aus bekam er nur andeutungsweise mit, was sich in der Kommandozentrale abspielte. Er versuchte, die Nebelschwaden mit seinen Blicken zu durchdringen, aber genausogut hätte er auch versuchen können, eine Stahltür mit einer Stecknadel zu durchbohren.

Wenigstens sah er nun ein Mädchen mit kastanienrotem Haar, das Händchen mit Greg hielt.

»Willst du mich der jungen Dame nicht mal vorstellen, Greg?«, fragte er. »Scheint dein Schwarm zu sein.«

»Ja, natürlich«. Greg führte Apollonia zum Kommissar, der noch immer nicht von der Türschwelle wich.

Ganz geheuer war dem Scotland-Yard-Mann die Sache offenbar nicht. Er hatte sich den Showdown wesentlich anders vorgestellt, nach der guten alten Polizistenart: ein Kampf mit gezückten Pistolen, klickenden Handschellen und einem coolen Spruch zum Schluss. Aber nicht mit Wasserwerfern, Nebel und Stricken, die durch die Luft flogen.

Greg wurde ein bisschen größer, als er sagte: »Apollonia, das ist Zacharias Shackleton. Zac, besser gesagt. Der coolste Kommissar, der je für Scotland Yard gearbeitet hat. Und der beste Kumpel, den man sich wünschen kann.«

Apollonia betrachtete interessiert den untersetzten Mann mit dem Gesicht, das einem ungemachten Bett ähnelte. Der Eindruck seines freundlichen Lächelns wurde empfindlich getrübt durch die frische Blutspur an seinem Kinn. Überhaupt sah dieser Kommissar nicht gerade fidel aus.

»Wie ich heiße, wissen Sie ja«, sagte Apollonia. »Und das sind meine Freunde: Shasha, Peach Pitchou, Joe McDaggerloe und Foggy Fog.«

»Hm, äh, angenehm«, ächzte der Kommissar. Apollonia zeigte hinter sich, aber zu sehen war da nichts Besonderes. Verflixt, dachte er, entweder bin ich jetzt total durchgeknallt oder ich lerne wirklich gerade Geister kennen.

»Wie kommen wir am schnellsten in das Verlies?«, fragte Apollonia.

»Das sollte eigentlich der Hausherr am besten wissen«, antwortete Zacharias Shackleton. Plötzlich wurde ihm schwarz vor Augen. Stöhnend sank er zu Boden. Er war am Ende seiner Kräfte.

Dann geschah etwas Seltsames. Apollonia berührte ihn leicht an der Schulter, ihre Hand begann zu leuchten, und mit einem Mal waren seine Schmerzen wie weggeblasen. Dort, wo Raviel McMillans brutaler Tritt ihn getroffen hatte, breitete sich ein sanftes Wohlgefühl aus.

Verblüfft zwinkerte der Kommisar mit den Augen. »Was – wwas hast du m-mit mir ge-gemacht?«, stammelte er.

»Hey, sie ist eine Enya«, kam eine Stimme von oben, hoch über seinem Kopf. Sehen konnte er niemanden, nur ein Lufthauch streifte ihn.

»Ich bin eine Enya. Und Enyas haben Heilkräfte«, sagte Apollonia. »Man nennt es auch Magie!«

Überwältigt betrachtete Greg Apollonia. Eine – Enya? Es gab offenbar eine ganze Menge zu erzählen. Er konnte nur ahnen, was das alles zu bedeuten hatte, doch ein unbändiger Stolz ergriff ihn. Er hatte es ja immer gewusst: Apollonia war etwas Besonders. Etwas ganz Besonderes.

Foggy Fog hatte unterdessen den zitternden Raviel McMillan unter dem Kommandopult hervorgeholt und schleifte ihn zur Tür. »Na los, du abgewrackter Klabautermann, jetzt machen wir mal ne Schlossbesichtigung!«, raunzte er.

»Vorsicht, hier wimmelt es vor bewaffneten Wächtern!«, sagte der Kommissar warnend.

Ein Wasserspritzer traf ihn ins Gesicht. Was war das nun wieder? Er verstand die Welt nicht mehr.

»Die Nummer mit dem Abknallen zieht bei uns nicht«, lachte Joe McDaggerloe und stellte seine Wasserschläuche zum Angriff auf. »Wir sind bereit!«

Verständnislos starrte Raviel McMillan erst Apollonia, dann Greg und schließlich den Kommissar an. Es war ihm unbegreiflich, was hier passierte, und er hatte das sichere Gefühl, dass gerade sein Gehirn abstürzte.

Ein harter Wasserstrahl traf ihn in den Rücken. »Abmarsch!«, brüllte Joe McDaggerloe. »Und zwar dalli!«

Die Hände auf den Rücken gepresst, mit schlotternden Gliedern und völlig durcheinander stolperte Raviel McMillan vorwärts durch die menschenleeren Gänge. Immer wieder sah er sich um. Das also ist Apollonia Cox, versuchte er seine Gedanken zu ordnen. Wie kommt sie hierher? Und warum läuft Zac leichtfüßig wie ein Hase herum, obwohl er eben noch halbtot am Boden herumgekrochen ist?

Das Getrappel von schweren Schritten ließ ihn aufhorchen. Na endlich, dachte er, das müssen meine Männer sein, die aus dem Verlies zurückkommen. Ein höhnisches Grinsen überzog sein blasses Gesicht. Auch wenn alle von Geistern faselten, Zac und die beiden Kids hatten keine Chance gegen die schwer bewaffneten Männer.

Schon bogen die Ledermäntel um die Ecke und blieben verdutzt stehen, als sie ihren gefesselten Boss sahen.

Raviel McMillan warf sich auf den Boden. »Eröffnet das Feuer!«, schrie er. »Blast sie um!«

Ein Brausen erhob sich, und im nächsten Moment stürzten die Ledermäntel ineinander, umgeworfen von einer heftigen Windbö, die auf sie niederfuhr. Ein paar begannen planlos in die Luft zu feuern, doch nun traf sie auch noch ein ungeheurer Wasserstrahl, der sie durcheinander kugeln ließ wie Murmeln.

Die Maschinenpistolen entglitten ihren Händen, sie schnappten keuchend nach Luft.

Immer weiter rutschten sie schreiend und fluchend den abschüssigen Gang hinunter, vorwärts getrieben von den Wassermassen. Totenbleich rappelte Raviel McMillan sich auf und folgte ihnen, bis der nasse Menschenhaufen vor einer wuchtigen Metalltür zum Stillstand kam. Stöhnend lagen die Männer da, unfähig, sich zu rühren.

»Dahinter sind die Verliese, richtig?«, fragte Apollonia.

»Jaaa«, jaulte Raviel McMillan. »Aber ich habe den Code vergessen!«

Eine Nebelschwade waberte auf ihn zu. »Soso, der Käptn von diesem Seelenverkäufer ist vergesslich«, brummte eine tiefe Stimme. »Dann wollen wir doch mal sehen, ob wir dem Gedächtnis nachhelfen können.«

Ein silberner Dolch segelte auf Raviel McMillan zu und blieb kurz vor seiner Kehle in der Luft stehen. Entsetzt spürte Raviel, dass sich etwas Spitzes in seinen Adamsapfel bohrte. Noch war es nur ein leises Kratzen, aber ein paar Millimeter tiefer, und er würde seinen letzten Atemzug getan haben.

»I-ich erinnere mich!«, stammelte er.

»Geht doch, Leichtmatrose«, war Foggys gut gelaunte Antwort.

Stockend krächzte Raviel McMillan eine Zahlenreihe, die Greg auf das Tastenfeld neben der Tür übertrug. Als er fertig war, öffnete sich die Tür und gab den Blick auf einen niedrigen Gang frei.

Sofort rannte Apollonia los, auch wenn ihr der dumpfe, muffige Geruch schon nach den ersten Schritten fast den Atem nahm. Fröstelnd lief sie an feuchten Felswänden entlang, in die vergitterte Zellen eingelassen waren.

In der ersten Zelle hockte ein alter Mann mit grauem, schütteren Haar, der eine Butleruniform trug. Verständnislos staunte er sie an, während Foggy Fog mit wenigen geschickten Bewegungen seines silbernen Dolchs das Schloss öffnete.

»Dich schickt der Himmel! Wer bist du?«, stöhnte der Butler und richtete sich umständlich von seiner Pritsche auf.

Apollonia ließ ihn einfach stehen. Ihr Herz zersprang fast, so heftig klopfte es, ihre nackten Füße rutschten über den feuchten Boden, als sie zum nächsten Gitter hastete.

Doch wieder waren es nicht ihre Eltern, die sie fand, sondern eine ältere, hagere Dame, die überrascht zurückwich, als sie Apollonia erblickte. Auch die Zellentür von Carina Cottonmill öffnete Foggy Fog innerhalb von Sekunden.

Enttäuscht rannte Apollonia weiter. Die nächste Zelle war leer. Auch die übernächste. Ihr Magen krampfte sich zusammen. Sie müssen doch irgendwo hier sein, überlegte sie fieberhaft, warum finde ich sie nicht?

»Mutter!«, schrie sie, »Gordon! Wo seid ihr?«

»Apollonia!«, erklang plötzlich eine schwache Stimme.

Sie zuckte zusammen. Das war die Stimme ihrer Mutter!

»Hier sind wir, ganz hinten!«, rief eine Männerstimme.

Apollonia hörte das Blut in ihren Ohren rauschen, vor ihren Augen tanzten bunte Punkte. Sie raste zum Ende des Ganges, und dort, endlich, entdeckte sie eine Frau und einen Mann, die sich schwer atmend an das Gitter ihrer Zelle pressten.

»Mutter! Gordon!«

Im selben Moment sprang die Zellentür auf, und mit einem erstickten Schrei fiel Apollonia halb besinnungslos vor Freude in die Arme ihrer Eltern. Sie hatte ihre Eltern gefunden! Sie hatte sie endlich gefunden!

Während sie von einem herzzerreißenden Schluchzen geschüttelt wurde, küsste sie die blassen Wangen ihrer Mutter und drückte sie so heftig an sich, als wollte sie sie nie wieder loslassen.

Die Sorge und die Sehnsucht eines langen halben Jahres

löste sich in Tränen auf, und alle Anstrengungen und Gefahren traten in diesem Augenblick in den Hintergrund.

Jetzt zählte nur noch eins: Sie waren wieder beisammen, sie waren wieder eine Familie. Überwältigt gab sich Apollonia ihren Gefühlen hin und weinte hemmungslos in den Armen ihrer Eltern, die immer wieder ihren Namen murmelten.

»Äh, Apollonia, wir sollten schleunigst verschwinden. Wer weiß, was Raviel McMillan sonst noch so im Repertoire hat. Seine Ledermäntel hast du ausgebremst, aber so wie ich ihn kenne, war das längst nicht alles.«

Apollonia sah zum Gang, wo der Kommissar von einem Fuß auf den andern trat und sichtlich ungeduldig wartete.

Es dauerte eine Weile, bis sich Apollonia von ihren Eltern lösen konnte.

Nur widerstrebend machten die drei Wiedervereinten sich voneinander los, dann gingen sie eng umschlungen den feuchten, modrigen Gang entlang Richtung Ausgang.

Ein ohrenbetäubendes Knattern lag in der Luft, als sie aus der Festung traten. Greg und der Kommissar führten Raviel McMillan mit sich, der von Foggy Fog und Joe McDaggerloe in Schach gehalten wurde. Sobald er auch nur den kleinsten Fluchtversuch unternahm, bekam er Foggys Dolch und Joes Wasserfontänen zu spüren.

»Nicht mal dran denken«, brummte Foggy Fog. »Sonst kannst du die Stiefmütterchen von unten betrachten.«

»Er wäre auch nicht der erste, der im Laufen ertrinkt«, fügte Joe McDaggerloe grinsend hinzu.

»Verdammt, wer spricht da?«, schrie Raviel McMillan.

»Das ist ein Rätsel«, wisperte Peach Pitchou, »und zwar eines, das du niemals lösen wist!«

Während Apollonia, Greg und der Kommissar über den Vorplatz stolperten, landete ein Hubschrauber nach dem anderen auf dem Flugplatz neben der Festung. Kisten und Säcke wurden ausgeladen, in Plastikplanen verpackte Gemälde und Antiquitäten stapelten sich auf der Landebahn.

»Der größte Raubzug aller Zeiten«, krächzte Raviel McMillan. »Verdammt! Ich hatte es so genial geplant ...«

»Genial? Du bist mal wieder über Leichen gegangen«, erwiderte Zacharias Shackleton. »Und in deiner Gefängniszelle wirst du genug Zeit haben, jede einzelne zu bedauern.«

Zwischen die schwarzen Hubschrauber mit der Aufschrift RMM mischten sich auf einmal graue, die den Schriftzug »Police« trugen. Vermummte Polizeibeamte sprangen mit gezückten Pistolen heraus. Zac erkannte sie sofort. Es war eine Sondereinheit von Scotland Yard, allesamt kampferprobte Männer, die auf gefährliche Einsätze spezialisiert waren.

Der Kommissar begann zu rennen. In Windeseile lief er zwischen den Skulpturen auf das Tor zu, tippte aus dem Gedächtnis den Code ein und war eine Minute später auf der Landebahn.

»Zacharias Shackleton, Mordkommission!«, schrie er den Polizisten zu. »Nehmen Sie die Kerle fest! Die Piloten und auch die Wachleute, die hier überall rumlungern! Danach stellen Sie das Diebesgut sicher! Und räuchern Sie die Festung aus, Raviels Leute sind noch da drin!«

Inzwischen hatten auch Apollonia, ihre Eltern und Greg mit dem Gefangenen die Piste erreicht. Die Wettergeister umschwebten sie, unsichtbar für die Polizisten, unsichtbar für Greg und den Kommissar. Apollonias Gestalt verblasste zunehmend.

»Schönen Gruß von Alistair«, keuchte einer der Polizeibeamten. Es war William O'Hara, dessen rotes Haar von den Rotorblättern der Hubschrauber aufgewirbelt wurde. »Er hat uns hergeschickt. Und er hat angeordnet, dass wir Sie auf der Stelle verhaften sollen, wenn wir Sie finden!«

»Leonard war schon immer ziemlich begriffsstutzig«, winkte Zacharias Shackleton ab. »Kümmert euch lieber um die echten Verbrecher! Zum Beispiel um dieses jämmerliche Exemplar hier!«

Er schubste Raviel McMillan dem völlig verdatterten O'Hara entgegen. »Der wandert schnurstracks ins Untersuchungsgefängnis. Und auch ich ziehe es vor, diesen Ort so schnell wie möglich zu verlassen.«

»Das wirst du mir büßen!«, kreischte Raviel McMillan.

William O'Hara betrachtete ihn überrascht. »Okay, Zac«, willigte der junge Beamte ein. »Auf Ihre Verantwortung. Dann nehmen wir das Schnäppchen gleich mit nach Hause.«

Raviel McMillans magere Gestalt wand sich wie eine Schlange unter dem geübten Griff des Polizisten, der ihm einen Arm auf den Rücken drehte. Mit waidwunden Blicken starrte er auf die Schätze, die sich auf dem grauen Asphalt der Landebahn türmten. Wütend trat er mit einem Fuß gegen einen Stapel Goldbarren.

»Sag mal, Will, wie habt Ihr uns eigentlich gefunden?«, fragte der Kommissar.

Ein dicker, verschwitzter Mann mit einer Anglerweste schob sich vor O'Hara. »Kennst du mich noch, Zac?«

Verdutzt starrte der Kommissar ihn an. Die Speckfalten, in denen winzige Augen lagerten, das unrasierte Kinn, die unvermeidliche Anglerweste, deren Taschen sich beulten. »Sweeney, alte Kakerlake, bist du das?«

»Sieht ganz so aus«, grinste Sweeney. Dann wurde er ernst. »Ich habe mich der Polizei gestellt. Ich konnte einfach nicht mehr mitansehen, wie Raviel alle draufgehen ließ. Wird mich ein paar Jahre Knast kosten. Naja, egal.«

»Schweinehund, verdammter«, keifte Raviel McMillan und machte einen Schritt auf seinen abtrünnigen Komplizen zu. Doch sofort wurde er von Joe McDaggerloe und Foggy Fog gestoppt.

»Nette Hütte«, grinste Sweeney und deutete auf die Festung. »Wird das hässliche Ding wenigstens gesprengt, wenn du in den Knast gehst?«

Raviel McMillan hatte keine Worte mehr für seinen Hass. In hohem Bogen spuckte er Sweeney vor die Füße.

»Verfrachte das Miststück in den Hubschrauber, Will«, befahl der Kommissar ungerührt. Er blickte sich nach Greg um. »Komm, Junge, wir fliegen nach Norrington und bringen Apollonia und ihre Eltern nach Hause!«

»Nicht nötig«, sagte Apollonia. Sie streichelte sacht die Wange ihrer Mutter. »Du hast es immer gewusst, oder? Dass ich eine Enya bin?«

Liane Cox lächelte unergründlich. »Ich habe es geahnt, mein Liebling.«

»Dann verstehst du sicher, dass ich nicht in den Hubschrauber steige, sondern es vorziehe, auf meine Weise nach Hause zu fliegen?«

Immer noch lächelnd nickte Liane Cox.

»Na klar versteht sie das«, kicherte Shasha. Wie befreit schoss sie durch die Luft und kitzelte Raviel McMillan mit ihrem zerfetzten Gewand.

Ungläubig sah der Kommissar Apollonia an. Die Farbe ihrer Haut und ihrer Kleidung verblasste mit jeder Sekunde mehr. Mittlerweile sah sie aus wie bedruckte Frischhaltefolie.

»Wir treffen uns am Leuchtturm«, sagte Apollonia. Seufzend wischte sie sich ein paar Tränen aus dem durchscheinenden Gesicht.

»Und ich wette, dass wir vor euch da sind«, rief Shasha übermütig.

Greg hob die Augenbrauen. »Einfach so fliegen? Hey, Apollonia, wie willst du denn das anstellen?«

»Magie«, erwiderte Apollonia. »Pure Magie.«

Während Raviel McMillan von William O'Hara in einen Polizeihelikopter verfrachtet wurde, verteilten sich Greg, der Kommissar und Apollonias Eltern auf zwei weitere.

»Und du bist sicher, dass du nicht mitkommen willst?«, rief Greg, während er sich anschnallte. »Das ist ein weiter Weg!«

»Nicht nötig«, erwiderte Apollonia, die mittlerweile nur noch wie ein undeutliches Abziehbild ihrer selbst wirkte. »Aber ...« sie zögerte, »... ich kann es kaum erwarten, mit dir eine Tasse Tee zu trinken!«

Dann erhob sie sich in die Luft. Sie streckte einfach ihre Arme aus, und schon schwebte sie davon, bis nichts mehr von ihr zu sehen war.

Mit großen Augen sahen Greg und Zacharias Shackleton ihr nach.

»Äh – das war doch nicht echt, oder?«, grunzte Zac.

»Sah aber ziemlich echt aus«, entgegnete Greg. »Keine Ahnung, wie sie das macht.«

»Damit kann sie im Zirkus auftreten, so viel steht mal fest«, stöhnte der Kommissar.

Auf dem Flug schwiegen sie. Zuviel war passiert, tausend Gedanken gingen ihnen durch den Kopf. Von Zeit zu Zeit meinten sie, eine dicke Nebelwolke neben dem Helikopter zu erspähen, dann wieder ergoss sich eine Regenfontäne über das Cockpit.

Es war Nachmittag, als Apollonia den Leuchtturm vor sich aufragen sah. Seine schwarzen und weißen Streifen hoben sich deutlich vom Horizont ab, hoch oben blinkten die Positionslichter.

»Grandma, ich komme!«, schrie sie und beschleunigte ihren Flug.

Mit einem gekonnten Salto landete sie an der Steilküste. Sie atmete auf. Zwar war die Bucht vor dem Leuchtturm zweifellos von großen Wellen überrollt worden – davon zeugten die Massen an Tang, die überall herumlagen. Doch Okami Dragon war es anscheinend gelungen, den Küstenstrich vor der finalen Zerstörung zu retten.

»Warte auf Greg«, sagte Shasha, die direkt neben Apollonia landete und ihr durchlöchertes Gewand schüttelte. »Scheint ganz so, als ob er aus irgendeinem Grund der einzige ist, der dich sichtbar machen kann. Mit einem unsichtbaren Mädchen wird deine Grandma wenig anfangen können.«

»Da hast du leider recht«, erwiderte Apollonia bedauernd.

Im Garten vor dem Leuchtturm werkelte eine gebückte Gestalt in den Beeten herum, die eine verdreckte Gärtnerschürze trug. Mit einer Schaufel räumte sie den glischigen Seetang zur Seite, der die Kräuter und Stauden bedeckte. Apollonia wäre am liebsten sofort zu ihr gelaufen und ihr um den Hals gefallen. Aber noch war es nicht so weit.

Endlich landete ein Hubschrauber etwas abseits in den Dünen. Sofort lief Apollonia ihm entgegen und reichte Greg die Hand, als er endlich ausstieg.

»Ist nur, damit ich sichtbar werde«, beteuerte sie, dabei war es ihr durchaus nicht unangenehm, Gregs warme, trockene Hand zu berühren. »Kannst du mich schon sehen?«

»Naja, so'n bisschen«, erwiderte Greg unsicher. Es würde eine Weile dauern, bis er sich daran gewöhnte, dass Apollonia sich auf solch seltsame Weise verändert hatte.

»Also, ich geh schon mal, wir sollten die alte Dame nicht länger auf die Folter spannen«, grinste der Kommissar. »Und das mit dem Unsichtbarkeitstrick erklärst du mir bei Gelegenheit, okay?«

»Das ist kein Trick«, sagte Apollonia. »Das hat mit Greg zu tun.«

»Weil du in ihn ...«, kicherte Shasha, doch ihre Stimme wurde übertönt von dem Geräusch eines zweiten Hubschraubers, der gerade zur Landung ansetzte. Auch Apollonias Eltern waren endlich zum Leuchtturm zurückgekehrt.

»... weil ich gar nichts!«, protestierte Apollonia.

Madeleine Cox hatte inzwischen ihre Schaufel fallen gelassen und kam aufgeregt angelaufen. »Sie, Herr Kommissar?«

Dann entdeckte sie Apollonia, und mit einem Freudenschrei drückte sie ihre Enkelin an sich. »Ich habe dich kaum erkannt! Du siehst schrecklich blass aus, Liebes«, sagte Madeleine Cox und strich Apollonia übers Haar. »Bist ja fast durchsichtig. Ach, meine Kleine, du bist wieder da! Du bist endlich wieder da!«

Jetzt kamen auch Liane Cox und Gordon Heartfield hinzu, und völlig überrumpelt ließ Madeleine Cox ihre Umarmungen über sich ergehen.

Kurze Zeit später saßen sie alle in der Küche des Leuchtturms. Hungrig machte sich Apollonia über einen Teller mit Keksen her, der auf dem Tisch stand. Sie saß auf der Bank neben ihren Eltern, die sich erschöpft aneinanderlehnten.

»Nun erzähl mal, Apollonia, was ist denn eigentlich passiert?«, fragte Madeleine Cox. »Hättest mich übrigens ruhig öfter anrufen können, Kind.«

Apollonia wechselte einen Blick mit dem Kommissar. »Och, na ja, ich habe eigentlich nur einen kleinen Nachtspaziergang gemacht, weil so ein schöner Sturm war«, behauptete sie. »Da sah ich auf einmal diese komischen Typen in Ledermänteln, die an die Tür klopften. Ich dachte: Oh Mann, das sind die Männer vom Amt.«

»Vom Amt«, wiederholte Madeleine Cox mit einem Hauch von Ironie. »Alles klar.«

»Es gab doch diesen Brief, über den du dich so aufgeregt hast«, erzählte Apollonia weiter. »Die Leute vom Amt wollten mich doch von hier wegholen ...«

»Um Gottes willen!«, entfuhr es Liane Cox. Sie griff nach Apollonias Hand. »Das wollten sie dir antun?«

Wieder sah Apollonia den Kommissar an. »Als sie wieder rauskamen, bin ich weggerannt. Und dann habe ich mich ... verlaufen. Zum Glück hat der Kommissar mich gefunden. Ist eben ein besonders schlauer Kommissar. Bei Scotland Yard laufen schließlich keine Anfänger rum.«

»Genauso war's«, bestätigte Zacharias Shackleton geistesgegenwärtig, der auf der Stelle begriffen hatte, dass man einer herzkranken Großmutter nicht gleich alle gefährlichen Details auf einmal unter die Nase reiben sollte.

»Soso.« Madeleine Cox verzog das Gesicht. Ein listiges Lächeln umspielte ihren Mund. »Die wahre Version deiner Geschichte kannst du mir ja immer noch erzählen. Und warum du dich dauernd an diesem jungen Mann festklammerst«.

Greg wurde über und über rot. »D-das ist nur, das ist w-weil«, stotterte er verlegen.

»Ich ...«, setzte Apollonia zu einer Erklärung an.

»Lass nur«, wiegelte ihre Großmutter ab, »du bist durchaus im richtigen Alter für den ersten Freund. Stimmt's, Liane?«

Liane Cox lächelte. »Apollonia ist kein Kind mehr. Auch wenn sie jetzt besser ins Bett geht und sich ausschläft.«

Apollonia sah nach draußen. Vor dem Fenster warteten schon die Wettergeister auf sie und machten ihr fragende Zeichen.

»Ich möchte noch ein bisschen bei euch bleiben«, seufzte sie, »jetzt, wo ich euch wiedergefunden habe. Und dann gehe ich schnurstracks ins Bett, ganz bestimmt.«

Sie hatte schließlich nicht behauptet, dass sie im Bett bleiben würde. Jedenfalls nicht die ganze Nacht.

Eine zart zirpenden Musik wie aus gläsernen Rohrflöten erfüllte Okami Dragons Tiefseepalast. Unermüdlich schwammen die bunt schillernden Nixen umher, boten Seetangkekse und Tintenfischwein an und taten alles, um es den Gästen so bequem wie möglich zu machen.

Apollonia und ihre Freunde lagerten schon die halbe Nacht auf üppigen Schwammkissen, die überall auf dem Boden ausgelegt waren. Dennoch war Apollonia nicht müde. Ein Hochgefühl durchströmte sie.

»Noch nie in meinem ganzen Leben war ich so glücklich!«, sagte sie. »Meine Eltern sind wieder zu Hause! Meine Heimat ist gerettet!«

»Und ich dachte schon, dass dieser Kampf ewig dauert«, seufzte Shasha. Sie trug ein nagelneues Gewand und nippte an ihrem Seeigelcocktail, der mit einem Krabbenbein verziert war. »Endlich können wir mal so richtig chillen.«

»Wir haben sie geteert und gefedert, die Halunken«, lachte Foggy Fog. »Da haben wir uns eine kleine Stärkung verdient, was?«

Die Wettergeister langten kräftig zu. Joe McDaggerloe schaufelte sich hungrig Berge von Krabben in seinen Mund, Foggy Fog nahm einige kräftige Schlucke Tintenfischwein und wischte seine Lippen mit dem Handrücken ab.

»So lässt sich's leben«, seufzte er.

»Lasst es euch schmecken und bleibt, so lange ihr wollt«, verkündete der Herrscher der Meere mit gewichtiger Stimme. »Betrachtet euch als meine Ehrengäste, denen es an nichts fehlen soll.«

Okami Dragon hatte sie in einem Thronsaal empfangen, den er nur zu besonderen Gelegenheiten benutzte. Es war ein hoher Raum mit silbernen Säulen, in die Perlen und Opale eingelassen waren. Im Schein der Leuchtfische glänzten sie geheimnisvoll auf. Seeanemonen, hoch wie Palmen, wuchsen in silbernen Kübeln, hellrot leuchtende Korallen formten eine lange, niedrige Tafel, auf der in Schüsseln aus Perlmutt die feinsten Speisen der Tiefsee aufgetragen wurden.

Behaglich streckte sich der Herrscher der Meere auf seinem Thron aus, ließ seine Krakenarme umherschweifen und betrachtete wohlwollend Apollonia, die direkt vor ihm saß. »Habt Ihr einen besonderen Wunsch, werte Enya?«

»Nun, ich danke Euch für all diese Delikatessen, aber ein bisschen irdisches Junk Food könnte auch nicht schaden«, erwiderte Apollonia verschmitzt.

Sofort schwebte Peach Pitchou hinaus und kehrte mit einem Hamburger und Pommes zurück, die sie stilecht auf einem Silbertablett servierte. Eine eiskalte Cola rundete das Festmahl ab.

»Ich wusste gar nicht, dass du so was in deinem Tischlein-deck-dich-Programm hast, besser geht's nicht«, versicherte Apollonia.

»Vielleicht doch, hier, ich habe etwas Besonderes für dich«, wisperte Peach Pitchou und hielt Apollonia eine knisternde kleine Tüte hin.

»Lakritz!« Apollonia strahlte. »Danke, Peach, du bist wirklich das liebenswürdigste Wesen, das ich jemals getroffen habe.«

»Und was ist mit mir?«, protestierte Shasha, die es nicht auf den weichen Schwammkissen hielt, und stattdessen unruhig hin und her schwebte. »Bin ich etwa nicht liebenswürdig?«

Wieder musste Apollonia lächeln. »Du bist die tollste Freundin, die man sich vorstellen kann«, entgegnete sie. »Weißt du noch, wie du mich aus dem Leuchtturm gerettet hast? So hat alles angefangen ...«

Sie steckte sich ein Stück Lakritz in den Mund und schloss die Augen. Der vertraute, köstliche Geschmack überwältigte sie geradezu.

»Dir ist etwas gelungen, was niemand für möglich gehalten hätte«, ergriff Douglas McDaggerloe das Wort. Sein Blick ruhte wohlgefällig auf Peach Pitchou, die unmerklich errötete und die Augen niederschlug. Dann wanderten seine Augen zu Apollonia.

»Du hast unsere Kräfte gebündelt und deine Heimat vor der Vernichtung bewahrt«, fuhr er fort. »Noch nie haben so viele magische Wesen Seite an Seite gekämpft, selbst alte Fehden und jahrhundertelange Feindschaften wurden beigelegt, um dir zu helfen. Und nicht nur das: Unzählige Menschen verdanken dir ihr Leben. Ich verneige mich vor deinem Mut und deiner Größe.«

»Bitte nicht«, entgegnete Apollonia. »Ich muss euch danken. Ihr habt euch für die Menschenwelt eingesetzt, obwohl die euch doch eigentlich ziemlich egal sein kann.«

»Nein, so ist es nicht«, widersprach Douglas McDaggerloe. »Weißt du noch, was ich dir sagte, oben in Schottland? Alles ist mit allem verbunden. Wir Wettergeister sind nicht allein auf der Welt, und wir wissen es. Das große, unerforschliche Universum führt uns alle unwiderruflich zusammen.«

Okami Dragon grunzte etwas Unverständliches, aber es war offensichtlich, dass soviel Harmonie nicht wirklich nach seinem Geschmack war. Mit einem seiner Krakenarme holte er sich einen Hummer vom Tisch, der knackend in seinem Maul verschwand.

Morgen früh werde ich mit Grandma und meinen Eltern am Frühstückstisch sitzen, und alles wird endlich wieder so sein wie früher, dachte Apollonia voller Vorfreude. Aber auch ein neues, unbekanntes Gefühl regte sich in ihr. Nicht nur ihre Eltern und ihre Großmutter warteten auf sie, sondern auch Greg.

Aber konnte sie wirklich zurück in ihr altes Leben schlüpfen wie in einen vertrauten Mantel?

»Was wirst du als nächstes tun?«, fragte Joe McDaggerloe, während er geräuschvoll ein paar Austern samt der harten Schale verspeiste.

Nachdenklich blickte Apollonia in die Runde. Ich bin eine Enya, dachte sie. Bis in die kleinste Zelle ihres Körpers spürte sie die Kräfte, die in ihr schlummerten. Woher kamen sie? Diese Frage ließ sie nicht mehr los.

»Großer Herrscher«, sagte sie. »Was wisst Ihr über meinen Vater?«

Okami Dragon blinzelte erstaunt. »Dein Vater? Nun, wenn du eine Enya bist, wird er unserer Welt entstammen.«

»Er muss eine beeindruckende Persönlichkeit sein«, ergänzte Douglas McDaggerloe. »Sonst hättet Ihr nicht eine solche Macht, obwohl Eure Mutter ein Menschenwesen ist.«

Apollonia horchte auf. Seltsam, warum hatte sich ihr Vater nie gezeigt? Gab es etwas, was ihn daran hinderte? Ich muss dieses Rätsel lösen, beschloss sie. Werde ich es allein schaffen? Will ich es überhaupt allein schaffen?

Sie stand auf. »Es war ein wunderbares Fest«, bedankte sie sich. »Doch eine neue Aufgabe wartet auf mich. Ich muss meinen Vater finden!«

Sie verbeugte sich vor Okami Dragon und wandte sich zum Gehen. Ohne ein Wort erhoben sich auch die Wettergeister. Das Abenteuer hatte gerade erst begonnen.

* Wie es auf Seite 128 auch hätte weitergehen können … Auszug aus dem Gewinnertext des Apollonia-Cox-Ideencastings:

Sie überlegte verzweifelt: »Gans, Gulli, Garten, Gabi, Grandma, Gustav, GREG!! Plötzlich erschien ein Lichtblitz und es bildete sich eine Nebelwand. Sie umschloss Apollonia und beschützte sie auf wundersame Weise vor den Haien.

Auf einmal tauchte auch Shasha wieder auf. Sie rang nach Luft: »Apollonia!«

Apollonia drehte sich zur Seite und erwiderte: »Shasha, geht's dir gut?«

Noch etwas keuchend sagte Shasha: »Ja die Haie sind plötzlich verschwunden, wie aufgelöst.«

Apollonia schwamm zu Shasha und umarmte sie. »Zum Glück ist mir das Wort eingefallen.«

»Ja, dem Windgott sei Dank, ich möchte mir nicht vorstellen, was jetzt aus mir geworden wäre, wenn es dir nicht eingefallen wäre.«

»Wahrscheinlich ein Hacki aus feinstem Luftfleisch.«

Apollonia grinste, Shasha auch, und plötzlich brachen beide in schallendes Gelächter aus. Sie vergaßen fast, weiterzuschwimmen, um nicht unterzugehen. Doch von einer Sekunde auf die andere verging ihnen das Lachen. Denn der Nebel lichtete sich, und was die beiden jetzt sahen, war unglaublich. Vor ihnen türmte sich ein riesiger Palast auf, er schien auf dem Wasser zu schweben und war von einer riesigen Mauer aus rosa Korallen umgeben. Außerdem waren an der Mauer an die 30 Wachtürme gebaut worden.

›Is ja wie im Mittelalter, die Burg kann bestimmt keiner belagern‹, dachte Apollonia. Durch die Strömung im Wasser wurden sie bis zum Eingangstor gebracht, hier war auf einen Schlag sehr seichtes Wasser und die Strömung hatte aufgehört. Apollonia und Shasha wollten aufstehen, doch da sie schon seit einiger Zeit nur im Wasser getrieben waren, gaben ihre Beine nach. Nun merkten sie auch schlagartig wieder, wie müde und erschöpft sie eigentlich waren. Apollonia hätte sich am liebsten sofort schlafen gelegt. Shasha ging es genauso, doch sie hatte nicht mehr die Kraft, um bis in die Burg zu gehen. Die beiden schafften es gerade noch so bis zum trockenen Boden vor dem Tor. Dann fielen ihnen die Augen zu.

Marion Doller